魅丽文化 花火工作室

破产男配

春风遥 著

廣東旅游出版社
GUANGDONG TRAVEL & TOURISM PRESS
悦读书·悦游行·悦享人生

中国·广州

图书在版编目（CIP）数据

破产男配．2 / 春风遥著．— 广州 ：广东旅游出版社，2023.2
ISBN 978-7-5570-2893-0

Ⅰ．①破… Ⅱ．①春… Ⅲ．①幻想小说－中国－当代 Ⅳ．① I247.5

中国版本图书馆 CIP 数据核字（2022）第 198542 号

破产男配．2
POCHAN NANPEI .2

出 版 人：刘志松
总 策 划：曾英姿
责任编辑：何 方 李 丽
责任校对：李瑞苑
责任技编：冼志良

广东旅游出版社出版发行
地址：广州市荔湾区沙面北街 71 号首、二层
邮编：510130
电话：020-87347732
印刷：湖南凌宇纸品有限公司
（地址：湖南省长沙县黄花镇工业区凌宇纸品 电话：0731-86300881）
开本：880 毫米 ×1230 毫米 1/32
字数：360 千字
印张：11
版次：2023 年 2 月第 1 版
印次：2023 年 2 月第 1 次印刷
定价：45.00 元

目录

CONTENTS

目录

CONTENTS

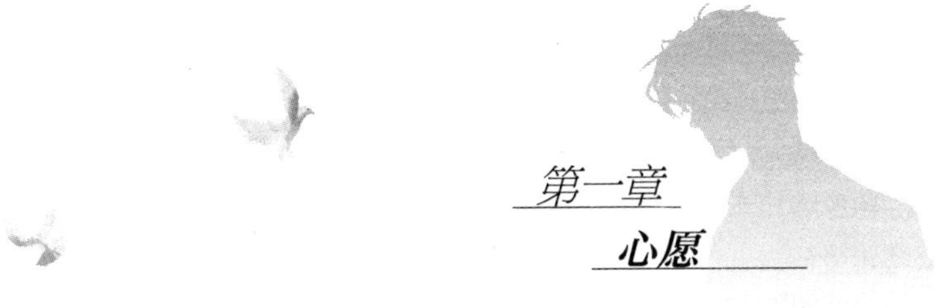

第一章
心愿

自话音落下，空气中足足沉默了五分钟。

张成功喉头发涩，好半晌才找回声音：“你们……嫌我讨厌可以直说。”

眼看真相直白得让人无法相信，陈盏只好亲自示范。

只见他叹了一口气，放下手里的蛋糕，举起双臂。

正在张成功不明所以的时候，殷荣澜一只胳膊直立，另外一只胳膊横侧。

紧接着，林池昂单只胳膊呈九十度垂直，做了一个类似举手的动作，顺便说了句：“五个一横排。”

谭常鸣双手贴在裤子两侧，笔直站立。又一名女生整理了一下裙子，手朝上升，像是举铁。他们一个接着一个做动作，有重复，也有不同。不知过去多久，谭常鸣突然激动道：“我赢了！”

其余人脸色都不好看，陈盏更是遗憾道：“明明就差一点。”他险些就要取得胜利了。

殷荣澜点点头，默契够了，但没配合好。

谭常鸣正得意之际，另一边走过来一位年长者，瞪了他一眼：“收敛点。”

谭常鸣一直有点怵自家老爸，闻言，立马乖乖站好不再多言。

“算了，都是孩子，计较什么。”年长者的朋友在旁边帮忙说话，语毕望着他们，“玩闹也要看场合，这种时候玩俄罗斯方块，像话吗？”

认错是人类与生俱来的本能，大家站成一排，乖乖道歉。

张成功看得目瞪口呆，原来刚刚是在玩俄罗斯方块？心思百转千回，他一时竟不知该如何评判。说幼稚，这样真人实体操作，要依次记下包括自己在内前面所有人做过的动作，同时及时在脑海中呈现出等同的图案，对空间能力和记忆能力都有不小的要求。但要说他们智商高……智商高的人会做这种事吗！

轻咳声唤回陈盏的注意力，他重新端起蛋糕，耸耸肩：“这下总该信了？”

张成功嘴唇抖动，硬是没憋出一个字。

殷荣澜侧过身对陈盏道：“去舞池那边看看？”

后者点头，和他朝一个方向并肩走去。

张成功死死地握拳，低吼道：“我对男扮女装的同性产生好感，难道这还不够？”

凌乱的脚步因为他的突然发声猛地停住，没过一秒钟，再度各走各路。

“小题大做。”不知是谁说了这么一句。

饿了几天，这会儿吃饱了肚子，陈盏重新神采奕奕。

小提琴手闭着眼睛演奏，丝毫没被周围的环境干扰。

陈盏望着颤动鸣叫的琴弦，突然想起去年生日时，殷荣澜为自己演奏曲子的画面，觉得纳闷：“你上学时的学费不是靠老人资助？”

殷荣澜点头。

陈盏：“可学习小提琴的费用并不低。”且一把稍好一些的琴价值不菲。

殷荣澜笑了笑：“曲子也是他教我拉的。”

陈盏挑挑眉，想不到对门老头看上去普普通通，还是个隐藏的高手。

“他退休前是大学教授，算是小有积蓄。”

陈盏微叹，很多老一辈的生活状态，大概是自己触摸不到的高度。

似乎看出他在想什么，殷荣澜宽慰道：“你的思想高度也远非一般人所能企及。”

陈盏：“确定是在夸我……”殷荣澜面不改色地点头。

晚宴结束，殷荣澜开车送他回去。

看着窗外的夜景，陈盏认真考虑：“是时候买辆车了。”

殷荣澜一句话便浇灭了他的企图：“小区没地方停车。”

想想那个规划做得特别不合理，为了停车可以把垃圾桶搬走的老小区，陈盏刚冒芽的想法又被按回去。

殷荣澜对此则十分满意。

养在房子里的狗还没喂食，殷荣澜只送人上楼没进去，笑着道别：“明天是周六，约着打场羽毛球？”

陈盏点点头，同样微笑着挥手。

门一关，他先看了一眼时间，离零点尚余四个小时，足够码一个章节。

电脑开机前，陈盏活动了一下指关节，在《我迫害“影后”的那些年》和《“男神”倒贴我的那些年》间犹豫了一下，最终决定先写姜颖的部分。

我已数月没有纠缠过她。究其根本原因，是没钱了。

为了改善现状，我冒着生命危险联络到当地几个地痞流氓，平日里作恶不少。如今我和他们坐在一桌，小心翼翼帮忙布菜。

“找我们做什么？”脖子上有刺青的人重重把酒杯一放，恶声恶气地问。

我努力维持着僵硬的笑容，咽了下口水：“不知道各位有没有想法当赞助商？”

“要钱？”不知是谁猛地把我领子一揪。

我扯着嗓子道：“全网都知道我在追求姜颖，只要成功了，以后坐拥金山银山。”

少顷，又走来一人，看到现场画面有些却步。

我连忙把人拉上桌，向其他几个帮派头目介绍：“这位是张阿姨，传销头子。”

张阿姨对这个称呼不太满意，我依次倒了一杯酒，站起身道：“我卖的是正儿八经的股份！”

激动中，我颤抖着手指拿出《追求“女神”赞助招商企划》。

“不妨想想看，大明星的收入有多少，我要是能和姜颖结婚，随便发展点副业都能成为人上人。”

张阿姨平时虽然不关注新闻，但多少也有些了解：“人家不都有未婚夫了？”

我瞎说胡话：“我是她前男友，现在还有联系。”我拿出以前进剧组后唯一一张和姜颖的合照，“只要十万块，就能拿走一个百分点！”

接下来的时间，我洋洋洒洒说了一堆，直至快要口干舌燥。事实证明，九年义务教育很重要，这里面很多人没认真上过学，被洗脑的速度相当快。不知不觉中，招商合约上已经签了一大半的名字。我用拉到的投资，给姜颖买了一架私人飞机，却被当场无情拒绝。

“为什么？”我愤怒地质问，“为什么那个豪门公子哥儿给你买车就行，我买飞机要遭白眼？”

姜颖言简意赅：“首先，我不会开飞机。”

我只好退了私人飞机，把钱原封不动地还回去，宣告计划破产。

毫无疑问，我被帮派大哥狠揍，对方撂下狠话，以后见一次打一次。

为了不被打，我只能选择全员举报。传销组织和流氓全灭，当地百姓送了我一面锦旗。

原本计划写完一章休息一会儿后就继续，谁料往椅背上一靠，再次睁眼天都亮了。陈盏双目无神，盯着初升的朝阳感叹："时光飞逝，岁月如梭……"冷不丁想起今天还约了人，他马上打起精神去洗漱。

开春时节很适合打羽毛球，陈盏和殷荣澜运动神经都不错，你来我往正是精彩纷呈的时刻，谁料用力过重，羽毛球的方向在半空中发生倾斜，卡在了树枝上。

陈盏想也不想扔出羽毛球拍企图把球砸下来，不幸的是，球拍同样被卡在了树上。

殷荣澜让他退后一步："我来。"下一秒，落了个同样的结局。

两人仰着头凝视树杈，陈盏一脸深沉："它们一家三口终于团聚了。"

殷荣澜欣慰点头。

张成功走来的时候，正好看到这一幕，嘴角抽搐了一下："你们……"

陈盏听到声音回头，惊讶道："你怎么在这里？"

张成功指了指他。陈盏："找我？"

张成功"嗯"了一声："我问林池昂要了你的地址。"

陈盏等着他说下去。

张成功抿了抿唇："林池昂说你可以帮到我。"虽然不知道对方能帮到自己什么，陈盏写的文章他都有看过，有趣是有趣，但似乎没现实意义。

闻言，陈盏摸了摸下巴："是能帮到一些。"

他留下张成功帮忙取羽毛球拍，自己上楼，不知忙些什么。

大约有十分钟，陈盏再度出现，给了张成功一个信封。

"这是……"

陈盏神神秘秘道："回去找个没人的地方看。"说完，他又不放心地叮嘱，"记住，一定不能被其他人发现，否则会招来祸患。"

张成功被他严肃的神情吓到，紧张道："你放心。"

左右环顾，确定没有其他人注意，他把信封揣在怀里离开了。因为迫切地想要知道答案，回去的路上张成功车开得很快，停好车发现别墅外站着一人，吓了一跳。

林池昂双手插在兜里，正望着外墙上的门牌。

"回来了。"他微微侧过身，看向张成功。

眼见他一步步走来，张成功心里“咯噔”一声，后退了两步。

林池昂佯装若无其事地问：“陈盏有没有给你什么东西？”

张成功摇头。

林池昂嘴角一勾：“是吗？”

张成功深吸一口气，行动快于理智，猛地重新跳到车里迅速发动。

后方，林池昂眯着眼睛凝视着车子离去的方向，轻轻“嘁”了一声：“要是抢过来，能卖个大价钱。”

重新驶出小区，张成功放弃归家找了个僻静的地方。他拆开信封，首段写着“阅后即焚”四个大字。

一页纸，罗列的是密密麻麻的名字。陈盏在最后做了备注：以上是我作品中的配角名单和出场次数，择友范围记得避开他们。

张成功扫了一眼，看见几个熟悉的名字。他面露不解，不就是一份名单，林池昂为什么想要抢走它？

对于张成功的遭遇，陈盏心中大致有数。

殷荣澜失笑：“名单会给他招来麻烦。”

“至少短时间内我不会再受人干扰。”他私下把消息透露给谭常鸣，对方喜欢拿人物出场顺序来下注，有了名单，稳赚不赔。

一旦谭常鸣去缠着张成功，便有了喘息的时间，不用和这些与众不同的富二代打交道。

殷荣澜检查了一下球拍，有几处被树枝刮损的痕迹，笑道：“想法不错。”

陈盏最近时间确实紧，林池昂从局子里被放出来后，动画制作的后期资金跟上，他得重揽配音的活儿。

隔了一段时间，他再去录音棚单找回感觉就用了许久。

“过于低沉了，稍微媚一点儿。”导演人不错，还能耐心地给他讲要领。

角色戏份不算太重，过程虽然艰难了些，但最终勉勉强强算合格。中午，陈盏和其他配音演员一起吃盒饭，众人讨论的东西完全和剧本无关，都感叹生活不易，赚钱辛苦。

作为资本界冉冉升起的新星，陈盏少不了被恭维打趣。

“怎么赚钱的，支个招儿？”有人乐呵呵道。

陈盏：“善于利用流量。”

那人刚想追问如何赚取流量，阅历丰富的配音师一语道破：“省省心，人家能把传销反洗脑，再花几百万给影后买直升机，你行吗？”

问话那人立时悻悻然，专心低头扒饭了。

陈盏表面上附和着有说有笑，私下却和系统保持沟通："最近有什么高分任务？"

系统："宿主你……你脑子坏了？"你可是从开始就不把任务放在眼里的人啊。

陈盏表露出的气质相当无害，像是一个初出茅庐的青涩少年："我觉得你是最合拍的一个搭档，为了表示尊重，才决定接一两个任务。"

系统声音中的怀疑几乎藏不住："真的？"

陈盏无比真诚："走了那么多系统，我想留住你。"

为什么现实中负心汉还有很多人爱？答案很简单，有些女孩子总会认为自己是对方心里最特殊的那一个。

系统也不受控地被蛊惑住，想到宿主作为系统界公认的负心汉，那么多同事被送走，而此刻竟卑微地请求自己留下，这说明什么？说明它是独一无二的！

下意识想表现得更好，系统直接刷了一个超高洗白值任务。

任务一：未雨绸缪。尽快投身商海，项目声望值达到"百万 +"。

陈盏略感诧异，这么久以来，居然还停留在任务一。

系统："是因为什么，心里最好有点数。"

陈盏无心探讨原因："声望值怎么计算？"

系统："超过一百万人打从心底认可这个项目，同时超过五十万人迫不及待地想要进行投资或者购买。"

红人效应下，想要完成后一条并不困难，难的是前面一点。产品都未真正投入市场，稍微理智点的都会用怀疑的眼光去看。

陈盏忽然笑了下。

系统："宿主每次这么笑的时候，我就感觉要遭殃。"

陈盏口是心非："多虑了。"

配音工作一结束，他买了些狗粮，打车去了富人聚集的区域。一眼扫过去，别墅整齐排列，他慢悠悠地走到挂着殷荣澜家门牌的地方停下。

按了几下门铃，没人出来。推测可能是在加班，陈盏靠在墙上刷手机打发时间。

不知过去多久，远处传来汽车的声音，他抬起头，熟悉的黑色轿车映入眼帘。车子在几米外停下，殷荣澜下车，皱眉道："怎么不打电话？"

陈盏笑了笑不说话。

土狗食量惊人，硬是不见胖，陈盏新带来的狗粮深合它的胃口，讨好地抱腿不让走。

殷荣澜把人自狗爪下拯救出来，顺手关上院子的门。看出陈盏有话要说，他从冰箱里拿出盘小点心放在桌子上，示意让他先垫垫肚子。

陈盏："你还会买甜点？"

殷荣澜："以备不时之需。"

陈盏要控制饮食，只吃了两块，他擦去嘴边的蛋糕屑，问："做什么能得民心？"

没想到是来取生意经的，殷荣澜笑着说："公益。"

陈盏一开始就排除了这个选项。他会在固定的时间捐资，但公益项目需要经过缜密的筹备，不能被钻了空子。一个有过不良过往的红人，倘若任何一个环节出问题，肯定会有人不分青红皂白地往死里锤。

他能想到的，殷荣澜自然也会有顾虑，继续开口："民以食为天。明星多会选择餐饮类投资，其中火锅店是首选。"

陈盏摇头。

殷荣澜："酒吧呢？"

陈盏继续摇头。

殷荣澜："你想要经营什么性质的产业？"

陈盏："还没开张，大家便心之所往，打从心底里期待。"

殷荣澜看了他一眼："你当别人傻？"

陈盏一本正经地说："正是实践起来困难，才来找你。"

殷荣澜思忖几秒："躺下。"

陈盏依言躺平。殷荣澜去卧房抱来一床被子给他盖上，掖紧被角，然后轻声道："睡吧，梦里什么都有。"

陈盏合上眼，却控制着保持思维清醒。

分针转了一圈，他突然如诈尸般坐起，殷荣澜坐在一边看文件，正好被他撞到头。

陈盏头铁不疼，问他："没事吧？"

摸了摸鼓起的小包，殷荣澜神情中透露出迷惘："你是谁？"

陈盏配合着紧张地问："失忆？"

实在演不下去，殷荣澜举手做投降状。

陈盏："我知道要做什么生意了。"

"什么？"

"卖瓜。"

"卖瓜？"

看出殷荣澜在逗他玩，陈盏按按眉心："别重复我说的话。"

殷荣澜："主意不错，过去一年，你可没少上热搜。"一向喜欢看热闹的网友都发出"瓜之大，吞不下"的感叹，可见其杀伤力。

陈盏无奈："是能吃的真西瓜。"

西瓜成本不高，谈不上是捞钱，可以参照当初向西绿茶成功的范本，说白了追求一个喜剧效果。

殷荣澜预测出前景会如何，说："吃力不讨好的买卖，还没你写文章赚得多。"

陈盏做出神道的样子："这可是高收益。"

只不过收益点不体现在收入上。

见他心意已决，殷荣澜不再劝说，而是说："我认识一个人，家中在各地都有果园。不过最后学了医，便去发展私人医院，很多果园就此荒废了下来。"

陈盏语塞了一下："很励志。"

殷荣澜："可以试着接触一下。"

陈盏没即刻做决定，他看向窗外久久不语，心想刚摆脱谭常鸣等人，现在再招惹一个，代价有些大。

殷荣澜笑道："放心。他做事干脆利落，能不能谈妥当天就会给个准话。"

陈盏挑眉："这性格我喜欢。"

今天天色已晚不便打扰，第二天殷荣澜又要工作，一直拖到周末，他们才见到人。

主人家的房子和殷荣澜冷冷清清的别墅不同，一进门，他们犹如置身动物世界。屋子装饰奢华，隔几步就有一只小动物。

陈盏惊讶："养这么多小动物，不累吗？"

"有专人负责。"

顺着声音看去，陈盏才发现沙发上坐着一人，刚才之所以没发现，是因为那人被猫和抱枕盖住了大半个身子。

青年对殷荣澜明显有几分尊敬，立刻赶走周围的小猫，端正坐姿。

助理端来花茶，完全是贵族生活的配置。陈盏简要说明来意，青年一口答应，速度快得令人都没反应过来。

陈盏："不细听下利益分成等问题？"

青年："你看我缺钱吗？"

有钱有猫还实现了学医的梦想，可不得找点事情做。而陈盏，通常等同于有意思的代名词。理由充分，无法反驳。

青年走到正前方，拉开遮掩的布帘，架子上挂着好些小布条。

陈盏眼睛一眯："这是什么？"

"'乱葬岗'。"青年淡淡道，"都是在你小说中一闪而逝的角色。"不是主角，连"立碑"的资格都没有。

陈盏："……是一闪而过。"

青年："都一样。只要费了点笔墨写的都没好下场。"要么上热搜，要么进局子。

不想被公开'处刑'，眼见生意的事情已经敲定，陈盏对殷荣澜使了个眼色，准备找借口遁走。

殷荣澜十分直白："今天就到这里，合同回头让人送来。"

青年转身看向陈盏："既然来了，上炷香再走。"

三天后，草拟的合同便送了过去，对方竟是直接签了字。

当天晚上，陈盏发了条动态："下半年卖瓜，可预定。备注：真的西瓜。"

不到半个小时，就上了热门话题。

陈盏没细看评论，默默地计算时间，睡了一觉后醒来问系统："声望值够了吗？"

系统："比想象中还多。"

陈盏洗完脸，边煎鸡蛋边道："第一任系统曾说如果达成通关条件就有机会回去，通关条件是什么？"

系统："获取足够的洗白值。"

鸡蛋煎到差不多七成熟，陈盏才再度开口："我如今的洗白值应该远远超过规定要求。"

大约有五分钟没回应，系统的声音突然变得尖锐："宿主是什么时候攒了这么多洗白值？！"显然是核对了数值。

陈盏平静地装盘吃早饭，洗白值来源渠道太多，其中还包含和上上任系统打赌赢来的。

系统激动到语无伦次："我现在就送……"

陈盏打断它："不回。上上个系统说还可以选择实现一个心愿。"

系统："……它怎么什么都跟你说？"

陈盏：“斯德哥尔摩情结，别忘了它爱过我。”他顿了一下又道，“我的心愿只有一个，弄清楚平行世界的原理。”

短暂地沉默后，系统想通其中关节，厉声控诉：“骗子！从一开始就是个阴谋，你不做任务，不兑换商品，让所有系统认为你根本不在乎洗白值，甚至因此用洗白值跟你打赌！日积月累，数值可谓是一路飙升。”

陈盏微笑拍手：“都对，但你能如何？”

系统：“原理涉及核心机密，总部不可能公布。”

陈盏却无比坚持。系统是高端产物，能被一个个气得送走，可见都要遵守章程，他也是赌了一把，想看看它们究竟有多受限制。

僵持不下中，系统率先示弱：“我会传达给总部，具体要看上头的意思。”

它这一去就是大半天，日落西山，系统疲惫的声音传来：“总部同意给宿主这部分文件。”

冷冰冰的文件袋突兀地出现在面前，陈盏心下忽而有些紧张，轻轻地吸了一口气，才打开细瞧。

前三行文字映入眼帘，他便像是突然脱力，紧皱眉头：“怎么会这样？”

一直以来，陈盏自持心绪平静，可在现实的冲击力面前，仍是不堪一击。哈勃常数是什么，为什么还有卡诺定理，平行世界的交替不是物理学科，怎么又和热力学扯上关系？他费尽心思找到一份参考答案，结果却因为文化水平低看不懂？！

“可笑。”陈盏靠着桌腿坐下，无声中弥漫着悲凉。不知过去多久，后背都有些发麻，他想了下给殷荣澜打了个电话，“喝一杯？”

陈盏日常最多喝点红酒，他主动提出喝酒，殷荣澜猜到必定是心情不好，于是放下手头的事匆匆赶来。

敲了许久的门才有人来开，陈盏满身酒气，摇摇晃晃地挥手：“来了。”

殷荣澜连忙扶住他：“出什么事了？”

陈盏自说自话：“白算计了一场。”想要喝口酒，发现酒瓶已经被殷荣澜拿走。陈盏随便找了个地方倚着，抬眼看他，言语间充满自嘲的味道，“知道什么是哈勃常数吗？”

殷荣澜很认真地回答：“是星系退行速度同距……”

才听了几个字，陈盏就忍不住头疼，打断他：“你知道？”

殷荣澜：“初中物理竞赛时有过浅薄的了解。”

陈盏：“……宇宙膨胀率呢？”

殷荣澜：“利用造父变星的光变周期……”

“别说了。”陈盏闭了闭眼，猝不及防地凑过去，无比郑重地问道，“如果不知道这些常识，别人会不会怀疑我没上过大学？”

“看来你是真的醉了。”殷荣澜叹道，“术业有专攻，不知道也很正常。”

陈盏不死心地追问：“从小到大，你有没有看不懂参考答案的经历？”

殷荣澜好笑地说道：“我智商没问题。好了，快去休息。”

陈盏再睁眼已经是新一天的黎明。他头部传来刺痛，酒意倒是彻底散了。来自系统的语音播报提醒他，昨天发生的一切都不是梦。

“洗白值已清零。”系统来来回回地重复这一条消息。

陈盏蹙眉，不该有点结余？

系统给出的回答很官方：只要完成宿主的心愿，所有洗白值将自动归零。且若想继续留在这个世界，每年都需要上缴一千洗白值的保护费。

系统幸灾乐祸后，还询问他有没有后悔没选择离开。陈盏对此嗤之以鼻，不是谁都愿意再经历一次高考失利，何况上个系统说传输过程不稳定，很有可能把他送回原来世界的几年前，届时又要从头学起。

陈盏看了下时间，下床准备倒杯热水喝。一出卧房望见殷荣澜半靠在沙发上休息的画面，他嘴角弯了弯……这也是他留下的原因之一。

陈盏走到厨房拿了个锅煮粥，动静将殷荣澜从梦中惊醒。陈盏给他递了杯蜂蜜水，殷荣澜笑着摇头：“这待遇更像我是那个宿醉的人。”

陈盏把炉子上的火调小，粥在锅里咕噜咕噜冒泡，他调侃道：“昨晚有没有被吓到？”

面对拉着自己，强行讨论了大半个晚上天文地理的罪魁祸首，殷荣澜只能无奈摇头。

吃完早餐，殷荣澜赶去公司上班，陈盏则开始写作。昨夜的醉酒使得一个早晨的精神都处于萎靡状态，陈盏写得断断续续。中途休息刷手机，发现在他卖瓜的消息传开后，被网友自发授予“瓜王之王”的称号。

热心网友发起讨论，月销量多少的情况下，能给他们发福利。毕竟去年的相关爆料，胜过以往两三年吃过的瓜。

陈盏摇了摇头，退出程序站在窗边准备透口气。眺望四周，发现垃圾桶旁空无一人，他不禁皱了皱眉。平常这个时间，老人家应该在捡垃圾才对。

他敲了敲对面的门，半晌才听到“咔嚓”一声，门被吃力地拉开。里面的人面色发白，脚步虚浮，仿佛下一秒就会晕过去。

陈盏马上扶住老人，问：“身份证在身上吗？”

老头点头。

陈盏让他穿好外套，自己锁好门打车迅速送老人去了医院。

现在正是换季的时期，医院里感冒的病人很多。老头的身体几乎已经完全脱力，很快就有护士发现不对，推了车过来让老人平躺上去，然后马上送去了诊疗室。

按照流程需要做不少检查，陈盏便先跑去挂号充值，想了想一会儿还要拿药，没办法一直陪同，便打电话把殷荣澜叫了过来。

不过二十分钟，殷荣澜便匆匆赶来，陈盏抬头看他，说："在做脑部 CT。"

所有检查做完，除了血糖低些，没发现大问题。加之年前老头才做过详细的体检，医生宽慰他们不必太过忧心。

陈盏去食堂买饭，殷荣澜在病房内守着，面色不是一般的冷："晚饭不吃，早饭不吃，您可真行。"

老头讪笑一声："偷了个懒。"

老头："我今天的经历完全可以用来求婚。"

殷荣澜皱眉："什么？"

老头："可以这么开场……刚刚的事情让我深刻地认识到，意外来临时总是猝不及防……说到这里一定要牵对方的手。"

想了想措辞，老头继续道："然后表明'我不想再蹉跎时光，余生，让我们一起走好吗？'"

继陈盏后，殷荣澜第一次听得哑口无言，半晌，他才缓缓道："您是……怎么有这种想象力的？"

老头神秘一笑："如何？"

殷荣澜："……妙绝。"

食堂挤得不行，陈盏根本不知道病房里的一场讨论，提着稀饭和小菜回来，还在感叹人山人海。

吃饭时大家都很安静，老头在早上输了点葡萄糖后，气色好了很多。现在胃口更是好，丝毫看不出虚弱的样子。

见他精神不错，陈盏微微松了口气。

饭后，殷荣澜把陈盏叫了出去。

陈盏感觉出他态度有些古怪："有什么话不能在里面说？"

殷荣澜记不清自己说了些什么……

陈盏愣了几秒，用手摸了摸对方的额头："你病了？"

说完问护士借来体温计，一量三十九摄氏度。通常到了这个温度，多半是由病毒感染引起的，想要自然退烧很难。

殷荣澜坚持道："……我没病。"

陈盏冷笑一声："挂水还是吃药，选一个。"

老头在病房里等了许久，谁承想下一秒就看见陈盏帮忙举着吊瓶，殷荣澜手上插针的画面。

"被打了？"老头惊异道。

陈盏一脸淡定："发烧。"

老头失神了片刻，好半天才问："真病了？"

回答他的是殷荣澜的一声叹息。老头抿了抿唇，看过去道："你这孩子……命是真的不好。"

殷荣澜以手扶额，不再说话。

陈盏幽幽道："命不好的在这里。"一下要照顾两个病号。

生活的打击往往喜欢循序渐进。

过去被压榨久了，一朝被阴，系统每日喋喋不休地提醒他洗白值浪费的事情。

"归零，归零，归零……"

"现在已经是三月份，记得在年底前攒够一千洗白值。"

"求我啊，求我给你个好任务。"

虎落平阳被犬欺，大抵如此。面对挑衅，陈盏一直不曾回应。直至今天下午，系统再一次念叨时，他才微微一笑。

过去被支配的恐惧感让系统的声音渐渐微弱。

陈盏："合作方能双赢。"

系统："死也不会被你洗脑。"

陈盏："系统都对我避之如毒蛇猛兽，但肯定是存有一些好奇的。"什么样的人，才能送走一个又一个同事……诸如此类的想法不可避免。

陈盏："可以开发一个观光浏览点，组织其他系统进行一日游，每次收取门票费五十洗白值。"

系统："……你怎么会有这么恐怖的想法？"

陈盏自顾自道："选定体验玩家，让它跟着我一天，切身感受我的为人处世。"

“做系统能挣几个钱，发展点副业不为过。不但能减轻你的工作负担，还可以赚外快。就像游乐园里的鬼屋，即使游客被吓到半死也要去玩，可见这个行业很有前景。”

不等他说完，便听到回答——

系统：“干了！”它负责拉人，陈盏坐享其成。

挂水后，效果立竿见影，殷荣澜除了头还有点晕，烧基本已经退了。

老头比他还早出院，回到家静养。

医院食堂的饭菜有些油腻，殷荣澜连续两日中午只吃了白菜、米粥，病愈后陈盏主动提出请他吃饭。陈盏亲自下厨做了三荤五素，中间放着一大碗汤。殷荣澜：“这是……过年？”

陈盏：“请用。”说着就要给他夹一块红烧肉。

脑海里突然传来嗡嗡嗡的声音，陈盏的手在半空中抖了一下，他很快恢复正常，平静地把红烧肉放在殷荣澜碗里。

“系统。”他默默地叫了一声。

系统：“正在带队，很忙。”

陈盏眼皮一跳：“队伍？”

系统：“一次接一个客户，太浪费时间，主张团队接单。”

接下来，它没再搭理陈盏，喊着“不要掉队”等。

殷荣澜注意到陈盏神情的变化：“怎么了？”

陈盏：“就在刚刚，我不干净了。”

“……”

陈盏起身：“我去给你倒杯水。”

“不必……”麻烦，后两个字还未说完，陈盏已经走去厨房。

事已至此，他迅速认清现实，重新联系系统：“包月套餐也安排上，出外景要单独加价。”

系统：“都好说。”

不大的玻璃杯里，除了茶叶还有枸杞、山楂、乌梅等物，殷荣澜看着颜色丰富的杯子，喉头一动：“是不是有些多了？”

陈盏十分慷慨：“不差钱。”面上哪里还能看得出前几日酒醉后的颓唐。

殷荣澜只抿了一口，便觉得杯子空了，剩下的全部是配料。他端着杯子揣测道：“中头彩了？”

陈盏摇头，收敛起多余的表情：“晚上出去逛逛？”

殷荣澜：“不是嫌最近感冒的人多，不愿意出门？”

无法告知对方适才有系统下单外景，陈盏只道：“戴口罩就好。”

绝处逢生，不到险境永远不知道还有哪些法子。陈盏去年打响了招牌，今年被坑后反而找到新出路。紧凑的日程中，他开始进行最后一天的配音工作，脑海中却突然传来激动的声音。

“预约服务已经排到明年，我和宿主成功登顶了富豪榜第一！”

意料之中，陈盏表示知道了。

系统：“既然有资本有实力有人脉，我们为什么还要甘受控制？”

“……啥？”

系统：“王侯将相宁有种乎？夺权篡位！君临天下！只待今朝问鼎！”

陈盏沉默了好一会儿，他并未正面回答这个攸关生死的问题，而是说：“共事一场，告诉我，你的名字和出生日期。”

系统：“要这个做什么？”

陈盏语气平淡：“有大用途。”

过了好一会儿，系统才再度发声：“宿主想去举报我？”

陈盏叹气：“举报需要出生日期？”

系统：“那是什么原因？”

陈盏一本正经地说道：“如果你连这么浅显的问题都想不通，还是别做帝王梦。”

论缠人的功夫，系统不输给任何存在。吃饭时，午睡间，就连沐浴的间隙也在吵吵嚷嚷询问原因。

陈盏被它闹得心烦，丧失耐心冷冷道：“给你刻碑用。”后人也好从出生年月和死亡时间计算出它活了多久。

系统：“万一……成功了呢？”

陈盏不受蛊惑，强行纠正：“是千万分之一。”

系统并未因此彻底死心，好在总算安静下来，似乎准备独自思考做决定。

陈盏看了一眼日历，默默地记下了今天的日期。倘若系统一去不复还，就把这天作为它的忌日，以后每年去上炷香。

当初为了立多才多艺“人设”，建的美食账号许久没有更新了。见时间还早，陈盏便煮了个单人份番茄火锅，拍照上传图片。

锅底在小火中翻涌，中间滚动着藕片，香味扑面而来。陈盏眼睛因为热气眯着，准备静心享受接下来的美食。

他刚刚拿起筷子，手机便在桌面上振动起来。来电显示的是陌生号码，陈盏预感到没好事，调成静音开始用餐。打电话的人格外执着，屏幕不停地闪烁着光亮，陈盏咽下刚送进口中的米饭，蹙眉接通。

“请问是陈盏陈先生吗？”

陈盏：“哪位？”

那边的人尽量简洁地表达清楚情况，听到“警局”二字，陈盏面色微微一变：“我现在就去。”

遇到几个红灯，搭出租到达目的地时，周围已经围了一小圈人。陈盏摇了摇头，挤进去。看到个手指冻得通红还不忘拿手机拍摄视频的中年人，他不禁道：“我听说亡灵可以寄居在影像当中。”

那人白了他一眼，却没有再拍。

自楼顶往下看，就像是俯视密密麻麻的蝼蚁，站在上面的男人早就下了决心，一旦陈盏开口跟他说话，就跳下去。一名警员正在疏散现场群众，另外一个看到陈盏，走过来道：“对方指明了要见你。”

陈盏身上还残留着淡淡的火锅味，警员神色复杂地看了他一眼：“已经有同事上去准备施救，你试着说几句话拖延时间。切记不要刺激到他。”

上前两步，陈盏望着站在上头的人，唇瓣动了动，还未张口又退了回去，低声问：“这人叫什么来着？”

当初致幻剂事件闹得沸沸扬扬，就连很多不看新闻的群众都知道，警员看他的样子不像是在开玩笑，深吸一口气道：“计东宇。”

陈盏露出恍然大悟的表情。

警员：“他给你下药，这都能记不住？”

陈盏略感无奈，这些反派战斗力太弱。就像一首歌曲，到最后有印象的不过一两句歌词。

虽然记不清名字，但计东宇的为人处世给他留下了深刻的印象。从心理状态上说，对方是病态的。计东宇接受不了背景不如自己却能突然蹿红的艺人，即便没有陈盏，也早晚会出事。

天台上，计东宇又往前走了一小步，周围立马发出一片惊呼。

警员压低声音：“快随便说上两句。”

陈盏想得透彻：“他就是想要当着我的面跳下来。”被全网嘲得毫无翻身之地，依照计东宇的性格，死也要给他留下一点阴影。

站在原地闭眼思索了半晌，陈盏忽然大声道：“我要结婚了！”

空气在这一瞬间都因为他的发声而陷入沉寂。不顾身侧的目光，隔着好几层楼的距离，陈盏仰头望着计东宇：“感情不能勉强，你以死要挟……没用！”说罢，转身迈步离开。

好几人在远处公然开直播，平台单是封号都忙不过来，镜头清楚地记录了这一幕。警员走过来拉住他：“别激动，先救人。”

陈盏瞥了一眼看热闹的人群，道：“不会跳了。”一旦跳了，谣言不知得传成什么样，计东宇宁死也不会愿意背上一个心悦自己的名声。

短短一句话造成的轰动不小，计东宇在天台上低吼辱骂，表示陈盏在胡言乱语。然而又有谁会去听，就连被拍下放到网上的视频，看到的人一边责骂拍视频的没同情心，一边毫不犹豫地留下评论：“对上了！计东宇在给裴殷秋下药后，安分了好几个月，为什么突然又对陈盏下手？摆明是因爱生恨！”

计东宇的身子像是风中颤抖的小白杨，看着摇摇欲坠，却始终没有跨过那一道生死防线。陈盏的一席话带来的打击不小，他脸色涨红语无伦次，倒给后面爬上来的施救人员提供了很好的机会。两人望着前方情景，一合计，其中一个迅速冲上前，抱住计东宇的腰往后用力一倒。另外一人果断按住计东宇挣扎的双臂，强行将其带离危险区域。底下瞬间响起一片掌声，几个好事者的叹息被掩盖在其中。

陈盏见识到了众生百态，不再去凑这个热闹。已经有手机在明晃晃地对着他拍，他加快步伐招了辆出租车离开。

系统：“我想到一个绝妙的主意，加剧底层系统和主系统的矛盾……”

陈盏打断它的发言，望着车窗外川流不息的车辆喃喃自语：“没一个可以省心的。”

他尚未到家，王城的电话就打来了：“你上热搜了。”

说的人语气毫无波动，听的人更是面无表情，彼此都已经熟悉了这种操作。沉默片刻，王城又道：“评论里说你要结婚？”

“权宜之计罢了。”

王城暗暗地松了口气，普遍来讲，年轻艺人婚前的价值要更大。

路上因为堵车，耽搁了二十分钟。原本诱人的番茄火锅早就凉了，一层红油浮在上面。一来一回，陈盏也失了胃口，洗漱后直接躺上床。

翌日起得相当早，他懒得做早餐，穿了件开衫准备下楼买两根油条。他刚拿起钥匙突然愣了下，进门的垫子上不知何时多出一个信封。

顾虑到可能是恐吓信，为了不破坏指纹，陈盏找了双手套戴上，才皱眉拆开。还未看具体内容，单是字体便让他目光微动。笔迹很熟悉，仿佛是自己亲手所写——

倘若顺利，这封信寄到你手上的日期应该是3月19日。无论你是否相信，写这封信的我正是十年后的你。

为了证实这番言论，今夜将会有一场暴雨。我对这场雨的印象很深刻，至于原因留待日后说。

信件内容到此为止，陈盏看了一眼天气预报，上面播报的是晴。将近一个月天气干燥，不少市民开始抱怨。念着计东宇的事情已经让他在热搜上挂着，陈盏犹豫了一下，没报案。

不涉及人身安全，且听起来天方夜谭，无论是否有人在恶作剧，一旦报案绝对会被当作炒作。

半宿未眠，指针刚过夜里一点，外面暴雨突至。陈盏记不清是何时睡着，再一醒来，信件又出现在同样的位置。

不知道你早餐在吃什么。大概不是煎鸡蛋便是豆浆油条一类。谁能想到风平浪静的日子里，会很快迎来变故。无须惊恐，所有的挫折都将克服，未来的你会事业有成、家庭幸福。

陈盏看了许久，又上网搜索了监控摄像，基本没找到在本市发货的。估计放这封信的人也猜到了这些，知道他不会报警，也需要时间安监控。

当夜晚再度来临，陈盏尝试站在窗边往下望，没过半个小时便感觉到腰酸腿疼。明月高悬，单元楼里出现一道身影，脚步轻得出奇，甚至没有触动声控灯，独自摸黑前进。

那人准确迈过最后一级阶梯，停在一户人家外，塞进去一封信。事后缓缓露出一抹微笑，门内忽然传来轻微的动静，来人脚步一顿，趴在猫眼上……黑暗中，正好对上一双放大的瞳孔，有一双眼睛竟也在从里面偷看外面！因为太惊讶，来人猛地向后退了一步。

门开了，楼道里的灯随着响动骤然明亮。陈盏抱臂微笑地望着殷荣澜：“耽误了我四个小时的睡眠，你很优秀。”

殷荣澜深谙陈盏的性子，一般不会浪费时间在这上面。不料他反其道而行之，耐下性子守株待兔。

“说说看，”陈盏捡起地上的信封，“为什么这么做？”

东窗事发，摆在面前的唯余坦白从宽一条路，殷荣澜轻声道：“表达某种期盼。”

空气刹那间安静下来。

陈盏嘴角的笑容僵住：他怎么就没看出有哪个环节像是在诉衷肠?

殷荣澜解释："我在信里提到了未来你会家庭美满，这是在做心理暗示。"

听罢，陈盏眼皮一跳："上一封信里说的变故，就是指你未来几天会这么做？"

殷荣澜点点头，望着他手上的信封："这是最后一封，里面详细记录了你的幸福生活。"

如果能让对方从心底里相信十年后会生活美满，便没有理由拒绝。

"……暴雨又是怎么回事？"

殷荣澜："天公助我。"

陈盏眼睛一眨不眨地盯着他。殷荣澜避开对视："……有个校友在气象台，打听到那一天可能会人工降雨。"

陈盏认真考虑眼下是在做梦的可能性，最后发现逻辑链清晰，故事情节离奇但合理。他闭上眼，长吸一口气："很好。"

还想再说什么，对面的门突然开了。老头扶着门一脸莫名其妙地望着他们二人，惊讶道："这是在做什么？"

他的出现再次印证了小区房子的不隔音，殷荣澜曾对上次因楼上响动致使陈盏闪腰耿耿于怀，现在总算能放下芥蒂。怪开发商没把房子建好，并非自己命不好。

没等来殷荣澜的回复，老头将目光偏移向陈盏，后者泰然自若道："他想让我们已经坚固的友谊更加天长地久。"

老人怔了两秒，陷入沉思：是年纪大耳朵不好使，还是脑子不够用，为什么不能理解他在说什么?

担心会影响到其他邻居，陈盏把人都请到自己屋中，详细说明了前因后果。从云里雾里到难以置信，老人的神情变化堪称精彩，最后他死死地盯住殷荣澜："你是怎么把生意做起来的？"

殷荣澜沉默，陈盏却是难得帮着说了句话："商场讲究出其不意。"

在这一点上，相信没有人会做得比殷荣澜更好。

他边说着边拆开今晚对方偷偷摸摸地想要塞进来的信，交到他手上，微笑道："念。"

林池昂在看小说时是何等心情，如今殷荣澜总算能体会一二。

半晌见他未出声，陈盏低头看了下手机，挑挑眉，暗示别浪费时间。

挣扎无果，殷荣澜摊开信纸，低声道："今天是三月二十一日，你会遇到意外之喜……”

陈盏：“什么是意外之喜？”

殷荣澜：“本想着在你出门前，找准时机往门口放些钱币。”

“……继续。”

扫了一眼余下的内容，殷荣澜做好公开“处刑”的准备：“近期你将迎来人生中一个重大的转折点……”

陈盏：“转折点是指你？”

殷荣澜乖巧点头，接着念下去：“当意外来临时，只需心平气和地去对待，张开双臂迎接新的生活……”

老头瞧见桌上的暖瓶，倒了杯水递给陈盏，认真道：“你可以把这次事件同样看成是一个意外。”

陈盏就事论事：“古往今来，没几个人会用这种方法。”他笑了笑道，“不申请专利实在可惜。”

对于他的情绪变化，殷荣澜感知敏锐，可以肯定在那双眸子的深处绝无丁点笑意。

“我错了。”他十分有“求生欲”地认错。

陈盏拉起他的手，说着殷荣澜从前说过的言语：“错的是这个世界。”

老头对着殷荣澜摊摊手，露出爱莫能助的表情，率先离开回家补眠。

现在距离天亮不到三个小时，陈盏从柜子里抱出一床被子撂到沙发上，其间瞥了站着不动的人一眼：“先休息，这笔账以后再算。”

连续几个晚上因为送信，殷荣澜都没有休息好。现在几乎是一沾枕头，睡意便侵袭而来，很快传来他均匀的呼吸声。

陈盏叹了一口气，帮忙把被子往上拉了拉，回到卧房睡觉。

第二天醒来时，房子里只剩他一人，桌面上摆放着丰富的早餐，约莫是表示歉意。

刚坐下，王城就打来电话，直言道：“网上都是你和计东宇的热搜，还是去看看的好。”

昨天的自杀闹剧虽然已经结束，但施救过程中，计东宇倒在地上时不慎扭伤了胳膊。虽然程度不严重，但他还是要求去医院。现在去看望，至少能给外人留下一个大度的印象。

计东宇始终是一个隐患，陈盏想了想，应了下来。

病房里一共有两张床，计东宇只占了其中之一。陈盏来时，他塞了些钱给另外一名病人，把空间暂时留了出来。

差不多有五分钟的时间，两人相顾无言。最终计东宇冷笑了一声。

“事发后，所有人都觉得我很可笑，下药听上去很低级，但只要处理得当，我原本可以再红个几年。”

陈盏把凳子拉过来，在他面前坐下：“你很聪明。”

除去系统，迄今为止，计东宇算是唯一成功阴了自己一次的。

一个是话不投机半句多，另外一个认为多行不义必自毙，聊天再一次中断。不知过去多久，计东宇才道：“出院后，我应该就会离开这座城市。”

事不过三，殷荣澜绝对不可能容忍他继续在陈盏周围转悠。

陈盏挑眉，不置可否。

连死都不怕，万一哪一天想不通要同归于尽，岂不危险？

熟悉的挫败感再次传来，计东宇原本有很多话想说，这会儿一口气憋得不上不下：“你就没什么要和我说的？”

陈盏想了想，说：“一路顺风。要不我给你买张机票？”希望可以走快点。

至此，谈话不欢而散。

王城趴在窗户上不时踮着脚窥视，看到陈盏走出来，讪笑两声。

“聊得怎么样？”

陈盏：“在他离开前，最好派个人盯着。”

“这是自然。”王城提醒，“外面还守着几个记者，一会儿不要接受采访，直接上车。”陈盏点头。

进去的时候，记者还能因为不阻拦探望放行，一出来瞬间有几个镜头聚焦。

王城准备得足够充分，把陈盏当作货物用力往车里一推，随后灵巧地跳上车，甩开娱记。喘了好几口气，心跳渐渐恢复平静后，他偏过头看陈盏：“怎么感觉你心事重重？”

陈盏随口一提殷荣澜的事迹，王城惊讶得合不拢嘴。

陈盏：“说起来，你们认识时间更长……”

王城连忙撇清关系：“是我单方面的个人崇拜。”

陈盏手抵着下巴看向窗外，不知在想什么。

有此疑问的不止一个人，对门老头直接打电话把殷荣澜叫到家里，摇头道：“你究竟在想什么？”

帮忙把对方捡来的纸盒拆开，殷荣澜冷静道：“只是想看他会不会相信未来一说。”

老头愣了下，转身从抽屉里取出一支温度计。

殷荣澜拒绝测体温，异常平静道："有天晚上，陈盏喝醉酒，拉着我谈论天文地理。"

老头失笑："他还通晓那些？"

"就是不知道才会问，大概是想找点慰藉。"

老头乐不可支："然后你全回答了？"

殷荣澜目光微微一变，不再开口。正常人对不感兴趣的东西哪里会多看一眼，更别提主动和别人谈论。撇开那些烦琐的物理定义，陈盏问题的中心始终萦绕在"时间"这个范围内。再联系到他发家迅速，且对姜颖前后态度转变巨大，不禁让人有些耐人寻味。

殷荣澜突然笑了下："有一瞬间，我怀疑他或许是从未来而来。"他顿了一下又道，"又或者，从另外一个看似交叠却永远平行的世界。"

闻言，老头把温度计强推过去："保险起见，还是测个体温。"

殷荣澜把温度计随手放到一边，其实当看到陈盏收到信件后并无特别的表现时，他便猜测推测的方向可能有误。

门外传来上楼梯的声音，他开门走出去，陈盏刚巧爬完最后一层，抬头时还愣了下："什么时候来的？"

"半个小时前。"

想说些什么，身后突然传来砰的一声，再一转头，老头已经把门锁了。

殷荣澜略显无奈，陈盏打趣："看来只有委屈你到我家坐坐。"

都是一样的户型，因为养了很多绿萝，任何时候走进来都能感受到旺盛的生命力。

陈盏削了个苹果，递过去的同时开口询问："旷工？"现在分明不是下班时间。

殷荣澜："早上去公司才发现今天是周六。"

陈盏轻"咦"了一声，同样才意识到这个问题。

殷荣澜笑问："也过糊涂了？"

陈盏一脸认真："因为不用按时按点上班，平日不太注重日期。"

系统："诛心之言，连我都要朝九晚五。"

陈盏惊讶它居然还没去送死。

系统："差一些准备，会成功的。"

忽视反叛的问题，陈盏主动结束沟通。他把目光重新放回到殷荣澜身上，预感到对方有话要说。

彼此相处过程中都不缺乏耐心，陈盏安静地注视着他。

“你……”殷荣澜微皱眉头，问，“有没有什么事瞒着我？”

陈盏：“比如说？”

四目相对，殷荣澜唇瓣动了几下，终是摇头：“没什么。”避开对视，他眼神闪烁了一下，“你不会离开，对吗？”

陈盏颔首，很是笃定：“当然。”

话音落下的刹那，殷荣澜目中比方才多了几分释然：“这就够了。”

接下来再聊天，双方都下意识地避开了沉重的话题。殷荣澜走后，陈盏收拾桌上的茶具，端起盘子的时候突然靠在墙上看天花板。

系统：“为什么不告诉他？”

陈盏冷笑一声：“作为系统，能允许我泄密？”

系统：“宿主忘了，我要造反。”

陈盏嘴角一抽，末了道：“倘若有人告知我只是一个工具人，会随着固有剧情发展，不如不知情。”

系统：“再次强调，这是真实的世界，不过是有人把见闻记录下来……而那人恰好也因为实验去了另一个平行世界。”

陈盏“哦”了一声，不知听进去了几分。

系统：“如果你们是工具人，那林池昂、姜颖、谭常鸣……”一口气罗列了近百个名字，“他们算什么？”

陈盏思索良久，抿了抿嘴：“这个问题……难住我了。”他拒绝再去思考这个深沉的问题。陈盏看得很开，自己无亲无故，在哪里过日子不是过。更何况这里还有殷荣澜，细算下来是赚了。

晚上九点，陈盏收到合作伙伴的邮件，上面详细地提供了几个地区可以合作的瓜农，让他自己来挑选。陈盏对卖水果没经验，准备走薄利多销的路子，西瓜必须口感要好。是以比起瓜农，他更关注产地。

他聚精会神地细细筛选时，殷荣澜去而复返。陈盏开门看见他，有些惊讶。殷荣澜：“东西忘带了。”

陈盏在房间中环视一周，最终在花盆旁边发现一部手机，走过去帮他拿过来：“给……”

话语一滞，殷荣澜不知何时已经换好鞋走进来。

“多谢。”他接过手机放回口袋。

看他的样子不像是准备离开，陈盏狐疑道：“你该不会是故意把手机落下的吧？”再以天晚为借口，留宿于此。

殷荣澜摇头，表示不是。话里有几分可信度，只有当事人心里明白。

陈盏稍作沉吟："夜间开车不安全，要不今晚就住在这里？"

"好。"回答干脆，连思考的时间都没有。

陈盏呵呵一笑，打开柜子找出没用过的洗漱用品，放到一边："请自便。"说罢，拿起浴袍转身去洗澡。

淋浴器一开，很快热气就在室内升起。

他想着再给对方一个机会坦白，但十分钟过去，外面没有传来一点动静。

系统："别等了，他发现了宿主压在电脑下的资料，正在迟疑。"

资料？陈盏想起上次花光洗白值换来的核心资料，因为没看懂，所以他随手放在了键盘下。

系统："他看到了前三行。哦！难以置信，他竟会选择枯燥的知识！"

系统："天！已经看完了第一页，再想想宿主连一个公式都不懂，文化水平低得令人心疼。"

似曾相识的解说，陈盏总觉得此情此景在哪里遇见过。他穿好浴袍系好带子走出去，突兀的开门声让殷荣澜迅速物归原位。

陈盏在灯光下像是一个发光体。然而殷荣澜的目光不时瞥一眼电脑的方向。

陈盏一句话也不说，打开去年的手稿翻阅，当看到温泉篇时，笑容凝固。难怪会觉得熟悉——当初在温泉那里，听信那一任系统的谗言试探殷荣澜，结果他和林池昂却为了素材本险些打起来。这是个有前科的。

气氛太过安静令人不适，殷荣澜为了打破僵局，随便说了句话："夜间天气凉，领口太敞容易钻风。"

陈盏深深地看他一眼，露出微笑："谨遵教诲。"

相安无事地睡下，殷荣澜惦记着资料内容，迟迟没有睡着。他暂时强制性把这桩心事放下，半梦半醒间脑海中闪过一个念头，猛地睁开双眼。

陈盏睡得正香，因为周遭的动静骤然清醒。殷荣澜坐在床边握住他的手，眸光亮得在黑暗中都能看清："我懂你的暗示了。"

陈盏缓缓偏过头，脸色阴沉得可怕："就为了这个，你把我喊醒？"若是噩梦也就罢了，百年难遇做个好梦竟被毁于一旦。

察觉到不对，殷荣澜站起身后退一小步："我只是想……"

陈盏咧开嘴："想再有机会？"

殷荣澜迟疑片刻，小幅度颔首。

夜半三更，咚的一声响彻楼内，有些睡眠浅的被当场惊醒，确定不是地震后翻了个身继续沉睡。

天还没亮，殷荣澜落魄地从楼内离开。老头正在亭子里活动身体，看到他时惊讶道："被猫挠了？"

殷荣澜："是我做错了事。"

老头不明所以："记得打疫苗。"

殷荣澜摇头："无力回天。"

上车前，似有所察，殷荣澜转过身仰头朝楼上望去，陈盏正站在窗边望着他。或许是隔得太远，从这个角度看去，对方眼珠仿佛一动不动。

待殷荣澜驾车离开，陈盏才关上窗。

系统这两天很活跃，基本会主动说两句话，但因为昨晚亲眼看见暴力现场，现在保持着极度的安静。

动画制作已经结束，作为配音演员之一，陈盏晚上要去参加杀青宴。见时间还早，他先收拾了一下屋子。他的动作并不连续，相较于平时，可是算是十分缓慢。

系统："怎么了？"

听出语气中的小心翼翼，陈盏皱眉："总有心绪不宁的感觉。"

系统："看来是要倒霉。"

陈盏："怎么说？"

系统："'借尸还魂'，第六感灵敏些正常。"

陈盏："这个词用得不对，我能站在这里，是因为你们用了一种高科技手段，而非超自然的力量。"

系统："世界上最难对付的是什么？"

陈盏罕见地配合问下去。

系统："唯物主义者。"

你只能跟他们讲道理，而作为个中佼佼者，和陈盏又讲不通道理。

一个小时后，被清理过的屋子显得十分敞亮。陈盏开始打理自己，考虑到打出租去也要一段时间，便提前出门了。

作为投资方之一，林池昂自然也来了，其间刻意拉开和他的距离。

今天到场的多是一些技术人员和配音师，饭桌上的气氛非常愉悦，少了那些灌酒的无聊场景。聊起这些日子配音的经历，陈盏笑容里也多了几分真心。

王城就是在这个时候火急火燎地赶来的。看他的表情，就知道出事了。陈盏放下手中的杯子，起身和众人表示："我先出去一下。"

大家理解地点点头。

“上热搜了？代言被截和？厂商破产？”

无论说什么，王城俱是摇头。走到包厢门外，他才把憋着的一口气吐出来：“你家着火了！”

陈盏目光一变，没着急往回赶，王城能来说明消防车已经过去，便先了解情况：“有没有牵连其他住户？”

王城摇头：“没人受伤。”

陈盏微微松了一口气。

王城：“好在住你对门的人闻到呛人的烟味，打电话报了火警。消防员来得及时，火势并没蔓延。”

陈盏看了下手机，有两个老人家打来的未接电话。

两人往外走的时候，王城不住念叨：“好端端的，怎么就着火了？”

陈盏确定自己出门前检查了灶台和电源，再者，他没吸烟的习惯，火灾的原因很可能是蓄意纵火。

“计东宇最近在干什么？”

王城也觉得这事蹊跷：“问过了盯着的人，一直在医院没离开过。”

在陈盏的要求下，司机把车开得比平时略快一些。远远地就能看见楼下围了不少人，安全起见，整栋楼此刻在家的住户全部出来了。

陈盏抬头扫了一眼，烧得并不算严重，除了外面的墙体有些发黑。

表明户主的身份后，消防员安慰了两句，询问他出门前都有做过什么。

陈盏一一作答。说到一半，看到熟悉的轿车，他迅速回答完走过去。

殷荣澜眼中没太多紧张，有的只是一抹戾气：“起火原因的鉴定至少要几天才能出来，我托人看能不能尽快拿到。”

系统：“呵呵，光想着对付犯人，他都不担心你的生命安全。”

陈盏倒是很淡定，殷荣澜送的手表里面装了定位芯片，可以清楚地知道他下午的活动范围远离小区。坐进车里暂时远离外头的纷扰，陈盏用手机上网搜索了一下有关自己的消息，直接忽视媒体关于火情的报道，当看到几个小时前还有粉丝发他在酒店门口的照片，目光一动。

殷荣澜余光扫见，开口道：“虽然纵火，但无意伤人。”否则一定会事先查清楚去向。

陈盏：“不是害命，便是谋财了。”

短暂的沉默当中，殷荣澜陡然想起昨天看到的那份资料，目光对上，陈盏冲他微微笑了下。没丁点隐瞒的意思，殷荣澜直白道：“上面写的东西很深奥，我看得也是一知半解。”

陈盏听出这是谦辞，看懂全部不可能，大部分应该没问题。

殷荣澜："珍贵的东西真要被人蓄意偷走，你不担心？"

陈盏沉吟道："我一早就随便改了些。"费了全部的洗白值，总不能烧毁，但这样的东西无异于烫手山芋，索性篡改了部分资料。

总部轻而易举地把东西交出来，陈盏总感觉哪里不对，暂且便当作鱼饵，不料还真有派上用场的一日。

"X 换成 Q，数字 6 描成 8？"

陈盏惊讶："你知道？"

都是打印的文字，改动太大会有痕迹，所以多是在数字上动手脚。殷荣澜揶揄："想得很好，可惜你对物理不精通，有些是常识，一看就不对。"

"……"

"放心。"殷荣澜道，"我重新修改过，后半夜回家打印好，又送了过来。"

陈盏挑眉："昨晚你离开过？"

殷荣澜："在你发泄完怒气，重新入睡后。"

陈盏轻咳一声，半晌又很好奇："改成什么样了？"

殷荣澜耐心地从学科的角度讲解，然而陈盏没听懂。

系统："简单说就像是绝世武学《九阴真经》，他在前面加了一句'欲练此功，必先自宫'。"

"……考虑得很周到。"陈盏勉强吐出这几个字。

殷荣澜问起有没有怀疑的名单。陈盏摇头，偏过头看向已经没了玻璃的房子，目光一冷……浪费了洗白值，还平白无故搭进去一套房子。

殷荣澜："都有谁知道资料的存在？"

陈盏看向他。殷荣澜眉头一动："我？"

陈盏："是只有你……想来你的获益颇丰，一来近期我没房子住，或许会暂住到你那里；再者，资料的珍贵性自不必说。"

殷荣澜险些都要被他说动，将自己添到犯罪嫌疑人名单里。他严肃道："我是个商人。"

陈盏："所以？"

殷荣澜："不会烧房子，我很懂法。"

陈盏认真道："我也是这么想的，所以第一时间解除了对你的怀疑。"

话音落下，实在保持不住严肃的样子，两人对视间都没忍住笑。

天快黑的时候，看热闹的人才渐渐散去。陈盏叹了口气，上楼评估财产损失。房间里很多东西勉强维持原状，可见火势不算凶猛。他用力打开冰箱门，一堆黑灰瞬间掉落在手上。

看到里面的铁盒子还在，他随意拍了拍手上的灰，素材本算完好无缺。只是本子一角全部卷了起来，估计是受了高温的影响。

殷荣澜第一次知道把珍贵资料保存在冰箱里的意义。

本身就自带热度，这场火灾毫无意外地把陈盏推向当天新闻的焦点。网上闹得沸沸扬扬，几个聚在一起打扑克的富二代正看着晚间新闻。

“想来陈盏也挺可怜。”谭常鸣道，“我下午看了网友的评论，都在担心他的存稿会不会一同葬身火海。”其中真正忧心其生命安全和精神状况的寥寥无几。

“正常。”旁边人侧卧着，打着哈欠道，“能拿出手的就几篇文章。”

就像有些记者被打了，说不准“吃瓜”群众担心的是摄像机。

“人没事就好，我们也算是解脱了。”这人一开口，大家纷纷点头。发生这么大的事情，怎么着也得休息几天，他们不用再提心吊胆。

谭常鸣开了瓶酒，举杯碰了下：“恭喜。”

众人心知肚明道：“同喜。”

乐极生悲，新的一轮牌局，谭常鸣最先被淘汰，他百无聊赖地刷着手机，看到话题榜里多了一个“陈坚强”。

点开看后，他发现十分钟前陈盏发了一条视频，由本人亲自录制，视频里看着有几分憔悴，但嘴角的弧度还在——

“感谢大家的关心。在这里我想说，我绝对不会被困难打倒……”

熟悉的声音吸引了其他几个人的注意，纷纷放下手里的牌凑过来。

“更不会因为生活的一点挫折就断更，今晚我将直播写作，告诉苍天我不认输！”

谭常鸣手一抖，手机险些没拿稳摔在地上。

“他是疯了吗？”谭常鸣觉得牙根都在疼，“都这样了，还想着更新？”告诉苍天不认输……用在这里难道就不觉得尴尬？他不信邪地打开评论，本以为大多数人会抱着和自己一样的想法，然而恰恰相反。

之前的评论还有些说风凉话的，现在全部被慰藉的热评压了下去。

谭常鸣面色难看：“适才怎么不见他们这么团结？”

很少开口的一人站在客观的角度评价：“如果我喜欢的作者在房子被烧后，还说愿意更新，我也会很感动。”

谭常鸣突然想到前些日子费心想要从张成功那里骗来名单，虽然失败，但对方表示他的名字排在最后面。换言之，在陈盏的小说中，出场次数不会太多。有了这个判断，他瞬间心安不少。

夜里十点，陈盏的直播准时开始。他换了身宽松些的休闲装，身处一个背景以冷色调为主的房间。

弹幕瞬间变得热烈起来，观众纷纷调侃他。陈盏配合形容自己是一个没有感情的“码字”机器人。有网友打赏了一轮游艇，弹幕瞬间被刷屏。

陈盏致谢了打赏的网友：“直播内容可能会无趣，希望大家不要嫌弃。”毕竟是直播，不可能全程敲键盘，适当的互动很有必要。

“今天更新‘“男神”’，风格你们选，欢快、沉重、反转都行。公平起见，截屏选取。”

语毕，他将手机屏幕对准摄像头：“三，二……”随着最后一个音落下，屏幕跳动了一下，被截取的第一条评论上写着“能让我哭出来的”。

玩脱了。这是陈盏的第一反应。

网友看热闹不嫌事大，“哈哈哈”的同时不断重复让他遵守承诺。陈盏把手从键盘上移开：“作为福利，先会用口述的方式。”变相地等于赠送个免费章节，断断续续最容易打消听故事的欲念。没去看弹幕，陈盏构思了几分钟，提前组织好语言，方才缓缓开口——

腿软代驾事件后，爬山似乎成为“男神”心中过不去的坎。感觉到他心底无声的抗议，我换了个提议：“不如去骑马？”

“男神”拒绝做户外运动，但又不忍心驳了我的面子：“赛马如何？”比之坐在马上兜风，赛马更偏向一种竞技。

“男神”似乎有意想让我知难而退，因为我不擅骑术。然而考虑到能运动，又能去郊外透气，我最终还是点了点头。

路上车开得很慢，“男神”双目深邃，像是在考虑对策。半个小时后，他买了两张门票，我面无表情地跟在身后。根据指引牌一同来到玩旋转木马的地方。今天的游客不是很多，现在天色略晚，往来的多是情侣。“男神”挑了匹绿色的马，我挑了匹红色的。

嘀的一声后，类似八音盒的音乐响起，旋转木马跟着动起来。

我捋了捋被风吹乱的头发，出奇地冷静：“这就是你所谓的赛马？”

“男神”自知理亏，依旧微微眯着双目，笑着道：“来追我。”

虽然我的心理素质足够好，可依旧无法如他一般用温和的语气说出这般言语。

大约五分钟后，旋转木马渐渐减速，还未完全停止时，我直接从上面跳下来：“接下来是不是还可以去赛车？”

坐在过山车上赛。

“男神”或许是有养猫的经验，知道怎么平复阴晴不定人的心情。他去买了张面具，模仿着动漫形象机械性地做了几个招牌动作。四肢不太协调却还很认真，我没忍住，笑了出来。

此时“男神”坦然说出自己的顾虑：“万一你在骑马后还拉着我做代驾……”似乎脑海中已经呈现出那个画面，他的笑容有几分发虚。

凉风徐徐，这座城市晚上还营业的只有这个游乐园。周遭的欢声笑语和外面空荡荡的街道形成鲜明的对比，“男神”突然把面具戴在我脸上，附耳低语了几句。大概是昏了头，我居然颔首同意。

看着时间，在他出发三分钟后我才睁眼迈步。走进鬼屋，我无视突然冒出来的黑白无常，在地上堆积的道具中逐个翻找。

扮鬼的工作人员好奇问道：“找什么呢？”

“和朋友玩捉迷藏。”

经过仔细地观察，借了用手电照脸的女孩子的工具，照亮角落。移开沾着血迹的破碎玩偶，看到了戴着面具的人。

“抓到你了。”

那人阴阴地笑了：“那你后面的又是谁？”

我转过身，正好对上一张惨白俊逸的脸庞。

念完最后一个字，陈盏的声音刻意压得很低，近乎沙哑：“正在看直播的观众们，不妨回头看一看——”

弹幕已经是口吐芬芳：“还我命来，我可是独自坐在书桌前。”

面对评论的控诉，陈盏爱莫能助地耸肩：“没感人肺腑的经历，只能剑走偏锋。”

追寻刺激的大有人在，还有因此打赏的。

讲述完一个故事，陈盏开始正式写作。不看直播的读者大有人在，一旦瞧不到更新，今天在网上发的视频就成了空头支票。

因为不时和弹幕互动，影响了写作效率。夜里两点，殷荣澜敲门进来：“早点休息。”

他坐在一边，没有入镜，但观众通过画面大概能推测出他在做什么……给陈盏的手腕按摩。

弹幕愤怒抗议，陈盏看字数码得差不多了，友好地挥挥手：“明天见，没有夜生活的小可爱们。”说完，毫不留恋地关掉直播。

殷荣澜失笑：“不怕被粉丝说？”

陈盏发布新章节，侧过脸说出人生哲理：“更新到位，一切都好说。”

殷荣澜站起身帮他按肩，力道拿捏得刚刚好。陈盏舒服地眯眼，用手机当面给他发了个红包，注明赏钱。

殷荣澜学着电视剧里的腔调：“多谢爷。”

言归正传，陈盏快昏昏欲睡时，殷荣澜忽然道：“起火点在床上，是人为纵火。”

没想到能这么快得到鉴定报告，陈盏闭眼皱眉：“门锁……”

“有被撬开的痕迹。”

陈盏幽幽叹道：“小区能用的摄像头没有几个，想要避开轻而易举。”这桩案件告破难度不小。

殷荣澜：“纵火是大案，这两天警方应该就会来录口供。”言下之意是让他提前想好怀疑人选，交由警察调查。

陈盏摇头，直到现在他也没头绪……倒是有个值得怀疑的。但他总不可能跑到警察面前说怀疑是系统作怪。坏人还没得到惩罚，自己估计就先被送往精神病院。

系统及时表忠心：“和我没关系。”

陈盏当然不认为它能亲自动手，要不直接可以实施强抢，放火是欲盖弥彰的方式。

殷荣澜：“计东宇下午出院，正和公司商谈解约的事情。”

陈盏：“和他无关。”说到这里，他忽然顿了一下，“可以的话，帮我调查一下近十年间有没有突然崛起的人。”

殷荣澜失笑：“这可是不少。”

陈盏：“发家方式与众不同的那种。”他想了想，又补充道，“最好有很多次逢凶化吉的事迹。”

殷荣澜略一沉吟：“范围太大，不妨先从本市找起。”

陈盏点点头。

沉重的话题并未占据太多讨论时间，殷荣澜道：“明天要不要出去转转，顺便买点日用品？”

陈盏的衣物都葬身火海，需要重新添置的不少，他当即应下。

第二章

召唤

原本说好要一起去买东西，第二天，殷荣澜因为临时有事不得不去公司加班，便交代了附近能购物的地方。

他的本意是要将车留下来给陈盏开，被后者一口回绝：“商业圈不好停车。”

殷荣澜：“口罩在抽屉里。”

陈盏点头，走到落地窗前，看着他开车离开。

雪化的时节，空气质量并不好。现在年轻人出门大多会戴口罩以减少雾霾的吸入。陈盏戴着口罩走在人群中，不会引起任何过度的瞩目。他按照出门前罗列的清单逐一购买，准备速战速决。

路过一个咖啡店时，陈盏多看了一眼。确切地说，凡是经过这里的路人，都会驻足片刻。

橱窗里有个美人，一头乌黑蓬松的头发自由散落在肩头，脸蛋没一处瑕疵。人对美的欣赏能力与生俱来，视线多一秒的停留后就会发现，这并不是店家用来展示的模特，而是真人。

萍水相逢，没太过深思，陈盏步履匆匆去下一家店。

逛了片刻，路过一处区域，突然感觉到空气流速都急促了起来，陈盏不由分说迅速往前跑了几步。与此同时，后面传来一声“小心”的叫喊。

一声巨响，推测出是重物落地。陈盏回过头，看到离自己不远的地方，脱落的墙体摔得四分五裂。

“你没事吧？”跑过来的是方才从橱窗里看到的美丽女人，看样子是想赶过来推开他。

未完成的见义勇为之举并没有打动陈盏，反而让他觉得有趣。对方叫喊的时机太过巧妙，正常人听到这两个字下意识的反应会是驻足。倘若她聪明一点，应该喊的是“快跑”，而非“小心”。

“我没事。”陈盏笑着道，“多谢你的提醒。”已经有路人注意到这里，他不愿意再多留，才遇到纵火案，转而又碰到高空坠物。要是被曝光在网上，指不定被说成是天煞孤星的命。

女人松了一口气：“没事就好。”像是所有情窦初开的女孩子，那双媚眼有些扭捏地望了陈盏一眼，“我……我请你吃顿饭压压惊吧。”

陈盏：“有点事。”于后者失望的目光中，他再度开口，“不过我明天还会来这附近，说不准能遇到。”

转身的一刹那，他嘴边浮现出的笑意渐渐消失。

好在回去得早，今天的更新已经在昨晚全部完成，看时间充裕，陈盏准备了火锅。香味一时在别墅内扩散开。

殷荣澜加班的时间不长，进门后看到这一幕，因为惊讶微微有些失神，没想到这么冷清的地方，有朝一日也会成为万家灯火之一。

陈盏看见他，挑挑眉，强调去洗手。

饭桌上，二人闲话家常。

“东西买齐没有？”

陈盏颔首，涮了片牛肚：“赠品很划算。”

听到他在说“赠品”一词时，语气意味深长，殷荣澜问：“便宜？”

陈盏摇头：“完全按照个人喜好量身定做。”

那女子妩媚动人，尤其是那双勾人的眼睛像极了姜颖。如果原身还在，还真有几分移情别恋的可能性。

殷荣澜竟能从他含混不清的描述中推测出六七分情况。

“准备怎么应对？”

陈盏：“明天主动送上门。”

说到做到是他不变的行事风格。翌日，陈盏穿着同样的衣服走过那家店，女人看到他时眼中泛起惊喜，丝毫看不出是在伪装。

这一次，陈盏主动走进咖啡店坐在她对面。女人起身弯腰倒水，身材曲线十分曼妙。

陈盏却在此刻皱眉，态度突然冷淡下来。女人拿捏不准哪里做错了，只能通过轻声细语的交流，逐渐试探。

很快，她便有所发现。陈盏更喜欢她少说话，尤其是每当她托腮看向窗外时，对方的目光就会多停留一秒。这很好理解，做这个动作时，她的侧颜像极了姜颖。为了进一步交流，女人不时就会做这个动作进行撩拨。

陈盏很会玩语言上的艺术，每次说到她感兴趣的话题时，便会点到即止。这场谈话一直到日渐黄昏才宣告结束。双方都表现出相见恨晚的感觉，陈盏离开后，女人又点了壶茶。过去半个小时，走来一人坐下。

“来得可真迟。”女人抱怨，“你让我接近他到底图什么？”

那是个聪明人，根本不可能与之交心。

“我想知道他对姜颖还有没有兴趣。”来人神情冷峻，目光却像是湖水，澄澈又温暖，“在一年内，改变喜好、性格，这可不是正常人能做到的。”除非原本就不是一个人。

女人神情有些紧张：“你都看出来了什么？”

来人摇头：“看不透。”陈盏忽冷忽热，即便是他，也不好判断。

女人：“那我……”

“保持联系，”来人话里蕴藏着淡淡的嘲讽，“多聊几次，这种事装不了多久就会露出马脚。”

这天一聊就是小半个月，除了日常的写作，陈盏几乎放下了手头所有的事情，每天就是从早聊到晚。女人一直保持着他心底里可能爱慕的样子，托腮不时看向窗外。有几个瞬间，她认为陈盏早就在怀疑自己，但根据之前的调查，对方是有仇必报的性格。若真有察觉，早该下手。

“花很漂亮。”

女人一怔，顺着陈盏的视线看去，外面正有人推着小车在卖花。

陈盏指着最艳丽的那朵：“很配你。”

女人低头浅笑，喝了口茶。她敏锐地发现陈盏的注意力再次从她身上移开。

认识近一个月，每当做出不符合姜颖气质的动作，陈盏都会如此。女人无奈地再度托腮，做出目光不聚焦的状态，偶尔撩一下头发。姜颖近视，很多时候会给人高冷又惑人的假象，她模仿起来还算是得心应手。

日复一日，月底快要接近春末。这天，陈盏一反常态先到了一步，女人来的时候桌上已经点好了牛排。牛排是这家店的招牌菜，价格高昂。

她愣了半晌：“这么大方？”

陈盏做了个“请用”的姿势。

本以为会是转折点，谁知接下来又回到往日的轨迹。刀叉掉进盘中发出哐啷一声，女人终于再也忍不住：“你究竟有没有把我当朋友？”

陈盏淡定回答：“蛇蝎美人，不敢恭维。”换言之，这么久以来都是在耍着她玩。

女人微怔，好半天才反应过来，心下一沉：“你知道了？”

陈盏笑了笑。

女人紧紧地攥住拳头。

陈盏笑了：“没事去医院拍个片子。”

女人蹙眉：“什么意思？”

“最近是不是经常感觉手发麻，使不上力气？”

不提还好，一说手腕处便传来刺痛感。女人警惕道：“你做了什么？”

陈盏耐心解释：“这是长时间托腮导致的腕管综合征。”他喝一口茶，润润嗓子后继续道，“其实托腮的坏处不少。譬如造成左右脸不对称，影响骨骼健康。最致命的是会造成皱纹，甚至是永久性的。”他目光在她脸上一瞥，“下巴上也多出些闭合性粉刺，和掌心细菌有关系。”轻飘飘的语气落在耳中，就像幼年的毒蛇，正疯狂扭曲地往里钻。

女人手指死死地攥紧桌布，双目因为怒意瞪得滚圆，倘若目光能够杀人，陈盏应该已经被凌迟了千万遍。

这都能忍住？陈盏仰头略作思忖，最后挑衅道：“你变丑了。”

“浑蛋！”女人再也控制不住，捡起盘中的刀子扔了过去，见他躲过，又泼了一壶热茶。

陈盏早有准备，一把拽过旁边的窗帘，除了零星的水珠溅在手背上，整个人安然无恙。

老板第一时间赶过来。

陈盏：“蓄意伤人，麻烦报个警。”

看他全程表现得淡然，女人渐渐地冷静下来。知道是被算计了，她拔腿想往外冲。

陈盏低头慢悠悠地擦拭手背，站在原地丝毫不阻拦。拦住女人的是咖啡店老板，面对砸店里东西的罪魁祸首，当然不能让人轻而易举地离开。

等待警车来的工夫，陈盏出去接了个电话。

殷荣澜：“解决了？”

陈盏“嗯”了一声，若是一开始便把女人当作嫌疑人报上去，没确凿证据，警员也只能客客气气地询问。现在就不同了，蓄意伤人，可是大事。

“不枉费我花钱专门点了份牛排。”连利器都帮忙准备好，幸好对方上钩，否则亏大了。话一出口，陈盏突然意识到多说多错。

果然，电话那头的声音立时有了微妙的转变：“牛排？按照西方礼仪，餐馆应该给你们上了刀叉。”

陈盏：“牛排的味道不错，很少有……”

话还未说完，电话那头只剩下“嘟嘟嘟”的忙音。

陈盏轻叹一声，完全理解殷荣澜生气的原因，换位思考，如果对方用安全为饵，引导别人实施伤害，他估计会直接不给好脸色。

出警速度很快，陈盏跟着上车一起去录口供。

系统：“宿主洗白值积累快要冲破十万，要不要兑换精神紊乱剂？”

陈盏没说话，他更愿意冒点风险独自去周旋，依靠外力虽无往不利，但时间久了反而容易托大。

“陈盏。”女人先他一步被押下车，声音狠辣，“我们没完。”

陈盏状似关心地问：“手腕还疼吗？”

女人扬起手掌就想挥过来，可惜被旁边的两名警员按住，其中一个警员看不下去，小声问陈盏：“你到底怎么招惹人家了？”从眼神看，分明是恨极了。

陈盏无奈：“她来搭讪，我陪吃陪喝聊了一个月，结果还成了我的不是。”

警员回头看了一眼女人，后者的目光就没从陈盏身上移开过，细弱白嫩的脖颈依稀能看出青筋：“汝远胜禽兽。”

陈盏认真请教警员：“这算不算是辱骂诽谤罪？”

警员叹道：“不到认定标准，她情绪不稳，你也少说两句。”

陈盏点点头，放弃明面上的刺激，单用眼神传达出“丑人多作怪”的含义。

两人分别被不同的警员带走录口供。陈盏作为受害者，待遇明显要好很多，还有个暖心的姑娘帮忙倒了杯水。

警员都是干练有经验的，其间，他言辞谨慎：“我家里才着过火，上个月周日走在路上，突发艳遇，就多留了个心眼。”

陈盏没刻意说怀疑对方和纵火案有关，只是为自己的行为提供逻辑支持。

负责调查纵火案的是另一个片区的民警，还需要必要的信息共通，是以警员并未多留陈盏，只叫他留下联系方式。

事实上，麻烦从这一刻才刚开始。从之前的通话中不难得出结论，殷荣澜是真生气了。

系统："宿主就没想过如果当时她不是扔刀子，而是捅过来，你会有什么下场？"

陈盏脱掉外衣，取下里面的防护服，没了紧绷的束缚，身上瞬间轻松不少："当然想过。"所以一早就做好了必要的安全防护，为了一个别人丢过来的鱼饵，担上风险，未免不划算。

殷荣澜从没对他冷过脸，回去的路上，陈盏一直在思考对方会用什么样的方式传达愠怒。

冷暴力？语言冲突？未雨绸缪，陈盏先去超市买了些小吃。然后提前找好一部喜剧电影，准备必要时用它调节气氛。

按照正常下班时间来算，这时已经过去一个小时，就算路上堵车，殷荣澜也该到家了才对。陈盏迟疑了片刻，拨了个电话过去，却无人接。过去半个小时，他又打了一次，这次提前发了一条短信，内容是"接电话"外加一个微笑表情。

还没响一声，电话就被接通，那头的人却没说话。陈盏率先开口打破沉默："在做什么？"

"离家出走。"

陈盏："可这是你家。"

殷荣澜："总不能让你在外面受冻。"

陈盏眉心一跳，半晌后叹道："我道歉。"

不过五分钟，门就被打开，殷荣澜从容地走进房间换衣服。

陈盏有了判断，靠着门站着："刚刚你在车库？"

里面应了一声。

陈盏："亏我还心疼你会被冻着。"

窸窣的换衣声停下，门突然打开，陈盏没站稳差点倒过去，皱眉问："开门怎么不说一声？"

衣服扣子还没来得及系，殷荣澜问出关键点："假使被冻着了，可不可以要求补偿？"

陈盏不假思索地摇头。

殷荣澜看了他一眼："那我为什么要挨冻？"

陈盏神情复杂："你的逻辑……越发缜密了。"

点头算是默认，殷荣澜去厨房拿了几个小碟，把桌上的小吃逐个倒进去，顺便榨了两杯果汁。陈盏找的电影终究是派上了用场。

两人杯子在空中一碰，各自吃着零食。其间，他看了下手机，确定没有警察的来电。

殷荣澜注意到陈盏的小动作："问讯结束要调查的还有很多。"委婉提醒，一时半会儿别想知道真相。

陈盏无可奈何地耸肩，最近总有来找麻烦的："怪我太过善良。"

自动过滤掉这句鬼话，殷荣澜状似不经意地说："为什么要让个像姜颖的女人来接近你？"幕后人更像是在试探他的身份，看陈盏对姜颖是否真的没有一点迷恋。

"你这话不同样是在试探我？"

殷荣澜就算看懂了那份资料，也不敢坐实。毕竟大家都是信科学的。

令人不愉悦的话题还未开始便宣告结束，两人继续目光空洞地看电影。演员的情绪变动刻画得不错，念起台词很有韵味。

时间流逝，陈盏用手捂着嘴打了个哈欠："这人是谁？"

殷荣澜回忆内容简介："好像是主角。"

对视一眼，意识到二人都没专心看，陈盏起身关了电源，提前休息。这一晚，他并没有睡好，猜测有人已经开始怀疑他不是真正的陈盏。毕竟去年还要死要活地迷恋姜颖，一瞬间突然抽身，的确容易招来猜忌。

纵火案的风波还没过去，陈盏的身价又涨了一番。任何活动只要请到他，就不缺话题。

王城不会竭泽而渔，反而在这个关头删减了部分活动，从而保持住陈盏身上的一丝神秘感。

还没下车时，王城便道："我已经找了个交好的记者，会适时提出那个问题，并配合说话。"

陈盏："麻烦了。"

王城摆摆手表示小菜一碟，只是纳闷："问这个有什么意义？"

陈盏笑道："为了让晚上的更新显得不刻意。"

幕后人多半是想试探他的喜好变化为何如此快，其实这点真的是多虑了，原身本来也快要对姜颖失去兴趣了。

这个季节穿西装走红毯温度不冷不热，陈盏刚进入内部会场，便被几个记者围住。

"有消息称你现在和殷总住在一起，是真的吗？"

陈盏低头看了一眼话筒上挂着的新闻社牌子："不就是你们家最先拍

到的照片？”

记者愣了下，才想起这茬，尴尬地笑了几声。

大多数问题围绕纵火案，陈盏都是回应等待警方的调查结果。有个记者突然问：“网上有人说姜颖是你爱情的开始，对此你怎么看？”

陈盏缓缓摇了摇头：“姜颖并非我爱情的开始。”

不少记者目光一亮，嗅到了爆料的味道。

陈盏继续说：“快要到《忏悔录》发表一周年，我会尽快更新一则免费番外。”

记者：“里面涉及感情戏吗？”

陈盏点头。

该说的说完，王城过来名正言顺地把他从话筒的包围下解救出来。

当晚，“《忏悔录》一周年”就被刷上话题榜。阅读量从两千多万到一个亿，显然，王城也没少在背后推波助澜。

评论里大多在问什么时候更新，陈盏挑了一条回复：“今晚。”

这种事自然要趁热打铁，才能达到想要的效果。他思路通畅，打字速度跟着快起来——

世上之人千万，为何会对姜颖越陷越深？这样的问题我不只听过一次。

其实在遇到姜颖前，我曾经有过生命里刻骨铭心的一次经历。

一个雨天，出门发现车子轮胎被人扎了。滂沱大雨下，路边都是搭出租的，实在无法，只能被迫去挤公交。车窗紧闭，有人提着鸡和鱼，一股潮湿的腥气在周围弥漫。我的手死死攥紧，甚至不敢呼吸，生怕会反胃呕吐。

一股好闻的薄荷清香突然传来。我偏过头，看到了一个高大冷峻的男人。

他身上散发出的淡淡薄荷味，让我无比舒服。

第二天，或许是命中注定，我竟又看到了他！他在我前面上车，明明还有一个剩余的空位，却没坐。

这是……专门让给我的？有时会觉得荒谬，像我这样尖酸刻薄的性格，别人给过的丁点关怀都会铭记于心。

双方像是有了默契，第三天，我又见到了他。这一次人很多，一位中年大妈用力一挤，我差点摔倒。隔着好几人，他竟慢慢地向这里走来。我目不斜视，佯装高冷。

他站在我后面，无形中隔绝出一小片空间，自此，再也没有人挤我。

要不要打声招呼？会不会显得唐突？我要怎么才能尴尬又不失礼貌地

问他哪里能买到这款香水？思考时，错过了最佳的机会，他不知何时已经下车。我叹了口气，心想明天再遇到，一定要认识他。

下车后，总有种怅然若失之感。

我站在站台旁，仰头望着灰蒙蒙的天空，准备离开。转身的一刹那，胳膊突然被人拽住。

我回过头，是一同下车的中年大妈，她声音显得特别急：“小伙子，你东西被偷了！”

我一愣，如遭雷劈。

大妈跺了下脚：“你也别怪我不提醒，那小偷长得那么壮实，又拿着小刀，周围人都不敢靠近。”

说完，大妈拍了拍我的肩膀：“快去报案，没准还能找回。”

我不信：“确定是我身后的那个男人偷的？”

大妈点头：“穿蓝外套，很高。”

天空响了几声闷雷，大雨倾盆。在这一刻，我发誓……以后找对象，一定要找不图钱，最好都不怎么搭理我的那种！

等更新的人不少，大约五分钟，评论呈井状喷发：“想想第一章，姜颖从他身边目不斜视地走过……我好像终于明白了什么。”

如预想般有不少吐槽，陈盏笑着摇头，伸个懒腰准备去休息。

翌日起得有些迟，殷荣澜已经准备好早餐。陈盏洗漱完坐下，等豆浆变凉时，发现自己居然还在热搜上挂着。

热门第一条却是个穿校服学生录制的视频，因为是边走边录，镜头有些抖动。

“每天去上学，我都能碰到一个长得很帅的男孩子，偶尔我们会对视一眼又快速移开。然而就在今天早上，四目相对时，我们都下意识按住了口袋。想到彼此都在上学，怎么会在公交车上实施偷窃？又双双尴尬地把手放下。但我知道，我和他再也不可能对视了……因为我们已经失去了对彼此的信任！这一切都是因为陈盏，一个无情的公交车杀手！”

“杀手”两个字因为念得咬牙切齿，从视频中传出几乎是以回音的形势萦绕在耳边。

陈盏瞥了殷荣澜一眼，把音量调小。

殷荣澜伸手摸了摸碗边：“现在喝温度刚好。”

陈盏端起碗抿了一口豆浆，略显迟疑地问：“看更新没？”

殷荣澜点头。

确定瞧不出异色，陈盏心下微松。

殷荣澜仿佛知道他的想法，淡声道："我不会嘲笑你的过去。"

话说开了，气氛变得和缓，陈盏放松地夹了根青菜送入口中："有什么好笑的？"

殷荣澜眼睛都没眨一下："我连夜托人私下调查，刚刚传来消息已经找到那个小偷。对方还曾入室伤人，属于正在潜逃的人员名单。"

陈盏把筷子放下，眼神直勾勾地盯着他。

殷荣澜："此刻人已经被扭送到警局，至少判十年。"

"……怎么找到的？"

殷荣澜："重赏之下必有勇夫。"

这是实话，钱给足，刀山火海都会有人愿意闯。

陈盏喉头一动："呵呵。"他顿了一下又问，"纵火案那边有没有消息？"

殷荣澜摇头，找个小偷不难，毕竟常年行窃、四处活动。但要找个指挥别人做事的，实属不易。

陈盏笑了笑："看来只能等警方那边的消息。"

看着他吃完饭，殷荣澜才起身去书房拿了个U盘，放进电脑播放。里面的人似乎知道摄像头的方向，能看到的只是背影。

陈盏："这是……"

"餐厅监控，"殷荣澜道，"那一日你走后不久，他就来了。"

陈盏眉梢一挑："老板竟然愿意把东西给你，美男计？"

殷荣澜："是公司旗下的连锁店。"

了解完殷荣澜的力量，陈盏沉默地看了好几遍，毫无所获后问道："附近有没有监控？"

殷荣澜摇头："一家家挨个查过去不切实际。"

陈盏想了想，说："也对。"

花钱买监控，警惕性高的市民说不准会当他心怀不轨，直接报案。

饭后，殷荣澜随手给其中一个铜像上了炷香，准备出门。

陈盏平日都视若无睹，这次终是忍不住问道："为什么昨天拜佛今天拜观音？"

殷荣澜平静道："看看哪个准。"

铜像的来历也是有趣，去年给庙里捐了不少香火钱，住持主动送了一尊佛像保平安。再之后，他又去市场上买了一个。

陈盏："封建迷信要不得。"

殷荣澜："心诚则灵。"

陈盏反复咀嚼了一下这个词，发声质疑："确定做到了心诚？"

听出话里有话，殷荣澜穿好衣服看他。

陈盏："一个星期前，我就把铜像换成了送子观音，而你到现在都没发现。"

怔了几秒，殷荣澜方才仔细看了一眼，佛像依旧庄严肃穆，而观音铜像前不知何时多了个小人。

陈盏用缜密的行为逻辑做分析："一来说明你心不诚，每天都不正眼看菩萨一眼；再则证实了他不能帮你实现愿望。"说着，他目光扫向对方结实的小腹，上前伸手摸了摸，八块腹肌还在。

殷荣眼皮一跳，言下之意是自己拜了一段时间的送子观音？

陈盏微笑着挥挥手："上班时间快到了，工作顺利。"

殷荣澜深深地看他一眼，半晌失笑摇头："冰箱里有甜点。"

陈盏又隔着衣服在他的腹肌上轻轻一拍："为了保护你的身材，我会全部解决。"

殷荣澜抓住胡作非为的手，认真道："再这样，今天我会请假。"

陈盏见好就收，做出投降状。

在殷荣澜走后，陈盏又看了一遍视频，忽然在某处按了暂停，目光一动："左撇子？"

自从跟着王城接触时尚圈，陈盏知道的服装品牌比之前多了不知凡几，对方身上穿的大衣明显是高档货，看着还隐隐有几分眼熟。陈盏去官网查了几家熟悉品牌的所有新品，最终找到了一样的款式。

标价六千八，月销量五百多件，可惜留下评价的买家寥寥无几。他再厉害也不可能进官网系统查买家，殷荣澜就更不用提，先不说是否有能力，首先就不合法。

陈盏倒也不觉得遗憾，知道对方是左撇子和穿衣审美，算是个收获。他收拾了一下桌面准备更文，王城的电话突然打进来："一个剧本的男五号，或者综艺节目当期特邀嘉宾，挑一个。"

陈盏不是影视圈的人，没作品，半年来走红毯的次数有点多，幸好热度不低，否则恐惹人诟病。

王城意思表达得很明确，接下来一段时间不会让他再出席发布会，但曝光度要有。

陈盏想了想："剧本在哪里拍？"

王城："隔两个城市，不远。"

陈盏："我选综艺。"

"那挑个时间，我把剧本给你送过去。"

陈盏："不是说综艺？"

王城："综艺也不能由着性子来发挥。"

陈盏若有所思："我今天都有空。"

王城犹豫了一下，问："殷荣澜……在不？"

陈盏："公司。"

王城："现在就过去。"

在行动力上，唯一能和陈盏媲美的便是王城，隔着两个区，他居然在一个小时内赶到了。进门后左顾右盼，微微有些失神。他第一次来时，别墅给人冷冰冰的错觉，而现在多了不少绿色的盆栽。

陈盏摆弄了一下花叶，一脸怅然："我和这花有缘，说不准是在火灾中那些死去绿萝的投胎转世。"

王城讪笑一声，弯腰换完鞋乍一抬头，吓了一跳："家里为什么还有送子观音？"

陈盏面不改色："殷荣澜供奉的。"

王城费了好大的工夫接受现实，勉强维持住笑容，坐下时找了话题掩饰尴尬："院子里的狗叫得很厉害，好在是别墅，隔音。"

陈盏："以前不这样。"

王城："病了？"

陈盏摇头："检查过很健康。"他打开柜子门，回过头问，"茶还是咖啡？"

"咖啡。"

帮王城冲了包速溶咖啡，陈盏在一旁坐下："可能是因为看到了什么不干净的东西。"

"咳咳！"王城呛得脸通红，抽了张纸巾擦干净嘴角污渍。

陈盏跷着二郎腿，依旧气定神闲。

王城的笑容这下是彻底挂不住了，他觉得有股凉气直往身体里钻。

注意到他的状况，陈盏道了声歉："我不该说这些。"

王城苦笑着摆手。

陈盏认真道："不过封建迷信的腐朽思想你该摒弃。"

一来一回，王城端着杯子的手有些不稳，寻思殷荣澜究竟为什么要和陈盏当好友……莫非就因为他相信科学？

“剧本。”陈盏重复了两遍，才让王城回过神。王城把白皮本递过去：“上面是流程。”

陈盏大致扫了一眼，是一档明星生活纪实。

“裴殷秋会参加，是固定嘉宾。”王城道，“下一期会以朋友的身份来找你。”

陈盏挑眉：“他以前可是不接综艺。”

王城见怪不怪：“显然是尝到了甜头。欲扬先抑，以前的低调完全可以让他现在爆一把。”

陈盏权衡，认为能和熟人合作也好。

王城再三考虑，还是忍不住叮嘱：“就只录一期，千万别惹事。”

陈盏合上剧本：“你对我有误会。”

拒绝听苍白的解释，王城站起身，双手合十放在头顶拜了拜：“记得提前和裴殷秋沟通，商量呈现给观众看什么画面。”说完就要离开，路过院子看见还在叫的狗，裹紧衣服加快步伐。

陈盏洗干净杯子，倒了碗狗粮拿到院子里。土狗低头嗅嗅，吃了一口就扒拉到一边，嫌弃地转过头继续叫。

陈盏猜出问题所在：“不合胃口？”

狗不可能回答，想着买趟东西花费不了多少时间，他便决定先去趟超市再回来更新。

工作日出行很方便，超市顾客不多，可以自在转悠。陈盏并不知道那条狗的偏好，随便拿了几包不同品牌的狗粮。他正准备去生鲜区逛逛，突然听到有人在叫他的名字，声音里带着一丝不确定。

陈盏回过头，发现是两个学生，对方正满眼惊喜地望着他，低呼赚了。

“姜颖在那边。”其中一个女生兴奋道。

姜颖？陈盏顺着她指的方向望去，那边的人听到动静也同样看过来。

三人的目光在半空中交汇，陈盏面色有几分复杂……绝了，这样也能遇到。

同样的想法浮现在林池昂脑海中，他和姜颖不过是一时兴起来逛超市，谁料竟碰见了最不想碰见的人。他目光偏移，神情肃穆，考虑要不要佯装没看见。

姜颖轻声道：“你在心虚什么？”

林池昂：“担心召唤术。”依照过往经验，但凡碰见陈盏两次，必定会触发一个可怕的剧情。

余光瞥见那两个激动的学生，顺带瞄了一眼未婚妻挽着自己的胳膊，林池昂犹豫是前进还是后退。最终他上前一步：“别来无恙。”

陈盏本要后退，目睹人走过来不由得叹道：“我给过你逃跑的机会。”不久前配音工作结束聚餐时才碰见过，现在又遇上一次，多半有糟糕的事情要发生。

静等了几秒，货架没倒塌，天花板也没有掉落。两人相隔几米站着，相安无事。

陈盏略有几分诧异，暗忖莫非是家里供奉了一尊佛像真的有用？

“一起喝杯下午茶。”

林池昂出声的一瞬间，无论是姜颖还是陈盏都诧异地望过去。然而他本人似乎毫无所察，冰冷的容颜变得带有几分柔和，十分具有欺骗性地望着一旁的学生：“麻烦不要声张。”

两个女生点头点得很爽快。

陈盏迟疑一瞬，到底是跟了上去。林池昂推着购物车往结账台走去，姜颖的手自始至终挽着他的胳膊，低声道：“怎么了？”

陈盏离得近，能听清楚二人之间的交流。

林池昂瞥了一眼陈盏：“谁知道他都得罪了什么人。”

姜颖表情不变，从容地自手包里掏出一面镜子，状似在打理额前碎发。随着角度的偏移，后方正在生鲜区挑选食品的一名男子映入眼帘。她是有扎实演技的人，自然是看得出后面那人是在假装挑选。她收好镜子笑了笑：“别乱冤枉，说不定是我的某个粉丝。”

话虽如此，三人却心知肚明，十有八九是跟踪陈盏而来。现在离纵火案过去也不过一个月，真凶尚未抓获，谁知道会不会再次下手。

“左撇子。”陈盏忽然道。

姜颖：“什么？”

陈盏摇头，没说话。方才那人挑选东西时用的是左手，无论是身材还是惯用手，都和监控里的视频画面吻合。

结完账，同林池昂他们一块儿走到停车场，陈盏不知为何突然改变主意：“突然想起还有点事，恐怕没办法一起喝茶。”

林池昂扫了一眼远处跟着的人：“你确定？”

陈盏笑了笑，就此分道扬镳。

尾随的男子见陈盏朝自己走来，有一瞬间的惊讶，但很快就恢复镇定。

没等正式交流，男子居然主动取下了脸上的口罩。很温暖的一双眼睛，像极了明媚的春光。五官平凡，糅杂在一起却很有韵味。

原身的化妆技术一流，陈盏几乎肯定这张脸有问题。要么整过容，要么是通过别的手段易了容，但绝对不会是本身真实的面孔。

陈盏："怎么称呼？"

"安冷。"

这个名字和男子本身带给人的温暖错觉恰恰相反。

陈盏："我和安先生认识？"

安冷摇头。

陈盏笑了："那安先生一定很仰慕我的才华，否则不会锲而不舍地跟着。"

他的声音很好听，即便是讽刺，也不会让人觉得唐突。

安冷就这么望着他，忽然从口袋里掏出一把小刀。

陈盏的身手很好，他目中没有一丝慌乱，刚摆出防御的姿势，安冷突然反手朝自己的心脏刺去。

匕首在空中划下的一瞬间，陈盏膝盖用力一顶对方的肚子，阻止了对方自杀，之后夺刀时刀刃不可避免地划过手心，溅出了几滴血。

安冷却在此刻做出一个离奇的动作，转身逃跑。陈盏捡起小刀盯着对方跑走的方向皱眉。

系统："你不该救他。"

现在再想，很可能自杀只是假动作，安冷的真实目的不过是要几滴血。

陈盏："刀尖上有没有病毒？"

系统："全新小刀片。"

另一边，安冷跑到一栋大厦外停下，确定陈盏没追上来，压住喘气，低声道："鉴定。"

随着他话音落下，脑海中陡然响起一道机械音："需扣除300洗白值。"

如今剩下的也不过是五百洗白值，安冷一咬牙："换。"

很快，机械音再度响起："发现寄宿信息。"

瞬间，安冷的眼底呈现出一种疯狂的喜悦，他一个劲地喃喃："赌对了，赌对了……"

片刻后，他恢复冷静，望着远处的目中闪过一丝阴狠："别怪我，人不为己，天诛地灭。"

和他的喜怒不定不同，陈盏提着狗粮回别墅，路上还用手机看了会儿新闻。

系统：“宿主为什么不问我？你就不想知道前因后果？”

陈盏当然想知道，但他必须表现出完全不好奇的模样，才能把主动权掌握在手里。

因为平日里呈现出的太过淡然的形象，系统果真信了他没兴趣，率先憋不住道：“那人是想找个替死鬼。”

“哦？”陈盏的语气不咸不淡。

系统：“应该是上一批宿主完成任务后没选择离开。不走的原因很简单，舍不得在这里打拼来的东西。”

陈盏：“上一批？”

终于在他的语气中听出了些许疑惑，系统积极卖弄：“我们的实验相当复杂，着力于不同领域……”

陈盏对这些无意做探究，打断它捕捉到关键信息点：“继续逗留，每年不都要交纳一千洗白值？”

系统的声音中蕴含着浓厚的恶意：“对。”

作为财富榜第一，陈盏从来没有感觉到洗白值难赚。他却突然意识到一个问题，倘若当初按照系统给的任务逐个执行，或许会在公众面前完全洗白，一旦通关，再进账的洗白值将会寥寥无几。反而像现在这样独自进行，从一开始走“自黑”路线，永远不会缺乏进账。

系统：“他通关后的心愿应该是兑换替死道具，以前有宿主这么干过，等你死了他还可以转移走洗白值。”

这是陈盏第一次知道，洗白值也能转移。听完前因后果，陈盏表现出的态度令系统失望。他不慌不忙地给狗喂食，顺便分析：“这就说得通了，难怪要再三确认我的身份。”

近年内突然洗白的人物寥寥无几，但本质上他一直处于“自黑”状态，安冷并不能确认自己同为宿主。陈盏问道：“怎么个替死法？”

系统：“会有执法者来取走你的性命，怕不怕？”

陈盏挑挑眉，紧接着，一人一系统不约而同地笑了。

风平浪静地过了几天，周三晚上，陈盏熬夜写完第二天更新的内容。翌日一早，节目组便登门拜访。

殷荣澜早在半个小时前出发去公司，没拍到这对友人的生活画面，节目组有些失望。

裴殷秋见到陈盏笑容挺真心：“借着工作之名走亲访友，实在不错。”

话说到一半，他看向陈盏的虎口处："手怎么了？"

"做饭时不小心划了。"

裴殷秋四下一扫："带我转转你的新住处？"

陈盏没拒绝。

两人不时会聊几句关于纵火案的事情，跟录的导演目露亮光，到时候这些都是播出可以用的噱头。

"汪汪。"院子里的狗叫了两声。

裴殷秋也养了宠物犬，被叫声吸引走到院子当中。

陈盏从前就知道，这条土狗是耐不住寂寞的性子，今天早上没带它出去遛，显然令狗心生不满。狗咬着裴殷秋的裤腿不肯放开。

裤脚都快被扯烂，裴殷秋才勉强脱身。因为有狗绳拴着，土狗往前跑了几步只能作罢，叫个不停。

陈盏："我去拿些狗粮。"

裴殷秋："有用？"

陈盏："只要给吃的，立马会安静。"

土狗很有镜头感，不时跳上跳下秀存在，节目组毫不吝惜地多给了它几个镜头。然而土狗突然凶猛地对着墙头叫了几声，摄像师吓了一跳，连忙后退几步。

屋内，陈盏依稀听到犬吠，就听系统说了一声"来了"。他面不改色地把装满食物的碗交给摄像师："麻烦拿出去，我想去趟卫生间。"

没了跟拍，做起事来方便很多。

系统提醒道："上面。"

陈盏抬起头，一个黑影张开大嘴毫无预兆地朝他脆弱的脖颈处咬来。眼看对方就要得逞，他突然感觉身体一轻，面前多出一个圆球，出其不意地踹开黑影。

这是陈盏第一次看到系统的真身……竟是活物，全身上下只有一张嘴。前不久系统说要谋反，陈盏还觉得可笑，现在看来是真有几分实力，竟是完全碾压式战斗。黑影的速度虽然很快，但短短一会儿工夫，就被锋利的牙齿咬住，露出本身面目。这同样是一个圆团，脸上单长着一张嘴。

系统丝毫不给对方喘息的工夫。半晌，它冷着声音道："再见了，执法者。"

陈盏利落地给系统抹了把脸。大圆脸在毛巾上用力地蹭了蹭，又重新钻回陈盏的身体里。

陈盏：“执法者没了，会有人接班吗？”

系统：“这是一个群体，就我所知，这个位面一共有十个。”

陈盏挑眉：“也就是说，执法者和我们活在同一个世界？”

这次系统没说话。

依次对付会很麻烦，陈盏嘴角微翘：“杀鸡儆猴很有用。”

他在别墅里待了太久，导演都准备进来找人时，陈盏端着盘子出来，看着周围苍翠欲滴的树木：“春天快要过去了。”

裴殷秋接话道：“很适合春游。”

陈盏歪了下脑袋：“院子够大，烧烤如何？”

这个决定大家都挺有兴趣。导演组帮忙摆弄烧烤的架子，陈盏和裴殷秋走进屋内处理食材。

负责拍摄的人一个劲地在旁边夸陈盏刀工好。

陈盏起锅烧油时，状似不经意地问道：“这期节目什么时候播？”

回答他的是裴殷秋：“周日。”

陈盏突然笑了下。

裴殷秋纳闷道：“怎么了？”

好端端的为什么笑？

陈盏：“想到几个朋友，不知道他们在看这期节目时会是什么想法。”

以德报怨是人性光辉的一种展示。他想要用实际行动告诉安冷：烹煮油炸，蘸点佐料，就能享受到不一样的美味。

陈盏是第一次参与综艺录制，综艺感不是特别强烈。早在他把烧烤架端出来时，导演已经换了想法，准备剪辑成以温馨为主的一期节目。

时间在欢声笑语中流逝，陈盏给每个工作人员都提供了碗碟，录制结束后还赠送了第二代“护身符”。虽然造型面目可憎，但不少追求个性的年轻人还是相当喜欢。

殷荣澜回来时，节目组正巧离开。彼此打了个招呼，导演本来想再录一会儿，顾虑到在拍摄过程当中，陈盏对他们颇为照顾和配合，不太好意思开口，最终只能遗憾作罢。

院子里乱七八糟，殷荣澜弯腰整理碗筷，陈盏抬头道：“屋里有剩下的饭菜，你先去吃。”

殷荣澜表示不饿，帮他一起收拾。洗碗时，殷荣澜无意间瞧见一旁才洗过的抹布，上面还有未能完全清洗掉的污渍，他皱了皱眉。

这时，陈盏端着洗干净的架子进屋，看到他站在原地愣神，问："怎么了？"

殷荣澜："今天一共来了多少工作人员？"

陈盏想了想，说："加上裴殷秋，十二个。"

殷荣澜凭借过目不忘的记忆力，回忆走前看到的画面，也是十二个人。再看陈盏，没在他身上发现新的伤口，确定无人员伤亡后，便不再追究。

收好烧烤架，余光瞄见搭在一边的抹布，陈盏若有所思。

"家里来了一位不速之客。"

晚饭时，陈盏托着下巴看他，突然说了一句。

殷荣澜扫了一眼他的手腕。

想到托腮的害处，陈盏端正坐姿。

殷荣澜淡淡道："临近夏日，蚊虫渐渐复苏。"

陈盏不知道他是有意佯装听不懂，还是故意要轻描淡写地揭过。

直至夜晚彻底降临，殷荣澜也未再提过一个字，陈盏不免有些纳闷。

周日，节目如期播出。

陈盏似乎颇为看中，一反常态地准备了些小零食提前守着。

从前演配角的电视剧播出，他都未守着追过，殷荣澜不禁道："这次的综艺节目有何不同？"

当日殷荣澜回来时，陈盏已经把送子观音收起来，应该不会出现太过夸张的爆点。

陈盏笑容狡黠："第一次录综艺，觉得很新鲜。"

除了粉丝，等着看节目的还有安冷。

陈盏的死讯迟迟未传来，他心下难安，就像是杀人犯会不停地搜索相关新闻，每隔几个小时，他就会在网上搜索和陈盏有关的消息。

"执法者不是会在一周内就动手？"

空荡荡的室内，无人给他回应。

过了许久，才有一道机械音响起："注意你说话的口吻。"

安冷不敢放肆，语气透露着讨好："陈盏当真有很多洗白值？"

"他的预约参观服务已经有三千系统报名，排到了明年。"

安冷："预约参观？"

机械音敷衍地解释了两句，而后道："分成了数个分队，昨天是第七小分队去参观。"

安冷总觉得这句话哪里不对，疑惑道："你怎么知道得这么清楚？"

没得到回答，他突兀地站起身："该不会连你也报名参加了吧？"

安冷说话的声音不由得尖锐起来，这一次系统却鸦雀无声。

就在他想进一步求证时，电脑里最后一个广告播放完，宣告着新一期的节目就要开播。

弹幕上都是期待的话，安冷几次想关掉，不知是什么心态作祟，仍旧容忍着。开头是陈盏和裴殷秋的对话，镜头几次给向院子里闹腾的土狗。安冷望着那条狗冷笑："果然什么样品位的主人养什么样的狗。"

观看时，他基本没再说过话，冷淡的表情和温暖的眸子形成鲜明对比。这一切在陈盏端出一盘子切好的肉卷时发生改变。安冷感觉半个身子都浸泡在冰水当中："他们看不出这肉有问题吗？"

"看不见。"

虽然只是三个字，但带来的惊骇程度绝非一般。安冷在没凑够洗白值快要面临裁决时，都未曾有这般失态。

愣了好一会儿，安冷突然有一种恶心的感觉。此刻，他再也无法遏制反胃的冲动，跑去洗手间干呕了好一会儿。

当他再回来时，烤肉已经呈现出金黄色，外面被烤出一层酥皮，撒上调料，看着特别诱人。

安冷开了罐啤酒，一口喝了大半罐，心里才舒服些。

安冷以为系统会相当愤怒，不料它竟在第一时间表达出错过美食的遗憾。

无数疑惑一时间萦绕心头，安冷执行过不少任务，很快冷静下来，但是任凭他如何提问，系统都没有再回答一个。

一期综艺节目加上广告，差不多两个小时。伴随着黄昏降临，结尾处定格在众人离开的画面上……各自脸上挂着欢笑，宣告温馨美好的一天圆满结束。

别墅里。

陈盏并不知晓或者说并不在乎给有心人造成的阴影，他往嘴里塞了片果干，眯着眼笑道："不知道下一次烧烤会在什么时候？"

殷荣澜："很期待？"

陈盏点点头。其实他的心里并不如面上表现出的轻松，私下沟通系统："有没有挟私报复的可能？"祸及家人是古往今来的常用手段。

系统："执法者只能按照规则行事。"

换言之，安冷兑换了替死道具，执法者就会不遗余力地来猎杀陈盏，这是它们所谓的法则。

"如果违反规则……"

系统："会被抹杀。"

确定不会连累到殷荣澜，陈盏歇了用洗白值兑换道具的心思。和系统交易这种事，能少则少。

系统："别放心得太早，虽然不能留下致命伤害，但皮肉伤不算。"

陈盏皱眉："攻击力如何？"

系统："宿主是猎杀目标，它们可以倾尽全力。但对付普通人只能使用肉身力量，战斗力不强。"

这让陈盏再一次认识到，世界对系统的限制很多。在怀有心事的情况下，陈盏靠在沙发上闭目养神，反倒很快睡了过去。

殷荣澜把人移向旁边的沙发床，盖了张毯子防止他着凉。自己则在陈盏身边躺下，只有这时才能感觉到温热鲜活的气息。陈盏身上有太多谜团，自始至终他都选择视而不见。

厨房传来窸窸窣窣的声音，很轻，但殷荣澜仍在第一时间捕捉到。没吵醒陈盏，他取出一把军用小刀，步伐放得极轻，朝厨房方向走去。别墅太大也有不好的地方，每多走一步就要多承担一份风险。

厨房正对后院，没有遮挡的树木，在月光的照耀下，看得还算清楚。

水池旁边有个圆形生物……太圆了，以至于殷荣澜想自我欺骗是误飞进来的蝙蝠都不可能。

圆形生物自然是执法者，它看了综艺，知道陈盏是想杀鸡儆猴。在这种情况下，不如选择反其道而行之，当天晚上就来执行猎杀，打陈盏一个措手不及。

殷荣澜的出现明显在算计之外。执法者对付普通人只能使用肉身力量，正当它思考如何威慑对方时，眼前便闪过一道银光。即使它躲得飞快，皮肤上也还是留下了一条血痕。

"垃圾体质。"执法者暗骂。

殷荣澜可没它这么多想法，甚至没分出一丝心神去思考未知生物是什么，刀刀致命。渐渐地，他发现对方的力量实在一般，只会用肉身冲击。

执法者几次想动用超脱肉身的力量，但想法刚一滋生，就能感受到这个世界发出的抹杀警告。

一个分神，它便被狠狠地踩在脚底下。殷荣澜转着小刀，突然移开脚步："打我。"

执法者一愣，这是什么要求？可惜光线暗淡的情况下，只能看清这人脸上的一片阴影。

"动手。"殷荣澜再度逼迫。他很清楚这团东西极有可能是冲着陈盏来的，本着废物利用的想法，准备上演一出苦肉计。

刀子在眼前转悠，执法者应他的要求用力地撞击了过去。闷痛传来，殷荣澜身子只微微晃了一下便稳住，下一瞬间，他再次把执法者踩在脚底碾压。

执法者脸都扁了，含混不清道："不是……你让我打的？"

殷荣澜居高临下，眼神冰冷得可怕："没让你打脸。"

客厅外全是斑驳的树影，不似厨房，还能有月光透入。黑暗中，一双眼睛毫无预兆地睁开。来自厨房打斗时发出的动静，被轻而易举地收入耳中。

陈盏眸光一闪，侧过身重新合眼。

系统："不去帮忙？"

陈盏："我去了才是麻烦。"执法者见到他必然不会再留情，届时系统出手相帮，它的存在也会暴露在殷荣澜面前。有些事，陈盏并不想太过开诚布公。

万籁俱静中，任何一点响动都能被无限放大，不知过了多久，厨房那边终于安静了下来。

陈盏感觉到身后有人在一步步朝自己走来，知道殷荣澜已经解决了麻烦。执法者的肉身力量并不强悍，依照殷荣澜的身手，对付起来不是问题。他缓缓坐起身，打开旁边的小灯。

殷荣澜停下脚步："吵醒你了？"

陈盏笑了笑："听到些声音，以为是闹耗子。"笑容在抬头的一刹那荡然无存，他一个鲤鱼打挺蹦着下地，"脸怎么了？"

从电视机屏幕反射出的人影上，隐隐约约能看出此刻的模样，苦肉计在这一刻宣告破产。殷荣澜深知再忸怩作态，只会被当成丑人多作怪，而非可怜脆弱。

"被耗子踹了一脚。"他面色不变，声音却有些阴恻恻的，适才就在他要把圆形生物塞进冷藏柜的一刹那，那小玩意儿突然爆发出超然的力量，冲破窗户逃了出去。

陈盏："耗子会飞？"

殷荣澜："刚好弯腰在检查柜子。"

像是信了，陈盏拿出药箱给他上药，又去拧了条毛巾准备冰敷，眼中真正流淌的笑意却没几分——竟然敢打脸！赶明就把执法者做成土豆炖肉。

因为用药及时，第二天，殷荣澜的脸便消肿了，但还是留下了一些青紫。

员工太勤快未必是件好事，他出门很早，到公司时在电梯门口碰到不少准备去食堂吃早餐的人。有说有笑地交流着的同事们，看到殷荣澜后因为惊讶嘴都没来得及合拢。

别人还能装糊涂，小赵作为总裁助理，什么都不说就显得心虚，他努力堆起笑容："您的脸……"

"坐出租遇到急刹，不小心撞到前面的铁栏杆上。"

小赵义正词严："太不负责了，投诉他。"

很快就有声音附和："我之前搭出租也碰到过一次，因为没系安全带，司机还不愿意赔偿。"

"早高峰就是容易遇到急刹。"

……

"叮。"电梯到达的声音，在众人耳中如同天籁。等人上得差不多，剩下的员工自动后退一步，待电梯门关上后，大家不约而同地松了一口气。

"吓死了。"

"得亏电梯来了，要不我都编不下去了。"

"总裁脸上的伤……是被打了吧？"

"自信点，把疑问的语气助词拿掉。"

小赵硬着头皮坐在殷荣澜身边，小心翼翼地问："要不要把上午的会面改到下周？"这样去商谈，实在落面子。

"示敌以弱。"殷荣澜面无表情地道，"我脸上有伤，对方或许会认为是柔弱可欺。"

"是吗？"

为了守株待兔，陈盏这些日子甚少出门。但无论是执法者还是安冷，都没再主动找过麻烦，就连院子里的狗都一反常态地不怎么叫。

陈盏某方面和殷荣澜的想法出奇一致，想着装柔弱"钓鱼执法"。可惜无论他放出什么风声，依旧毫无所获。

系统："他们应该已经进入了蛰伏期。"

陈盏皱眉，约莫也没想到听上去威名赫赫的执法者，会如此没出息。

“无妨。”他眼神暗了暗。执法者不好找，想要寻到个大活人却并不难。安冷千方百计地想让自己做个替死鬼，这笔账哪能轻易翻过去。

“安冷的事我想办法，执法者你负责处理。”

系统：“我？”

陈盏：“要造反，就要有手段，这次正好是个机会。”

系统的战斗之魂被勾起，当即表示会将执法者统统消灭。

目的得逞，陈盏敷衍地灌了几句“心灵鸡汤”，实际上，他是想要预留出更多的时间来更文。

“影后”这边的更新进度赶不上，倘若继续这么慢吞吞地写下去，不知何年何月人生第三部曲才能被安排上。

忙忙碌碌中，转眼便是五月份。系统终于发现端倪：“宿主不是要对付安冷，为什么只有我独自忙活？”

陈盏：“一起出手，容易抢走你的风头。”

系统信了他的鬼话。

沉寂了一个冬天的蝉鸣再次响起。天气慢慢地热起来，陈盏在院子里支了把太阳伞写作，被聒噪的声音吵得头疼。

手机振动了好久，险些被误认成蝉鸣，瞥见来电号码是陌生的座机号，他迟疑了一瞬才接起。

“请问是陈盏先生吗？”

说话的是一道沉稳的女声，其中还带了一些羞赧。仿佛这个电话是她不想又不得不打的。

“我是天海市四十二中的教导处主任，姓杨。”

陈盏愣了下，下意识地换上谦称：“您好。”

“是这样的，”电话那头的口吻不大好意思，“再过一个月就要高考了，学校想请你来做一次演讲。”

四十二中是原身的母校，陈盏坦诚道：“我的成绩一般，恐怕给不了学生多少经验。”

“主要是交流写作上的经验。”对方见他没直接生冷地拒绝，说话放松了很多，“这次市里的模考题还提到了《忏悔录》。”

学校自然不会指望陈盏能交流多少学习上的方法，但请他来的好处也很多。一是能让学生在考试周后放松一下；二则想间接告诉他们，考试并非唯一的出路，只要你有天赋，文学领域、电子竞技、自己做电商等都是出路，万不可因为高考失利自暴自弃。

再者，陈盏本身是个改过自新的例子，倘若能让那些犯过小错的学生迷途知返、重拾信心，也是件好事。

教导主任说得很实在，陈盏思索后同意了：“什么时候？”

“周五下午。”

陈盏：“好。”

他腾出时间写完一篇演讲稿，周五那天特意提前到学校。门口有保安，陈盏打了电话给教导主任，后者亲自出来接他。

这会儿正值课间，校园里全是走来走去的学生，有一刹那，陈盏竟然不敢与他们对视。他的学生时代算不上美好，但回首望去，心中免不了泛起些怀念。

有人看见他连忙拉着身边的同学窃窃私语，还有的从远处走来笑着不知说什么。

因为教导主任就在他身边，主动过来说话的倒没几个。

“年轻真好。”陈盏发出感慨。

教导主任脸上也浮现出一丝笑意：“这种好只有离开校园才能知道。”

陈盏被带去阶梯教室，上面还拉了一道红色横幅：热烈欢迎陈盏同学来我校交流。

只是扫了一眼，陈盏忍不住脸色发红，不过“同学”两个字倒是听着亲切。

今天来的都是高三学生，有的带着同学录，有的抱着作业，陈盏坐在类似讲台的位置，看着下方的学生们露出发自内心的笑容。

演讲稿并不长，陈盏也是从学生时代走过，深知这种东西听了只会当时激动不已，出去后依旧我行我素。

因为有意缩短了这部分时长，很快就到了交流提问环节。陈盏选了最先举手的一名女学生。

女孩子长得很好，声音十分清脆，手上拿着一份卷子：“上周的模考中，节选了一段您在《忏悔录》中写过的段落，有个问题是富家少爷站在梧桐树下，此时风雪漫天，对面是高楼大厦。他的目光在霓虹灯的光芒上停留了许久，才望向旁边广场印着‘女神’照片的广告牌。请问这段人物描写表现了作者的什么心境？富家少爷为什么要先望向霓虹灯，再看广告牌？”

陈盏的笑容略微发僵。什么心境？林池昂就是他用来凑字数的。

路上和教导主任的谈话中，陈盏得知试卷还没批改完，一旦说的答案和标准答案不符，岂不是闹笑话？他再三思忖，声音尤带迟疑：“当时的心境已经忘了，不过第二个问题我可以回答，霓虹灯带来风雪中温暖的假象，但他的信念十分坚定，无论艰难险阻，一定会和心上人走下去。”

女学生将信将疑地坐下。有了前车之鉴，陈盏再回答问题时，找了个发型弄得挺独特的男生，看上去不太像是会执迷学习的。

第二个男生站起来：“我个人其实对《‘男神’倒贴我的那些年》这本书感兴趣。”

台下顿时响起一阵“嚯”声。

陈盏却是松了口气，现下他宁愿回应绯闻，也不想再强行回答阅读理解。

“‘他望着我的时候，眸子里不但有我的倒影，还有身后的家具……这一刻我才明白，在他眼中，这便是一个完整的家。’我一直觉得这句话特别美，想知道作者是怎么想出这么优美的句子？”

陈盏眼皮一跳，后面的家具指的是床……当时他就是想问问殷荣澜，是不是想午睡！

“说明知己情深。”干笑了两声，他给出矫情的回答。

“这里，这里……”有个高个子男生特别积极举手。

陈盏视死如归地颔首示意：“你有什么问题？”

“我也是《‘男神’倒贴我的那些年》的忠实粉丝！很多经典语句倒背如流……譬如‘夜过流风，我照夜深寥寂’，这句话特别有文艺范！”

陈盏暗叹，倒背如流……那为什么不倒着念一遍？

“请问写《忏悔录》时，您的情感变化是什么？”

……

一个接着一个问题涌来，交流在浑浑噩噩中结束。

出于礼貌，陈盏和教导主任先走，学生再依次离开。教导主任再三表示感谢，希望他明年还能来。

重新呼吸到新鲜的空气，陈盏深深地闭了闭眼，握手时手指微微颤抖着：“我愿意为母校捐钱，我愿意提供奖学金，我愿意主动去宣传母校……”只要别演讲，一切都好说。

没听出他的话外之音，教导主任笑着说：“你还挺幽默的。”

陈盏维持着虚假的笑容回到别墅，刚推开门就闻到了饭香味。他抬眼一看，果然是殷荣澜已经回来。

对方并不知道他的去处，饭后闲聊时，听到陈盏被母亲邀请去做演讲，殷荣澜笑眯了眼：“感觉如何？”

陈盏回忆了一番，半晌又做出一副不堪回首的表情：“像是上了解剖台。”那些犀利的问题不亚于剥皮锉骨。

殷荣澜偏过头掩饰住眼中流淌的笑意，但陈盏还是从他的动作中看出所隐藏的潜台词——你也有今天。

这个时候去计较显得太过在意，陈盏故作高傲姿态，移动到电脑旁表现出浑然不在乎的样子。

起初，殷荣澜只当他在更文，沉默地收拾桌子，尽量放轻动作。后又发现对方多数时间是在用鼠标而非键盘。

实际上，陈盏正在试图从网上查阅有关安冷的消息。哪怕是个十八线小明星，也能翻阅到几页相关新闻。其间，他确实看到了几个提到安冷名字的，不过都是公司法人，还是好几年前。现在去官网搜索公司，法人已经换了。

“奇了。”陈盏暗叹。暂且不说此人的人品，能达成通关任务证明有些能力。无论如何，应该是其他领域的天之骄子，怎么会一点消息都找不到？

殷荣澜洗好碗端着果盘走过来，见他微蹙眉头，眼中充满着困惑。

“在想什么？”

陈盏侧过身：“有没有听说过安冷这个人？”

第一次听名字时，殷荣澜没什么印象，因为是陈盏问，他又仔细地回想了一遍，发现好像有些模糊的印象。半晌他才说：“几年前崛起过的一个企业家，不过近些年没听到什么风声了。”他顿了一下，问，“想要他的资料？”

陈盏没立刻作答，反道：“能让你留下印象，有什么过人之处？”

殷荣澜：“父母早亡，公司被亲戚蚕食，后来听说买醉时出了车祸。”

陈盏已经能猜到事情的走向。

预料之中，殷荣澜开始说后半段故事：“奇迹般活下来后，人反而开窍了，一步步夺回公司然后迅速发展壮大。当时我也在事业起步期，偶尔会在酒会上听到人谈论。”

听完后，陈盏沉默了片刻，忽而拍手笑道：“好一段传奇的人生！”

“称不上传奇。”殷荣澜给他递了块苹果，“销声匿迹的速度和发家速度有得一拼。”

陈盏：“能打听到家庭地址最好，我去会会。”

“好。”

陈盏盯着他看了几秒，眼角带笑。然而笑容不过片刻便有了凝滞，陈盏突然想起房子着火那天殷荣澜眼中的阴鸷，那件事似乎触碰到了他的底线，没道理他不插上一手。

殷荣澜看出他的狐疑，主动解释："我是有在查纵火案，不过这件事多半和你口中的那个人没有干系。"

陈盏本想细问，但看殷荣澜不欲多说，便暗暗歇了心思。

系统："打什么哑谜？赌一百洗白值，纵火案和安冷绝对有关。"

陈盏没和它赌，随着夏日脚步渐近，做任务遗留下的卖西瓜后续马上要提上日程了。他轻轻地揉了会儿太阳穴，决定把这种麻烦事想办法推给系统，他做个前期工作就好。有了安排，陈盏心头立时宽松不少，可惜这份轻松在王城电话通知他上热搜后消失殆尽。

"是……因为演讲的事情？"

"什么演讲？"

听出疑惑，陈盏松了一口气："去学校跟高三学生交流经验，被阅读理解摆了一道。"

相隔不同的空间，王城却能脑补出当时的场面，立时捧腹大笑。他笑够了平复气息后才道："不是什么大事，你是不是给过张成功一份名单？"

陈盏"嗯"了一声。上面还清晰地罗列了会出现在"人生三部曲"里的人员名单和出场次数。

王城："不知道发生了什么，他居然主动把名单公布到了网上。"

闻言，陈盏下意识地扬了下眉梢，但很快又恢复平静："大概是被逼急了。"

他略有耳闻谭常鸣等不死心还想从张成功那里套出名单，和他们相比，张成功是个十足的老实人。老实人气急了，往往会做一些不计后果的事情。

说完，陈盏先一步挂断电话，低头看了下手机，上面讨论得还挺热闹。最开始有人怀疑这份名单是否真实，在张成功丰厚的身家被曝出后，这份名单的可靠性迅速上升。

热度来得快，去得也快，陈盏没放在心上，只是付之一笑。

可惜这个夏天仿佛没准备就此放过他。

不过几天，评论区被恶意刷负，听书频道也经常混入一些奇怪的小号。乌烟瘴气的评论往往会影响读者的阅读体验，管理员处理的速度再快也赶不上有心人的诋毁。

陈盏第一时间想到了那份名单，他倒是没怀疑林池昂，后者正处于文章戒断期。

陆续接触了几位在文中出场次数达到前十位的，结果表明人都是风度翩翩，虽然看到他有些咬牙切齿，但终究是忍住了。网上谁都披着个“马甲”，陈盏只能暂且放任，单是处理评论区的恶意留言。

更文进度再次滞缓，不仅因为负面消息，更多在于丧失灵感。看着他像蜜蜂一样在客厅乱转，殷荣澜忍不住提醒：“手稿呢？”

陈盏：“放客厅的几个小本子被烧了，冰箱里贮藏的都是有关你的资料。”

是以更起“男神”倒是不费劲，反而“影后”那本不知该从何下笔。

持续了两日这样的生活，一天，陈盏独自在家，没了说话的人，难得发了一条俏皮点的动态：“是时候出门找找灵感了。”

系统：“找安冷，我灭系统，你揍宿主？”

想不通系统为何总有些打打杀杀的念头，陈盏看了下殷荣澜的定位，乐了：“竟然在俱乐部。”

照理现在还不到下班时间，他便打了个出租直奔俱乐部。

门口的保安对他有印象，直接放了行。

虽然夜幕还未彻底降临，但来的人已经不少，一眼望去，陈盏扫见不少眼熟的身影。

有眼尖的看见陈盏，险些被刚喝进去的酒呛到，低声提醒周围人别朝那个方向看。不少人好奇心作祟，还打趣他是不是看见漂亮姑娘舍不得别人多看，不信邪地望过去，下一瞬间表情各异。

“我刚上网看到，半个小时前陈盏说要出门找灵感。”有人低语，夏日恶寒不过如此。

“他在看我们。”谭常鸣小声道。

“站起来一下。”同伴咳嗽一声。

谭常鸣不明所以，配合着站起来，同伴推了他一下，谭常鸣朝前一个趔趄，回头狠狠地瞪了一眼没义气的朋友。

陈盏笑容友好：“好巧。”

被推出来挡灾的谭常鸣皮笑肉不笑：“别来无恙。”顿了一下，他直白道，“听说你来找灵感？”

陈盏点点头。

谭常鸣转身，望着一干看天看地就是不看这里的富二代朋友，冷笑着道：“出来接客了。”后面几个字音调拔高，引来不少侧目。

吧台周围坐的年轻人你推我一下，我推你一下，谁都不愿意跨出那一步。

异样的目光越来越多，陈盏按住跳动的眉心：“我去楼上。”

隔绝躁动的音乐，他觉得心气都顺了不少。

可就在门关上的一瞬间，一只手扶住电梯门，在最后关头走了进来。陈盏好端端地站着，可旁边人的视线太过明显，想忽视都难。

“我们认识？”他主动开口道。

男子打了个哈欠，头发凌乱，看上去有几分邋遢：“我是你的读者。”

陈盏正想说话，就听男子满怀恶意道：“每天给你留差评的那个。”

面对上来就自报家门，却花钱看正版的恶意留评人，陈盏一时还真没话可接，沉默了一秒后道：“如果有需要改进的地方，可以用友好的方式交流。”

男子自顾自说：“当初我也在拓海市，并且参与了帮殷荣澜圆谎。”

陈盏无言以对，索性耐心听他继续发表言论。

“不过网上公布的名单里没我的名字。”

陈盏不解：“你想被写进书里？”这种奇怪的要求闻所未闻。

男子嗤笑一声：“当然不愿意。但别人都有，凭什么我没有？是觉得我不够资格，还是说你看不起我？”

看见没被收录进名单，他的第一反应是松口气，然而发现自己认识的人全在名单上，就有些不大舒服。

电梯颠簸了一下，门一开，陈盏没回答匆忙走了出去，路上碰到熟悉的面孔，皆是一副避他如蛇蝎的样子。

一分价钱一分货，他在护身符里安装的 GPS 远不如殷荣澜给他表里安装的精准，只能大致框定是这一片区域。

他正犹豫往哪个方向走，尽头的包厢门突然打开，刚谈完生意的殷荣澜远远地望见一道熟悉的身影，叫了声陈盏的名字，笑容满面地快步走来。

他胡乱寻思时，殷荣澜已经走到他面前，脸上的笑意没有丝毫消散：“来玩？”

陈盏摇头：“看了定位，发现你在俱乐部。”

殷荣澜：“探班？”

陈盏点头。

后方和殷荣澜谈生意的人察觉到合作伙伴气场几秒内的变化，路过对方身边。

一名合伙人指了指电梯门，干笑道：“不打扰你们说话，先走了。”

殷荣澜说了两句客套话，视线重新回到陈盏身上。

轻飘飘的视线却总能让人感觉到灼热的温度，陈盏轻轻地吸了口气，认真道："其实你可以表现得……再矜持些。"

殷荣澜若有所思，调整了一下微表情，侧脸的弧度立马变得冷厉，整个人宛如一朵不可攀折的高岭之花。

回去的路上，他再未怎么说过话，即使陈盏主动开口，他也只是简单地"嗯"一声。

就是这种感觉。陈盏眯了眯眼，表示相当满意。

别墅的轮廓在月光的照耀下居然显露出一丝温柔，车子熄火后殷荣澜并没有立刻下车，而是从口袋中掏出一张小字条。

"什么？"

殷荣澜："安冷家的地址。"

陈盏伸手去取，殷荣澜却换了只手拿，胳膊搭在窗外："你要先让我满意了。"

陈盏定定地望着他，认真道："戏份可以杀青了，清醒点。"

殷荣澜摊手："林囍街二百二十六号……"

陈盏皱眉："一条街道为什么姓林？"

"怎么，让你想到了林池昂？"

殷荣澜说这话时的情绪可不像是在演戏，陈盏坦然道："他帮我赚了不少钱，有点印象正常。"毕竟是《忏悔录》的男主角。

殷荣澜："我明白。"

从透出的冷意中，陈盏可没感觉到丝毫的明白。

"你是最佳男主角。"他面不改色地说出肉麻的话。

殷荣澜笑纳。

心里想着事，陈盏回别墅没多久便躺在床上，关灯闭眼思考。系统一个劲地叫嚣什么时候去灭系统……面对熊孩子的耍横，最好的办法就是置之不理，在这点上，他做得很到位。

翌日，天还没亮陈盏便醒了，没吵醒殷荣澜直接赶往林囍街。听名字人们下意识会勾勒出一条古朴喜庆的街道，去了后只感觉到萧索。这里是后期开发的一片区域，靠近天云山，因为交通不方便，虽是别墅，但价格算不上太贵。

陈盏摇头笑道："都是有系统的，就我缩在个老小区，唯一的固定资产还被烧了。”

陈盏收起笑容，按响了其中一户的门铃。

安泠正在屋中沏茶，透过电子屏看到门外边的青年，在原地站了几秒还是给他打开了大门。

“胆子很大。”安泠道。

这句话倒没有多少嘲讽的意思，独自前来，不知该评价是勇还是莽。

陈盏：“我充过值。”作为富得流油的宿主，随手可以兑换大把道具，无所畏惧。

安泠不接话，因为猜不出陈盏来的目的，只是看着他。

原以为还要再以沉默互相对峙，不料陈盏开门见山：“是你烧了我的房子？”

安泠防着录音，反问：“证据呢？”

陈盏把他的每一次表情变化看在眼里，忽然笑道：“看来不是。”

安泠的呼吸略微急促：“你……”

“想问我怎么知道？”陈盏笑了笑，“诈你的。”

殷荣澜暗示安泠不是纵火案的真凶，他也就是随便一试。

“不过要说完全没关系也不大可能。”陈盏挑眉，“不如开诚布公地谈一谈？”

安泠毫不犹豫地想把人拒之门外，陈盏却先一步跨进去，反手上锁。

系统：“灭系统！”

陈盏叹道：“灭吧。”

安泠还没反应过来，就感觉到身体在被一股力量撕扯，好不容易舒缓了一些，视线再度恢复清明时，便看到面前有两个圆球在半空中厮打。

他从未见过系统真身，定睛一瞧，当即吓得后退半步。虽然不知道哪个圆球属于自己，但直觉告诉安泠，弱的那个可能是他的系统。

占据上风的圆球张开大嘴，眼瞅着就要撕咬下去，忽听下面的系统叫喊：“我预约了参观服务！”

圆球停嘴，好像是在核实它所说是否为真，片刻工夫又把对方扶起来：“多有得罪，客人别放在心上。”

它转而回到陈盏身体里：“回头我安排它优先参观，完事后弄死。”

陈盏不禁摇头，如此嗜杀，将来哪怕造反成功，也是一个暴君。

安泠一直以为系统是无所不能的，所以他每日如履薄冰，声音都不敢放得太大。当你所仰望的一座高墙突然被人踹翻，心情可想而知。

陈盏要的就是这种效果。利用手段去断安冷的财路，耗费的是自己的心血，不划算，还是简单粗暴点。当然最重要的是，安冷的一半财产已经转移去国外，即便是殷荣澜，也没那么肯定一定能让人倾家荡产。

武力威慑后，双方终于能坐在沙发上面谈。陈盏神色悠闲地坐着，安冷只能先开口："是有人雇了两个有前科的惯犯做的。"多的不愿再说。

陈盏瞥了他一眼："放心说，没录音。"

安冷皱了皱眉，迫于形势道："我们称呼他为先生。"

闻言，陈盏"扑哧"一声笑了出来，这"中二"之魂可以和系统媲美。

安冷却满目严肃，神情颇有些畏惧："他是最早一批滞留者，曾经做过一件十分可怕……"

陈盏打断，直接伸手。安冷不明所以。

"联系方式、姓名。"

"你不知道，他……"

陈盏双目一冷。那一瞬间，安冷发誓是真的在对方那双漂亮的眸子里看到了杀意，他激昂的语调低了下来："我们是通过邮箱的方式联系。"

陈盏勾勾手指，安冷调出邮箱地址供他截屏。得到想要的东西，陈盏一刻没多留，起身离开。

系统："杀过去？"

陈盏幽幽道："杀到邮箱里？"

至此，系统鸦雀无声。

回到别墅后，他发现殷荣澜还在，好奇地问："不上班？"

"年假。"

陈盏在他旁边坐下，略去系统的那部分，谈起同安冷要到邮箱地址的事情。他边说着边低头发了封邮件过去，内容就一句话："晚上九点见个面，地点你定。"

殷荣澜："不怕打草惊蛇？"

陈盏："有能力者多自负，让他来定地点，等于把主动权交过去。"

倘若拒绝就像在说怕了一样，还有什么资格自称为"先生"？

不过十分钟，便提示有一封新邮件，上面简明扼要地提到见面的地点。陈盏用地图搜索后，发现居然是在一座山上，不禁失笑："这是想让我生出胆怯。"

说完，他回复得却很爽快："不见不散。"

殷荣澜："你一个人去，如何保证安全？"

陈盏："这是个机会。"

殷荣澜不再多说，态度已经摆得很明显。

陈盏："我想了结这一切。"

殷荣澜："我看你是想了结自己。"

僵持中，陈盏再三保证自己有保命的手段。

殷荣澜耐心地听着，不时淡淡地说上一句"我相信你"，后面紧跟关键词"但还是不行"。

冷暴力式的沟通中，彼此态度越发淡漠，陈盏猛地站起身："比试一下，赢的才有发言权。"

院子里的土狗本来正在睡觉，听到动静抬起一边眼皮，就看见两个喂食的在院子里打架。

陈盏知道自己睡在沙发上，中途他醒过一次，因为太过困倦，决定再休息一会儿。再一看外面的天色，已是蒙蒙亮。

怔了几秒，他猛地坐起身，捞起手机一扫……凌晨五点！

距离约定见面的时间过去了小半天。

殷荣澜走过来，先是看着陈盏，余光瞄到屏幕上的时间，也失神了几秒。

四目相对，殷荣澜喉头一动："睡过头这件事，我们都有责任。"

陈盏按了按眉心，酝酿了片刻发过去一封邮件试图补救："亲，还在吗？"

他满怀期待地盯着屏幕良久，足足快二十分钟，对面没传来丝毫音信。

殷荣澜："倘若他还在，岂不承认在冷风中枯等了一夜？"

陈盏："你的意思是，他不会表示自己去过？"

殷荣澜："那便侧面反映失约的人是他。"

陈盏想了想，觉得很有道理。

殷荣澜："试着撤回一下。"

陈盏按他说的做，提示撤回成功。

殷荣澜略感不可思议："竟没将你拉黑。"

陈盏笑了下："或许这就是大人物的气量。"

虽然时间尚早，但一番折腾下已没了睡意，陈盏问道："饿吗？"

殷荣澜摇头，互相对视间，重新缩回沙发上。

夏日里的清晨也有着不小的冷意，没过一会儿，陈盏随便捡了几件衣服盖在身上。

不知不觉疲倦再次袭来，这一次是真的睡到了日晒三竿。让他睁开双目的是隐约的窥视，陈盏睁开眼，猝不及防地对上一双眸子，心脏慢了半拍。

“这样很吓人。”

殷荣澜说了声“抱歉”，忽又道：“你说会不会山上信号不好，他当时还没收到？”

陈盏沉默了几秒，重新拿起手机把撤回的邮件发出去。完事后，他去冲了个澡，出来时听到厨房有动静，似乎是殷荣澜在准备早餐。

他难得没去帮忙搭把手，反而靠在厨房门边上：“很糟糕的一次爽约。”

殷荣澜正在煎鸡蛋，平静道：“不算是最差的配置。”

陈盏皱眉：“什么意思？”

殷荣澜：“譬如对方在山上等了大半宿，忽然看到有新邮件。”他煎鸡蛋的水平要比陈盏高，每次都能在恰到好处时出锅，盛盘时继续道，“因为信号差难得加载出来的一瞬间，你选择把邮件撤回。他不得不苦思这封邮件的内容，过了两个小时，你再度发邮件询问人还在不在。”

注意到陈盏的面色有些难看，殷荣澜忍不住笑道：“当然，这是最戏剧性的效果。”

不知为何，陈盏总觉得经他的嘴开过光后，这件事已经板上钉钉。

早餐上桌，陈盏并未立刻动筷，他凝视盘中餐许久，试着把最新发出的邮件撤回，这次提示撤回失败对方已阅。他不再去做无谓的尝试，现在还未等来回复，十之八九是在看完邮件后，把自己拉进了黑名单。

“还得再去找一趟安冷。”

殷荣澜：“可以换个邮箱号发一下。”

陈盏摇头：“找中间人协调一下比较好。”继续进行骚扰，说不准最后对方直接销声匿迹，杜绝往来。

饭吃到一半，陈盏忽然自嘲地笑了声：“烧房子的是他，如今倒像我才是那个罪大恶极的。”

殷荣澜：“你没有错。”

陈盏早习惯了这套说辞，接着他的话点头：“我懂。”

错的是这个世界。

“稍后我开车送你过去？”

陈盏摇头：“上午要直播卖西瓜。果农那边已经联系好，先开一波预售。”

如果他不提，殷荣澜几乎忘了这件事。本着做生意的立场，殷荣澜提示道："先让他们把样品寄过来，确保口感没问题。"

陈盏帮忙一起收拾桌子，其间笑道："我不爱吃瓜，已经让人给王城寄过去了几个，他的评价颇高。"

殷荣澜："你有安排便好。"

链接是系统做的，陈盏把电脑移到院子里，选了个风景不错的角落开始直播。

名人效应的好处是，即便不打广告，也有不少观众进来。

直播难免会上热搜，所以，陈盏用了另外一个平台的社交账号做直播，西瓜薄利多销，不会太难卖。刚开播人还不是很多，陈盏在镜头外低咳了几声，料想是昨晚在沙发上睡了一夜，导致感冒了。

当初觉得胜券在握，才从系统手上接了这个任务，现在却有些后悔剑走偏锋卖西瓜，他忽略了有的地方没办法发货，以至于弹幕里不少在刷"买不了"。

"一共就几个发货仓，"陈盏笑着解释，"西瓜重量不轻，邮费不少。"即便如此，还未推销时，销量就已经破千。卖瓜其实并不怎么挣钱，忆起当初算计着接任务却换来一份没用的参考答案，陈盏不禁有几分失神。

唤回他注意力的是有人在直播间刷了好几次很大的打赏，都快赶上他的预售成交额。陈盏摇头表示不用刷礼物，然而这话的用处不大。

评论顿时跑偏，神秘的打赏"大佬"突然发言："会按照约定时间送达？"

陈盏："六月底开始陆续发货。"

"时间观念很重要，不知道主播如何看待爽约这件事？"

对方的网名很长，打赏又多，想让人不注意到这条评论都难。陈盏意识到什么，身子微微坐直，正想说话，忍不住又是一阵低咳："抱歉，有点感冒。"

打赏"大佬"："好巧，我也在发烧。"

陈盏几乎可以肯定发言的是和那位先生有牵连之人，又或者说就是本人。之后，神秘的打赏"大佬"再未出现，陈盏又推销了几句西瓜。销量冲破十万后，他表示前五千单会赠送护身符，便微笑着和观众挥手说再见。

陈盏心不在焉地把前五千订单的名单打印出来，轻轻地叹了声："这梁子是结定了。"

殷荣澜不以为意："单就放火烧屋这件事，他就别想全身而退。"

陈盏低头喝着感冒药，被热气熏眯了眼，不知在盘算着什么。

午休结束，他问殷荣澜要来车钥匙准备出门。

“不用我陪你？”

陈盏摇头：“安冷防备心太重，你去了有些话反而说不开。”

殷荣澜：“每隔十五分钟报次平安。”

陈盏知道这已经是他的底线，点了点头。

去的路上，陈盏还在担心以安冷的性子会不会搬家，又或者佯装屋里无人不给开门。不料几乎是他按下门铃的一瞬间，安冷便出现在视线范围内。

眼看他脸色苍白如纸，陈盏疑惑道：“你也病了？”

安冷转身，未锁门，暗示让他进来。陈盏自觉换鞋找了个地方坐下。

安冷：“我看了上午的直播。”

陈盏挑眉：“买瓜没？”

安冷手指不自然地动了动：“就不怕把人得罪死？”

陈盏：“该感到忧惧的不是我……有茶吗？”

安冷只给他接了杯白水。

陈盏长话短说：“我需要你帮忙发一封邮件，约他见面。”

安冷唇瓣微动的刹那，陈盏看出这是要拒绝的前兆，瞥了他一眼：“我不是在请求你。”说着指了指脑子。

昨天上午自己系统被打得满地找牙的画面尚历历在目，安冷心下一个激灵：“见面了又能怎样？”在他看来，不过是白费功夫。

陈盏忽然顾左右而言他：“听闻滞留者每年需要交纳一千洗白值。”

听到洗白值，安冷果然目光一动。

陈盏：“邮件内容我说你写。”

安冷迟疑了一瞬，终究是打开了电脑。

“昨日万分抱歉，在下……”

安冷：“在下？”

陈盏：“他不是自称先生吗？我的用词自然要文绉绉些。”

“在下是诚心相邀，希望阁下能再度赏脸，今天晚上老地方等你呢。”

安冷神情复杂：“等你……呢？”

陈盏：“用来拉近彼此之间的距离。”

眼睁睁地看着安冷点了发送，陈盏话锋一转：“以后每年的洗白值我都可以帮你交。”

突然而至的一张大饼，反而令人惴惴不安。安冷道：“需要我做什么？”

陈盏：“你既然知道那位先生雇人烧我的房子，想必留有证据。”

“我没有。”安冷一口打断。

“所谓只用邮箱通信，不过是搪塞之言。”陈盏笑了，“我猜你们见过面，并且你每次都会录音。”

“一派胡言！”安冷反应很大，直接站起来。片刻，他重新冷静下来，“真要见面了，你准备怎么对付？”

没听见回答，安冷小心猜测：“利用系统斗他个天翻地覆？”

“你怎么会有这种暴力的想法？”陈盏似乎颇为惊讶，认真道，“自然是你提供证据做人证，晚上见面时，我带上警察直接一窝端。”

遵纪守法是每个公民应尽的义务。

沉默的几秒钟，安冷眼皮一直在抽搐，正当陈盏想要关怀一二时，屋内突然响起一阵低低的拍手称赞声：“好一个诚意相邀，长见识了。”

声源是从靠近楼梯口的一个小房间传来的。见里面的人没有要走出来的意思，陈盏起身，准备破门而入。安冷拽住他。

里面再度响起一道声音：“进来也是一无所获，不必白费力气。”

陈盏最不缺的就是力气，他拧了下把手。门没有锁，屋子里面空无一人，木桌上摆放着一台电脑，屏幕里有声音传出：“语音通话只是最普遍的科技手段之一。”

此人语气很淡，却有种让人不舒服的感觉：“你深信科学，不该想不到。”

陈盏站在电脑旁：“我能想到的只是关于你的为人，高傲、自负、唯我独尊，活该孤独终老。”

那头传来些杂音，似乎准备说话。陈盏先一步道：“不错，口吻透露着高冷，你绝对是个单身。”说罢，他直接关上电脑。

安冷不可思议道：“好不容易有机会说话，就图过个嘴瘾？”

陈盏：“先发制人再断绝交流，可以让对方心气不顺一整天。”

无法理解他的为人处世，安冷皱眉：“这对你有什么好处？”

陈盏认真道：“我得到了快乐。”他片刻后补充，“劝你还是及早投诚的好，就刚刚那番话，他对你肯定起了疑心。”

安冷面色难看。别说留下录音，就是抬眼他都发怵，偏偏陈盏说得绘声绘色，仿佛确有其事。想到这里，安冷忍无可忍：“请你离开这里。”

离开前，陈盏一口喝完桌上剩下的水，争取做到不浪费。

他走后，从楼上缓缓走下一人。

安冷有些紧张道：“我绝对没有……”

坏人也有等级之分，安冷这种性子只敢私下祸害人，面前这个，却是无视文明法纪，全凭心意动手。

那人摆手打断他后面的话，下完最后一级阶梯。

安冷也是许久未和对方见面，忍不住偷偷用余光打量。还是一样神情寡淡的面庞，可笑的是，如此狠辣的人，却长了一张悲天悯人的脸。

那人淡淡一眼瞥来，安冷心下一惊，连忙收回窥探。

“陈盏。”男人来回念了这个名字两遍，有些遗憾道，“不过如此。”

安冷小心地端了杯茶送过来，男人喝了一口，缓缓道：“逞意气，有些小聪明和经商头脑，背靠着一个有能力有手腕的友人。”说到这里，他轻“嘁”了一声。

安冷不禁道：“这还不够吗？”

男人：“做我的对手，不够。”他正要低头再抿上一口茶，突然意识到什么，猛地偏转过头。

落地窗外，正趴着一个脑袋，陈盏嘴角微翘，挥挥手，用口型道：嗨。

安冷也吓了一大跳，没料到这人竟然没走，反而绕到院子后面偷看。

“他是……”怎么猜到你在这里的……这句话尚未来得及问完，未喝完的杯子连带着热茶全部被砸到身上。

男人目中闪过一丝愠怒：“蠢货！跟我这么久，连拉窗帘都不会吗！”

一窗之隔，陈盏掏出手机背对着窗户，调成自拍模式，比了个“V”字手势，顺便将屋内的人收入镜头。他满意地看着无美颜无滤镜的照片，手插在兜里大大方方地离开。

系统：“不打架？”

陈盏：“知己知彼，百战百胜。”他敢保证敌人对自己的了解更甚，别的不论，大部分时间他都曝光在媒体的摄像头下。

说完，他低头盯着照片里的人脸看了许久：“这张脸看上去有些奇怪。”

世界上从来不缺各种传言，譬如说听某首曲子会想要自杀，看了某张碟子想放弃生命……照片里的人脸完全可以加入这个阵营。一张佛面，倘若某个人走投无路，说不准还真会跪地祈祷，产生信仰。

陈盏打上车走了一段路程后才突然发现，已经过了二十分钟，按照约定，他早在五分钟前就该给殷荣澜报平安。

他赶紧拨了通电话，等对面一接通马上道：“有点事耽搁了。”

“不碍事。”

陈盏：“我已经……”

“在回家的路上。”殷荣澜笑着道，“我在看着定位。”

陈盏一时语塞。

车子开到别墅门口，殷荣澜就站在门外等着，皮肤被后面的绿色树木映衬得无比白皙。

“谈得怎么样？”

陈盏：“我激起了他的兴趣。”

殷荣澜轻轻地挑了下眉。

陈盏：“要知道在这之前，他甚至不想再看我一眼。”

综上所述，他做出肯定结论：“算是一次相当成功的会面。”

殷荣澜点点头，看来是谈崩了。

进屋后直到晚饭前，陈盏都没怎么说话，专心投入写作。

此刻，另外一栋装修豪华的别墅里，安冷正襟危坐。所幸随性斜靠在一边的另外一人没再细究拉窗帘之事。

安冷主动说道：“他知晓了您的长相……”

“一张面皮罢了，随时可以换。”男人毫不在意，转而问，“窃听器都装了？”

安冷点头：“一共安放了两个，不会出纰漏。”想到这里，他的心就隐隐作痛，兑换最新版微型窃听器耗费了好几百洗白值。

“我快要入不敷出了，”安冷苦笑，“继续下去，明年执法者会第一个拿我开刀。”

“陈盏一死，他的洗白值足够你受用。”

安冷也只能以此自我安慰。不知从何时起，他就像是一个赌徒，不断扔出筹码，得到的回报却几乎为零。

别墅足够大，最明显的就是钟摆声，来自吊灯上细微的簌簌声，几乎被完全遮掩。倘若他们抬头仔细观察，就会发现豪华的水晶灯顶上坐着一个圆球，圆球手里还拿着个超小型的本子，用短到看不见的手做速记。

这点完全是受了陈盏的影响，其实它可以靠大脑来记忆。

“宿主竟然也有被算计的时候。”圆球自言自语。

陈盏把它留下来偷听，哪里能猜到对方竟也在他身上安装了监听。这其实是陈盏的一个短板，他过于依靠自己，以至于下意识地无视了系统身上有无数高科技产物。哪怕平日里稍微依靠道具兑换，也不至于在这方面被设计。

要不要通知一声？正当圆球考虑是撤离回去报信，还是继续留守，安冷已经调好设备。

男人不喜欢戴耳机，安冷便把声音调到最大，并用了扩音设备。暂时只有不停歇的键盘敲击声传来。

安冷看了一眼男人的脸色："要不我先在这儿守着，您去吃饭？"

男人闭着眼睛轻轻摇头。

半晌，就在安冷尽量不发出动静打扰到他时，男人主动开口："知道我为什么要让人烧了陈盏的房子吗？"

安冷："掩盖偷走资料的事实。"

男人笑出声来："错了，是为了让他和殷荣澜同住。"他的目光发冷，抬眼望着对面，"人只有在面对至亲时，才会毫无防备。"

安冷恍然："都是在为了这次窃听做准备。"

吊灯上，系统支着圆脸，因为没完整的五官，看不出表情，暗叹原来还有和宿主一样黑心的人。

这时，设备里终于传出不一样的响动，陈盏说话的声音清晰可闻："其实有件事我一直没告诉你。"

听到这里，男人调整了一下坐姿。

另外一道声音传出："什么事？"

陈盏说话的声音减弱了些，带着些微不可察的紧张："其实……我是个狐狸精。"

"九条尾巴？"

"九条。"

"我不信。"

"要看看吗？"

安冷实在是听不下去，他们私下这么幼稚吗？

吊灯上，圆球暂时打消报信的念头。目前看来，宿主似乎不会泄露多有用的信息。

两个男人听着一场没有营养的对话，气氛僵硬得可怕，安冷试图挽救一二："再等等，他现在是最没防备的时候，说不准可以从梦话中听到一些信息。"

又过去一段时间，男人受不了地皱眉："他们难道不睡觉吗？"

安冷早就窝在一边偷偷地玩起手机游戏，里面十分应景地传来一声"不要走，决战到天明"。

"您先去休息，我守着。"安冷心虚地放下手机，专心地坐到设备前。

作为合格的速记员，圆球把对话原原本本地抄录下来，并且注明时间点。

话说男人让安冷选在前段时间去找陈盏挑明身份，甚至引人上门，就是打听到了殷荣澜快要休年假，而陈盏最近几乎没活动出席，双方交流必定增多，如此可确保窃听器能最大限度地发挥作用。

可惜事与愿违——

“如果我突然消失，该怎么办？”

“人生在世，只争朝夕。”

经过两天时间的荼毒，安冷可以做到面不改色地听下去，男人时不时地来视察情况，到最后终于忍无可忍：“这两人脑子里是不是只有毒？”

面对来自灵魂深处的发问，安冷自认无法回答。

男人闭了闭眼，片刻后，幽幽一叹：“你说他会不会是故意的？”

安冷下意识地摇头：“是人都会有羞耻心。”

吊灯上，圆球“嚯”了一声，宿主可没类似宝贵的品质，他曾说过，这叫什么来着……它一时半会儿想不起来，随即宣告放弃。

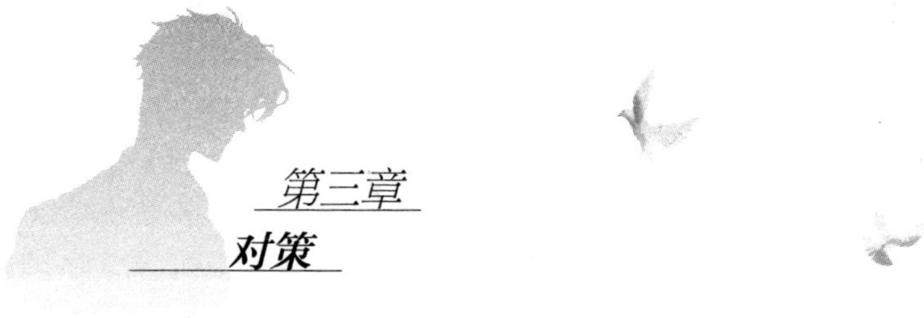

第三章

对策

殷荣澜年假的最后一天，早饭后，他主动把笔记本搬到陈盏面前，叮嘱对方要以事业为重。

陈盏坦然接受他的提议，准备敲键盘。

系统在傍晚时回来了一趟，彼时，殷荣澜正在厨房做着简易的晚餐。陈盏盘腿靠在落地窗旁更文，圆球跳上他的膝头，“咯咯”地笑出男巫声：“窃听器在鞋底和衬衫上各有一个。”

陈盏点头，衬衫一个小时前已经被丢进洗衣机，鞋子在鞋柜，现在说话不需要太过顾及。

“安冷的系统没发现你？”

系统点头：“它没战斗力，除非我刻意暴露。”

陈盏停下打字，目光微动：“那位先生呢？”

系统：“跟宿主想的一致，他的系统似乎正处于休眠期。”

闻言，陈盏抬眼望向厨房，望见殷荣澜正在切菜的背影，笑了笑：“看来资料果真在那人手中。”

不清楚殷荣澜所谓的改“参考答案”究竟改成了何等的面目全非，不过显然是把人坑得不轻。

系统：“趁他病，要他命！”

陈盏摇头，他不会自大到认为能不费吹灰之力打败对手。

“还是再观察一阵的好。”

之前看安冷对所谓的先生讳莫如深，估计有什么了不得的底牌。暂且把这件事放在一边，陈盏转而询问：“偷听了几日，可知那位先生本名是什么？”

系统：“姓吴。”

陈盏乐道：“就知道不会是赵钱孙李这些姓氏。”

系统不懂他乐呵在哪里，继续汇报：“至于叫什么，不清楚。”安冷只是一次在情急之下喊了声“吴先生”。

陈盏看了它的速记本，没找到多少有用的信息。

系统：“大多数时间在听宿主天方夜谭般讲故事。”

陈盏没露出任何难堪的表情，淡淡地说了声“知道了”，继续浏览小本子，看到其中一行饶有兴趣地问：“准备激化执法者和我之间的矛盾？”

系统：“试探实力。”

陈盏把小本子还给它，没对此事发表意见。圆球重新回到他的大脑里，继续履行系统的职责。

恰好殷荣澜在厨房忙活得差不多，两人吃了一顿尚算温馨的晚餐。

入夜，陈盏久久没有睡着，思索着执法者会通过什么途径动手。他解决了一个执法者，即便没有安冷从中作梗，双方的矛盾也不可调和。他想着事情不知道什么时候进入梦乡，翌日天亮，殷荣澜先行醒来。

陈盏眼尖地看到窗台外面挂着个小东西，趁着殷荣澜去洗漱的时候，他伸手一够，捞进来一个小盒子，打开后发现里面装着一份“血书”。他低头嗅了嗅，有股轻微的漆味，大约是用了红墨代替。

还未看内容，陈盏先一步摇了摇头，是不是所有的系统体内都蕴藏着不可描述的“中二”之魂？

“凌晨六点，天云山，了恩怨。”

“现在流行上山打架？”

系统：“灭了它！”

陈盏：“你能一打几？”

系统：“什么意思？”

陈盏冷笑：“估计真上了山，要面对的可就不止一个执法者了。”

系统：“群殴？”

陈盏轻轻地“嗯”了一声。

系统难得没立刻叫嚷着要一决胜负，它试探地道：“要不咱们回一封信注明下次再约？”

陈盏：“咱们这次肯定要走上一遭，到时候你听我的安排就是。”

系统和人一样，欺软怕硬，如果流露出一星半点的惧意，下次就会直接找上门。

在此之前，陈盏视线扫向刚洗漱完的殷荣澜，轻皱了下眉头……如何说服这个人让自己孤身涉险才是主要问题。

本该是一个好梦的夜晚，陈盏在微弱的清辉中睁开双目，轻手轻脚地下床拎着鞋子离开。

晚上不好打车，他不得已戴上口罩，往前走了很长一段距离，才招到一辆出租。

开车的司机看到他凌乱的头发，还有没来得及扣上的外套，笑道："偷偷溜出去露营玩？"

陈盏："算是吧。"

司机："不怕家里人发现？"

陈盏目中闪过宠溺的笑容："他睡着了，一时半会儿起不来。"

天云山以前还有人巡山，后因山本身不高，特地爬到山顶赏日出的游客少之又少，逐渐就只剩下一座门口的小亭子，让保安值夜班的时候有个休息的地方。

司机很有经验，把他放在后山的位置，收完钱后本着良心提醒了一句："小心点。"

陈盏仰头望着山顶，笑了笑："没事，再过一个小时天就要亮了。"

没走几步，陈盏便意识到他高估了自己的体力，现在才上到三分之一处，腿就开始发软了。

"三百洗白值，你背我上去。"

系统："人性呢？"

陈盏："三千。"

系统："成交。"

陈盏就是随口一说，要知道系统不过两个巴掌大小，不料对方力大无穷，竟是托举着他就往上走。

陈盏身子晃晃悠悠，每当他快倒地时，便会被一股力量强拉回来，整个人维持着一股诡异的平衡。

"怎么做到的？"这明显不符合平衡力原理。

系统一言不发，哼哧哼哧地把人扛到山顶。

诚如陈盏所言，等在那里的一共有五个执法者。

系统："怎么做？"

“先发制人。”陈蠡的语调很平稳，“挑其中一个下手，手段一定要狠。”

执法者见人来了，活动了两下，准备放狠话：“你……”

第一个字刚出口，陈蠡眯了眯眼睛：“就是现在。”

话音一落，系统如同一道闪电一般射出。单对单，它的实力本就在执法者之上，接着一把将执法者扔下山崖。

剩下的四个执法者不约而同地上前一步，又有些畏畏缩缩。围攻可以，但谁都不愿意做第一个出手的人。

“一起上？”说归说，依旧没一个上前。

见状，陈蠡眼神讥讽，这种临时组成的搭档根本就不具备大局意识和牺牲精神。似乎每个系统都是如此，包括在他的这个，一旦实力和原始资本累积足够，就立刻想要翻身为王。

在这种僵硬的对峙中，陈蠡环视周围，全是郁郁葱葱的树木，然而他心中明白，安冷一定潜藏在某个地方，旁观战局。

“下一个，谁来。”陈蠡的系统态度嚣张。

山里的雾气渐渐消散，冷月落下去，取而代之的是灿烂的朝霞。

“我们都是高科技产物，”之前去过别墅，险些栽在殷荣澜手中的执法者开口道，“为什么要用这种野蛮人的方式解决问题？”

“不然呢，难道石头剪刀布？”系统将陈蠡冷淡的口吻学了个十成。

执法者指着天边的太阳，突然一蹦三尺高，立在系统面前。

陈蠡的系统怒了：“活腻歪了！敢踩我影子！”

互骂互踩中，无论是系统还是执法者，均是一会儿前进一会儿后退。

“阿嚏。”被晨间的冷风冻得打了个哆嗦，安冷接通振动着的手机。

“情况怎么样？”

先生算计得极好，陈蠡和执法者谁赢不重要，只要能削弱另一方的力量就能坐收渔翁之利。然而……

“说话。”那头没听到回答，冷声提醒。

为了见证这一刻，安冷甚至一夜没睡躲在灌木丛里，此时他望着在山顶上互相踩影子的系统和执法者，发自肺腑地骂道：“幼稚。”

等安冷反应过来自己说了什么，惊慌失措地想要解释时，那头的人已经挂了电话。心知再晚一步说明情况命可能都要没了，他连忙拍拍身上的树叶，想要转身离开。

正是要偏过身的一刹那，安冷看到陈蠡负手立于山头，眼观踩影子闹得不可开交的系统，镇定自若地高声诵咏："我劝天公重抖擞，不拘一格降人才。"

有病！安冷摇了摇头。

变故就出现在这一刹那，原本踩影子的四个执法者突然齐攻上来，凛然的杀意丝毫不逊于人类。

系统似乎早有预料，先一步跳出包围圈。计划被识破，两方又恢复到大眼瞪小眼的局面。

"为什么它的战斗力这么强？"同为系统，自己的系统就被"秒杀"。

系统："同为人类，你为什么给先生当跑腿的？"

安冷被反问住，只能用"术业有专攻"几个字来自我安慰。

执法者间互相偏了几下头，不知是通过什么在交流，最后得出的结论是择日再战。可惜在离开前谁也不相信谁，不愿意暴露后背给对方。

陈盏是第一个行动的人，他大大方方地转身，朝山下走去。系统跟着离去。

剩下的几个执法者面面相觑，其中一个道："要不要去山崖下把掉下去的那个捞上来？"

另一个摇头："肯定是活不成了，走吧。"

"按照替死法则，陈盏必须死。"

"不碍事。他换系统换得勤，等这个空有战斗力的系统被替换，再动手也不迟。"

背后的议论声并未传至陈盏耳中，上山时靠着系统，他没费多少力气，以至觉得下山比想象中轻松许多。

返回别墅前，陈盏先去另外一个区买了份早餐，顺带整理好衣服，确认无异样后才进门。他若无其事地叫醒殷荣澜，露出一抹完美的笑容："该起床了。"

殷荣澜坐起身："现在几点？"

陈盏："上午十点。昨晚你太累了，我就没叫醒你。"

四目相对，陈盏只是笑了笑，又掉过头去把买好的粥倒进碗里。

背后，殷荣澜比平日略暗哑一些的声音传来："山上风大，下次去多穿些衣服。"

陈盏喉头一动："你跟踪我？"

殷荣澜摸向他的手腕："醒来见人不在，看了下定位。"

陈盏暗叹自己昨晚可能是真睡昏了头，竟然犯了如此低级的错误。

这件事就此不了了之。陈盏心中清楚，那位先生不会浪费时间，多半在酝酿一场针对他的阴谋。

系统："为什么他不拉拢宿主？"

陈盏："棋逢对手，一般只会想着征服。所有的反派都具备这种特质。"

系统："根据'人设'，宿主也是反派。"

陈盏抬眼一笑，走到院子里面透气，轻描淡写道："我改邪归正了。"

近期，除了卖西瓜这件事，他在各方面都注意了言行，成功避开了热搜。

这一天大扫除时，殷荣澜取下围裙，状似不经意地道："要不要回去一趟？"

陈盏快一个多月没回过家，因为一看到那烧焦的墙壁，他就心口疼。知道殷荣澜不会无故提起，他问："为什么突然想起这件事？"

殷荣澜："老爷子打电话来，说最近有些传言。"

正在擦玻璃的动作停下，陈盏跳下凳子："传言？"

"你家闹鬼。"

陈盏先是一怔，而后目中透露出不虞，神情颇为严肃："这件事需要尽快解决。"

殷荣澜以为他是想到了什么，开始细究。

陈盏拧水时认真道："否则会影响房价。"

殷荣澜表情耐人寻味："你担心的就是这个？"

陈盏扬眉："不然呢？"

老小区年轻人少，特质就是芝麻大点的小事就会呈现星火燎原之势迅速扩散。陈盏以为很快便能解决，才走到小区门口，正好有两个拎着购物袋出门的阿姨同他擦肩而过。

"我跟你说，那房子可邪性了，听说现在起火的原因都没查明。"

"还说呢！我儿子有天下夜班，看到里面有蓝色光团浮动。"

说得煞有介事，若非是当事人，陈盏都想要加入讨论。

殷荣澜因为要上班，没陪他一道，两人都是不信鬼神的，认为必定是有人想要借此做文章。

白天很难滋生出恐惧，陈盏打开门的动作一气呵成，他没半分停顿地迈步进屋。

窗户早就被烧没了，每日处在通风状态下，虽有满屋子的灰尘，好歹那股呛人的烟味已经彻底消散。

陈盏依次检查了橱柜和角落，确定房子里没有第二个人。想再查验一遍时，手机铃声突然响起，险些把他吓得一个激灵。

电话是殷荣澜打来的："有什么发现？"

陈盏："暂时一无所获。"

就目前来说，不一定就能确定是那位吴先生搞的鬼，很多怪谈都是源自普通市民茶余饭后的奇思妙想。

"早些回来，我在餐厅订了饭，稍晚些会有人给你送过去。"

陈盏："你呢？"

"年假前积攒了不少企划，要加班。"

他回去打的出租车，司机是个年轻人，隔着口罩认出陈盏，挺兴奋的："我追过你的小说。"

陈盏笑了笑。

司机："你是不是因为听说闹鬼的消息特地来看看？"

陈盏的神情终于有了微微的变化："你也听说过？"

"干我们这行，小道消息最灵通。"刚好碰到红灯，司机停下来细说，"安河区即将新开业的黎诚广场，最近也在沸沸扬扬传闹鬼。"

陈盏："哦？"

司机一口气说了好几则怪事，说完自己忍不住打了个冷战。

陈盏忽然道："去黎诚广场。"

司机望着逐渐暗下来的天色，惊讶道："寻求刺激也不是这么个求法，何况那里尚未开业，有什么可看的？"

陈盏找的理由荒谬又靠谱："我是个作家。"

司机只当作家写什么都要亲身经历一番，没再多劝。

市区里的土地早已过度开发，新修建的广场都是朝郊区的方向扩散，这时候风很大，路上只有寥寥几个行人。

想要进去黎诚广场就要翻窗，现在不大适合，陈盏索性找了个不起眼的角落等待天黑。

系统："不怕有鬼？"

陈盏："世上没鬼。"

他最不怕的就是鬼怪一说，生死有，但陈盏不信轮回。

等待的间隙，陈盏拿出手机写作，不知不觉天终于暗了下去。他按照适才挑选好的路线，翻窗进去。大楼内空空荡荡，只有锁着的商铺和未启用的电梯，看着略有些荒凉。

陈盏站在电梯旁，仰头环视楼上。天花板上画着艳丽的彩绘，周围还有小彩灯，一旦商场运营，势必会很好看。

迈过一层阶梯，陈盏耳朵一动，微微偏过脸："谁？"

"这话应该我问你。"从阴影处走出的人正冷冷地注视着他。

"林池昂？"

对方走到陈盏面前，目光带着强烈的审视："你怎么在这里？"

"听说这里闹鬼，正巧我家也闹。流言传出的时间差不多。"

林池昂的神情看不出有没有信服，他径直往前走。

陈盏："你呢？"

林池昂："这里是林氏投资的产业。"

陈盏："那也用不着少东家亲自来查看情况吧。"

林池昂骤然停步，转过身望着他。

陈盏摊了摊手，并未掩饰语气中的疑惑："难道我说得不对？"

对视中，林池昂终于开口："原本打算开业第一天在这里求婚。"

谁曾料到闹出鬼怪之说，导致开业的时间也要后移。

"难怪……"周围的墙壁整体用的欢快的色彩，并非一般商场惯用的高冷奢华风格。

走了几步，林池昂突然抬手，沉默中，陈盏似乎听到有声音从地下传来。他蹲下身伸出食指戳了戳地板。

林池昂："一旦营业，那里会是地下商城。"

顺着电梯走下去，林池昂道："活人你来对付，鬼怪我管。"

陈盏不由得感到惊讶，他记得对方是怕鬼的。

"你信这些？"

林池昂看了他一眼，没说话。

陈盏注视着走在前方的身影，暗暗皱眉……为何会这般有恃无恐？

陈盏再看，发现林池昂把背着的双肩包改为提在手上，像是随时准备从中拿出什么。距离拉近，能听见的响动声越来越大。

陈盏虽不信魑魅魍魉，但也觉得这种声音挺瘆人。他快走两步，跟上林池昂："你真有对付鬼怪的神兵利器？"

只见林池昂从双肩包中取出一个东西双手抱在胸前。

"这是什么？"陈盏疑惑地问道，想要绕到前面一探究竟。

林池昂："我祖母的遗像。她生前最疼爱我，要有不干净的东西，一定会替我拦住。”

陈盏停步陷入沉默，半晌抬眼望着他，定定地说道：“如果我今天真做了鬼，绝对不会放过你。”

林池昂：“我不会死，更不会和你一起下地狱。”

陈盏的视线只在相框上一扫而过，多停留一秒都是折磨，他很好奇这人究竟有没有受过义务教育。少顷，他微微抬起胳膊做了个手势。

林池昂皱眉：“什么意思？”

“要想试探是人是鬼很简单。”陈盏指了指入口的另外一边。

林池昂看他一眼，最终还是依照意思靠在墙边，陈盏则守在另外一侧。

“有硬币吗？”

林池昂打开钱包，一水儿的百元纸币。

借着相当昏暗的光线依稀窥得一些，陈盏摇了摇头，摘下护身符的配件，把纽扣弹向黑暗里的某处。动静不大，但这种时候几乎是在落地的一刹那便无限放大。

陈盏抬手示意噤声，可以听见有很轻微的脚步声传来。

鬼走路可没声音。林池昂挑眉……这就是你想要的结果？

陈盏摇头，示意再等等。

随着脚步声渐重，陈盏估算着对方到门口的距离，预测差不多时，一步迈出，像只凶悍的小野狼一样低吼了一声。

任谁在走出门的时候，碰到突然蹿出的人大叫一声，都会吓得一个激灵。

趁着对方还没反应过来，陈盏忙给林池昂使眼色，顾虑到太黑可能看不清，他直接开口：“砸！”

林池昂当机立断朝下砸去，吃痛的叫声传来后，陈盏又上前给了一脚。

“嘶……疼。”

另一边，林池昂低头看着裂了的遗像，眸色暗沉，声音冷得不像话：“你竟然敢伤害我祖母。”语毕，冲哇哇叫唤的人补了两脚。

陈盏正准备打开手电筒瞧瞧鬼怪的庐山真面目，林池昂突然一把推开他：“有同党。”

从凌乱的脚步声判断，可能不止一个人。

陈盏：“我先跑到个隐秘的地方躲起来，你断后。”

林池昂：“你还是人吗？”

陈盏叹道：“要腾出时间报警，倘若我们都挂在这里，很可能会被报道成殉情……”

言尽于此，林池昂脸色难看：“去打电话。”

身后不间断地传来打斗声，陈盏看似慢悠悠的，实则动作很快。他还算讲义气，没一直观战，报完警后迅速加入了混战。

“速战速决。”黑暗中，不知身份的人哑声说了一句。

“想跑？”陈盏眯了眯眼，就站在门口，颇有种“一夫当关，万夫莫开”的气势。

Y 市的出警速度向来很快，当警笛声在门口响起时，陈盏明显感觉到出手人的紧张。

“正义即将来临。”他以审判者的姿态说道。

下一秒，大门被破开的声音足以震得人心肝一颤。只是事实与想象中有些许出入，迎接他们的是被一并押送进警车，上车前，林池昂看陈盏的眼神明显不太友好。

陈盏还是第一次碰到这种场面，目中却是波澜不惊，淡然道：“或许是因为他们比较惨。”

即便有了光，现在都不好看清那些人原本的样貌。

听罢，林池昂不再多言。现下是按照片区划分出的警，他预感再这么下去，会拜陈盏所赐，到所有警局一游。

因为人多，所以被分开带去审理。陈盏照实说明缘由：“有流言说我家闹鬼，正巧听闻黎诚广场也闹鬼，就过去看看，顺便找点灵感。”

录完口供，久久没有看到林池昂，陈盏忍不住叫住了一个看上去比较好说话的女警员打听情况。

“他不太配合。”女警员失笑，“问为什么打人，一口咬定是那些人先打了他的祖母，还说你可以作证。”

陈盏眉心一跳。

女警员：“根据我们的调查，他祖母早就过世。”说到这里，女警员忍不住笑了，“这不就是在碰瓷？”

只要动手了必然会担上干系，几个人都有责任在身。陈盏算是摘得比较干净，毕竟从头到尾，他参与的过程可以忽略不计。

剩下几个人还在调解，殷荣澜接到消息从公司赶来时，已经是半个小时后了。

陈盏没被拘留，只是被简单警示教育了几句。殷荣澜见到他略显无奈：“不是让你早些回去？”

陈盏把之前说过的话重复了一遍。警察办案经验比他丰富得多，从纵火案到现在，明显感觉到事情的不同寻常。奈何办案要讲究证据，只能通过审讯逐步抽丝剥茧。

“我看明星身边都有几个保镖，”方才给他录口供的警员走过来，“不行你也雇几个。”

房子被烧，餐厅刺杀，现在又传出闹鬼，这可不是一般的巧合。

陈盏笑了笑：“我会注意。”

“你放心，我们会尽快破案。”

双方握了握手，陈盏说了声“拜托”，起身准备和殷荣澜一起离开。

临走时，冷不丁想起某个人，他问道：“那个……他什么时候能走？”

这个“他”指的是谁，大家都清楚。

“具体要等验伤报告出来，看谁的责任更大。不过偷溜进商场的几个也跑不了。”

陈盏若有所思，林池昂人还算不错，至少没把自己供出来。要知道他也是翻窗进去的，只是被对方巧妙地掩饰过去了。

系上安全带前，陈盏的眉头始终没有彻底舒展开。

殷荣澜将他的状态看在眼里，安慰说：“事已至此，顺其自然就好。”

陈盏打开车窗吹着风，感觉舒服了很多：“闹鬼这种事，传出去也产生不了多大影响。”

阴谋诡计他不在意，但谁都不喜欢面对未知。陈盏偏过头去看正在开车的殷荣澜：“你说这是在打什么主意？”目前又不能盖棺定论此事就是吴先生的手笔。

殷荣澜平静地控制着方向盘：“扑朔迷离不一定代表事情本身复杂，不妨试着从结果推理。”

陈盏安静地听下去。

殷荣澜唇畔带笑：“好比以目的是害你来倒推。”

思路是清楚了不少，不过依旧想不出太多具体的内容。大脑不畅的情况下，陈盏摸了摸肚子：“看来我是饿了。”

殷荣澜在下个路口掉头：“先去吃饭。”

高级餐厅晚上的特色是贵且座位难订，虽然要个座位对殷荣澜来说不是难事，但这上菜的时间足够漫长。陈盏拿出手机接着完成未写完的文章。

殷荣澜匆匆一眼瞥过去，扫到林池昂的名字：“今天的内容要以他为主角？”

陈盏："毕竟替我挡了一劫。"短暂塑造个光明伟岸的形象，权当补偿。

殷荣澜笑道："林池昂应该是料到你会这么做，才一力扛下。"及时止损，横竖已经进去了，借此寥作安慰。

陈盏知道缘由，没放在心上："互利互惠，我也不算亏。"

殷荣澜点点头，表示赞同。

接下来的二十分钟，陈盏展示了什么叫作打字速度。在有素材的前提下，一篇文章轻而易举产生。

"男神"这本书的主角不是林池昂，便准备以"番外"的形式发出。

核对一遍后，陈盏问对面的人："要不要看看？"

"好。"

电梯未通电，踩在硬邦邦的金属板上，彼此大半个身子浸润在黑暗当中。

来自下方的窸窣声越来越大，谁都不知道即将要面对什么，就像是一场去往危险悬崖下的探索。

他走在前面，身姿挺拔如松柏，冷冷地说："有鬼我来对付。"

我不答话，此行的目的只是为寻找令人毛骨悚然的鬼怪传说真相。

而他，堂堂林氏集团的继承人，则是因为投资项目的利益被触犯。共同的利益让我们齐聚一堂。

踏过最后一层阶梯，一阵冰凉的风似乎从我的脚踝处钻入。而他依旧稳稳当当地走在前面，脚步不滞。离声源处渐近，他终于拉开了神秘双肩包的拉链！一场恶战即将开启。

"'齐聚一堂'是不是用得夸张了？"殷荣澜只看了最后一小段，抬头满眼笑意，"这是在写盗墓？"

侍者刚好在此时送上餐，陈盏刻意做出优雅的用餐动作，挑挑眉："如此一来，大家只会看见林池昂光彩的一面。"

殷荣澜把手机还给他，在陈盏发文的时候道："事情未必会如你想象的那般顺利。"

新章节已经发出去，陈盏边用餐边道："哪里有问题？"

殷荣澜："稍后看看评论就知道了。"

一顿饭的时间，陈盏再看评论，果然和预想中有出入。为保障林池昂的伟岸形象，他并未提及最后拿出遗像的那段，只是评论似乎不怎么友好。

"收黑钱，举报了。"

“散播虚假信息，‘取关’！”

殷荣澜似乎早预料到这种情况：“原先你塑造的总裁形象是平易近人，带些反差，忽然改变文风，就相当于‘人设’崩了。”

他说话的时间段，陈盏见识到了什么叫在线掉粉，不禁摇了摇头：“问心无愧。”至少要做到对林池昂仁至义尽。

出餐厅后，陈盏轻轻地吸了口外面的冷空气，忽然回过头去看殷荣澜，认真地问道：“如果我现在写林池昂从包中掏出一块小手绢甩了甩，能把粉涨回来吗？”

听出话里十成的认真，殷荣澜罕见地站在了林池昂那一边：“既然做了，就不要回头看。”

陈盏只觉得他还能再挽留一下自己的粉丝。

双方默契地回避这个话题，糟心事很快被抛之脑后，陈盏开始思考闹鬼的传闻。

见他似乎被窗外的夜景吸引，殷荣澜放缓了车速。

一夜时间过去，警局那边传来了一些不一样的消息，据说被抓到的几人均藏有利刃凶器。

殷荣澜：“欲盖弥彰，请君入瓮。”

“按照你的意思……”陈盏放下手头的事情，“所谓的闹鬼传闻不过是想吸引我过去黎诚广场的障眼法？”

殷荣澜颔首：“有可能。”短短几个字的工夫，他眼神变得锐利，“这两个人不能再留。”

陈盏看得透彻：“对付起来也不容易。”

“祸害遗千年”这句话是有根据的，正常人做事有着文明准则，受法律和道德的约束，恶人则不管不顾。

陈盏想了想，失笑着摇头道：“总不能照猫画虎，也雇几个人朝他们下手。”

他说完这句话便开始工作，试图通过二更来挽留住流失的书粉。

殷荣澜安静地坐在一边，凝视着对方认真工作时的侧颜……在这点上，他着实钦佩陈盏，无论外界事物如何，都很难对其产生干扰。

察觉到停滞在自己身上的视线，陈盏打字的同时瞥了一眼电脑右下方的时间：“你该去上班了。”

“今早没大事。”

陈盏：“我只想让你拿全勤奖。”

直至殷荣澜出门前，陈盏只是淡淡地说了句“路上小心”，再没分出心神多看他一眼。

望着外面起的白雾，殷荣澜暗叹“路漫漫其修远兮”，遂即放弃开车，决定今天乘坐公交。

屋内，陈盏写作到一半，忽然感觉到凉意。他起身取了件开衫披上，电脑突然传出嘀的一声。

这是一封意想不到的邮件，来自安冷。

尊敬的陈盏先生：

看到内容时您可能会很惊讶，万分冒昧，但着实是有求于你。执法者损兵折将，用了替死工具的我难免成为迁怒对象。先生想利用我换取执法者的交情，如今能救我出火海者，唯您一人。

此致

敬礼！

陈盏盯着文绉绉到狗屁不通的邮件反复看了两遍，提炼出主旨：救我。

沉默两秒，他拨打电话过去，接通后语气不善：“芝麻大点的事情，为什么不打电话说明白？”

那头支支吾吾，似乎不方便接电话，没几秒钟又挂掉了。

陈盏也没再打过去，如果事情真的是十万火急，对方自然会想办法主动联系他。

约莫半个小时后，二更计划刚刚完成，陈盏收到一条来自陌生号码的短信，约他在黎诚广场见面。

昨天的事情尚未解决，林池昂因为打人还在局子里关着，黎诚广场的开业时间可谓是一拖再拖。把见面地点定在这儿，难免让人多心。

陈盏按照约定时间到达，两座矗立的大楼间，站着的人的影像是一幅缩略图。

安冷看到来人的一刹那，目中的不安逐渐退散：“还以为你不会来了。”

陈盏：“选的地方很有趣。”

安冷：“才出过事，反而没多少人会注意这里。”

挑了处僻静的地方说话，陈盏看了一眼时间：“给你一分钟做陈述，我还要赶回去吃晚饭。”

安冷早就习惯他的为人处世，很快组织好语言：“昨天是一个局，既然借助不了执法者的力量，先生想试试看靠普通人能不能把你杀了，谁知……”

林池昂的出现是个意外。

“我只剩下了几十洗白值，”安冷朝里面走了几步，“于是先生想出一条毒计，兑换了替死工具用在我身上，我一死，执法者可以钻个漏洞取消对你的追杀。”

陈盏仍心存怀疑：“你好歹是个跑腿的。”法治社会，找到个一起做坏事的不容易。

安冷：“他恨我。”

陈盏斗胆猜测：“因爱生恨？”

安冷摇头：“因为我骂他傻。”

“当然那不是出自本意。”安冷紧接着解释了一句，并说了那晚在山上观看系统和执法者间的“恶战”，说完观察陈盏的神情，可惜一无所获。

“想让我怎么帮你？”

安冷：“执法者杀我不需要费太大力气，最多出动一两个。你在暗中跟着，等它出手的时候，先一步下手。”

陈盏若有所思，这办法听上去是很不错，可以解决一个潜在的麻烦，又能让安冷“弃暗投明”。

“好。”他答应得干脆利落。过了片刻又道，“如何确定执法者动手的时间？”

“一般是在晚上七点后。”

陈盏似笑非笑：“了解得很清楚。”

安冷有些羞于启齿：“你不是我第一个用替死道具的对象。”在此之前，已经有一个倒霉鬼栽在他手里了。

陈盏不再说话，默认了这份安排。

安冷轻松地撬开门锁进入商场内部，见此情景，陈盏觉得有必要提醒林池昂，下次投资产业，记得先看看环境或者选择繁华一些的地区。

两人一前一后地走进去，陈盏找了个不起眼的角落待着。安冷则在大厅内四处转悠，想要引执法者出来。

执法者迟迟没有出现，陈盏又太安静了，以至于安冷甚至以为他跑了，忍不住开始说话：“别离得太远。”他的系统可不会像对方的一样，指哪打哪，相反，会冷静从容地看他死亡然后去带新人。

他始终没听到回应，直到从某处传来咚咚两下的敲击声，才安下心。

时间的每一秒流逝都让人既不安又迫不及待，近乎窒息般的等待中，终于传来了第三道声音。

陈盏窝在电梯下方，稍稍探出点头便视野开阔，亲眼看见从二层的玻璃窗内飞进来一个圆球。

安冷深吸一口气，什么都没说就往楼上跑。

奔跑的速度和飞行速度有着本质上的差距，在听到凌乱的脚步声已经迈过一层楼时，陈盏默默地计算着现在双方的距离。

二楼，安冷不紧不慢地跑着。

坦白讲，陈盏会轻信于人主动来此，实在出乎意料，在计划里，对方应该会多加试探，他甚至提前准备了很多种方案用于应对。

安冷正想给执法者比画，让它先给自己造成一些轻伤。就在这时，耳边突然听到一阵疾速的风声，他再一回头，竟看见陈盏不知从哪里找到一块铁板，朝着执法者的方向砸过去。

系统：“放着我来！”

陈盏冷声要求：“乖乖待着。”他一直想试试凭借人力和执法者这种生物战斗能到什么地步。

看到陈盏出现的一刹那，无论是安冷，还是执法者，都有一瞬间的惊讶。对方性格睚眦必报，喜欢坐收渔翁之利，昨晚的那场暗杀应该会让他选择坐看双方陷入缠斗，最后时间才出现。

安冷都做好重伤假死的准备，就等着陈盏打退执法者放松的一刹那，来个致命一击。既然普通方法战胜不了，就只能靠些下作的小手段。

然而陈盏第一时间就出现了，不但出现，还做出指挥：“按照原计划，包抄！”

安冷愣住……什么原计划？

陈盏想得很简单，要让执法者认为他们早有部署，自乱阵脚。

执法者想得很复杂，莫非是一个局中局，目的是要反杀自己？

早在陈盏开口的一刹那，安冷就知道要糟，执法者感觉到这份震动更是认为被耍了。

安冷急得如同热锅上的蚂蚁，想开口解释，又碍于陈盏在场。

执法者本就把这些宿主看作是低等生物，加之它们性情暴躁，感觉被耍直接朝安冷扑过去。

“躲开！”陈盏一面叫系统出来，一面出言提醒。

可安冷没他那份冷静，下意识躲闪时已经晚了，最初只感觉到一点刺痛，再一低头，竟发现脖子上汩汩流淌着血液。

执法者发起一击后便迅速撤离。

系统："追不？"

陈盏眯了眯眼睛，快步走上来捂住安冷的伤口："让它走。"

此刻系统追出去，如果再来几个执法者，他不一定能对付得了。

"为……为什么？为什么不让我们互相厮杀……你再站出来？"

陈盏拨打完急救电话才回答："只有保障你的安全，才能做人证指控那位吴先生雇人放火烧屋。"必须要拿起法律的武器捍卫自身权利。

安冷预感坚持不了多少时间，低头望着口袋。

陈盏会意，掏出手机。

安冷费力地伸出一根手指，陈盏查看通话记录，拨通了最上面的号码。

电话隔了几秒才被接通，一道冷淡的声音从那边传来："事情办得怎么样？"

陈盏听到这句话时，预感到事情不简单。

那头没立刻听到回答，语调微微有了变化："出了变故？"

安冷咽下嘴里涌上来的血沫："我们被……被骗了……他骗了所有人，陈盏他居然是，是……"

"是什么？"大概听出他处于重伤垂死的状态，对方冷淡的声音终于变得有些急切。

他竟然是个遵纪守法的好人！可惜话未说完，安冷头一歪，死不瞑目。

通话在突兀中宣告结束，对于电话那头的人来说，无异于是一个噩耗。

黎诚广场发生了什么尚不可知，按照原计划，才出了一桩针对陈盏的闹鬼事件，想必他对安冷恨之入骨。这次见面，安冷会和执法者假意决斗，只要是稍微聪明点的人，都会选择在暗处坐山观虎斗。

两败俱伤后，陈盏出来收割执法者的人头，假装重伤垂死的安冷再猝不及防地给予致命一击。这样一个连环计，不该出问题才对。

"蠢货……"男人把温茶推到一边，只觉越喝越不舒服。计划失败了不要紧，至少把话说完了再死。

任凭吴先生机关算尽，也不会想到陈盏会在第一时间跳出来，本着互帮互助的原则，要和安冷一起对付执法者，导致后者被误会遭遇报复性杀害。

他琢磨安冷未说完的话时，陈盏正守着安冷尚有余温的身体，思考究竟发生了什么，反派就莫名其妙地死了一个。依照出血量和伤口部位推测，安冷能挺过来的可能性微乎其微。

如何解释这一切成为现在最大的难题……两大恶人组团设局，因不明原因内讧导致的自相残杀……这种理由一旦说出口，说不准等着他的就该是精神病院的召唤。

陈盏迅速地回忆了一下附近可能设有监控录像的地方，总结好一套勉强合乎逻辑的说辞，便静待救护车的到来。

医护人员抬来担架时，摸了下安冷的鼻息，已觉不妙。

陈盏边跟着他们往下快走边道："是被一种奇怪的生物咬了。"

预感到多半是救不活了，医护人员顺便打了报警电话。陈盏刚到医院又被叫去了警局——

"为什么见面？"

"他给我打的电话，说在黎诚广场看到了一种奇怪生物。"

"见面后发生了什么？"

"他想捕捉，不幸被咬。"

"什么样的物种？"

"圆形，会飞。"

作为首要嫌疑人，陈盏没被立刻放出来，尤其是证词显得尤为蹩脚的情况下。

已经有两个警员出去调监控，想要确定他说的真假不算是难事。不过目前没确凿证据，近期几次案件，陈盏都是以受害者的身份出现，警方对他的态度还算和气。

他录完口供领人出审讯室，刚巧碰到被放出来的林池昂。

对方似乎从哪里听到了一些他的消息，显现出一种轻微的嘲讽："犯罪嫌疑人？"

陈盏淡淡道："傻乐什么，人出事在你家商场。"

林池昂微怔："哪家？"

陈盏："黎诚广场。"

林池昂："……"

陈盏："不错，正是你准备用来求婚的那个。"

林池昂还有话说，可惜在陈盏的嫌疑没被完全排除前，负责看守的人不让他们做太多的沟通。

录像骗不了人，周围十字路口的影像清楚地记录下一闪而过的白色球影。医院不久前传来消息，安冷已经死透了，警方正在安排人做尸检。

殷荣澜来警局的时候，有个刚入职的小警花忍不住暗生同情……年纪轻轻一表人才，却沦落到三天两头来局子里接人的命运。

跨过一道铁门，看到陈盏的一刹那，殷荣澜道："你受委屈了？"

旁边看押的人忍不住道："是不是弄错了对象？"

殷荣澜："嗯？"

看押的人："我的意思是……真正受委屈的那个目前尸骨未寒。"

排除嫌疑前后用了两天，尸检确认了安冷的死亡原因，人力做不到的，加之监控录像，陈盏的嫌疑差不多被洗清，只是临走前被嘱咐最近不要出市区。

回头看了一眼身后的铁门，陈盏不知在想些什么。

殷荣澜："不担心会被发觉出异常，当作超自然现象曝光？"

陈盏推测出最合理的可能："专家会给出解释。"

最多归类到变异了的蝙蝠……一个没被拍清楚的奇怪生物，一旦谣言扩散，恐怕会引起恐慌。

陈盏想得不错，有关安冷和他被带到警局的消息，整个被压了下来。

"好好休息几天。"殷荣澜把紧急的业务及时处理完，请了两天假在别墅里陪他。

陈盏："世事无常……"他摊开双臂一动不动地躺在地板上，"我明明什么都没做，但是格外累。"

余光瞥见他的表情，殷荣澜不禁笑了。就在陈盏以为他是酝酿着安慰之言准备扶自己起来时，却见对方起身走往另外一个方向。

"我要出去一趟。"

"见谁？"

"勉强算是旧识。"

陈盏抬眸望着天花板上的吊灯："情人？"

殷荣澜语塞了一下，无奈道："是男的。"

陈盏在地上翻滚了半圈，脸朝向另一边，合眼道："呵。"

殷荣澜垂首看他，知道这人不是斤斤计较的性情，多半是随口一说，便没解释。

"饿了就先吃，晚上回来再给你带些甜点。"

陈盏伸出一只手晃了晃："跪安吧。"

殷荣澜走后没多久，陈盏突然睁开眼，转过身瞄见鞋柜上放的护身符，他拿过来放在掌心揉捏："有点意思，这还是头回不想让我追踪到定位。"

系统："建议宿主兑换反追踪道具。"

陈盏低头："遗产的继承权在我手里，随他去。"

系统再未发言，大概率是被这番言论惊到了。

彩色的小碎灯闪闪发亮，天花板上的巨鲸像是活物一样正在游动。殷荣澜走了进来，两侧墙壁受到上方彩灯的反射，展现出各种色泽。

站在空旷大厅正中央的人仰头注视着上方变化的彩绘，听到脚步声也没回头。

殷荣澜："装修得不错。"

林池昂终于转过身看了他一眼："你来找我，不该只是为了说些没用的赞美。"都是聪明人，虽然无法完全猜透面前人的心思，但有一点可以肯定，目的和陈盏脱不开干系。

殷荣澜走近两步，低声说了几句。

林池昂指腹无意识地摩擦："这计划是不是有些歹毒了？"

"我不想插手，"殷荣澜眯眼，"是有人逾矩了。"放火烧屋雇用杀手再加上近日里的一番设计，他不希望暗处继续存在针对陈盏的威胁。

林池昂："让我配合，准备给什么好处？"

殷荣澜手指在侧面墙壁上轻轻地敲了敲："我会放弃南郊地皮的竞价。"

"钱是赚不完的。"林池昂不以为然，"换个人情好了。"

人情债最难还，殷荣澜看了他一眼，颔首时倒没多少迟疑。

事情谈妥后见人还未离开，林池昂目光微微一凝："还有事？"

殷荣澜抬头看向他适才望过的地方："准备在这里求婚？"

"原计划如此。"话外之音是准备寻找新的地方。

"我可以帮到你。"

林池昂淡淡地说道："'男神'那本书，小颖看的时候我扫过一两眼。"里面的交友方法不敢苟同。

殷荣澜："那也比你强。"

半晌，林池昂神色终于有所松动，放低姿态请教。

殷荣澜："先来说说你过去的追求方法。"

林池昂眼神狐疑地看过去。

殷荣澜不动声色，任他揣测，在对方开口时仔细地记下来。待到林池昂都说完了，他方才缓声开口："都太过中规中矩。求婚讲究的是出其不意，演员什么剧情没拍过？这些太过儿戏。"

林池昂一愣，心道有理。

殷荣澜："你要给她写信。"

"写信？"

殷荣澜道："做出写信人是来自十年后的姜颖的假象，表示你们已经结婚了，婚姻幸福美满……"他讲得很细致，几乎是阐述到了每一个小的环节。

林池昂轻"咦"了一声："管用？"

殷荣澜面无表情："信不信在你。"目的得逞，并无多少顾虑。

不知何时，林池昂抬首，望向他的双目："出奇制胜？"

殷荣澜点头，就是这个理。

各自收获颇丰，殷荣澜心情愉悦，回去时买了不少甜品。

尝了口含糖量过高的奶油蛋糕，陈盏陷入沉默，不久后问："人逢喜事精神爽，你碰到什么了？"

殷荣澜含蓄表达："帮别人辅导了一下功课。"

陈盏："朋友的孩子？"

殷荣澜笑了笑，不说话。

没看出他在打什么主意，陈盏也懒得细究，思忖近期频遭算计，该如何回报幕后黑手的这份"大礼包"。

同一时间，林池昂半夜偷偷爬下床，打开卫生间的灯开始洋洋洒洒地写着：无论你是否相信，写这封信的我正是十年后的你……

清晨的阳光散落在脸颊上，陈盏先一步醒了，支着脑袋观察着殷荣澜。

睡梦中，对方嘴角勾起。陈盏看得目光微微一颤，喃喃自语："虽然不知道是在想什么……"但这思想好像很危险啊！

仿佛察觉到了窥视，殷荣澜缓缓睁眼，看到一张无限放大的面庞正在靠近自己。

见对方被自己吓到后退，陈盏淡淡道："你不真诚。"

殷荣澜苦笑："突然看到一张脸，是人都会吓一跳。"

陈盏："电视剧里如果一方突然靠近，另一方都会脸红。"

殷荣澜若有所思："要不重新读档？"

"不了。"陈盏套上外衣下床，"你没机会了。"

一日之计在于晨，陈盏起得尚算早，有人却比他还要勤快。

"你们误杀了我的手下。"吴先生坐在沙发上喝茶，眼角的细纹中透露出几丝不虞。

费大功夫联系到执法者，得知安冷被杀的真相，即便是他，也不由得怔了几秒。

“错在他不解释明白。”

吴先生望了对面的圆团一眼，藏匿住眼中的冷意，执法者向来不讲道理和情谊，安冷算是白死了。

“陈盏有没有其他的身份？”吴先生简要问出核心点。

“比常人多了几分运气罢了。”

吴先生垂眸不语。安冷最后要说的那句话是什么他到现在也没想出来，因为和执法者互相防范，也没问得太透彻。

执法者强调：“陈盏必须要死。”

吴先生皱起眉，废话谁都会说：“不如试着换个对策。”

他把手中的茶杯放到一边，沉吟片刻：“聪明反被聪明误，可以试试反其道而行之。”

圆团张了张长了一口利齿的嘴：“说明白点。”

“找个你们当中行为最奇特的，以毒攻毒。”

被视为毒物的陈盏和殷荣澜在用早餐，后者主动帮他剥好鸡蛋，等吃到差不多，从容地递过去一张纸巾。

时间把握得刚刚好。陈盏都忍不住多看了他一眼，这种自然而然的关心让人很受用。

殷荣澜自始至终没有抬头，仿佛什么都没注意到，心中则慢慢盘算。

陈盏突然凑近，殷荣澜愣了下：“怎么了？”

“觉得你有点奇怪。”陈盏坐回去，摸摸下巴，“心怀不轨的那种。”

殷荣澜露出包容的笑容，反倒叫存有疑虑的人有些理亏。

陈盏撇撇嘴，准备收拾桌子时，听他问道：“晚上有时间吗？”

“有。”

“陪我去个地方。”

虽然不知道殷荣澜葫芦里到底卖的什么药，但为了配合，陈盏仍舍弃了午休时间用来工作，在太阳下山前结束今天的写作。

日落时分，他们第一个去的地方是被烧毁的房屋。

陈盏询问殷荣澜带他来的原因。

殷荣澜手指抚摸着墙壁，目光幽深，不知在想什么，半晌转过头道：“就是想和你来看看，没别的原因。”

陈盏掏出张纸巾让他擦干净手上的黑灰，顺带警告道：“要是敢在墙壁上写下‘到此一游’，你就死定了。”

殷荣澜失笑。

随后，他又领着陈盏去了后山。

遥望山顶，那场荒唐的踩影子大战再次浮现在陈盏的脑海中。

殷荣澜：“那晚我入睡后，你应该就是偷偷来了这里。”

陈盏叹气，GPS 这种东西，真不知该说是人类的福音还是不幸。

尚在感慨时，他重新被叫上车。

望着街道两侧的霓虹灯，陈盏说道：“这似乎不是回去的路。”

殷荣澜安静地充当着司机，领陈盏来到了今天的最后一个地方。

黎诚广场在经历了闹鬼事件后，路过的人都恨不得避着走。虽然新闻没报道，但附近的居民都知道死人的事情，这里都快成为新的都市传说供应地了。

铜锁之前已经被安泠撬了，现在闩着不过是做做样子。

进去后，陈盏环顾四周，笑着道：“林池昂原本准备在这里求婚。”

殷荣澜摇头：“对我而言，这里是你曾遭遇危险的地方。”

四周的光芒亮起，陈盏骤然回头，就看见殷荣澜站在他身后，面色和平常有些许不同：“我曾经缺席过你人生的很多时段，包括你正面临危险时。”

音乐声响起的一刹那，陈盏明白了他此行的目的，今天去的都是自己曾遇险的地方。

头顶上方的巨鲸影像正在游动，彩灯衬托出一个梦幻的世界。

不得不说，林池昂在装修大厅上，费了很大的功夫。

对视间，殷荣澜道：“往后岁月，我保证不会再让你遭遇险境。”

陈盏抿了抿唇，没作声。

殷荣澜言辞恳切：“这里有你不好的回忆，我想把它变成美好回忆。”

“……”

回去后，陈盏便在“影后”那篇小说上挂了一周的请假条，只说因为个人私事，引发评论区诸多猜测。

好在也只是一周，并且承诺会补更，评论还算友好。

异国他乡，不一样的天气。陈盏难得可以将手头的工作放下，出来在沙滩上晒晒阳光。心情因为蔚蓝的海面而平静，手机的振动声却相当不合时宜地传来。

陈盏摸了摸旁边，打开一看，不是自己的电话。

与此同时，殷荣澜那里传来“喂”的一声。

陈盏偏过头，用口型问：“公司？”

殷荣澜摇头，走到一边接电话。

“你在干什么？”

殷荣澜：“旅游。”

那头沉默了片刻。

过了会儿，林池昂的声音虽然如旧，但能感觉到含着极度的隐忍：“你可真是厉害，出的主意妙极了。”

毕竟还有事情要合作，不好闹得太僵，殷荣澜问：“进行得不顺利？”

语气何其无辜。

林池昂“呵”地冷笑一声：“知不知道我这些天经历了什么？”

殷荣澜并不想知道，但也不好直接挂了电话。

“医院，警局，家里还找人来诵经。”

从逻辑链上讲，跨度略微大，殷荣澜皱眉：“信按照要求写了？”

那头的人再未回应，大概是想起了不愿意回想的事情，只留下他挂断电话后冰冷的嘟嘟声。

殷荣澜摇了摇头，重新走到躺椅边坐下，戴好墨镜。

陈盏用余光瞄着他：“谁啊，弄得这么神秘。”

殷荣澜：“一个才经历过人生大起大落的男人。”

听他语焉不详，陈盏也懒得猜，继续享受难得的美好假期。

可惜晴空下也有暴雨，这不是人能主观控制的。

这厢，陈盏觉得岁月静好，邻近的餐厅却有一双眼睛一直注视着这里。

服务生送上果汁，忍不住多看了两眼……对方的行为举止有些奇怪，哪怕是调整坐姿这样普通的动作，被他做起来都有种不是很协调的感觉。

青年突然抬起头，服务生吓得一个激灵，尴尬地笑笑，端着食物快步走向下一桌。

青年左右晃动脖子，又弯折了一下手指，嘀咕才接手的身体，控制起来很不方便。

这位执法者是被其他同僚推举出来对付陈盏的，为此，特地占用了一个交不起洗白值的滞留者的身体，想要伺机接近陈盏方便下手。

旅行往往是人最放松的时候。之所以让它来对付陈盏，是因为这名执法者也是内部出了名的奇葩。其余执法者和吴先生痛定思痛，认为陈盏的脑回路和寻常人不同，越算计越容易失策，必须要找一个可以媲美的神奇存在。

沙滩上，陈盏打了个哈欠，抱臂休息。

殷荣澜："我去买两瓶饮料。"

陈盏小幅度点头。

殷荣澜站起身朝餐厅的方向走去。

总感觉对方是笔直地朝自己走来，执法者陷入不安，假意低头喝着橙汁。

几乎是刚到沙滩的时候，殷荣澜便注意到此人的异常，只是不想破坏难得的二人时光，才推迟到现在。

青年略微不安时，殷荣澜已经在他面前停下："查证。"

"啥？"

殷荣澜："身份证。"

青年是靠非法手段入境，平时因为行为怪异，不擅和同事交流，更别说人。他在口袋里摸索了一下，除了一些零钱没发现其他，后知后觉道："你不是警察，没资格查我。"

殷荣澜："半个小时内，我会去警局举报你。"

青年底气不足："凭什么？"

殷荣澜："你看上去就像偷渡的。"就是随便说两句诈一下，不料眼前的人好像出乎意料地好骗。

"你等等。"青年急忙叫住他，看了看四周，小心翼翼地把衣领拉下来一点，"我有身份证明。"

殷荣澜望着像是刺青的复杂图案皱眉。

青年又把衣服往下拉了一点："你看清楚点，这是二维码。"

相信科学，相信生物学。殷荣澜自我感觉已经足够刻意，去忽视生活中部分暂时无法解释的超自然现象。但面对这种存在，除非他眼瞎，否则是真的很难做到自欺欺人。

"你到底扫不扫啊？"青年不悦地眯起眼睛。

殷荣澜摇了摇头，唇瓣动了两下看不出在说什么，去服务台买了两瓶水，然后离开了。

陈盏晒着暖洋洋的日光，估算了一下对方离去的时间，刚好够一场艳遇的邂逅。

陈盏眼珠一转，殷荣澜便知道他是在打什么主意，解释说：“遇到了个……傻子。”

陈盏皱眉，用这个词称呼人本身就不大礼貌，站在客观立场上道：“要尊重他们。”

殷荣澜点头。

海边的天气说变就变，明明天气预报是晴天，忽然就下了点小雨。陈盏瞄了一眼其他地方，殷荣澜顺着望过去，瞧见一个中年大叔正在收拾东西准备离开。

“认识的？”

陈盏摇头：“之前他一直在留意着我们这里。”

殷荣澜只看了一眼便收回目光：“大概是警察。”

陈盏挑眉。

殷荣澜：“安冷死后，警方不是交代过暂时不要离开市区？”

陈盏一回想，好像还真的有这么回事。

“一路追出国，路费给报销不？”这都可以拍一场现实版的千里追凶了。

殷荣澜笑笑：“先是请假断更，后又出国，你的行迹显得很可疑。”

陈盏考虑要不要去解释一下。

看出他的想法，殷荣澜道：“说多了反而会起反效果。”

陈盏正琢磨着这句话，又听殷荣澜道：“何况我们是在旅游。”

陈盏：“所以呢？”

殷荣澜：“有人看着我们享受，这很好。”

陈盏下意识地伸手搓了搓他的脸，没易容，是真的：“你以前不是这样的。”

殷荣澜没搭话，帮他拧开瓶盖，两人起身朝酒店走去。

路上，陈盏再三思忖对方的人格是什么时候发生变化的。

系统：“不就是认识宿主以后？”

陈盏脚步猛地一滞，而后又若无其事地往前走。

出门在外，他一向崇尚节俭，唯独这次没有制止殷荣澜订豪华套房。陈盏只停更了手头的一本文，这会儿还得兢兢业业地继续写作，殷荣澜坐在一边查看下属发来的邮件，双方互不打扰。

雨不大，窗户是开着的。一阵风吹来，带来淡淡的海的味道。陈盏忍不住看了一眼窗外，为了能更好地欣赏到海景，他们住的楼层并不高。

殷荣澜抽空朝他这里望了一眼："要让送餐不？"

陈盏摇头，拿上手机准备亲自去买。自从学习厨艺，他对美食的感兴趣程度要比以前多出不少，临海自然是以海鲜为主。陈盏看菜单时，注意到坐在左手边的一位青年。

绝大多数路过的人都会多看他一眼，那别扭的握刀叉姿势实在看得人想要上前亲自矫正。

"啪叽！"青年一时手滑，盘子里的螃蟹没被成功开壳，反而咕噜噜地滚到陈盏脚边。

陈盏用纸巾包裹着螃蟹拾起来放在桌上，走过来道："故意的？"

青年震惊："你怎么知道？"

看来吴先生和执法者是真的达成了目的，面对这样一个存在，陈盏着实无从下手。他即便看出可疑，也只能硬生生地选择无视。

最后，陈盏点了两份海鲜面打包上楼，拒绝回头多瞧一眼。

门一开，殷荣澜抬头看见陈盏一脸神情复杂地进来，隐约明白了什么。他没追问，反而谈论起饭菜的味道。

陈盏先一步吃完，重新打开电脑做正事。因为没刻意背对着打字，屏幕上写了什么，殷荣澜一目了然——

因着一些阴差阳错的巧合，导致很多人对我有误会。甚至一度认为和我有交集的人可以成立个组合，写一本《监狱风云录》。

实则都是谬论。

举个例子：纵火案后，曾有人在餐厅意图用刀刺伤我，失败被捕。被拘留一段时日后，她终于重见天日。

好景不长，这位曾经和我有过短暂交集，因为托腮结下不解之仇的女人，出拘留所没几天便销声匿迹。警方怀疑她和纵火案有关，本想着私下再进行调查，谁料到人就这么在眼皮底下不见了。

而她在消失前最后一个见的人是"男神"。这一切在警方例行询问前我并不知晓。据"男神"所说，是他主动约那个女人见面的，目的也是问对方有没有参与放火，可惜没得到任何有用信息。在那之后，双方就没再见过面。像极了每个犯罪嫌疑人都会说的言论。作为好朋友，我明显能感觉到他对我有所欺瞒。

夜里，我假意睡着，"男神"动作无比轻缓地起身，然后去到另外一个房间，担心离得太近，我只能躲在卧室墙角小心地靠听力进行揣测。只听到窸窣声，拉链声，还有搬箱子的声音。

翌日，趁着“男神”上班，我试图走进那个房间，惊讶地发现门是锁着的。

夜晚再次来临，“男神”帮我掖好被子，含笑问：“睡不着？”

“有点失眠。”

“男神”：“数羊？”

“懒得数。”

“男神”：“我给你讲故事？”

“好。”

“男神”用无比柔和的语调讲起了蓝胡子的故事：“蓝胡子把钥匙都交给了妻子，嘱咐她千万不要进入其中某个房间……”他边说着，边温柔地轻轻拍着我的背。

不知不觉间，我睡了过去。再醒来时，“男神”已经去了公司，桌上摆放着早餐，番茄酱的色泽格外红。

吃过早餐，我在别墅里找了一圈，最终在床头柜的最下面一层发现一串备用钥匙。

站在那扇上锁的房门前，我迟疑了片刻，才把钥匙插了进去。呈现在眼前的是一个杂乱的房间，堆积着很多不用的旧物。

就在这时，外面突然传来声音。我匆忙关上门，站在楼梯口一看，竟是他去而复返。

“忘记带文件了。”“男神”笑笑。

上楼时，他的目光突然在最里面的房间上停留了一瞬，笑容越发意味深长。

凌晨三点，“男神”再度起夜，这次却没有回到卧房。我站在楼上，看见外面车灯亮了，他正把行李箱放进后备厢，不知要去哪里。

等我跑下楼去，本以为他连人带车早已扬长而去，不料门口多了两个人，正一前一后拦住“男神”。

两名原本负责在暗处盯梢的警员目光犀利：“这么晚，是要到哪里去？”

“男神”：“有事。”

“可否让我们看一下后备厢？”

打开后，里面放着一把生锈的铁锹，还有一个黑色行李箱。

“里面是什么？”

“男神”：“隐私。”

作为最后一个和失踪者见面的人，“男神”有嫌疑在身，必须适当地配合调查。

行李箱终究被缓缓打开，然而展现在大家面前的并不是恶臭的尸体，而是现金。

警员面色有些难看："带这么多钱干什么？"

"男神"："埋。"

"为什么要埋？"

"藏钱。"

"哪有人藏满行李箱的钱？"

"男神"："因为我富有。"确实，这些钱对他来说连九牛一毛都算不上。

为了增强说服力，"男神"陆续又提供了几个埋钱的地方，都是在他名下的房产花园里。在警方诧异的目光中，我也是一脸莫名其妙："我从未想过侵占你的财产。"

"所以我不喜欢。""男神"道，"我斗智斗勇藏些小钱，这是乐趣。"对方不实践，他只能自己演情景剧过过瘾。

"你就不怕埋久了被腐蚀？"

"男神"摇头："过两天还要挖出来再换地方。"

月色下因为有路灯，看得还挺清楚。瞥见两名警员此刻脸上的表情，我帮他们问出因为职务不方便问的问题："你是不是脑子有问题？"

"咯咯。"

不间断的轻咳声打断了陈盏更文。

"嗓子不舒服去吃颗喉糖。"

殷荣澜笑容略微不自然："原来你还记得这些事。"

陈盏想了想，说道："毕竟才发生不到两个月。"

殷荣澜还想再说几句好话，可惜抵不过陈盏上传新章节的速度。

他按了按眉心，无奈地笑道："一世英名不在。"

陈盏满眼疑惑："别给自己乱加设定。"

这二人有说有笑，评论区却很快热闹起来。

本来已经戒断小说的林池昂因为某些事情特地看了最新一章的更新，之后久久没有言语。殷荣澜走的都是野路子，完全是喜欢把生活过成惊悚风格的性子。

而他居然找了这么一个人探讨感情问题。

另一边，姜颖因为最近在拍戏，看小说都是跳章式地阅读，陈盏记录的多是闲散故事，也谈不上剧情连不连贯。适才休息时，她扫了一眼今天的更新，突然“咦”了一声……这种风格，为什么有种似曾相识的感觉？

评论区的诸多感慨，殷荣澜并未放在心上，很是从容地收拾完吃剩下的饭盒，询问要不要赏夜景。

陈盏摇头，把电脑放在一边，改为盘腿坐，像只小狗一样仰着下巴上下打量他。

任由目光肆无忌惮地在身上转悠，等到陈盏重新垂下眼帘时，殷荣澜才开口笑道：“在琢磨什么？”

“没。”陈盏微微撇嘴，“就是有时候犯懒，不想移开视线。”

海鲜面放在室内的味道很难散开，殷荣澜出去扔垃圾。

门没锁留下一道缝隙，脚步声越来越远。预计人还有一两分钟才能回来，陈盏低头望着被淹没在滚滚评论里的一条。

池塘边的柳树上：大张旗鼓地藏钱，会令朋友无语且成为警局笑谈。谁还会去调查“男神”和消失女人之间的联系？

陈盏目光凝聚在这条评论上数秒，回忆起在那之后，警方确实再未把注意力放在殷荣澜这里，连盯梢的人也调走了。他手指无意识地上下滑动屏幕刷新，没一会儿再次收到同一个“马甲”发的评论。

池塘边的柳树上：他提供的另外几处地方，藏的真的都是钱吗？

“又魂不守舍？”殷荣澜不知何时回来了，正靠门边站着，面上挂着浅笑。

陈盏删除了这两条评论，去洗了个澡，吹干头发后很快爬上床，做出困倦的模样。

住在这里偶尔能听到海浪翻滚的声音，陈盏在心中默默地计算着浪花拍岸的次数，被殷荣澜的突然发声打断。

“不是说困了？”殷荣澜眼角带笑，黑暗里看不大真切。

陈盏：“看得出来没睡？”

“太老实了。”

陈盏挑眉：“从前我有没有在装睡，你一目了然？”

殷荣澜：“不全是。”说着，像是哄小孩一样轻轻地给他拍背，“睡吧。”

陈盏冷不丁地问出今天评论区的那个问题：“其他地方埋的都是钱？”

“当然。”殷荣澜想也不想地答道。

贫穷贵公子的“人设”被拆穿后，他在陈盏面前就很少说谎，如果有不想道明的，也只是会含混不清地带过。

陈盏松了一口气，往里面靠了一些，打了个哈欠，口中却念叨着睡不着。

殷荣澜又开始温柔地讲故事：“灯下黑虽然是一种很常见的手段，但非常管用。譬如说半夜准备开车离开，后备厢装着可疑的东西引来检查，结果发现是虚惊一场。”

陈盏重新缓缓睁开眼，听他讲下去。

“然而又有谁会想到去看看这人现住的花园里都埋了什么……”

最危险的地方就是最安全的地方，这句话古往今来都用腻了，依旧经典不衰。

短暂地沉默片刻，陈盏淡淡道：“如果我回去挖完，院子里什么都没有，我的下一本书，可能就又有素材了。”

殷荣澜舔了舔有些发干的唇瓣：“还是算了。只是防止如果读者看傻白甜的风格腻味了，你随时可以切换成黑暗的文风。”

陈盏摇了摇头，闭上眼，这次是真睡了。

殷荣澜是被手机的振动声吵醒的：“有事？”隔着几个小时的时差，国内现在已经是白天。

林池昂：“你那计划准备什么时候实行？”

殷荣澜：“旅游完。你是不是后悔向我请教了？”

林池昂沉默了下来。

殷荣澜沉吟道：“拿今天那篇文章来说，既能为陈盏提供素材，又能带来神秘感，有利于感情维系。”他拉开窗帘看着外面的海岸，微笑着道，“要做他手里的一本书，但永远不能让他猜到结尾。”如此方能有一直翻阅的乐趣。

林池昂脸色变了变，结束了通话。

少顷，他又皱起了眉头……话题被巧妙地掩饰了过去，到最后仍旧是忘了问花园下面到底有什么。

殷荣澜尽可能放缓的脚步声在看到靠沙发坐着的人时，不再收敛。

陈盏偏头：“跟谁在暗度陈仓？”

殷荣澜无奈道：“回国后你去找下林池昂。”

“做什么？”

“他疑心重，凡事喜欢求个明白。”殷荣澜平静地说道，“你可以假装心存怀疑，开出高价同意他来挖花园，满足一下对方的好奇心。等土松了，回头我让人种几棵果树。”

陈盏眼皮一跳……心未免也太黑了。

“来年夏天，我们可以在树下乘凉，吃新鲜的水果。”殷荣澜轻声笑道，“那人花钱自愿做免费劳动力这事你也可以写进书里，如果狠不下心，让他买断也行。”

“……快睡吧。”陈盏喉头一动，再听下去，他担心自己一夜无眠。

第二天一早，天气放晴，两人去吃饭时，遇到另外一桌自来熟的游客，问他们有没有出海的计划。

殷荣澜望向陈盏，后者缓缓摇头，他并不喜欢摇晃中产生的眩晕感。

角落里，竖起耳朵偷听的青年面露失望之色，他原本还指望着趁坐船时制造事故。

殷荣澜不动声色地瞄了一眼那边，而后冲陈盏微微眯眼……不速之客。

陈盏回道：“只剩下两天的游玩时间。”意思是不想在无关紧要的人身上浪费光阴。

双方达成共识，很快结束用餐去周围的其他景点转悠。其间，陈盏一时兴起，折回来坐了趟滑翔伞。

游玩使人快乐，如果没有身后跟着的尾巴，或许会更加完美。

“来一份蛤蜊。”

等待的工夫，身后突然传来一道怯怯的声音：“你们好。”

青年走上前来，露出一抹自以为热情又无害的笑容：“看样子我们都来自一个国家，不如结伴同行？”

陈盏卷起袖子吃蛤蜊，看他的眼神耐人寻味……搭讪的方式千千万，为什么要选择这种最没信服力的？

“我拒绝。”

青年大概没有想过之后的应对方式，被拒绝后傻乎乎地站在原地。

“不知道是谁派来的，”陈盏摇头，“有什么用？”

殷荣澜正色道：“兴许是为了侮辱你我的智商。”

陈盏想了想，觉得有理。

不太聪明的人有时会更容易取得成功，因为他们懂得坚持。

跟踪者继续不远不近地尾随，过了一上午，陈盏觉得有些累，准备回酒店更新。

殷荣澜需要买些纪念品带给公司的同事，便独自在周围的小店转悠。

青年犹豫了一下，最后决定跟着陈盏。

二人搭乘同一台电梯，电梯门一开，陈盏快步走出去，刷卡，开门，关门，反锁……动作一气呵成。

正当他要转身打开电脑时，从门缝处塞进来一张小卡片，上面写着："我不是坏人，你看，我有身份。"

手写的信息，上面还画了一个二维码。

陈盏叹了一口气，这人无论是谁派来的，想要报复他的目的算是达成了。

"我能进去吗？"青年站在门外小心翼翼地问道，"交个朋友？"

陈盏想装作没有听见，敲门声却不间断地响起，他无奈地后退一步，打开了门。

青年感激地笑笑。

陈盏本以为他是要动手，袖子里还藏了一把小型水果刀防身。不料青年进来后径直往里走，然后来到窗户前，猛地推开，爬了上去。一系列动作有如行云流水。

青年："我不是你的对手，只能另辟蹊径。"说着大喊一声"救命"，就要往下跳。

这是要用生命来构陷！陈盏眉心一跳，以平生最快的速度把人拽了回来。哪怕拖到安全地带，他也不敢轻易放手。

青年振振有词："拦得了我一时，拦不了我一世。"

殷荣澜不在，说话不必太顾忌，陈盏稍微凑近了看，青年的瞳孔似乎是涣散的。一个结论呼之欲出，陈盏微微眯眼："你不是人？"

青年震惊："你怎么知道？"

似乎从相遇开始，任何时候对方的表情都是一脸震惊。

"执法者？"

"你又知道了！"

系统开始不安分地叫嚣着。

"通往成功的路不只有一条，"陈盏安抚暴躁的系统，"要以德服人。"

他调整了一下坐姿，眼神真挚，了解他的人都知道……这是要开始洗脑了。

"我是人类，血肉之躯。"陈盏站起身，"是人就有生老病死，我最多也就再活数十载。"

青年一脸迷惘，关他何事？

陈盏循序渐进地说道："我以后不会要孩子，那百年后我剩下的千万洗白值该如何？"

听到千万洗白值，青年没忍住咽了口口水。

“等着被回收？”他哑着嗓子试探着问。

陈盏摇头：“我想收个义子，在离世前转给他。”

一张“大饼”画得又圆又香，青年深吸了一口气。

“执法者每年暴力催征，能有多少油水？”陈盏柔和地望着他，“我看你不畏生死，遇事果敢，是个不错的人选……”

话未说尽，青年率先跪下磕了个头：“干爹！”

闻言，陈盏眼角快堆出慈祥的褶皱，私下却在和系统沟通：“这世上还剩多少执法者？”不等系统回答，他又问，“够不够九个？”

正好凑一出“九子夺嫡”。

系统的回复可并没存半分愉悦：“吃着碗里的瞧着锅里的，宿主良心被天狗吞食了吗？”

陈盏分外坦诚，难得好脾性地给它分析道：“这位虽是我钦定的东宫太子爷，不过自古储君落得善终的并不多。”

系统多半是听进去了，说：“死了两个，凑不够九个。”

“可惜……”虽然如此说，遗憾之情却没有表露在脸上，这声叹息被陈盏强压在心底里。

青年不知晓他们间的对话，亢奋道：“干爹，接下来需要我做什么？”

陈盏想了想，说道：“去个无人处躲着，等我死。”

青年一脸落寞：“可还要等好几十年。”

陈盏温柔地摸了摸青年的小脑袋：“等待得越久，果实越甜美。”

青年似懂非懂。

陈盏：“就像是酒，历经岁月才会更加醇香。”

被说服后，青年傻乎乎地转身准备开门离开，外面的人察觉到门在动，后退一步，收回敲门的手。

殷荣澜买了不少东西，除去寄走的，现在带回来的多是些小吃……陈盏写作时偶尔会想吃些零食，美其名曰补充糖分，促进大脑思考。

四目相对，青年回忆起初见时被对方查证件的恐惧，连忙掏出一张小名片，露出人畜无害的笑容。

殷荣澜没伸手接，视线直接越过他望向身后的陈盏。

青年尴尬地放下手，不知所措。

“这人为什么会在我们房间？”

陈盏：“给你介绍一下，我的干儿子。”

见势不妙，青年埋头急匆匆离开，临走前还记得把门带上，留下一室沉默。

陈盏用口型道：“骗他的。”

殷荣澜望着他半晌，失笑道：“我知道。”

他给陈盏递过去一小包山楂糕，后者迅速拆开一个塞进嘴里，比起辣食，他更偏好酸甜的。

殷荣澜在一旁坐下，平静地问道：“方才那人为何要认贼作父？”

“喀——”

幸亏殷荣澜出手快，给他拍了拍背：“喝口水。”

一口温水下肚，要舒服很多，陈盏抬头，目光不善：“小心说话！”

殷荣澜也意识到用词不太妥当，说得太过直白。

陈盏无意在执法者的问题上纠缠，殷荣澜举一反三的能力并不逊色于他，一旦推论出什么，很难做出解释。陈盏转移话题：“头几天跟着我们的警察似乎再没有出现。”

殷荣澜：“可能临时被抽调去执行其他任务了。”

这理由只要细想就根本站不住脚，陈盏不禁多看了他一眼。

殷荣澜无奈：“和我无关。”

大约是他立下的暗黑“人设”太多，陈盏难免多加了一层滤镜。

没了打扰的人，两人安安稳稳地度过接下来的假期。回到Y市的第一天，陈盏提醒殷荣澜去上班。

“上半年请了这么多天假，年终奖怕是岌岌可危。”

殷荣澜看出他的忧心，表示会勤奋工作。

陈盏挥手：“不送。”

殷荣澜出门没多久，陈盏暂停手头的工作，提着些纪念品坐车去以前住的小区。

有一阵子未见，老头看见他很热情。陈盏说了些近况，双方相谈甚欢。

老头明显发现他比从前要健谈许多，以往陈盏更倾向做一个倾听者。

陈盏看了下时间，起身准备离开，临走前再次强调：“和您交谈很愉快。”

老头道：“多注意休息，别总熬夜工作。”

出门仰头望着天空，陈盏微松了一口气。不过数秒，就有一通电话打入，斩断了他美好心情的延续。

“听上去你状态不错，想必游玩得开心。”

“哪位？”

“……是我。”

陈盏觉得语调有几分熟悉，思考的工夫难免沉默。

“我姓吴。”

“吴先生。”陈盏面不改色地说着瞎话，“我记着呢，刚就是开个玩笑。”

“……见一面。”

对方的算计虽然总是竹篮打水一场空，但陈盏还是留了几分警惕，至少论心计，吴先生应该在他之上。

“地点你来定。”猜到他的顾虑，吴先生主动道。

陈盏下午有工作未完成，不想再跑去太远的地方，索性大方地约在别墅。

他是坐的公交，回去耽误了些时间，等到了小区，发现门口已经有一道身影靠在墙边等着。

“别来无恙。”陈盏微笑着打了声招呼。

吴先生留意到他说话间总是微微侧着身，包括开门时，都是偏转过头交流，从不把后背示人。

进门后，吴先生把换下的鞋子整齐地摆放在一边，几乎鞋跟都是对准在一条刻度线上。

陈盏挑眉……强迫症。

而陈盏首先做的事情就是把窗户关上，一并连桌上的水果刀也收拾妥当。

吴先生将一切看在眼里：“这是做什么？”

陈盏：“前几天在国外，有个‘傻白甜’千方百计地想进我们的房间，就是为了纵身一跃。”

吴先生怔了几秒，对方口中提到的“傻白甜”该不会是被自己派过去的执法者吧？他此行来就是因为执法者一去不还，据其他执法者反馈，在陈盏归国当天，那个被委以重任的执法者便把同僚全部拉黑了。

事情发生得太过突然，为了探查出一些底细，他不得不出来见上一面。

“后来呢？”他问。

陈盏轻笑一声：“我救了他，彼此冰释前嫌。”

这话假到了天边去。吴先生眼睛一眯，没展露出丝毫的急迫：“今天来，主要是想谈个合作。”

虽然不知道合作内容，但陈盏猜测最终目的一定是为了“坑死”自己。

“我可以为你提供其余几个执法者的位置。”

陈盏正色道：“两败俱伤，好让你坐收渔翁之利？”

吴先生笑道："它们要杀你，自然是先下手为强。"

陈盏一脸真诚："好。"

虚假的客套下，吴先生提供了执法者的栖息地。地址的确真实有效，因为陈盏和那些生物，无论哪一方死了都是好事。

陈盏："专门送来这么重要的信息，不如留下吃顿饭？我掌勺。"

饭做到一半，赶上殷荣澜下班回来……陌生男人给他开的门。

吴先生抱臂站着，笑而不语。

殷荣澜颔首示意，说了声"你好"，而后走进厨房，问："这也是你的儿子？"

陈盏咳了一声，不知是被油烟呛的，还是因为他的发言。

吴先生盯着殷荣澜的背影皱眉，方才一瞬间，他总觉得对方像是认识自己，并且含有杀意。

殷荣澜佯装并未察觉背后异样的注视，脸上始终挂着淡淡的笑意。

可惜了……原本想好的计划需要林池昂的配合，后者才出院不久，估计要过段时日才愿意搭理他。

陈盏解下围裙，端菜过来时，整个人显出一种异样的柔和。同样的菜盛了两盘，一盘放在殷荣澜面前，一盘靠近吴先生。

"他最近上火，不能吃辣的。"陈盏坐下的同时解释了一句。

"去繁化简。"吴先生拿起筷子却并未夹菜，"太过直白的手段有时反而有效……我赌这盘菜里下了毒。"

陈盏面色不变："说笑了。"

吴先生："我没亲戚朋友，能用的手下也死了，就算是出意外，连个报案的人都没有。"话说到一半，他低低地笑了起来，"那篇文章也是做个引子……旧事重提，警方多半以此为茶余饭后谈笑的话题，谁还会再搜查一次？"

他指着窗户外面的草地，声音低沉："是准备把我的尸体埋在那里？"

陈盏眨了眨眼睛，目中表现出几分诧异。

吴先生一眼窥破他的伪装："这个局你很早就开始布了。"沉默半晌，他忽然望着陈盏笑道，"第一次见你时，我就嗅到了同类的味道，一样地不把人命放在眼里。"

四目相对，一个阴冷，一个微皱着眉头。

半晌，陈盏幽幽一叹，夹了一筷子菜放进嘴里，细嚼慢咽地吞下。

一分钟过去，也没毒发身亡的征兆。

陈盏又吃了一口，安然无恙。

“你……”

“没毒。”陈盏拿纸巾擦拭了一下嘴角，“之所以分两盘装，不过是个人私心。”

一旁，殷荣澜用筷子翻了一下面前的盘子，淡淡道：“我这盘肉比较多。”

吴先生这才注意到，自己面前这盘，里面都是些菜叶子。

场面一度极其尴尬。

陈盏淡淡道：“吃饭吧。”

一时间，只剩下吞咽声。

殷荣澜夹了一块肉，又瞥了一眼吴先生的方向。

陈盏若有所思，也像是看唐僧肉一样留意着吴先生。

没有亲戚朋友，失踪了不会有人发现，警方因为前几天的更新都把“花园藏尸”当作茶余饭后的笑谈。

仇人本尊就在眼前，多好的动手机会！吴先生方才那些慷慨激昂的言语，说得他都心动了。

殷荣澜抿抿唇，用眼神暗示：要不去熬碗汤加点料，直接把人送走算了。

两人的眼神交流被在场的第三人注意到。吴先生干咳了一声，目露警告。

陈盏掀起眼皮瞄了他一眼：“安冷死前没有说完的那句话，知不知道是什么？”

这个问题曾困扰吴先生数个日夜，陡然听到提起，视线变得锐利：“你愿意为我解惑？”

陈盏咽下口中的饭菜：“又不是什么秘密。”他正视对面的人，微微一笑，“他说我是个好人。”

话音落下，场面比方才更加尴尬。

筷子被放在碗边的声音过于清晰，吴先生淡淡道：“感谢招待，我还有事，先走了。”

殷荣澜看了陈盏一眼，见他没有特别的表示，主动道：“喝碗汤再走。”

吴先生没在桌上看见汤，疑惑地望了他一眼。

殷荣澜站起身：“我很擅长煮汤。”

吴先生一脸狐疑，偏过脸看陈盏，似乎想求证真假。

他们对视间，殷荣澜已经去起锅烧水，不出三分钟，便重新走了过来。他手里端的大碗里除了表面浮着些蛋花，其余再瞧不出有其他佐料。

看着便没食欲，吴先生眼神不变：“鸡蛋汤？”

短时间内没出声的陈盏忍不住道："这汤姓孟。"别名孟婆汤。

吴先生抑制住嘴角的抽搐，冷冷一笑："相传孟婆汤是用人的眼泪熬制……你哭，要是能哭出一大碗，不管里面放了什么，我都喝。"

陈盏闭了闭眼，用食指轻轻地按揉着太阳穴，后悔上午时没和老头多聊一会儿。能和正常人交流，是人生一大幸事。

殷荣澜："当真？"

陈盏重新睁开眼，赶在吴先生回答前指了指窗户外面，开口道："麻烦你们出去聊。"

最终，吴先生独自离开了。

关上门后，殷荣澜侧头看陈盏："机不可失。"

后者无奈地道："他没那么好对付。"

安冷生前说过的话总是一半真一半假，但有一点应该不错，作为最早的滞留者，吴先生的保命手段绝对不止一种。

饭还没吃完，殷荣澜重新坐下，夹菜的工夫问："他来找你做什么？"

"谈合作。"陈盏说到这里，轻轻地嗤笑了一声，"阳谋往往比阴谋更难对付。"

吴先生的招数不过是在执法者身上做文章，而他偏偏和执法者有着不可调和的矛盾，就算不挑拨，也不可能相安无事。

殷荣澜推测出陈盏和方才那人均是身怀秘密，甚至来历非凡。内情他不想问，也不便得知，横竖送对方下地狱即可。

陈盏隐约察觉殷荣澜在自己不知道的时候打定了某个主意，神情严峻地嘱咐道："生而为人，请善良。"

殷荣澜笑了笑，却没说话。那碗汤到最后谁都没尝一口。

陈盏要赶在零点前发布新章节，饭后，殷荣澜主动揽下了洗碗的工作。等到陈盏有点卡文陷入沉思时，殷荣澜边收拾桌子边说："今年前两个季度，你我的收入总和比去年要少。"

陈盏点头。

变故不少，殷荣澜连续请了一周假，出去旅游期间自己的更新又不稳定。游戏虽然经过了几轮更新，但也快要到达饱和状态。

殷荣澜："开发个新项目？"

陈盏目光有几分耐人寻味，曾经何时，类似的对话发生过，只不过说话的双方互换了角色。他抿了抿嘴："什么项目？"

殷荣澜："你牵连进不少案件，安冷的死讯虽被压了下去，但之前的闹鬼之说还在。”

陈盏顺着话茬思考：“该不会是想让我去开个鬼屋？”

殷荣澜：“在游乐园里承包一个，或者单独开都可以。”

陈盏低头沉吟：“没接触过这方面，门道还需要摸索。”

“我会帮你的。”

陈盏盯着他看了数秒，嗅到阴谋的味道：“单纯为了赚钱？”

殷荣澜：“当作一个根据地也好。”

陈盏皱眉，罕见地一时没理解他的话。

殷荣澜：“遇到不好解决的情况时，在鬼屋里动手或者储存些东西，可以暂避风头。”

陈盏靠写作发家，但自问阅读理解很差。他用了一段时间做缓冲，试着慢慢地扩展这句话分析：哪天把对方约在鬼屋动手，永绝后患。一点点剖析完毕，他肩膀微微抖了一下，打了个喷嚏。

殷荣澜倒了杯温水递过来：“虽然天气一天天地热起来，但也别穿得太薄了。”

陈盏：“我记得你以前是个很温柔的人。”

殷荣澜笑容不变：“对你，一直都是。”

为了防止友人进监狱，他在铁门外苦等几十载，陈盏毫不犹豫地拒绝了鬼屋的提议。

无视对方眼中残存的遗憾，陈盏摇了摇头，走去卧室给王城打了一通电话：“有没有工作可以接？”近期他出风头太盛，热搜上多了绝非好事，为了维护路人缘，王城已经帮他推掉了很大一部分工作。

“怎么突然想起来谈工作？”

陈盏没心情打太极，直白道：“不一定是出席活动，客串或者综艺邀约都行。”

王城再次询问了一遍理由，陈盏美其名曰赚钱：“殷荣澜的事业发展停滞，只能靠我。”

“……可我前几天才看到最新的财富名人榜，殷先生比去年上升了两个名次。”

陈盏不以为然，嘀咕了一句“才两个”。

唯恐继续交流会打击到弱小的心脏，王城连忙把话题扯回正事上：“明早前给你确定的答复。”

晚上，陈盏沐浴时，外面传来殷荣澜的声音：“电话。”

“帮忙接一下。”

殷荣澜在要按接听键前，手指僵直在半空中……轻叹一声，进水的该是他的脑子才对。

电话另一边，王城听出是殷荣澜的声音，似乎有些恹恹的，语气不由得放轻：“陈盏……”

“他在洗澡。”收敛住话里的怨念，殷荣澜问，“有事？”

“有一档吐槽性质的综艺节目，想看他有没有意愿。”

殷荣澜照实转述，浴室里传出一声“好”。

陈盏出来的时候，颈间还滴落着水珠，他上网搜索了节目组的流程，顺便给王城打了一通电话，询问需不需要准备稿件。

“你不用。”王城乐呵呵道。

陈盏第一次觉得他有些不靠谱。

“这次的节目形式不同以往，”王城解释道，“会请来嘉宾，他们是主体。”

“……来者不善？”

王城讨好地笑了两声：“节目组可是愿意花重金请你，主题都定下了，叫《倾城记》。”

陈盏沉思两秒：“有何深意？”

王城“呃”了两声，支支吾吾道：“其实是‘倾陈记’，可以解读为倾诉那些年被陈盏支配的恐惧。”

“来的嘉宾都有谁？”

王城言辞多了几分激动：“你是不知道，消息刚放出，就有无数人报名。Y市数个富二代甚至不惜动用关系想要来……”

陈盏只觉得脑子被吵得嗡嗡响，提前找了个借口挂断了电话。

殷荣澜看出他的不适，问了一句怎么了。陈盏叹息般说出内情。

殷荣澜目光一动：“还有这种节目？”

陈盏：“如果你也想当嘉宾，我不介意打断我们两个人的腿。”

在床上休养一个星期也比去电视台公开“处刑”的好。

殷荣澜掩饰得很好，面无异色道：“可以把消息卖给林池昂，说不准他会有意愿作为到场嘉宾控诉你。”

陈盏揉揉眉心：“别总薅一只羊的羊毛。”

节目要到下周三才录制，以往是艺人吐槽自己，陈盏去则是要面对一群人的吐槽。他倒是看得很开，兵来将挡，水来土掩。

晚上睡觉前，殷荣澜计算了一下从前被陈盏当作素材的人数，神情肃穆：“到时候会不会舞台站不下？”又或者说众人争抢麦克风？

“……那里又不是菜市场。”

殷荣澜还想再说些什么，被陈盏一声冷冷的“快睡”强行打断。

翌日天一亮，陈盏像是什么都没发生一样，准备看一下前几期的节目，熟悉熟悉主持人的风格。

殷荣澜在上班前，曾深深地看了对方一眼，可以说这份沉稳，连他都自愧不如。

系统：“宝贝，在吗？”

陈盏眯了眯眼：“调戏我？”

系统：“……造反前想练练胆子。”

陈盏今天有不少工作，并未同它计较：“没事请保持安静。”

系统：“总部因为投诉的事情一团乱，我的时机就要来了。”

陈盏怔了几秒：“投诉？”

一个人吃瓜不香，系统把投诉信分享给了他——

我是一名天选之子，穿越后在系统的带领下混得风生水起。然而前两天，老系统退休，新系统刚上位，就对我非打即骂，原因是我叫“陈展”，它说我让它想起了上一个宿主。

剩下的是一些系统的自首独白：

系统2971：上周我去接一个即将重生的宿主，听到他姓陈后，一激动剜了他。

系统2458：我的宿主一笑，有几分酷似那个人，于是我让他再也笑不出来。

内容挺长，陈盏几乎是一目十行地看完。

系统：“有什么感想？”

它的语气如陈盏日常说话般平静，但只要细听，就会发现其中压抑着难以名状的兴奋。

陈盏并未如它所期待的那般表现出惊讶，他十分客观地询问：“我虽换系统次数多，但和其中几任不过是萍水相逢。”哪里来的怨念？

不知是否因为他语气中自带的几分淡然，系统沉寂了片刻才做出回应：“基本所有的系统和宿主都类似于主仆关系。”

它们自认是高科技的产物，习惯了高高在上主宰宿主，偶然有一日被忤逆，心中的惊涛骇浪可想而知。

“原来如此。”陈盏喃喃了一句，没了后文，只当是日常生活中的调剂。

陈盏重新集中注意力看节目时，系统突然给他放了一段 VCR。视频里是两个火柴人，其中一个上班摸鱼，另一个大喝一声：“再偷懒就把你送去带陈盏！”后者立马兢兢业业地开始工作。

系统：“总部新出的宣传片，借鉴江东小儿不敢夜啼的例子。”

陈盏沉默了一下，道：“突然弄出这么多花样，兴许是在掩盖什么。”

系统立马来了兴趣，虚心求教。

陈盏：“说说你之前提到过的实验。”

总部听上去就是个庞然大物，不可能会如此畏惧一个宿主，多半是借这个幌子分散其余系统的注意力，私下再搞些小动作。

系统：“概括起来说，可以总结为空间跳跃技术。”

陈盏沉默了一下，问道：“谁创造了系统？”

系统：“一批疯狂的科学家。他们一点点地把自身改造成机械人，坚信人类数据化后可以获得永生。但是显然失败了。后来他们穷尽毕生心血打造出总部，将身体彻底改造成生产系统的机器。”

陈盏听得眼皮一跳。

系统：“现在的系统可以看作全新物种，为了绑定更多时空的宿主，我们在不断研究空间跳跃技术，只不过目前不稳定，经常失败。”

陈盏揉了揉太阳穴，打断它的长篇大论，从备忘录里找出吴先生提供的执法者藏匿地，准备先挑一个会面。

时间尚早，他戴着口罩坐公交到距离较近的地方，准备靠步行到达目的地。

陈盏不信运势一说，但发现一道熟悉的身影时，不由得皱起眉头。

那人手中拿着一个刚买的三明治，优雅地剥落外层塑封包装，然后把另一只手上握着的找零扔进了垃圾桶。

沙拉味飘散在空气里，林池昂正准备咬一口，一抬眼，目光对上不远处正往这里看的人。

陈盏走近，打了声招呼：“好巧。”然后瞄了眼垃圾桶。

林池昂这才意识到扔错了，该扔的塑料袋还在手中握着。

“我没侮辱你的意思。”以防对方又在文章中肆意发挥，即便不想交流，他依旧咬着牙解释了一句。

陈盏的视线望着幽深的垃圾桶：“要捡吗？”

如果没碰到这人，林池昂就算发现也不会手掏垃圾，怕就怕现在转身就走，今晚前陈盏便做出更新——那个豪门公子哥儿当着我的面把钱扔进垃圾桶，就是想羞辱我。

他才因为写信的事情被家里人敌视，再出一遭事故，说不准要被怀疑脑子有病。想到这里，林池昂露出一抹轻蔑的笑容，从容地挽起袖子，侧过身头偏向一边，用两根指头夹出了十几元的零钱。

他望着陈盏，而后者完全不知对方为何要凝视自己。大概……是想要夸奖？于是击掌赞叹："你做得很好。"

双方在尴尬中擦肩而过。

天气日渐炎热，若再往前两个月，随处都能买到合心意的糖葫芦或是糖炒栗子，如今走了一路，都没看到一个想吃的。

饥饿感让陈盏原本平静的双目中多了几分戾气，他的脚步最终停在一间小平房前。

这房子两侧是多层楼房，唯独这个还要再从石阶往下走几米的小平房保存完整，一看便知道是钉子户。陈盏四处瞅了瞅，没感觉到人烟味，院子里倒是养了一条狗，不会让路人怀疑里面无人居住。

"连执法者都有固定资产。"想到被火烧的屋子，他难免心痛。

门口有只黝黑高大的狼狗，卧在地上一动不动，走近了才发现是标本。

他轻手轻脚地走到屋子前，脸贴在玻璃上，试图看清其中景象。果不其然，有两个圆团有恃无恐地在屋中打扑克。

陈盏皱眉："也不怕被人看到。"

系统："普通人看见它们和你看见的不一样。"

身为宿主，瞧见的是一个白色圆团外加一张可怖的嘴巴。

在普通人的眼中，它们却是有五官的，只是种族奇特了些。

"那股荣澜……"

系统："和宿主相处久了，脑核异变了。"

这种话自然当不得真，陈盏没来得及进一步求证，恰逢清风从他身上扫过，遇到阻碍微微凝滞了一瞬。

就是这一刹那，屋里的两个圆团猛地偏过脸，叼起桌上的扑克簌簌扔来。

陈盏从前只在电影里见过同样的场景，执法者的力气比起传说中的武林高手不遑多让，扑克牌竟穿透了玻璃直接朝他袭来。

陈盏的反应速度相当快，几下侧身全部躲过。

"杀气太重不好。"都到了这个时候，他仍一脸淡定地讲道理。

"你竟然敢主动找上门……"执法者的性格各不相同，面前这个明显不是胆小怕事的。

陈盏很难从那张圆脸上瞧出表情，为了测试智商，他甩出了“九子夺嫡”的说法。

即便看不出神色变化，他大概也能感觉到它们的愤怒值已经达到巅峰。

一个执法者忍不住磨牙霍霍：“这是把谁当猴耍？”

真是令人遗憾。

眼看着谈不拢，系统主动跳了出来。

屏息以待中，陈盏眼神又是一变，语气反而温和起来：“若你们不想参与夺嫡，联姻如何？”

突如其来的沉默不是因为在做思考，而是在场的执法者都被这超越维度的发言震惊到了。

“联……姻？”

陈盏指着自己的系统：“战斗力爆表，还有钱，这是一座会移动的矿。”

执法者顾不得惊世骇俗的言论，首先挑出错处：“它脑子可是出了名的不好使。”

陈盏微微一笑：“所以才是完美的成婚对象。”

原本准备大战一场，此刻系统一双短到看不见的手不知所措地搓了搓：“我真有那么好？”直接过滤掉了对它智商不足的评价。

两个执法者面面相觑……虽然很离谱，但有道理。

参观旅游计划让系统敛财无数，而本尊是个只会打打杀杀的，一看就不像能寿终正寝，它一死，遗产不就是配偶的了？就算杀不了陈盏，其中的千分之一洗白值也够走后门，把纰漏堵住。

“你们可以好好考虑。”陈盏拿出商人的做派，“有想法的可以私下联系我。”说完，抱起系统往外走，感受到它的面部肌肉在颤动，似乎有话要说。陈盏连忙捂住一张可怖的嘴，顺便回头真诚一笑，“机会只有一次。”

为了不引人注意，一出去，系统便自觉回到陈盏大脑内。它愤愤不平道：“宿主是想卖了我？”

“我是在抱不平。”陈盏转移话题，“你这么好，说要联姻时，它们居然还要迟疑。”

系统：“这两个都该死！”

陈盏：“杀人诛心，日后如果真的联姻成功，你可以好生磋磨一番，以报今日之辱！”语气慷慨激昂，仿佛真的和它同仇敌忾。

系统：“有道理！”

解决了手头的一件事，陈盏慢悠悠地走向路口，突然在拐角处看到林池昂。这次可绝非偶遇。

“你跟踪我？”陈盏挑眉。

林池昂冷笑，指了指停在一边的车：“干这份活的人是他。”

不知是怎么做到的，坐在副驾驶座的人被安全带强行捆住了手脚。

陈盏很快理清逻辑，怕是林池昂准备离开前发现有人在尾随，顺手提溜了出来。

趴在车窗上盯着挣扎的人看了会儿，陈盏回头问：“就不怕这人大喊绑架？”

林池昂：“街道上全是监控，他跟踪你，到了局子里也洗不清。”

陈盏确定不认识这张面孔，眼神微微闪烁了一下：“被雇来的？”

男人脸上的惊讶表现得太过明显，超脱微表情的范围一眼便可以看出。

陈盏试着就吴先生的长相描述一番：“那人是不是长着张佛面，一副人淡如菊的假惺惺做派？”

“我不知道你在说什么。”男人放弃挣扎，一口咬定是发现红人，想偷拍几张照片卖钱。利益动人心，加上不愿意担上过重的罪责，只要咬死了这个说法，即便送进警局，也就是拘留几日。

林池昂和陈盏都清楚这点，最终，陈盏先一步开口：“放了吧。”

男人一得到自由，顾不得有些发麻的腿，踉踉跄跄地跑走了。

林池昂目光锐利地从陈盏身上扫过，评价道：“惹是生非的典型。”说完，就要开车离开。

“感谢……”陈盏正色道，“有恩必报，我会还你的。”

林池昂皱了皱眉：“离我的生活远点就行。”

陈盏：“报恩我是认真的。”

商人逐利，本着来者不拒的道理，林池昂敷衍地说了声“随便”。

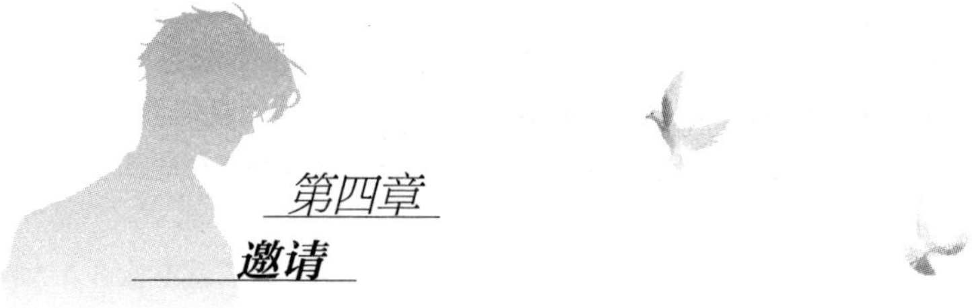

第四章

邀请

因为嘉宾要赶行程，《倾城记》提前一天录制。录制前夕，陈盏像是防贼一样防着殷荣澜，后者哭笑不得，就差举手发誓：“我真的没有报名参加。”

如果对比双方的行为举止，实则陈盏更为可疑，因为这两天他电话就没断过。

录制当天，一大早王城便开车来接人。

清晨难免精神不足，陈盏开窗吹着冷风，驱散最后一点残存的睡意。

回忆起临出门前，王城刻意流露出的讨好笑容，他有几分纳闷：“殷荣澜有什么让你发怵的地方？”去除友人滤镜，对方和不讲道理的霸道总裁扯不上干系。

王城讪讪地笑了笑，有些手段他见识过，就不想再去回忆。

陈盏不强人所难，要来节目的剧本。综艺节目基本有剧本，区别在于细致度。《倾城记》以吐槽为主，都是嘉宾自己雇人润色稿子，是以剧本只有大纲，主要看临场发挥。

王城：“毕竟要播出，后期会剪辑。如果有嘉宾说话太过，也别计较。”

陈盏点头：“以和为贵。”

王城从后视镜里深深地看了他一眼，这四个字从陈盏口中说出显得格外讽刺。

情况比想象中的好很多，殷荣澜开玩笑般形容的菜市场景象未曾发生，大家井然有序……如果嘉宾不是排队入场，或许陈盏真的信了和谐社会已经全面建设。

“他们手中拿着的是什么？”

王城压低声音道：“号码牌。”

两人交流的声音不算大，正在低头玩手机的一个人却听到了，那人抬眼看到陈盏，“嚯”了一声，笑得一脸玩味。

陈盏微微侧过头问王城：“从他的表情中，你看出了什么？”

王城：“似乎在说‘不是不报，时候未到’。”

陈盏摇了摇头。他是有专属通道的，正要往里走时，忽然掉过头，从队伍末端挨个看过去。

王城生怕惹出麻烦，忙跟上他：“这是做什么？”

陈盏：“我要确定一件事。”他难得面色严肃地说，“保证来这里的都是人。”

来的嘉宾就是为了控诉被当作素材的历史，他这一开口，犹如捅了马蜂窝。

“说谁不是人呢？”

“有点过分了。”

细碎的抱怨声中，王城连忙把他拉走：“我的祖宗哟！留点活路。”

陈盏最后回望一眼，确定看到的人都一脸愠怒，心想应该不会有执法者混入。

随着灯光音响全部检查完毕，在休息室得到片刻安宁的陈盏被叫出去。

负责控场的主持人十分老辣，今天的观众席更是爆满，听说票价私下被炒得很高。

陈盏出场时的音乐声很大，但都盖不住现场观众的掌声。

开场词总是千篇一律，换的不过是主人公。

“今天有幸请来了几位特别嘉宾……”

陈盏撇了撇嘴，几位？这个量词怕是用得不太准。

第一位上台的是陈盏的老熟人：谭常鸣。

正如主持人做出场介绍时所说，观众或许不认识这张脸，但一定听过这个名字。

“大家好，我是谭常鸣。”

刚说了开头，便引来一阵爆笑。

“从小到大，我的梦想无数，唯独不包括演员这个行业，一次即兴发挥却成了一生的污点……”

他言辞犀利，语气抑扬顿挫，但再精彩的稿子，于长达十五分钟的演说后，观众也有些受不了。

主持人在下面不停地使眼色，示意点到即止。谭常鸣正说到兴头上，为了今天，他重拾了写作的爱好，一连三个晚上没睡，写了长达数万字的演说稿。

陈盏抿抿嘴，低声对站在一旁的主持人道：“这是不是能出书了？”

主持人尴尬地笑笑，不得不上台介入。谭常鸣最后几乎是被强行拉下场的，导演没阻止这一幕，戏剧性足了，收视率才不会差。

野火烧不尽，一个走了，另一个立马抓紧时间上来。

陈盏其实听得有些困，顾虑到有摄像机时刻捕捉表情，只得努力维持坐直身体认真倾听的假象。

后面上场的人没谭常鸣那么大的怨念，说得不多。人像是走马灯一样在眼前转了一圈，陈盏回忆了一下进门时排队的人数，思忖应该还有五六个。

就在他准备继续神游天外时，突然被主持人点名叫上台，中途转场询问他的感想。

陈盏：“各位都很有想法，很好。”

主持人的笑容有些挂不住……这确定不是在威胁？见他不愿意多说，主持人突然转向观众：“今天，还有一位重量级嘉宾到场……”

这期节目录制的时间格外长，远胜以往，陈盏从电视台离开后，天色渐暗。

王城的嘴因为惊讶都快合不拢了，开车门时手滑了三四次。见他状态不对，陈盏主动揽过了开车的活儿。

王城过了半晌才回过神来，深吸一口气：“我走前听台里的人说准备调整播出时间，今晚加紧剪辑，明天就播。”

虽说观众都签了保密协议，可这东西从根本上没多大的约束作用。

陈盏淡淡地“哦”了一声，没太大的反应。

翌日晚八点，殷荣澜洗好水果，和陈盏一起准时坐在电视机前等待《倾城记》开播。

大致的内容他都能猜到，但当姜颖出场时，殷荣澜目中出现波动：“你请来的？”

陈盏点头：“事前做了不少沟通。”间接解释了那些天他私下打电话的举动。

姜颖出场后，节目里，陈盏的表情总算有了不同。

高清镜头准确地记录了这一幕。现场观众也是怔住了，大概没想到会出现这一幕，一百多个观众爆发出冲天的尖叫声。

主持人摆手喊了好几声“拜托安静下来”，气氛才慢慢平息。姜颖年纪轻轻便摘得影后桂冠，她在大荧幕上的成绩有目共睹，可以说在观众心里，地位相当高。这样一个几乎站在神坛上的人，和陈盏同台出现，用个不太贴切的词，是“纡尊降贵”。

殷荣澜有几分佩服他的手段：“怎么说服的？”

陈盏：“诚意。”靠《忏悔录》发家，却甚少主动拉扯姜颖，书中第二主角也是给了林池昂。

“除了从前的荒唐事，一年多来，我就主动开口请求了这一次，她不好拒绝。”

说穿了，姜颖就是个外表高冷，心肠柔软的人。

同一时间在看节目的还有林池昂一家。林池昂本意不想瞧见陈盏，但一天前，姜颖特地从剧组打来电话，嘱咐他看节目，林池昂这才不得不守在电视机前。

因为在拍新剧，一头浪漫的波浪卷被拉直，姜颖受邀暂时坐在专属位置上，身上多了几分温婉的气质。

陈盏站在舞台中央，之前被吐槽时的慵懒神态消失殆尽，取而代之的是难得的严肃。

“人生三部曲，你是所有灵感的来源。”陈盏笑着说道。

这话就有些暧昧了。

姜颖从容接过话茬：“我未婚夫的戏份才是重中之重。”

陈盏点头：“人不能总以自己的视角去看待问题，所以我几乎每章都会提到林池昂……从我的视角去看他，再去看你们。”

姜颖微怔，没料到他会有此番言论。

“他不找零钱，是因为在和你冷战心里着急；吃火腿肠过敏，也是百忙之中抽出时间和你一起去爬山时发生的……”陈盏的语气和文章一样，基本平铺直叙，“温泉之旅，其实他是准备求婚的，后面的那几封信，实际是受了别人的蛊惑……”他尚算讲义气，没直接把殷荣澜供出来。

“蛊惑？”姜颖似乎不准备放过这个点，可见当初留下的心理阴影不小。

陈盏轻咳一声：“我的一个朋友创造出的独特法门。”

姜颖何其聪明，瞬间就猜到了他经历过什么，目光不由得掺杂了一些同情。

“我并未怪罪那个人，”陈盏淡淡道，“因为我认为感情的特质是小心翼翼。”

姜颖沉默的时候，陈盏神情格外温柔：“完美的仪式真的有那么重要？想想《忏悔录》里，他曾经为你做的那些傻事。”

陈盏：“我曾疯狂地爱慕你多年，也目睹他想尽各种办法追求你，这句话是替他问的，也是替当年轻狂不懂事的自己所问……你真的愿意……嫁给他吗？”

电视机前，林池昂愣住了，几乎是僵硬地一寸寸扭过脖子，机械般开口：“这人在做什么？”

林母一脸平静：“替你求婚。”

“替我……求婚？”林池昂瞳孔骤缩，张了张口，犹如奓毛的猫一般蹦出一句，“他怎么不上天呢！”

就在这时，电视里传来姜颖的声音：“我自然是愿意的。”

林父面无表情地鼓了两下掌，淡淡道：“恭喜你，求成了。”

活了二十几年，林池昂终于说了一次脏话：“我……”

林父打断道：“几天前，你不是说陈盏要报恩？”

坐在一旁的林母淡淡道：“报恩自古是双刃剑。荆轲刺秦，燕王为平息秦王怒火杀了太子丹；白素贞报恩，和许仙也尝尽了离别苦……至于陈盏的报恩，他帮你完成了一件人生中的大事……”只是这个“帮”……有些难以言说。

无论是恐怖片还是文艺片，配乐永远是成功不可或缺的因素。

伴随着姜颖一声不轻不重的“我愿意”，浪漫感人的轻音乐随之响起。陈盏一开始只声明姜颖会作为神秘嘉宾出席，求婚仪式只字未提。

台里人看到这一幕，同样颇感不可思议，假使导演能够提前知晓，兴许会在现场安排一些天空掉玫瑰花瓣或糖纸的感人画面。

电视机前，陈盏偏过头对殷荣澜笑笑：“以往你我间接害他不浅，这次算是成人之美。”

十几秒前放入口中的红枣还没来得及咬上一口，防止被呛着，殷荣澜找了张纸默默吐出：“这么精妙绝伦的主意，你想出来的？”

陈盏点头，“嗯”了一声。

殷荣澜垂下眼帘：“林池昂知道吗？”

陈盏用食指按了下他的眉心：“傻了？知道了还能叫惊喜？”

顺着他的动作配合着往后一仰，殷荣澜再次掀起眼皮时微笑道：“是件好事，算是把欠他的都还清了。”没了愧疚，日后陈盏也不会过多地惦记。

相视一笑，心思各异却都对这个结果很满意。

如果不是因为有人告知文章上了热搜，陈盏很少会主动去社交平台关注新闻，理所当然错过了沸沸扬扬的讨论。

两个小时的节目才放送一半，热搜就爆了。

不过网上的热闹是靠文字和表情包渲染，陈盏在看完整期节目后，只有加更的想法，他要勤奋写作。其间，手机振动了两三次，均被他无视了。殷荣澜就在一边，猜测陈盏不愿意看的原因是潜意识认为是林池昂的来电。

“就振动了几秒，应该是短信。”他提醒了一句，如此一来，林池昂的可能性不大。

陈盏这才拿起手机扫了一眼，的确是短信：“身高七十厘米，体重三十斤，一百零八颗牙齿，你帮我问问它，能看上不？”

沉思许久，他才意识到这条信息来自执法者。

久久未听到键盘声，殷荣澜把剩下的水果放进冰箱，问了一句：“怎么了？”

陈盏：“之前帮个朋友征婚，已经出现有意向者。”

殷荣澜脸色微变：“什么时候做起了这份活计？”

陈盏摇头，不知在给谁发短信，过了一会儿才开口：“替林池昂求婚是真心相帮，这个纯属为了私利。”

殷荣澜尚在琢磨那句话的深意，望见陈盏正在更新的内容和自己有关，再一细看，表情略有几分不自然。

“不妨换个素材？”

陈盏微微一笑：“敢做不敢当？”

殷荣澜侧过脸，轻叹一声。

陈盏打字的速度不降反增，殷荣澜不想目睹公开处刑，遂坐去了另外一边。

伴随回车键的按动，屏幕上的段落层次分明，陈盏贴心地在卷标前注明“监狱风云录”——

“男神”的身份是总裁，同住一段时间，他彬彬有礼，完美得就像是影视剧里的男主角。

每一个故事的主人公总会有些不凡，“男神”亦然。

故事发生在两个多月前，前一日才有说有笑，今早，我发现他的状态明显不对。“男神”目光深邃，在我身上游移着。

“快递送来了吗？”

我点头：“买的什么？”

我讨厌拆箱，一般送来的快递都是交由他处理。当着我的面，“男神”拆开了箱子。

我鼻尖动了动：“你喝酒了？”

“男神”点头。

“应酬？”

“男神”：“壮胆。”

言语间，箱子已经被拆开，在夕阳的余晖下闪着银光的铁链映入眼帘。密密麻麻，一眼望过去有几十根。

“男神”：“卖家给我推荐的，这套叫铁索连环。”

我：“家里要养猪？”

“男神”：“这是用来锁你的。今晚是三十年一遇的四星连珠。”

“所以？”

“万一你乃仙人历劫，飞升了怎么办？”

“其实我是手握系统的男人。”

“男神”一本正经：“那更要防着。”

当晚，“男神”和我面对面地坐着，锁链的另一端绑在他身上。

凌晨三点半，四星连珠的天文奇观终于结束。“男神”解除“黑化”状态，不好意思地笑笑，准备开锁。

清脆的“咔嚓”声没如预想中传来，反而等到了钥匙断在锁孔里。

面面相觑，他否认是手劲太大，推托彼时是冬天，快递箱里的钥匙先被冻过，进房间受热不均匀，所以才会断。

我冷冷一笑：“我看起来傻吗？”

天寒地冻，“男神”提出多给三个月的工资，让助理带把电锯来，并嘱咐不准声张。

助理被吓傻了，越想越是惊恐……夜半三更，高额金钱诱惑，电锯，不让别人知道……以上种种串联，完全是凶杀案的开场。

良心战胜了金钱的诱惑和权利的压迫，他在老婆的鼓励下勇敢报警。

凌晨四时二十分，有人声称是物业要求开门。以目前的状态“男神”自然是拒绝的，并催促他们快些离开。

凌晨四时二十五分，外面的人亮明身份是警察，强制要求开门。“男神”为保存颜面，拒不配合。

凌晨四时三十分，门被砸开。呈现在警察面前的，是被铁链缠绕着的一对男子。

为了防止事情进一步恶化，我赶紧做出解释：“朋友怀疑我是天仙下凡，夜观星象得知要四星连珠，为了留住我，才出此下策。”

之后长达十五分钟的时间，我们在房中接受安全教育。

凌晨五点，铁链终于被锯断，我恢复了自由身。助理握着警员的手连连为浪费警力道歉。

“男神”也对自己闹出乌龙表示歉意，翌日专门送去锦旗和水果。

“男神”说希望这件事能被他带到坟墓里去——我偏不！

从头到尾看了一遍，修改完发出去，陈盏嘴角勾出满意的弧度。

说来有趣，殷荣澜对他的身份来历持有怀疑彼此早就心照不宣，只不过没有点明。戏剧化的夸张表现方式，大概也有几分故意试探的味道。

想到这里，陈盏抬头扫了一眼他坐着的方向，殷荣澜似有所察，视线巧合地对上。

陈盏托着下巴：“突然发现你的小心思不少。”

殷荣澜笑笑。真话大大方方地说出来，其实未必有几个人会信。好比手握系统和来自平行世界这事，陈盏对殷荣澜、林池昂都曾开玩笑般提起过，现在更是写在文章里，然而毫无意外地淹没在“哈哈哈哈”的评论里。

陈盏刷了会儿评论，骤然间想矫情地诵咏一句“众人皆醉我独醒”。

可惜殷荣澜在场，不能随性地大发感慨。他从冰箱里翻出一袋零食，试图堵上自己的嘴。

殷荣澜盯着他，笑着说：“胖了些。”

陈盏放下零食，默默地去书房称了下体重，是重了两斤。

盯着上面的数字许久，他皱了皱眉警告系统：“你胖了。”

系统：“……我的体重是恒定的，只有几克。”

陈盏一意孤行地把这笔账记在它头上，复又往嘴里塞了两块红薯干。

自我欺骗骗不过潜意识，睡前，陈盏心虚地在床上蹬了两下腿，才侧过身睡去。日有所思，睡着时未曾有半分白日里更文时的安静，像是梦见了在踩脚踏车，不安分了一个晚上。

而殷荣澜从早晨起就开始不顺，一到公司，便听闻有客人要见他。

“我没约人。”

“是林先生。”前台多说了一句，显然也是知道这几人间的纠葛。

殷荣澜：“他在哪里？”

前台指了指斜侧面。林池昂西装革履，单看外表给人的第一印象永远是冷漠高贵。殷荣澜看他走近，反而后退了一步。

林池昂皱眉：“怕什么？”

殷荣澜：“怕你报复陈盏。”

林池昂嗤笑：“就算报复，和你有何干系？”

“一报还一报。”殷荣澜，“你恨他替你跟姜颖求婚，万一想不通做出傻事，我会很难办。”

林池昂在大学双修过法学，靠着理智和法律的束缚，他闭了闭眼，制止住自己想要实施暴力的冲动。

“我来，是有正事要谈。”

殷荣澜自始至终与林池昂保持着一米开外的距离，似乎是防着他。

电梯门一开，两人一前一后地上去。其他员工很有眼色，故意慢了半拍，不想和他们二人共处同一个空间。

密闭的空间内，林池昂瞥了一眼旁边的人：“你以前是个正经人。”

殷荣澜十分平静：“一贯如此。”

在对方就此事发表进一步言论前，殷荣澜赶紧道：“人无完人。就像你在《忏悔录》中的形象……”

林池昂连忙抬手打断殷荣澜后面的话，如今他听见“忏悔”两个字就免不了头疼。

办公室里，小赵送来热茶，殷荣澜使了个眼色：“你留下。”

小赵一阵莫名其妙，老板谈事，员工站在一旁做什么？

林池昂面色微变，强调：“正事。”

殷荣澜选择暂时相信他，冲小赵微微颔首，后者虽不知内情，却有劫后余生之感，关门走了出去。

“昨天的更新我看了。”林池昂开门见山地说道。

殷荣澜吹了吹发烫的茶，耐心听他说下去。

“锁链制止飞升，手握系统，是真是假？”

殷荣澜脸色不变，放下手中的茶杯，失笑道：“玩笑话罢了。”

“陈盏的文字不好辨别真伪，但你不是无的放矢之人。”林池昂一语道破。无缘无故，买个铁索连环，除非是性格扭曲，面前人明显不属于这个范畴。

殷荣澜表面笑容自然，内心则在暗叹林池昂的睿智总用在不该用的方面。

“相信科学。”末了，他只说了这么一句。

林池昂走后，茶水早就凉了。

殷荣澜起身把水倒进花盆，顺便拨了通电话给陈盏，完整复述了适才双方的对话。

那边沉默了一瞬：“别做糊涂事。”

闻言，殷荣澜眼中溢出藏不住的愉悦：“你觉得我会怎么做？”

“封口。”

生平第一次，殷荣澜觉得该给自己树立一个三观正常的新形象。

另一边，陈盏挂断电话，许久未曾言语。

系统：“有人知道了我的存在？”

陈盏：“只是猜测。”

系统：“先下手为强，斩草除根。”

陈盏幽幽一叹：“以后每周去一次图书馆。”哪怕是用灌的，也要让系统看些和平主义的书籍。

系统：“宿主就不担心？”

陈盏嗤笑一声，聪明人可以靠怀疑得出真相，但不会武断地下结论。林池昂不至于跑到研究院举报他有系统，那估计会被当作神经病处理。

眼看外面阳光明媚，陈盏决定抽空去把老房子打扫一下。

对门没人在，老头大概是去了废品回收站，想和正常人攀谈两句的计划破灭，陈盏只得撸起袖子专心收拾房子。

好在当时火扑灭得及时，有些东西还能勉强保持原样，他把一些大的家具挨件往外搬，没多久便大汗淋漓。陈盏找了块木板坐在地上，休息的同时上网搜索装修公司，依次打电话询问报价。

正说到一半，电话里传来嘟嘟的声音，陈盏皱了皱眉：“有人在给我打电话，过会儿聊。”会主动致电他的人不多，不外乎殷荣澜或者王城，果不其然，是前者。

“公司停电提前下班，我现在去找你。”

“好。”

在原地坐了一会儿，陈盏才反应过来殷荣澜都没问过他在哪里，再一想，对方送自己的表里安了定位芯片。

“就算是多此一举，也该装装样子。”他摇头起身，继续未完成的清理。

在小区找停车位不易，殷荣澜上楼时，距离两人通话已经过去一个小时。

门口被横七竖八的杂物阻隔，他没直接迈步，而是弯腰从中取出一个勉强可以辨认出样子的花盆底座。

“这个也要扔？”

陈盏都没回头看一眼，直接点头。

这个底座其实有点故事。

那是两人相识不久，陈盏的爱好之一是养花，一日相约去花市，买了盆金钱橘。

彼时，陈盏已经不再为温饱挣扎，而是以赚钱为奋斗目标，买花名字都要图个吉利。花盆是送的，底座带滚轮，方便移动。

家里来了新品种，他念着很久没浇花，索性把所有植物移到卫生间，准备用花洒一次性解决。

搬运时，一个滚轮居然坏了，想要平稳前进很困难。见状，殷荣澜主动过来搭把手，双方这时还谈不上默契，陈盏踩到地上的水，连人带花翻了过去。

殷荣澜犹豫了一下，选择接人。

殷荣澜尚沉浸在回忆中，陈盏喊了两声，见他回过神，才开口：“帮忙找个大点的袋子。”

殷荣澜：“这个其实还能用。”

陈盏皱眉：“你要把它带回去？”一个坏了的花盆底座，留下做什么？

殷荣澜：“这是回忆。”

陈盏是个相当干脆的性子，他是绝对不会留一个没有用的东西放在家里占位置。

殷荣澜虽然从不在小事上争吵，但对认定的事情格外执拗，很是从容道：“意义重大。”

陈盏试图在对方眼中望见开玩笑的意思，然而只瞧见一片认真。

陈盏深深地看了他一眼，轻描淡写道：“那便带回去。”

目的得逞，殷荣澜又在被归为废物的东西里翻了翻，片刻后提溜出一件衬衣。衣柜离着火点远，里面的几件衣服算是除小本子外保存比较完整的。

“去公园救人落水，你曾把这件衣服借给我穿过。”

陈盏更有印象的是当初殷荣澜落水后写的那篇日记。

白衬衫在高温下早就泛黄，免不了一股刺鼻的烟熏味。陈盏再三禁止带回去：“拿到干洗店都没用。”

殷荣澜表示它有大用处，陈盏哭笑不得：“一件破衣服罢了。”

殷荣澜：“沾点水拧干，可以打人。”有响声，又不会造成太大伤害，打人者和被打者都能间接维护自身权益。

殷荣澜：“如果我惹你不开心……”

陈盏：“有必要做到这种地步？”

殷荣澜：“事关重大。”

陈盏头疼地摆摆手：“想拿什么都带走。”

难得腾出时间收拾旧物，结果就是把一堆废品从一个地方搬到另外一个地方。

眼见后备厢被塞得满满当当，车子往回开的路程中，陈盏想好措辞准备就此事召开会议。

殷荣澜停车的工夫，陈盏敏锐地捕捉到墙角有一个白团子。

“你先把东西搬进屋，”他走到车窗边，“我去周围散会儿步。”

殷荣澜颔首：“别走太远。”

陈盏踱步到周围的一个小花园，找了处隐蔽的长椅坐下。四下无人，灌木丛中毫无预兆地跳出一个圆团。

陈盏不露痕迹地暗自提防，面带笑容：“找死还是谈合作？”

若是搁在以往，他的语气不会这么冲。显然执法者出现的时间不够凑巧，成功让陈盏把对殷荣澜的不满迁怒到它身上。

“联姻的事情。”用人类的五官做比较，执法者的嘴差不多是咧到了耳朵根，露出的牙齿格外瘆人，“我觉得可以详谈。”它看了财富榜上系统的洗白值，心动不已。

陈盏：“昨天的短信是你发的？”

执法者下意识道：“什么短信？”

陈盏似笑非笑。执法者反应过来，恶狠狠地骂了几句，当然怒骂的对象不是陈盏，而是道貌岸然的同僚。

原本还在犹豫要不要为了财产出卖自己，如今有同行竞争，它立马有了紧迫感。

陈盏掏出随身携带的小本子：“登记好信息，回头等电话通知。”

虽然深感被侮辱，但执法者仍旧屈服在洗白值的诱惑下。

待它走远了，陈盏才起身，望着郁郁葱葱的树木，不知在想什么。

从旧屋带回的杂物被摆在明面上，踏进房门的一瞬间，陈盏便开始劝诫自己要心平气和。准备换家居服，一打开衣柜……泛黄的衬衫和干净的衣服挂在一起，柔顺剂留下的柠檬草香尽皆被烟味覆盖。

忍无可忍。

陈盏回到客厅，笑得一脸阳光灿烂。

“带回来了，就得用。”说完，陈盏把坏掉的滚轮花盆底座放到殷荣澜面前。

殷荣澜想开口，就见陈盏坐在一边，在小本子上拟定好标题——《“男神”和他的神器们》。

“都会用到的。”陈盏扫了一眼房子里多出的杂物，做出保证。

第二天早上六点，殷荣澜便起床去几个区外买来精美的茶点作为早餐。

陈盏闻到虾饺的味道，悠悠转醒。他望着一桌子的美食若有所思，什么都没说洗漱好便开始用餐。

殷荣澜状似不经意地说道：“我仔细想了想，过去固然重要，携手走过的未来才更值得期许。”

陈盏一挑眉：“说重点。”

殷荣澜口吻带着几分试探：“昨天带回来的那些东西，还是扔了好。”

陈盏淡淡道：“容我想想。”

看着桌上摆放着的这份心意，陈盏良心未泯，在他出门前道：“我今天主更《我迫害“影后”的那些年》。”暗示“废物利用”之事暂时不会出现在文章中。

殷荣澜微松一口气。

他一走，四周变得格外安静。院子里的狗突然叫了几声，陈盏想起没喂食，打算转身去准备狗粮。

草地上突然多出一个圆球。除非陈盏同意，这是系统第一次按照自我意识现身。

没等来宿主的质问，眼瞅着人从身边路过，弯腰把盘子放在土狗面前。

“我想了许久，我是被你利用了。”系统认真道，“宿主这是在把我当筹码用。”

陈盏仰着脸，思索从提出联姻到现在一共经过了多少天，它居然现在才想通。

“嗯。”他轻飘飘地承认，反而让质问者不知该如何发作。

陈盏顺势盘腿坐在草坪上，帮土狗顺了顺毛："参观计划进行到哪一步了？"

系统抱怨："每天带团，累得半死。"

陈盏垂下眼帘，狗似乎能感觉到他的心境，表现得很乖顺："都是预付的洗白值，有意向者差不多都报过名了。"

系统不以为然："那又如何？"

陈盏："未来的一段时间，进账会越发少。"

圆球想学着他的样子盘腿坐，奈何腿太短失败了："我们已经挣了很多。"

"坐吃山空可不好。"陈盏低叹一声，而后笑道，"眼下就是一个绝佳的机会。"

洗脑开始了！共事过一段时间，系统下意识地想要屏蔽听觉。

在它有所动作前，陈盏淡淡地开口："你去公开征婚，聪明点的都知道其中的好处。"

系统想不通这和赚钱有何干系。

陈盏耐心解释："私下举办活动，可以拉赞助。"

"赞助什么？"

陈盏："比武招亲。一方面我们可以赚个盆满钵满，另一方面又能削弱执法者的实力。"

圆球晃晃悠悠，像是喝醉了一样在草坪上站不稳，不知是不是被这番言论震惊到了。

"你不是有个造反梦？"陈盏无视这一幕继续道，"比武招亲只是幌子，最重要的是借此看出各方的实力。强的拉拢，拉拢不了的暗中解决，多好的一桩美事。日后你为新王，它们都要俯首称臣。千载难逢的机会啊！"

人类死后会不会有轮回？这个问题没有答案，但系统相信陈盏一定有。此人上辈子一定是个画师，只会画饼画梅子的那种。望梅止渴、画饼充饥……没人能做得比他更到位。

可惜系统还是没有抵抗住这份诱惑，吞下了这张刚出炉的热乎乎的大饼："……干了！"

作为"地下肮脏交易"的见证者，土狗"汪汪"吠了几声，被陈盏摸了摸头后乖顺下来。在这个家里，它似乎畏惧陈盏更胜于殷荣澜。

从系统的角度来看，双方在狗心中就是严父慈母。而陈盏是那个严父。

午后下了点小雨，陈盏在更文中度过了半天时光。殷荣澜下班回来时，陈盏扫了一眼他的精神状态，似乎还挺振奋。

正巧这时放在桌边的手机响了两声，按照他的希冀，陈盏先一步接通了电话。电话那头的声音细听能察觉出些许不耐烦，一接通便直言道：“近期空闲，你那计划准备什么时候实施？”

林池昂的声音很有辨识度，陈盏几乎是第一时间便听出。再看殷荣澜便笑得越发耐人寻味，他道：“私下联系还挺密切。”

听到是陈盏在说话，林池昂只说了句“让他回给我”。

接下来便是一阵冰冷的忙音，显然那头的人已经主动挂断。

陈盏微笑着把手机还回去，目中含笑：“满意了？”

殷荣澜沉默地收起手机。

陈盏笑容不变：“什么计划？”

殷荣澜略有迟疑：“商业上的合作。”

可惜陈盏直接无视了这句话：“和我有关？”

殷荣澜眼神飘向另外一边。

陈盏：“要对付放火烧屋的人？”

推论一个比一个精准，殷荣澜也是个有能耐的，恢复平日里的冷静慢悠悠道：“不过是生意场上的事情，别多想。”框定出一个大范围，细究下来也算不上是说谎。

陈盏挑眉，倒是没勉强。殷荣澜回房间处理公务，事情仿佛就此被揭过。

在他转身的一瞬间，陈盏敛去面上的笑容，放弃留吴先生到明年过年的想法。

系统：“宿主决定主动出击？”

陈盏正色道：“我是担心殷荣澜先一步出手。”

殷荣澜身上那些惊悚的画风如今想来仍旧令人担忧，在一起久了，陈盏难免会梦见对方被抓去警局的画面。

系统：“那个……总部似乎已经对我有所防备。”

陈盏冷笑一声，就它这嚣张的活法，造个反恨不得举世皆知，上面不知道就有鬼了。

相处久了，系统也学会了几句场面话，托词说是担心连累宿主。

“近期我会先帮你把这个麻烦解决。”陈盏走回房中，“然后再收心应对吴先生。”

系统：“什么法子？”

陈盏：“三部曲。”

“人生三部曲”给太多人留下了心理阴影，系统虽不牵涉，但仍旧有些不寒而栗。

“归纳起来就是与魔共舞。”

系统：“何意？”

陈盏笑笑，不解释：“等着看就是。”

当夜下起大雨，水珠砸落在地上的响动隔着窗户竟未被削弱多少。陈盏被半夜的雷鸣电闪吵醒，皱着眉打开手机，天气预报临时发布了暴雨蓝色预警。

黑暗里，手机光有点刺眼，他只扫了一眼便放下手机望着窗外喃喃：“不是才报道的未来几日是晴天？”

殷荣澜不知何时也醒了，雷电的光芒刚好照耀在他眼前，他手搭在额前略有些困倦：“夏日天气多变，正常。”

殷荣澜翻了个身准备继续睡，陈盏突然拽住他：“这么好的天气，你给我发个誓呗。”

陈盏：“譬如再装神装鬼乱立‘人设’就要挨晴天一霹雳……”

殷荣澜：“不发行不？”

陈盏盯着他看了一会儿，“呵”了一声，侧过身合眼睡去。

暴雨只是开始，翌日，风大得连广告牌都掀了下来，不少人一度怀疑是台风提前入境。

这种天气出行不好保障人身安全，殷荣澜打电话让公司的人事部通知临时放一天假。陈盏则把笔记本从飘窗搬到卧房更新小说，暗叹变天如变脸。

系统：“最多持续三日。”

陈盏：“这么肯定？”

系统：“比武招亲的海选仪式上，几个执法者都动手了。”

陈盏面色微变，倘若没记错，他提出比武招亲也就是一天前的事。

系统强调这叫作效率。

陈盏走到窗边，拜当初的踩影子大战所赐，他一度没正视执法者的战斗力。

“这么强？”

系统：“是假象。看着引动风雷，实则是这个世界对它们发出的警告。”

系统和执法者归根结底都要按照规则来，执法者大打出手，等于在灰色地带蹦跳。

闻言，陈盏目光微动。

系统："平日里动手，我们只会用五成战斗力，这是共识。眼下明显超出了这个范畴。"

"财帛动人心。"陈盏感慨完，忽然起了几分稚嫩孩童的心思，"在哪里？"

他要奔赴现场瞧热闹。

系统告知了具体方位，陈盏挑了把厚实的黑色大伞准备出门。

殷荣澜听到动静走出来，看他在玄关处换鞋，不由得皱眉："雨这么大，要出门？"

陈盏："看表演。"

在殷荣澜的眉头皱得更深前，陈盏举手："我发誓，路上看车，时刻注意高处有无重物落下，保证安全归来。"

殷荣澜到底是如他所愿："开车去方便些。"

陈盏点头，眉眼间带有罕见的快活。

执法者的斗法地在郊外，现场一片飞沙走石，伴着倾盆大雨，很有几分武侠世界的意境。可惜少了剑客，大打出手的是几个白球。看背影挺可爱，可那只有一张嘴的脸出现时，便成了惊悚。

"精彩！"陈盏挑了处空地坐下，剥着花生米观战。白花花的圆团飞天遁地，很是锻炼眼力。

他正看到兴头上，突然听系统喊了声"躲开"。在此之前，陈盏的身体已经先一步开启预警模式，弹跳闪开。

他原先坐着的地方有蓝色火花闪过，陈盏虽然躲得及时，可惜慢了小半拍，雨水导电，免不了被余波波及。

眼看着陈盏就要重重地倒向地面，半空中跳出一个圆球，给他做了缓冲气垫。执法者察觉这边出事，欲要乘人之危，被系统及时阻止。

白色圆球边防备着执法者，边从陈盏的口袋里翻出手机："喂，120吗……"

消毒药水可不是能令人愉悦的味道。陈盏转醒时，脑袋尚处在昏昏沉沉的状态。恢复意识后，他首先听见的是一声幽深的叹息。

陈盏把头偏向床边，殷荣澜正起身："我去叫医生。"

检查了瞳孔后，医生例行问了几句，陈盏皱了皱眉："为什么我会在医院？"

医生沉默，看了殷荣澜一眼，似乎觉得这种问题熟悉的人回答会更好。

“被雷劈了。”

确认不是在骂人，陈盏轻轻地呼了口气，摇了摇头。

殷荣澜：“你摔倒的时候撞到了脑袋，有轻微的脑震荡。”

近期的记忆一片混淆，陈盏苦笑：“看样子可不轻。”

几分钟后，殷荣澜和医生走到门外交流了几句，医生告知要再住院观察几天。

殷荣澜重新回到床边坐下，问：“记不记得出门是做什么？”

陈盏脑中浮现出几道白色的身影，具体的却记不清，便摇了摇头。

“谁送我来的医院？”

殷荣澜：“有人用你的手机叫了救护车。”

陈盏头疼：“我想躺一会儿。”

殷荣澜扶他躺下，随后下楼到食堂打饭。

陈盏在殷荣澜走后不久睁开了眼睛，根据最后的白团印象，最大可能是执法者偷袭了他。好一个执法者，当真是心狠手辣！

系统：“真相是宿主跑去凑热闹，不幸遇到雷击。”

陈盏眼皮一跳，心中的郁郁顷刻间消散。

系统：“还记得多少？”

陈盏能想到最完整的回忆大概是以今年四月份为分界线。

系统试探着问他是否还记得如何应付总部，陈盏均是给出否定答案。

系统：“宿主说过有精妙绝伦的计划！”事关造反成功与否，它的语气难免暴躁。

陈盏：“什么计划？”

系统：“与魔共舞。”

陈盏表情深沉，在圆球的满怀期待中说了句“不记得了”。就目前的状况来说，他不太适合用脑，强忍头疼的滋味并不好受。

陈盏好生休养了一段时间。出院当天，他站在路边，外界的一切仿佛都能带给人生命力。

回去后，陈盏做的第一件事就是从车库找出当初殷荣澜买来的锁链，奔去吴先生家。

吴先生手中多了串佛珠，配合他那一双幽深的眸子，像极了人面兽心的模样。

看到陈盏肩膀上的圆球，他一怔，含笑：“有事？”

“打。”一个字干净利落。

系统和吴先生都有些发蒙。

吴先生后退一步："你要做什么？"

陈盏甩了甩手上的铁链，微微撇嘴："我认为足够明显。"

吴先生也起了几分火气："你是不是有病？"

在事态进一步恶化前，陈盏勾勾手指，示意系统回来，淡淡地说了声："与魔共舞。"

吴先生双目一眯，瞳孔深处透露出几分不善和疑惑。

"这是我想出来的用来对付总部的计划的代号。"

听到这里，吴先生面色微变："详细说说。"

陈盏摊手："被雷劈了，记忆混淆忘了。"

这会儿不止吴先生，连系统都怀疑他是不是脑子真的出了问题，走这一遭用意何在？

"世上最了解你的人不是朋友，是对手。"陈盏平静道，"所以我想来问问你。"

空气突然就安静了，吴先生咬牙切齿地道："你脑子里的主意，我怎么可能知道？"

陈盏说得笃定："棋逢对手，就该知道。"

吴先生迅速地回想了一遍古往今来的例子，发现他竟没有办法反驳这个谬论。

"你一日想不出来，我就打你一顿。"

吴先生笑容一冷："胜负可不好分，"

陈盏却很是自信："连我的计划都揣摩不出，你不配做我的对手。"连对手都不是，自然能战无不胜。

吴先生的系统因为上次被算计还处于休眠状态，真要动手，吃亏的还是自己。头痛欲裂前，他侧过身，放人进来："还记得什么？"

陈盏："就'与魔共舞'四个字。"

系统在旁边跟着煽风点火："宿主强调过这个计划堪称绝妙。"弦外之音是如果吴先生想不出来，就是不如陈盏智商高。

类似主仆关系的宿主和系统一唱一和。

吴先生指了下门的方向，为他们点出一条明路：滚。

陈盏见好就收，起身前道："打个赌，看谁能先想出来。"末了，他又自言自语道，"可惜我最近一思考就脑壳疼。"

吴先生没理会这份挑衅，至少从表面看不出异常。

站在别墅门外的一刻，陈盏思索是坐公交还是打出租。系统已经回到他的体内，想的却是正事，积极出谋划策："当初宿主有提到三部曲。"

陈盏"哦"了一声，不咸不淡的态度很是不讨喜。

系统："请务必上心。"

等坐上车，陈盏才道："三部曲是个幌子，其实我是想找三个反派。"

系统求知欲旺盛，示意他接着说。

"俗话说'三个臭皮匠，赛过诸葛亮'，"陈盏忍住打哈欠的冲动，在医院躺久了人也变得惫懒，"稍后再去问问执法者和林池昂。"

系统当场表明执法者不会对付总部，反而是总部的忠实拥护者。

"换个目标和它们交流，我自会称要除去的人是安冷。至于林池昂，目标对象是我。约对方出来谈谈，询问如果是他，会怎么利用外在力量对付我。"

系统："人会把你当疯子。"

陈盏支着头半合着眼皮："被雷劈后患了被害妄想症，这是多好的借口。"毕竟集思广益，众志成城。

系统："宿主被劈的真的是脑子？确定不是打通了任督二脉？"

一句话问出再无回音，陈盏不知何时靠着窗户睡着了。

殷荣澜一早帮陈盏办完出院手续就去了公司，连续几日在病床前守着，积攒下的工作可不止一星半点。

陈盏打开冰箱搜寻食材，思索晚上靠什么打发，手机振了一下，消息显示："我今晚在公司加班，要外出请汇报。"

后一句隔着冷冰冰的文字，都能判断出当事人发消息时的表情。

下雨天出门看热闹遭雷劈，陈盏在殷荣澜那里落下的形象朝夕间磨灭不了，想必很长一段时间他都会丧失一定的人身自由权。

陈盏是个聪明人，不准备去挑战那人的底线，决定近期修身养性。他照例拿了个垫子靠在飘窗边准备码写作，手指在键盘上停留许久，硬是没敲下一个字。

殷荣澜开门后，正好看到他在发呆的景象。

"不是不回来？"被声音吸引，陈盏抬头看过去。

殷荣澜："取个东西就走。"

陈盏答应了一声，恢复原本的坐姿低头沉思。

从书房拿了一沓资料，殷荣澜换鞋要离开时，笑道："思路不畅？"

本身有丰富的素材作为支撑，陈盏少有灵感枯竭时。

闻言，陈盏居然点了点头："写剧本，反复修改还是不满意。"

殷荣澜倒没多少惊讶，同样的事情多了则腻，对方不可能一直写身边人的故事。他往常或许会建议陈盏出门走动走动开拓思维，雷击事件后，这个念头刚一滋生便作罢了。

殷荣澜走后，陈盏坐在原地琢磨许久，最后宣布闭门造车失败。果然修身养性这种高级的活动和他沾不上边。

在公司加了一夜的班，翌日下班回来，殷荣澜的衣服整洁得没一丝褶皱，眼中的疲惫却遮掩不住。

陈盏招手："过来。"

陈盏轻轻地按揉着他的太阳穴，在殷荣澜的意识渐渐沉于黑暗前，冷不丁问道："有没有私人宴会可以让我去参加一下？"

殷荣澜的目中瞬间便多了几分清明。

陈盏解释道："我想见识一下上流社会的缩影，和……"他顿了一下，道，"那些努力试图融入进去的普通人。"

空气中传来一声轻笑。

殷荣澜闭上眼睛，乍一看睡姿格外安详，过了片刻才道："Y市的富二代，你见过也接触过不少……包括最厉害的那个。"

陈盏："这次是黑暗流，这些人成不了素材。"有的人，单独行事很正常，就怕聚在一起，共通了有趣的灵魂。

殷荣澜知道他这是打定了主意，于是思考了一下可行性。

陈盏："观摩一下，我发誓……"

"绝不惹是生非"几个字说出口前，就被殷荣澜打断："别乱立誓。"

雷击的感觉恍如昨日，陈盏理智地闭上嘴巴。

殷荣澜："我让小赵把用不上的邀请函给王城，让他带你去。"

"很多？"

殷荣澜："每隔几天就有，我会让他筛选好本市的。"

陈盏挑眉，鲁迅先生说，人类的悲欢并不相通，在他看来，有钱人的快乐却都有相似性。

隔天，王城就登门拜访，眼中还布着些红血丝。他颇为无奈地道："我手下还有其他艺人。"那些人可不像陈盏，只着眼于时尚圈，有几个是想要培养成全能艺人的。

陈盏道破事实："你在我身上花的时间并不多。"

王城一愣，而后不好意思地笑笑。非但如此，每当对方上热搜，他还会把身价抬高，从主办方手里多赚一些。实际有点竭泽而渔的意思，所幸陈盏有能力保持热度不计较，王城本人顾忌殷荣澜，也不敢把事情做得太绝。

端正态度后，王城脸上挂上熟悉的讨好笑容："多参加宴会结识人脉是好事。"

陈盏告知本意后，王城昧着良心说："很有远见卓识。"

宴会陈盏倒是出席过好几次，但王城带他去的这个则是另一种类型。说穿了功利性很强，一眼望去，不难看出众人各怀目的，甚至大家都不会去刻意隐藏。

替人赴约道理上站不住脚，不过当初殷荣澜的遗产继承权被爆出给了陈盏，间接告诉了众人他相当看重这段友情。是以，陈盏畅通无阻地走了进去，并未受到任何怠慢。

已经浪费时间前来，王城自不会浪费机会，他瞄了一眼某个方向的大人物，说："我去和人搭会儿话。"

陈盏点头，独自拿了杯香槟在四周晃悠，认真观察。

"眼睛是发现美的窗户，"这时，一个好听的声音飘近，"可有看到想要的美？"

走过来的是一位妖娆曼妙的美女，美女冲陈盏调皮地眨眼："老套的搭讪方式，不要介意。"

陈盏摇头："不介意。"搭讪哪有新颖和老套之分，不都是用嘴搭？

两人还不曾有其他交流，就又迎面走来个年轻女孩，做出举手的动作。

陈盏皱眉。

年轻女孩笑笑："我以前亲眼见过你和李先生他们玩真人版俄罗斯方块。"

不多时，身边已经围了四五个人。陈盏不会认为是自己天生带有吸引人的气场，这些人聚在一起肯定有什么目的。

他的个人资产比不上在场大多数来客，有什么值得图的？很快，真相自动浮出水面。有一人突然从果盘里拿了个苹果，照理这类水果在宴会上只是个摆设，没人会去真的啃。

女孩不但啃了，还啃出了一个心形。啃完，她朝着陈盏的方向展示苹果的造型后，咧嘴笑了笑。

围绕着陈盏的人，没一个搔首弄姿的，一个比一个行为奇特。

王城适时过来解围，走到无人处调侃道：“这是想在你的书中混一个角色。”

陈盏：“值吗？”

“当然值。”王城斩钉截铁，“上次的热搜如果公司再营销一下，可以小火一把。”

陈盏“嚯”了一声：“难怪古代的文人墨客特别吃香，从帝王到花魁，都不会轻易开罪他们。”

明白其中的门道后，陈盏笑了笑：“我去会会他们。”

晚宴不过三个小时，凡是主动来攀谈的，他都会交流几句。等到宴会结束，众人还建了个以陈盏为首的群，名字叫读书会。读书会成员定在每周六一聚，美其名曰增进情感。

陈盏被众人恭维推举时，有人却过着不大好的日子。

吴先生这两日都在研究“与魔共舞”四个字。并非因为中了激将法，而是试图窃取陈盏的创意，如果能解析出结果，应对总部的方法就落在了他手上。

思索无果，他迟疑着要不要打电话给陈盏，看是否能套问出些许信息。

最终利益战胜厌恶心理，吴先生平静地拨出一串号码。约莫五秒钟后，电话被接通。

本着礼节，吴先生先客套地问了一句对方在做什么。

陈盏声音发闷：“才出院，脑袋昏昏沉沉。”

他不舒服吴先生就舒服了，正要继续开口，就听那边传来不一样的声音——

“陈先生答应先帮我写。”

“帮我写才对，不如在胳膊上题字，回头我找人文身。”

“大才子可不能厚此薄彼，见者有份。”

声音有男有女，清脆、娇嗔、低哑……乍一听，有些像一出大戏。

“别闹。”陈盏略感无奈的声音传来，“再玩一轮击鼓传花，淘汰一拨。”

“好啊。”

“传什么？”

“书？”

“坏死了，外衣吧。”

吴先生的脸色一变再变：“是在逛窑子吗！”

隔着不同的空间，都能听出陈盏语调中的不赞同：“这话真是有辱斯文！我创办了一个读书会，答应帮他们写诗。”

吴先生平和的语气听得人发怵：“我在辛苦琢磨何谓‘与魔共舞’，你却在外面风花雪月？”

陈盏似笑非笑：“是又怎样？”

吴先生：“……我要去告诉殷荣澜。”说罢，无情地挂断电话。

一分钟后，吴先生站起身走进浴室打开淋浴器，任由冷水浇在身上，半响后，才轻轻地叹了口气。方才那种说辞和小学生斗嘴失败撂下狠话要找家长告状有什么区别？

他从架子上抽出一件干净的浴袍随便穿在身上，松松垮垮的，衣服还滴着水。吴先生似乎毫无所察，盯着桌面上的手机看了数十秒，罕见地拿不定主意。

告知殷荣澜，方式不上档次，有违他的为人处世。但就此放过，适才陈盏含着淡淡嘲讽的声音犹在耳边。

在他做出决定前，身体已经先行一步，吴先生不受控制地拨出电话——就这一次。他在心中默念……如此幼稚，不会再有下回。

每一声“嘟”都如同一个世纪般漫长。

“哪位？”殷荣澜沉稳的音调和陈盏那种平静下的桀骜恰恰相反。

吴先生放弃研究性格如此不同的二人是如何玩到一起的，开门见山地说道：“陈盏成立了一个读书会，不少人‘慕名而来’。”后面四个字咬得格外重。

殷荣澜并未计较通风报信的是何人，语气毫无波澜道：“我知道。”

吴先生微怔，欲要继续张口，便听殷荣澜先一步说：“有关读书会的用度，是我赞助的。”

听到这话，吴先生手上的青筋因为过度用力攥紧，暴露得相当明显。

一时无言，他半晌道：“你就丝毫不……”

话未说完，殷荣澜早已懒得浪费时间，回了句“大惊小怪”，直接挂断电话。

空荡荡的客厅里，吴先生反应了一会儿才将紧贴在耳边的手机放下，然后走到茶室试图通过煮茶平心静气。

空气可以传播味道，却传播不了情绪，他心中的郁结丝毫没有影响到陈盏。

一间小屋子里，众人喝着果酒，有说有笑。有趣的是，他们接近陈盏是为了在文章中露个脸，当这种功利性溢于言表后，交流反而顺遂。

陈盏给其中几个写了藏头诗，然后看了看外面的天色，笑着道："有人来接我了。"

尾音尚未消散，外面传来车轱辘压过减速带的声音，殷荣澜进屋后冲众人淡淡一笑，大部分人均是点头回应，只是状态明显不如在面对陈盏时轻松。

夏季的夜晚仍然有些凉，走出去的刹那，陈盏忍不住抖了抖肩膀。好在车就停在附近，里面的广播还在播放，接受过长时间的吹捧，再听到主持人严肃的声音，陈盏竟有种恍如隔世之感。

"灵感寻得如何？"殷荣澜确定他系好了安全带，边发动车子边问。

陈盏失笑："人间百态在我面前只呈现出一种模样。"本想要见识的是被渲染出的大染缸，或不择手段的上位史，而不是一群人在他面前比拼谁更幼稚。

殷荣澜用余光留意着陈盏，发现他说话条理清晰、逻辑顺畅，丝毫看不出脑震荡的影响，更别提失忆一说。

当晚，两人才入睡不久，陈盏突然推了下殷荣澜："我做了个噩梦。"

殷荣澜帮他拍了拍背。

陈盏："我梦见安冷死了。"

殷荣澜："别怕，不是噩梦，是真的。"

陈盏："……他是怎么死的？"

殷荣澜沉吟片刻，神情肃穆道："总之不是你的错。"

陈盏信了，平躺下重新睡去。不过两个小时，他又从噩梦中惊醒。

擦去他额上的冷汗，殷荣澜认真地思考要不要去给他煮些能安神的东西。陈盏苦笑着道："我刚梦见了特别离谱的事情，我在综艺节目里帮着林池昂求婚。"

殷荣澜轻轻地拍了拍他："情景重现而已，不必放在心上。"

大概是这句话起了作用，后半夜，陈盏虽然依旧睡不踏实，却再未被噩梦惊醒。翌日陈盏醒来时，殷荣澜早就收拾好准备出门，听到动静笑着道："再多睡会儿。"

陈盏摇头，想起昨晚的梦，总结道："原来这几个月我过得挺……精彩。"

殷荣澜留下一个意味深长的眼神离开，陈盏则留在屋中继续写剧本。参加宴会收获甚微，但就这点微小，也足够他写出一段文字。

系统："宿主不是要收拾滞留者？"

作为大脑寄居者，它最先知道陈盏已经恢复记忆……脑子好了还不赶紧干活？

陈盏："先让他自我攻略着。"回头顺便问问执法者有没有想出更好的法子，以子之矛攻子之盾未尝不可。陈盏掀开床单，从底下抽出一张宣传单，嘴角缓缓勾起笑容。

系统："藏在这里不怕被发现？"

陈盏笑容不变："灯下黑。"

他凝视着上面的时间许久，然后走到一边坐下。

陈盏跟殷荣澜说，每晚七点以后他都要去参加读书会的活动，实际读书会的线下聚会一周才一次，他是要利用这段时间去做些别的事情。

暗处盯着陈盏的不止一双眼睛，记者偶尔会来蹲蹲点，另一边，吴先生也雇了人盯梢，可惜不敢做得太明显，只是关注出行轨迹。

这几天，陈盏的行踪明显有古怪。每晚七点，准时有一辆出租车停在别墅门口等着，看样子双方将有一长段时间的雇佣关系，司机开车水平奇高，每每都能把跟踪者甩掉。

吴先生收到这个消息时，立马被调动起兴趣："明天我亲自来跟。"

是夜，七点，同一辆出租车。

吴先生骑的是摩托，不远不近地跟着，有记者在前面打掩护，他的行动更加自如。记者很快便跟丢了，吴先生兑换了追踪道具，轻而易举地掌握了陈盏的动向。

"无知。"吴先生冷冷地望着前方的出租车，嘴角扬起一丝嘲讽的笑意。

陈盏坐拥金山，却甚少用洗白值兑换道具。倘若他学会变通，说不准都能屹立世界之巅。

出租车停在一个拐角处，前一个路段车子堵成一条长龙，陈盏选择步行走完最后一段距离。

吴先生跟着他走进一栋老旧的大楼，外面的墙缝裂痕明显，顶头的牌子只剩下一个"飞"字还亮着，剩下的几个字早就辨认不出。

进去就是电梯，楼梯外拉了一道铁门，是锁着的，这出乎吴先生的意料。如此狭小的一个通道口，几乎是一进去，便和陈盏打了个照面。

"好巧。"陈盏脸上闪过一丝诧异，只是很快便浮现出笑容，"在这里都能碰上。"

眼看电梯门就要关上，吴先生一步跨了进去，站在陈盏旁边也不觉得尴尬："看你鬼鬼祟祟，该不是又创办了一个'小学生'团体？"

陈盏无奈："请别用下流的心思揣测读书会。"

电梯到了三楼，两人一前一后下去，吴先生瞥了一眼旁边：“为什么楼梯不让用？”

陈盏还真回答了：“一二层是做生意的，四楼是网吧，之前发生过盗窃事件，就锁了。”

吴先生眼睛一眯：“那三楼做什么？”说话的同时，目光在陈盏背后的包上一闪而过。

楼道里的光不太亮，走进去有种昏沉之感。门口桌子上放着台饮水机，有人正在接水，听到脚步声抬头看了一眼，似乎是认识陈盏的，笑了笑。

陈盏回以一笑，然后走进了房间。里面的人年岁不等，有的在看书，有的在讨论问题。陈盏坐在座位上，从包里掏出书本，然后拿起保温杯也准备出去接水。

“夜校？”吴先生问。

陈盏点头：“提升自己很有必要。”

吴先生皱眉，连块牌子都没有，还开在这种地方，一看就不像具备正式的教育资质。

陈盏像是看穿他的困惑，无所谓地一耸肩：“便宜，同学也好。”不会因为你是个网络红人就问东问西。

吴先生随手翻开陈盏摆放在桌上的书本，上面密密麻麻地记着笔记，标准的好学生做派。

就在这时，一个中年胖子走了进来，瞧见陌生的面孔愣了下。

陈盏帮忙解围：“我的一个朋友，想来试听一节课。”

等他接好水进来，吴先生从后面找了个凳子坐在一边，再三确认真是教书育人的地方，神情莫测：“你干的是人事吗？”一方面强行压低别人的智商，私下却在偷偷用知识武装自己。

陈盏温习着上节课的内容，认真道：“我心里一直有个大学梦。”

起初，吴先生没把这句话放在心上，忽然想到他也是依靠系统才来到不同的世界，目光立刻就变了：“被系统附身前……你该不会连大学都没上过吧？”

陈盏脸上出现了一丝难得的羞赧：“高考失利，专科院校好一点的又上不起。”

居然和这样的人交锋，还几次落了下风！吴先生懊恼不已。

陈盏好奇：“你上过大学吗？”

“废……”后一个字终究没说出来，吴先生觉得自己多年的教养就要被这么个混账玩意儿毁了。

吴先生后面再想说些什么时，老师已经开始讲课。

依照吴先生的学历，这些内容不过是小儿科，他余光瞥见陈盏听得津津有味，有时甚至会陷入沉思，显然是某个地方没听懂。

课间休息时，陈盏居然还做到了不耻下问，亲自请教吴先生。

吴先生望着陈盏那张求知欲旺盛的脸，根本分辨不出对方是不是在做戏，他不想再浪费时间，起身准备离去。感受到阻力，吴先生回头看向拽住他的人："做什么？"

陈盏："你现在走，会让老师认为是他的课程无趣。"

吴先生冷笑，不信设身处地为他人着想这种品德会和陈盏这种人扯上关系。

陈盏："老师心情不好，会影响教学，间接不利于我。"

"要是我执意要走呢？"

陈盏一字一顿道："相信我，你不想。"

吴先生权衡再三，还是不想立刻彻底撕破脸，只得重新坐下来。

这一静心，竟有了新的发现，他意外地看到陈盏在翻开笔记本时，第一页是课程表。上面除了基本课程，还有马术和射击课程，表明他正在不同的地方"学艺"。

陈盏面色如常，实际他想利用吴先生和执法者被"与魔共舞"这四个字困住的一段时间多学习，完善自我。于是他扯开话题道："我没上过大学，更别提找工作。从未见识过社会的残酷……"

陈盏一反常态地喋喋不休说了许久，中心思想就一个：他要抓住来到平行世界的机会，好好学习，天天向上。

吴先生的目光在陈盏的身上肆意地流转，最终定格在一张求知欲旺盛的面容上，不由得气笑了："你的追求就是这个？"

陈盏丝毫不受他嘲弄语气的影响，低头看书，一副"别烦我，我就要这样学下去"的正派模样。

吴先生觉得多看一眼都是受罪，他再次起身，凳子后移的声音比之前大了许多，引来一些侧目。这次陈盏没阻拦，任由他走出门。

讲台上的中年胖子挠了挠头，有些惊愕。陈盏笑了笑，指了指脑袋："他听不大懂。"

中年胖子觉得自己课上讲的内容已经足够简单，没想到还是有人跟不上，不由得叹气："学习要趁早。"

年纪大了，学习的动力和能力都会逐渐下降。

想到这里，老师冲陈盏鼓励地笑笑："加油。"

虽然已经走到室外，却仍然听到了这段对话的吴先生有种回到教室和陈盏同归于尽的歹念，闭眼后生生忍住，系统还在沉睡期，现在不是下手的好时候。

走了两步，吴先生忽然眉头一皱，陈盏明显是知道他的状态——系统沉睡，能兑换的商品都有限制，按理该是下手的好时机，却选择按兵不动……这是为何？

"聪明反被聪明误。"教室里，陈盏抬头听课，自言自语地念叨了一句。

好学生上课不该玩手机，可惜由于前面注意力太过集中，到了最后十分钟时，陈盏便觉得度日如年。教师在讲一道大题，一开始他就没听懂，现在更像听天书。

陈盏不再为难自己，他准备低头刷手机打发最后几分钟。

头条的通知权限没被特意关闭，一有大新闻，最上面一层就会弹出消息。陈盏对娱乐新闻虽然不是太感兴趣，但看到"姜颖"两个字时，他还是下意识地分出心神多留意了一下。

内容没什么，只是拍了一张接机图，林池昂昨日现身机场接姜颖回去。底下有报道说二人最近会上一期综艺节目。他们的婚礼估计会在下半年举行，夫妻档同屏算是给粉丝打预防针。

陈盏眉头还未皱起又舒展开来，他决定在林池昂面前一直装失忆，一口咬定没想起替他求婚一事。

下课后，陈盏回别墅一合计，发现银行卡的余额惨不忍睹。马术、射击这些课费用高昂，再加上旧屋装修，一大笔开支出去，令人心痛。

陈盏轻叹一声，一度准备屈服于命运重新考虑殷荣澜之前提过的鬼屋项目，不料收到来自姜颖的信息："综艺节目场外主持人，有兴趣吗？"

后一条信息就比较烦琐，大致是在解释，即主持人以观众的身份在演播厅边看边点评。陈盏往日也偶尔看类似的节目，他问出最关心的问题："酬劳多少。"

姜颖和林池昂这是首次录制夫妻档综艺，想必报价不低，如果陈盏再做场外主持，毫无疑问爆点十足，节目的收视率绝对有保障。

姜颖给出建议："不妨试试狮子大开口。"

陈盏是个聪明人，将谈价格的事情委托给王城去做，他不知道双方具体怎么谈的，一周后再去录节目时，导演看他的目光明显不大对。

陈盏主动笑了笑："我的经纪人是个剥皮鬼，对我也一样。"

这话的真假虽不好判断，但情感上好受许多，导演重新和颜悦色，给他讲了大致流程。

姜颖和林池昂已经录完第一期节目，陈盏的任务很简单，就是坐在演播室和其他几名嘉宾一起一边看节目一边发表感想，后期会再进行剪辑。

加上陈盏，嘉宾一共有四个人：坐在右手边的是名女歌手，同样为姜颖的好友，另一个本身就是专业的主持人，还有一位是姜颖同公司的年轻艺人，刚出道不久，以儒慕前辈的身份参与。

陈盏隐约感觉到年轻艺人对自己有些许敌意，虽然没表露在明面上，但他出现的一刹那，对方皱了下眉头。

王城和工作人员坐在一起，用口型暗示：撞"人设"。

陈盏瞬间会意，对方应该也是想走吐槽风。毕竟接地气的犀利"人设"很容易出圈。

因为不确定后期会把哪些讨论内容剪辑拼接在节目中，所以大家全程要不停地说话。

姜颖很上镜，哪怕只着淡妆，在屏幕上依旧美丽。录制地点在邻市的古镇，镜头跟拍记录他们夫妻二人的恩爱日常，姜颖买了小木雕，雕刻的是一只栩栩如生的小鸟。

年轻艺人率先开口："现实版的神雕侠侣。"

陈盏配合着笑了几声。因着他没怎么抢风头，年轻艺人对他的敌意渐渐消散。

全集最唯美的镜头大概是林池昂下河抓鱼的一幕，他穿着白衬衫，沾水后湿淋淋地黏在身上，卷起的裤脚有一股野性风，好身材展露无遗。

陈盏本身是要喝水，看到这一幕一不留神水瓶从手中脱落，砸在桌面上发出"咣当"一声。

女歌手帮忙解围，调侃道："是不是被这幅美好的画面震撼到了？"

陈盏皱眉："你们不觉得奇怪？"

包括导演组在内，都看向他……哪里奇怪？

陈盏："他居然才六块腹肌。作为一名年少有为的英俊总裁，八块腹肌难道不该是标配？"

这话实在无法理喻，但大家突然都觉得好有道理。

陈盏用手机上网搜索了一下Y市知名的总裁，很多喜欢晒健身照，他把照片展示在其他几名嘉宾面前："瞧，他们都有八块腹肌。"

女歌手："听说跟肚脐眼的位置有关。"

年轻艺人："是不是腰太细了，承载不了多块腹肌的面积？"

主持人："不不不，是腱划的关系。"

陈盏抛出灵魂一问："没有八块腹肌的霸道总裁算不算是畸形的？"

这个问题值得深思。

导演一看话题歪了，连忙轻咳两声作为提示。

女歌声笑了："总裁又不止一种类型，不是还有纤细的冰山男？"

陈盏认真道："那他应该有翘臀。"

后面一段时间，众人几乎都不在状态，视线始终在林池昂的腹部游移着。

年轻艺人："其实六块腹肌已经很不错了，我就一块小肚子。"

"也是。"陈盏抿抿唇。

林池昂上岸披上外衣时，陈盏忍不住问旁边的女歌手："你觉得他是黄金身材比例不？"

女歌手正好不在状态，下意识地说了一句："腿腰比够了，肩臀比可能还差一些。"等反应过来自己说了什么，她的脸倏地变红。

导演不得不提示一句："我们这个节目不设年龄等级观看的。"言下之意他要继续说下去，节目可能会因为尺度大被批评。

陈盏自认没说过火的言论，但还是配合着点点头，表示清楚。

一期节目录下来，女歌手首先找到导演，询问能不能把刚才的失误言语剪掉。导演比她还精明，知道观众喜欢看什么，只说会保留能呈现大家风采的画面。

节目在周五晚上播出，跟着林池昂一块儿上热搜的，还有殷荣澜。热心网友找到两人出席活动时的全身照，进行对比后发现，林池昂比殷荣澜腿短了两厘米。

"或许殷荣澜穿了增高鞋垫？"

"为什么不是林池昂穿？"

"总之，殷荣澜比林池昂多两块腹肌，腿长几厘米。"

殷荣澜原本不知道这些，但这两天总有人盯着他的腿看，把小赵叫来询问原委后，他略感无奈。

午间休息时，他打电话给陈盏："不是说要潜心写剧本顺便在读书会找灵感？"

陈盏一如既往地淡定："赚点外快补贴家用。"

殷荣澜顿了一下，忽然道："林池昂……他真的只有六块腹肌？"

陈盏声音多了几分笑意："网上有回放，说真的，当时我也被震惊了。"

通话结束后，殷荣澜望着办公桌上未处理完的文件，摇了摇头："不可思议。"

和他发出同样感慨的还有其他几个比较知名的年轻总裁。

陈盏尚不清楚自己无意中帮别人发现了一个小细节，确定钱到账后，专心琢磨起笔下的剧情。剧本自然不能再偷懒用第一人称，他定的名字是《异变》，涉及科幻元素，困扰陈盏的除了阅历少，还有便是知识面承载不起。

"要不改成玄幻算了？"

他脑中刚冒出这个想法，系统立马嘲笑了一声。

陈盏并不沮丧，年轻就是资本，他现在学习还来得及。

系统："宿主来到这个世界，已经平白无故老了几岁。"

陈盏平稳敲字，面带微笑道："再说一遍。"

系统立即噤声了。

定定地坐在电脑屏幕前，陈盏忽然顿悟，打了个电话给吴先生。

对方显然也对他的主动感到不适。

陈盏："你不把人命当回事，是因为把他们当作虚拟角色？"

大概在吴先生看来，这个世界都是虚假的，而他本人则是游戏的主宰。

"难道不是？"吴先生笑道，"什么平行世界，你不会真信了系统的那套说辞吧？"

"不是。"陈盏斩钉截铁道，"是立体的。殷荣澜会给自己加戏，林池昂只有六块腹肌，他们有七情六欲。你该站在辩证的角度去看待问题，宇宙是宏观的……"

等说完，时间过去了十分钟。

沉默许久后，那边才传来声音："……答应我。"

陈盏："什么？"

"以后千万别想不开去修哲学。"

说完后，吴先生就挂断了电话。

陈盏感觉，最近这段时间内，对方不会再主动同自己联系。深思熟虑后，他发过去一条短信："如果想出'与魔共舞'的答案，愿意付出一定代价获取信息。"

吴先生竟做了回复："你就是魔头降世。"

陈盏阅后即删，摇头："放弃继续再教育便会如此。"一言不合便开始损人不利己。

陈盏重新坐回电脑边，《异变》这个剧本耗费了他很大的心血，每个字写完都要再细细琢磨一番。

不出十分钟，陈盏再度起身，决定做些什么转移注意力激发灵感。

四下环顾，院子里的土狗冲他叫了两声。陈盏认真考虑和狗玩是否能开发大脑，片刻后改变想法挽起袖子准备做家务。待到收拾卧房，陈盏临时起意换上新买的四件套。这种事情往日基本上是殷荣澜做的，他有轻微的洁癖，习惯一周换一次床上用品。每逢这个时候，陈盏只是轻叹着摇摇头，视若无睹。

换到殷荣澜的枕套时，里面传来了一些别的声音。陈盏拉开内层的薄布，从里面掉落出一张小卡片，卡片表面有褶痕，看上去写了有段时间。

“友情方案”。

顶头的四个字足够吸引人。

陈盏笑了下，推算约莫是年初时记录下的创意。

第一，时光回溯法。利用写信营造和谐的假象。

第二，诈死法。先假死博取同情，举办丧礼时再出现，让朋友感受到失而复得的惊喜。

看到第一行时，陈盏尚且面带笑容，超过十个字时，他的笑容逐渐挂不住，看完最后一个标点符号时，他的眼神变得森然。

“很好。”卡片在手中捏紧攥成烟卷状。

一夜加班未归，殷荣澜再回来时，推门感受到一阵冷风，他皱了皱眉，叫了声陈盏的名字。

别墅里空荡荡的，餐桌的杯子下压着一张卡片。

看到昔日罗列的条条框框，殷荣澜知晓大事不妙。卡片背后是陈盏留下的潦草字迹：“外出散步，归期不定。”最下面贴心备注：“‘不定’的意思是到我不想打死你为止。”

壶里一口水都没有，倒是土狗那里准备了自动投食机和小半桶水。仿佛感觉到殷荣澜的视线，土狗用爪子把东西往怀里拨拉了两下……这是护食的举动。

殷荣澜幽幽一叹，打开定位，发现陈盏已经出国了，而且是有六个小时时差的国度。

陈盏下飞机时，已经是晚上。他行李不多，只背了一个双肩包。

说走就走的旅行不外乎如此。陈盏之所以出门旅游，殷荣澜只是引子，促使他真正出来的原因是想接触下不同的人群。

系统：“宿主可以再直白些，摆脱那些幼稚的人。”

“……要尊重个体差异。”

陈盏漫无目的地在街头走了一阵，感受着异国他乡的风土人情。

背后忽然传来一声“帅哥”，街上国人不少，能听懂的除了陈盏，其他男性基本回了头。

那人目标明确，快走几步追上陈盏：“你好。”

陈盏从背包里掏出一张去年从对门老头门上取下的刺绣。

搭讪的人一怔，而后反应过来：“好可爱的小猫咪！”

陈盏认真纠正：“这绣的是黄鼠狼给鸡拜年。”

“……别误会，出门在外难得遇见一个国家的人。”

陈盏四下一扫，坦白说数量挺多的。

男人尴尬地笑笑：“我就是想问问，你有没有找好住处，如果没有，可以租我的房子。”

“好。”

他这么爽快地答应，反倒让男人有些不知所措：“不先问问价格？”

“当街拉客，说明你有信心比酒店费用少。”

男人失笑：“就不怕我是坏人？”

陈盏正色道：“假使如此，为了引诱猎物，你报出的价格会大大低于市场价。”他最后一锤定音，“我更占便宜。”

这是什么逻辑？对方有点蒙了。

路上零零碎碎聊了一些，陈盏并非明星，在国外的知名度不高，又是夜晚，没碰上一个认识他的。和他说话的男人叫李宿，同样不知晓陈盏红人的身份。

“这么说你是位作家，来这里是为了找灵感？”

陈盏颔首：“文章里涉及科幻元素，如果有有趣味的故事欢迎分享。”

别墅在这个国家很常见，陈盏随着李宿来到一栋别墅前，对方满怀激动地表示屋里的装修都是顶级配置。

结果等陈盏走进去，发现里面一片凌乱。

陈盏付的是从机场兑换的现金。房租很便宜，便宜到陈盏都不用看男子贪婪的眼神，就知道这里是个犯罪窝点。

他有身手，关键时刻兑换个道具保命也不成问题，此刻陈盏几乎是有恃无恐。

系统："还有我！散打冠军！"

陈盏无视它，除非对方拿了枪械，否则不会让系统出现。

楼上有人正往下走，李宿介绍道："这也是最近入住的游客……"

陈盏打断他："袖子上沾着白色粉末，手腕上全是针孔，所以你究竟是吸食还是注射？"

李宿一怔，凶相毕露。

瘾君子的力气本身就不大，陈盏几乎是一脚就将人踹飞，随后下楼的人倒是有几分本事，可惜不到一分钟依旧是被撂倒的下场。

报警，做笔录……一系列流程走下来，陈盏心里庆幸原主当初为了追求姜颖自学了两门外语。

陈盏临走前要求见李宿一面，说："我付了房费，这两天就先住在那里。我们是正常交易。"

门是密码锁，之前李宿只当他是煮熟的鸭子，开门时没刻意隐藏。

身后传来骂声。陈盏回过头，淡声道："我一早就说过，你是坏人，我更占便宜。"

警察刚才来时已经把别墅搜查过一遍，违禁品被全部搜走，陈盏坐在地毯上，或许是因为换了种环境，灵感来得很快。

《异变》的背景是全球物种变异，主人公少不了有主角光环。时尚是一个轮回，陈盏一度相信土到极致就是爆款。全文是以单元剧的形式呈现，一共分四个故事，四个主人公。

第一个故事已经收篇，第二个开头拜殷荣澜所赐，他已经想好：

虚惊一场和失而复得合该是美好之事。

和恋人相恋一周年，殷刁决定诈死求婚。烈日炎炎，他被装进棺材，雇来的人被恋人收买，临时将棺木钉死。原来恋人早有新欢，只等着卷走公司财产后与外人合谋置他于死地。

窒息中陷入昏迷，殷刁心道这次必死无疑。再一睁眼，体内血液沸腾，他竟发现自己力大无穷，可破棺而出。

新鲜的空气并未带来多少愉悦，殷刁忽然听到一阵哭泣，常年佩戴的玉佩竟然化为鬼婴。

212× 年，全球第一起异变种诞生。

系统："正剧？"

陈盏："他不是主角，只是做个开场的楔子，不碍事。"

天未亮，门铃就响了。

陈盏以为李宿还有同党，开门却看到一张笑容满面的脸。

来人是个外国人，瞧着还挺热情，表明自己是记者，还掏出工作证件。

陈盏也看不出真假，不过那人身后扛着装备的摄像师不像是装的。

记者私下透露警局有他的老同学，一旦有什么大新闻会优先通知他……《外国游客识破瘾君子，反送二人进警局》是个相当不错的新闻卖点。

陈盏配合对方的提问，过滤掉不方便说的情节，重述了昨晚发生的一切。

双方交谈甚欢，采访结束，陈盏向对方打听哪里有有趣味性的活动。记者的信息很广，明的暗的都说了不少。

陈盏一一罗列在本子上，等他们离开，进行筛选。其中有几个倒是和现在写的文章勉强能扯上些关系。

两个瘾君子拒绝交保释金，还要被关上几天，能住在这栋别墅的时间有限。从当天下午起，陈盏便带好纸笔，按照系统的形容，像一只花蝴蝶一样流连在各个组织活动中。

国内，下班时间，殷荣澜公司的灯才刚亮起，预示着加班的开始。

小赵在一旁整理文件，时不时看一眼上司，趁着吃外卖时轻松一点的氛围，他才开口："听说陈盏出国了？"

殷荣澜抬眸扫了他一眼："听谁说的？"

小赵："人事部有同事出差，和他一趟飞机。"

殷荣澜这才"嗯"了一声。

小赵一眼就看出老板在被冷战，善解人意地劝道："H国最近有点乱，您就不打个电话问问？"

殷荣澜把面前的笔记本转了个方向："他每天都会在国际新闻上给我报平安。"

小赵定睛一看，一系列的弹框和新闻标题令人眼花缭乱——

六月一日，国外游客陈先生识破瘾君子阴谋。

六月二日，国外游客陈先生参加化装舞会，撞破真实杀人案件。

六月三日，国外游客陈先生成功解救被邪教组织囚禁的受害人……

到了六月六日，报道里的称呼都做了改变，从"国外游客"变成"国际友人"。

关注国际新闻的人不是太多，他们大多只看政治时事，对于这种类似小打小闹的新闻最多扫一眼标题。

凡事总有例外。林家保持着读报的传统，林池昂闲暇之余看报纸时，就扫到了这个板块。

“陈盏。”林池昂一字一顿地念出这个名字，脸色瞬间就冷了。

姜颖正在洗水果，闻言过来看了一眼，不由得觉得好笑：“人家的脸打了马赛克，这你也认得出。”

林池昂冷言道：“丢块骨头，我都能判断出是不是他的。”

姜颖意味深长地“哦”了一声：“上次我朋友来时，不过敷张面膜你就叫错人，现在眼力变好了？”

林池昂分析：“你们发型一样，她还戴着你的发箍，坐在沙发上辨认不出身高，何况我是从背面看的……”

姜颖打断：“但陈盏的一块骨头你都能认出。”

还不是因为遭受到太多迫害！

姜颖没跟他计较，望着新闻道：“殷荣澜似乎并没陪同，他们该不会是在冷战？”

林池昂对别人的事不感兴趣，过了片刻突然微微撇了下嘴角，合上报纸道：“不知道殷荣澜看到这些作何感想。”

当事人用行动解答了他的疑问。从六月六日起，向来行事低调的殷荣澜开始频繁登上财经新闻板块：

《殷氏集团收购利乐佳饮业》《人与权位：一个人的豪门》《殷氏总裁有意和汽车巨头合作》……

简直就是正面比拼。

殷荣澜有意压了新闻不在国内平台上发酵，但瞒不过圈内人的眼睛。

殷荣澜自然不愿意让别人一直免费看笑话，他摸了摸院子里的狗：“他该回来了。”

土狗听不懂，叫了两声。

双方默契十足，远在H国的陈盏看到了财经新闻，同时目睹了殷荣澜让苍天知道不认输的决心。这种死都不道歉的精神很是令人动容。

闹成这样，再不回去，一旦上了热搜，着实不敢想象。

他向警局打听了一番，两个瘾君子在三天后就会被放出。陈盏订了两日后的机票，剩下的时间准备先去附近溜达一圈，看看有没有什么纪念品可以给殷荣澜捎带回去。

系统："嘴硬心软。"

陈盏阻止它继续大发感慨："让你去多注意总部，有没有发现？"

系统的注意力很容易被带偏，当下回应："总部非但没抑制关于宿主的留言，反而私下在助长这种风气。"发现这违和的一点后，它不得不把造反的念头往后推推。

陈盏听后却没有丝毫觉得奇怪："还有呢？"

系统："有一点还不好确定，不过如果是真的，吴先生应该会来找你。"

陈盏挑眉，系统什么时候也学会了打哑谜？

系统："和宿主学的。"

说话的口吻一脸骄傲。陈盏叹气，真的是专拣坏的学。

克制力很好地掩盖住了好奇心，陈盏再未刨根究底从系统口中挖信息，他按照原定的计划，去附近的商业街转悠。

这边的特产是巧克力。但殷荣澜不爱甜食，陈盏便挑选了几个可爱的钥匙挂扣，多出的几个准备用于读者抽奖。

在收银台结账时，正好遇见一个戴头套持刀抢劫的，陈盏懒得浪费时间，一肘朝人下巴打去。

劫匪和收银员同时发出惨叫。一个是疼的，一个是被吓到了。

陈盏踹开劫匪手上的刀，催促收银员："找钱。"

早知道这么麻烦，出国前就该办张卡，比零零散散的现金要方便许多。

收银员已经报警，感激地笑笑，正要开口，陈盏先一步说话："名片我留在桌上了，如果有奖金请及时联系，要是口头褒奖我就心领了。"说完提上东西就走了。

回去别墅后，看到旁边站着的吴先生时，陈盏觉得自己流年不利这事得到了充分印证。

"你似乎不怎么惊讶。"

陈盏淡定地输完密码，门应声而开。

吴先生四下环顾："大手笔，不像你的作风。"

陈盏不想浪费时间探讨别墅的来历，前几天还认为经过夜校一事，对方有段时间不会来烦他，谁知世事无常。

吴先生和殷荣澜有些许类似，都喜欢不露痕迹地算计人。

陈盏在他开启虚伪的客套前，挑了下一边眉毛："开门见山。"

吴先生拿出很多打印出来的小纸片，共性都是凶杀案。

这些案子都没有破获，死法奇特，陈盏根本没细看内容，根据日期找到最早的一桩案件，时间是上个月一号。

他沉吟片刻："总部在清理滞留者？"

吴先生把一切看在眼里，表情复杂："你是一个可怕的对手。"

陈盏笑道："没上过大学，遇事难免多留意些。"

吴先生深吸一口气："猜猜这个世界有多少滞留者？"

陈盏看了他一眼，低头陷入沉默，他发现自己一直以来都想错了。从前他认为，结束任务后，多数人肯定会选择回到原来的世界，去见他们的亲人朋友，事实上，更多人选择了留下。不过归根结底，还是总部空间跳跃计划的问题。

吴先生"嘁"了一声："谁知道回去后面对的是什么，时间流速如何，说不准亲人早就不在世上。"

陈盏望着他："这不过是你们找的借口。"

吴先生耸耸肩，不置可否："洗白值就是一切。任务完成赚取的数额有限，也就没了价值。"

从商业的角度说，他们都像是给总部打工的。资历一长，创造力下降，还要浪费个系统配备，总部自然要想办法裁员。

陈盏瞥了一眼桌上的纸张："这些都是交不起保护费的？"

吴先生："任务完成得顺风顺水，哪里知道通关后洗白值会这么难赚。"说到这里，他恶劣一笑，"可不是每个人都有先见之明，知道兑换替死道具。"

他最恨陈盏的便是这点，说是嫉妒都不为过。因为对方选择了一条正确的路，从一开始就不该顺从系统，完成那些垃圾任务。什么平行世界蝴蝶效应，能依靠的只有自己。

陈盏起身拉上窗帘，问："和我有什么干系？"他无权插手他人选择，选择的结果就更和他无关。

"有的人是没能力，有的……"吴先生拖长语调，幸灾乐祸地看着他，"则是太有能力被忌惮。"

陈盏随手捡起一张纸片读了遍内容，说："系统最讲究规则，总部不会对我下手，边放任边打压才是上位者的手段。"

吴先生问："准备怎么应对？"

据他所知，陈盏绝对不会乖乖充当一枚棋子，配合总部的动作。

"认真生活，靠自己的努力赚取洗白值。"陈盏顺带提了一句，"我最近在写剧本。"

在难以置信的目光中，他继续道："你先在这里住下，过两天和我一起回国，这样安全些。”

吴先生：“我不缺洗白值。”

陈盏点头：“但你操纵其他滞留者干坏事，说不准会被团灭。”

分明是关心人的话语，但听上去怎么那么令人胆寒？

吴先生最终选择了留下，为了防止被陈盏算计，他基本一天闷在屋中。总归也就两天，熬熬就过去了。

不知道两人是谁把厄运传染给了谁，当天深夜，陈盏还在写剧本时，外面突然闪过一道红色光芒。随之，夜空中飞过一个白色的小点，从铁门外冲进草坪的人颤颤巍巍，然后倒在地上再也没起来。

动静这么大，吴先生自然也出来了：“出什么事了？”

陈盏提着水桶出去，叹道：“报警吧。”

烧成这样，呼吸全无，一看就知道没救了。

警察来之前，吴先生语气带着几分嘲讽道：“麻烦这不就来了？”

执法者故意把人害死在这里，至少能让陈盏心里添堵。

双方关注的重点明显不同，陈盏蹲下检查尸身：“原来滞留者不分国界。”

吴先生冷眼旁观，仿佛只是嫌弃尸体污染了空气：“这便是交不起洗白值的下场。”

录口供的流程对陈盏来讲已经轻车熟路。

吴先生在另一个审讯室，他突然反应过来自己被陈盏利用了，免费给对方充当了人证。出乎他意料的是，陈盏那边的询问很久才结束，事后有两名警察随他们一并前往别墅。

路上，吴先生一度想询问发生了何事，但碍于还有其他人在场，只能先按下疑问。

陈盏一进房门首先打开电脑，然后点开其中一个文档，用外语大致翻译了一遍。吴先生站在一边，越听越觉得心惊，他念出的内容和惨死的人的死法非常像。

陈盏用流利的语言和警察交流：“这是我新写的剧本。”

“模仿杀人？”其中一名警察皱眉。

陈盏皱眉：“可我这文章根本不曾发表，稿子也没丢，怎么会……”

两名警员面面相觑，最终同时把目光锁定吴先生。

再好的教养也抵不过此刻的愤懑。

吴先生再次被带去局子里问话，系统蹦跶出来：“原来宿主一早就在算计他？”

陈盏笑了，温柔地摸了摸它圆滚滚的脑袋："算计他做什么？"

系统不明所以："可前两天的文章不是这么写的。"

"报道我都看过。"陈盏站起身，"执法者处理滞留者的方式无非是利用火、雷电、水等方式，既然选择在我这里杀人，火和雷电是最方便的。"

自家门口外加特定死法，白天太过招摇，时间必定是深夜……

这些因素组合在一起，他一共写了五种不同死法的文章，刚刚展示的不过是其中一篇。

系统打了个寒战。

陈盏："想必明天媒体就会大肆报道这个案子。"

系统："对宿主有什么好处？"

"执法者想把事情闹大牵连到我，正好……"陈盏十分平静地说道，"说不准到最后，国内外都会争抢这个剧本的版权。"小说里的案件在现实中上演，噱头多大。

陈盏笑着继续摸了摸系统："你这是什么表情？"一副误上贼船的样子。

系统浑身发冷："没有证据，想必人很快就会被放回来。"

陈盏："让吴先生难受些，我不吃亏。"

估计再过一日，警察还得来找他。

也是因着陈盏前些日子创造了太多国际新闻，所以让警方在第一时间把怀疑的眼光放在了吴先生身上，等他们冷静下来，就会发现写出这些内容的作者才是要被重点观察的对象。

系统："宿主不担心？"

陈盏嘴角微翘："以防万一，我之前就在外面安了监控。"

原本住在这里的瘾君子做贼心虚，自然不可能掏钱安装这种东西。

第五章 影响

两日后，Y 市。

别墅被彻彻底底地打扫干净，食材都是新鲜的，等候着另一个主人回家。

一日不见，如隔三秋。

两日不见，魂牵梦萦。

一周都快过去了……按理，陈盏该缓缓归矣。

可惜殷荣澜没等到他归来的消息，当天晚上，却在新闻上看到了一张无比熟悉的面孔。

新闻的特色是用最平淡的话道出最震撼的现实：近日，一名陈姓网络红人赴 H 国旅游，偶遇凶杀案。据悉，受害者的死法和陈某书中的描绘一致，警方正在做进一步调查。

不过三秒钟的视频里，陈盏的脸还打了马赛克。但网友的洞悉能力相当强，新闻尚未结束，已经有人在网上整理出逻辑链，首先扒出了几天前陈盏深夜出现在机场的照片。

很快，熟悉的文体出现：我有一个在 H 国留学的朋友，据他所说……

千篇一律，基本认定了陈盏就是新闻里的人物。空穴来风都能众口铄金，何况本就是事实。文章还未发表，热度就先一步起来了。

H 国。

陈盏用监控洗脱了嫌疑，吴先生也被放了回来。回去的路上，吴先生的目光充满怨怼。他忘不了刚才在局子里，警方询问陈盏为什么一开始不拿出录像，他居然说他的“室友”经常有些莫名其妙的举动，甚至自言自语，难免有几分担心。

两个瘾君子早在几天前就被放出来，别墅肯定是不能再住了。为了让陈盏配合调查，警方暂时把他们安顿在一家小旅馆。

现在没了嫌疑，意味着要自费。陈盏拿着改签好的机票，为了省钱，只得坐上回国的班机。

两人的座位本不相邻，吴先生也不知撞了什么邪，加钱和陈盏边上的乘客临时换了位子。

陈盏已经戴上眼罩，传达出不欲多言的意思。黑色的眼罩衬托出他的唇部色泽很好看，吴先生暗道蛇蝎美人。

“用死亡做营销，你果真是个好人。”

陈盏声音平淡：“我想脚踏实地，你们却总想着一起坐过山车。”结果一不留神就上天了。

这之后十几个小时的航班，吴先生再未主动说过一句话。陈盏在睡意侵袭前颇感无奈，假使一开始对方就知道互不打扰是福气，哪里会走到今天这个地步。

回来的消息他只通知了王城一人，还是因为考虑到担心登机信息泄露被媒体堵截。一路遇到几次气流颠簸，熟悉的失重感传来时，陈盏才摘下眼罩。

天是暗的，曙光初现至少也要再等三个小时。他随着客流朝出站口走去，果不其然遭遇跟拍。不确定沿路随行的有没有读者，陈盏不好冷着脸，无论路人提出什么稀奇古怪的问题，均是在微笑和点头间来回切换。

王城这场及时雨在两分钟后出现，扮演好黑脸的角色，掩护陈盏顺利坐上车。

“是金子总会发光的。”王城系好安全带，偏过头眼神格外复杂，一副“我就知道迟早会有这么一天”的样子。

陈盏只问了感兴趣的话题：“那档综艺节目，没通知我再录播的时间。”

王城：“《论腹肌的消失之谜》……网上出现不少类似的帖子，林池昂哪里还敢让你再去？”

“就是说有他没我，”陈盏想了想，说，“为什么我成了被放弃的一方？”

王城哭笑不得：“夫妻档综艺，要是林池昂走了，姜颖和谁秀恩爱？”

陈盏平静地接受了事实。

王城把他送到别墅外便离开了。

打开灯，看见的是几乎一尘不染的房子。陈盏用观摩的眼光环视一圈，不由得佩服殷荣澜干家务的能力。院子里传来狗叫声，他回头一望，率先看到的不是狗，而是映照在玻璃窗上的一张人脸。

陈盏眼皮一跳："这么晚你怎么在院子里？"

殷荣澜："锄草。"

陈盏深深觉得是该把殷荣澜脑子里的草摘干净。他不再说话，先去浴室洗了个澡，除去一身的疲惫和灰尘。他再出来时，殷荣澜正抱着狗坐在沙发上，看着重播的新闻。

狗通不通人性暂不可知，但陈盏可以肯定此刻在它眼中看到了求救的信号。他从殷荣澜怀里把狗接过来放在地上，土狗撒开腿就往院子里跑。

大概真如系统所说，陈盏的心肠其实很软。感觉到朋友身上散发的怨念后，他先一步开口缓和气氛："这段时间，我挺想你。"

殷荣澜把电视声音调小，转过头看他："谎言。"

白天捉贼破案，晚上去警局录笔录，翌日一早还要接受媒体采访，大概连吃顿饭的工夫都很奢侈，谈何想念？

真相被揭开，陈盏轻咳一声，拉开双肩包倒出买的纪念品。

坦白讲，在国外寻找灵感的这些日子，他确实过得十分充实，甚至有点乐不思蜀的迹象。

好在都不是斤斤计较的性格，殷荣澜指腹摩擦着陈盏带回来的钥匙链，恢复往常温和的表象："新书准备什么时候发表？"

陈盏："趁热打铁，就这一周。"

《异变》的风格不同以往，当然这不是读者所关心的，国外的现实版案件同步上演，让他们对内容充满了好奇。

有心人查出陈盏在国外的行踪，没想到他居然致力于和黑暗势力做斗争，以至于从人到书，都充满了传奇的色彩。

即使不用再当综艺节目的场外主持人，王城也没让他就此轻松，趁着最近热度不错，接了两场活动。

闲暇时间，陈盏依旧专心上课，学习射击时，碰到几个有过一面之缘的富二代。

没如往常那般避如蛇蝎，他们态度友好地同他打了招呼，还有人请喝了饮料，行事间透露出一种诡谲。

陈盏嗅到了讨好的味道，但不知晓原因。

恰逢这时，一直游离在场外的谭常鸣迎面走来，主动张口："等你新书一问世，我立马帮忙转发朋友圈。"

陈盏打开一瓶汽水喝了口,若有所思地望着他:“上次《倾陈记》节目里，我记得你写了几万字的吐槽稿子。”他视线一转，在周遭富二代们的身上扫过，开始点名，“还有你，你……”用实际行动告知他们，他的记忆力有多么优秀。

谭常鸣苦笑：“我那是年少无知。”

和狐朋狗友们一对视，他帮忙提问：“新书里的角色……是不是都是原创的？”

陈盏一口否定。

最担心的事情发生了。谭常鸣深吸一口气，说出众人心声：“哥几个还想多活几年。”

陈盏好笑：“小说是故事，和现实无关。”

“哪能没关系！”谭常鸣有些急。他可都看了，国外一名男子被神秘烧死在草坪上，和书里写的一样。万一他们被写进去，指不定会落个同样的死法。

陈盏忽然认真道：“看到你，突然觉得上大学拯救不了人类。”

谭常鸣忽略听不明白的地方，喉头一动：“透个底，有我吗？”

陈盏：“暂时没。”

谭常鸣顿时松了一口气。

这不是个例，近来世界对陈盏突然变得友善许多，出席活动结束，王城兴致勃勃地告诉他：“经常骂你的几个对家，有个主动还回来一个资源。”虽然只是个不重要的小代言，但足以说明杀伤力。

陈盏无奈地笑道：“迷信。”

王城打开手机，给他展示排在话题榜第一位的“终结投票”：“网友都在讨论第一个被写进去的是谁，会不会真的出事。”

陈盏直接给出答案，无奈摇头。上次是滞留者被清理，执法者想给他来个下马威，失败后大概会偃旗息鼓一段时日。

王城笑容勉强：“可以的话，能不能先给我看看第一章？”

陈盏：“晚上发你邮箱。”

王城愣了下，不好意思地挠挠头：“忘了稿件不在你身上。”

陈盏摇头，表示不是这个原因，望着窗外的车水马龙，他淡淡地说道：“我的第一个读者只能是他。”

他？谁？王城正要开口询问，脑海中突然蹦出殷荣澜的名字，他不禁斜眼去瞧陈盏……好歹毒的心思！居然想出其不意地秀友情。

陈盏等了许久，甚至不耐烦地在座椅上敲了敲。王城偏不让他如愿，咬紧了牙关就是不问。

终是不好强人所难，陈盏只得遗憾作罢。

《异变》要改动的地方很大，他的第一个故事月前就已经写好，出国意外频生，现在肯定要把被媒体命名为“天火案”的经过放在文章中。

有求于人便会门庭若市，不少人送礼打听稿件进度。

当然，他们中的很大一部分人不过是觉得有趣，表面假惺惺让陈盏别在文章中提到自己，实际借故和殷荣澜搭个关系，看有没有可以合作投资的项目。

另一边，录完节目在家休息的姜颖略带玩味地望着未婚夫：“听说谭常鸣那伙人私下都在讨好陈盏，力求不被写进新文里。”

林池昂颔首，没太大反应。

姜颖：“你就不想着随波逐流，也去求求看？”

林池昂瞄了她一眼：“从初中起，我的成绩便相当优秀，从不为考试发愁。”

姜颖蹙眉，捉摸不透这句话的含义。

林池昂面无表情地解释：“我是保送生。”基本的逻辑思维他还是有的，依照陈盏的作风，根本不需要考虑，他绝对会在新作中露面。

落地窗最大限度地复刻出外面的场景。一个火团痛苦蜷缩在地，健壮的体格反而让他的神智多保留一段时间的清醒，痛苦来得也就越发强烈。

“救我。”他嘴唇上下颤抖着，发不出声音，别墅里的主人只能透过唇形判断出他在说什么。等反应过来提上水桶就要冲出去救人，卧房的门突然开了。

合租的室友唇色苍白，缓步走过来，枯瘦的手指隔着玻璃窗摩擦着：“救不了的，是天罚。”

以上节选自《异变》第一章的一小部分。

故事里的出场主人公分别为别墅的主人、警察、神秘室友，还有死者。

陈盏是在当天晚上发的新文，哪里知道林池昂正自信满满地认为自己绝对会被写进书里。

第一章不过两千来字，最后一幕定格在室友抬头望着天边的闪电，瞳孔中的影像里埋藏着下一个死亡伏笔。

类似的文章年年都有，算不得稀罕。但因为这段时间的热度堆砌，使得新文一经发表就引来了不少瞩目。

殷荣澜早在陈盏上传前，便看过了这些文字，此刻开口：“说不准没两天，你还得上次热搜。”对号入座是人类潜意识里具备的本能。有了前车之鉴，这段日子凡是稀奇古怪的命案，只怕会被营销号千方百计地和新书牵扯上关系。

“我知道。”陈盏对此早有判断，他微笑着开口，“所以即将要写的第二个死者才会和雷电有关。”

被雷劈死的案例一年到头也不过是几桩。陈盏很守分寸，热度固然好，万一被有心人以讹传讹引起恐慌便是作茧自缚。假使才发表几章便被禁，他到哪里去哭诉?

一切安排妥当，可惜他忽略了至关重要的一点。一旦热度足够，能被列入红人范围，总会滋养出几个疯狂的粉丝。

有一名读者便是如此。曾经疯狂追求被拒的经历让他在陈盏的文字中找到了共鸣，自《忏悔录》到后面的任何一部小说，他都不曾笑过，甚至把自己代入了角色，幻想出一名爱而不得的疯狂存在。

如今看完《异变》，他的第一反应是要把它落实。天罚或许真的存在，而自己就是主宰者。

深夜未眠者不少，有的在书中寻找存在感，有的在主角框里寻找自己的名字。

陈盏一概不知，兢兢业业加班工作在各方的衬托下倒是显出几分滑稽。一晚上，他不过睡了四个小时。

第二天，殷荣澜看到他比往日失了几分神采的眼睛，不赞同道：“注意休息。”

陈盏点头坐下，准备吃早饭前左右晃动一下脖子活动颈椎：“本想着多睡一会儿，一大早突然有人联系我说卖版权的事情。”

殷荣澜：“谈了价格？”

陈盏摇头：“不可能越过网站。”

被他半眯着眼睛吃饭的样子愉悦到，殷荣澜笑了笑：“这几天热度正高。”

陈盏掩着嘴打了个哈欠。

写新东西总能有无限热忱。饭后遛完狗，陈盏一回来便连更两章。

内容比较玄乎，用水桶灭火时，已死之人突然伸出胳膊，迅猛地朝别墅主人扑去。千钧一发之际，是室友及时把人拉到身后，可他在躲闪时，胳膊上的一块皮肤意外被灼烧。

陈盏本意是想给吴先生添点麻烦，试图让人将国外的案件和这名“室友”联系上，所以在描写时着重渲染了一番。然而他低估了群众的阅读理解能力。

仅仅是一天的时间，同人粉丝遍布评论区。

源头始于一名画手画了几幅同人图，在社交网络上爆火。之后蹭热度的真心喜爱的皆有，开始剪辑视频。

神秘室友的那一句“我不是天，只是惩恶之人”被各个视频引用。

陈盏写这句话的初衷是受到林池昂不时幼稚一下的影响，认为吴先生作为佛面兽心的代表，说这种台词会很有意思。谁曾想在配乐的效果下，视频看得人格外热血。

“造孽啊。”他只看了一遍，就卸载了视频软件，决心眼不见为净。

现实不会随主观意志所改变。越是加更想转移众人的注意力，粉丝就追得越发猛烈，犹如洪水倾泻。那些给人画面感的同人图成为支撑读者脑补下去的最大动力。

所幸殷荣澜平时不关注这些，陈盏只能如此安慰自己。

殷荣澜确实不关注，作为文章的首位读者，陈盏会先把文字呈现在他面前，是以这段时间，他也并未多此一举再去网页浏览。

可惜一个人再正经，不代表他身边的人全部正经。公司的员工偷看过火的同人文时，正巧小赵来拿需要签字的文件。四目相对，彼此心照不宣地笑了笑，待到中午，便在食堂一起看。

“别说，文字很有张力。”小赵中肯地评价道。

他们看的自然不是多么不健康的内容，相反，这是一篇描写超然友谊的文章：相互了解、信任，又彼此伤害。

有快乐当然要一起分享。小赵把文件包发到几个相熟的同事邮箱，等到发送成功，准备点击关闭时，忽然发现殷荣澜的名字赫然在列。他心中一时犹如暮鼓撞击，连忙想要撤回。

天欲其亡必令其狂，在他做完疯狂的事情后，痛苦地发现提示对方已经阅读，邮件无法撤回。

“怎么会……”前后不过二十秒，除非上司正好在看邮箱。

同事朝他投去同情的眼神。果不其然，几分钟后，一人十分复杂地看了小赵一眼：“老板叫你过去一趟。”

小赵背影萧瑟，但好歹身经百战，进去后先发制人："您都看见了吧！现在网上同人文疯传，我觉得有必要让您知道。"

殷荣澜没当场拆穿，一直没开口，继续做手头的事情。

钝刀子割肉最疼，越是如此，小赵越紧张，忽然觉得凌迟还不如一刀砍头。

正当他犹豫要不要再说点什么的时候，殷荣澜总算一眼扫过来："去忙你的。"

小赵深吸一口气，转过身同手同脚往外走。

殷荣澜目中的最后一丝笑意在关门声响起后荡然无存。电脑上的报表早已被最小化，如今展现在面前的是不久前从网上搜索来的资料。

仅仅是查了几个关键词，便跳出了无数同人图。

殷荣澜甚至发现还有几个贴吧：盏池吧关注五十万，灯秋吧关注十万，而陈盏和"室友"的贴吧汇聚了全国九十九万的粉丝。

他试着搜索了自己和陈盏的名字，关注……没破万。他不信邪地准备再上社交平台搜索，意外地发现挂在话题榜末尾上的一个热词"陈盏手滑"，内容显示五分钟前，对方点赞了一张同人图。

实际上，《异变》第一则故事中，主角一直用"别墅主人"作为代称，可读者在阅读时，会下意识地把陈盏当作原型。

殷荣澜目光定格在热搜标题上久久没有移开。除非特殊情况，陈盏平日里上社交平台的次数不多，所谓的手滑多半是故意为之。

在一个屋檐下住了几个月让彼此的默契与日俱增，与殷荣澜的判断如出一辙，陈盏确实是有意点赞。

王城消息灵通，打电话同他说昨晚发生了一桩奇怪的命案，与火有关。消息已经被压下去，正巧他有个小女友住在事发地附近，以此嚷嚷着想让王城帮忙租个靠近市中心的房子。

陈盏听后不禁皱了皱眉。一座城市的犯罪率永远不可能归零，每天都有人死去，一件案子说明不了什么。不过他向来习惯未雨绸缪，认为转移网友的注意力总归错不了……便有了手滑事件。

一上午，陈盏都在写文章，不知不觉身板都有些僵硬。今天是个晴天，下午五点多，陈盏拴好狗绳，准备徒步去附近的公园溜达。

他才走出院门，迎面驶来一辆熟悉的黑色轿车。陈盏停步靠墙角挪了挪，车子就停在他旁边。

陈盏低头望了眼手表："这么早下班？"

车窗降下，露出一张过度清俊的面庞，里面的人含混不清地“嗯”了一声。

陈盏狐疑地眯了眯眼睛，发挥联想能力：“其实公司已经破产，你每天都是假装去上班？”刚说完，他便为这个不靠谱的猜想垂眸浅笑。

殷荣澜下车，开门见山：“还要回公司，只是来确认一件事。”

说着，把热搜截图打开放在他面前。

陈盏面上的笑容瞬间消失，粉丝会如此疯狂，他也着实起了推波助澜的作用。

殷荣澜语带深意：“我看了你点赞的图，挺有意思。”

陈盏脑海中快速过滤一遍近来的信息，态度忽然变得正经：“H国一行，吴先生进了趟局子，这可不是单纯为了泄私愤。”

“哦？”

陈盏淡淡地说道：“做笔录的过程等于让他正式曝光在世人面前，有心人可以从新闻报道中搜到照片。”

虽然很多不清楚，但路人图和记者来采访时的意外入境，足够呈现出完整的相貌。现下很多同人图都是以此为基础创作的。

吴先生有一副很好的皮囊，陈盏长得又委实好，这才让一众看“颜值”的读者入“坑”，称之为恃美行凶搭档。

“他一贯喜欢在暗地里生事，现在可不同了，”陈盏恰到好处地流露出狡黠的笑容，“只要吴先生出行，少不了会遇见路人偷拍。日后书再火一点，全国人民的眼睛都会盯着他。”

殷荣澜有些发怔，大概也没想到会有如此完美的说辞：“不必再说了，我都明白……”

“你不全明白。”陈盏语气带着些可怖的阴狠，“这出戏一开始唱的便是请君入瓮。吴先生的过去我不知晓，可网友的搜索能力这么强，我只需稳坐钓鱼台。总有一天，他的过往种种全部会被呈现在大众面前……”

“喀喀。”

“嗓子不舒服？”陈盏关心地问了一句就要继续说下去。

殷荣澜无奈，不得不开口打断：“说别人坏话前，应该先回头看看。”

陈盏转过身，发现不知何时吴先生竟然就站在几米外的地方，神情变幻莫测。

短暂的沉默后，他很是尴尬地伸出手：“你听我解释，不是你想象的那样……”

话未道尽，人已走远。陈盏愣了下，赶忙把狗绳交到殷荣澜手里……

为了洗白一时兴起立的恶毒“人设”，也是为了阻止对方彻底黑化，追了上去。

几个呼吸的工夫，便只剩一条土狗和站在轿车旁的年轻人。

殷荣澜：“……呵。”你怕是不知道什么才是真正的黑化。

路边的公交站点只有几个人在候车。正巧一辆公交车驶来，乘客上车没空注意其他情况。陈盏便是在这时拽住了吴先生的手腕。

双方均是有些惊疑不定。对视间，吴先生眉头一皱：“你追过来做什么？”

约莫是下意识的反应，或是受了最近傻白甜电视剧的荼毒，陈盏幽幽一叹，认真道：“适才你听到的那些不是真的。”

吴先生冷冷地一笑，打落他的手：“我不傻。”说罢，挥手招了辆出租车，留下一地绝尘而去的尾气。

陈盏在原地站了几秒，末了，摇了摇头。

他怀揣着疑问走回去，殷荣澜还在路边等着。因为没有去遛弯，土狗正不满地上蹿下跳。

“不知道他来是要做什么？”陈盏重新拿过牵狗绳，自言自语，“那人无事不登三宝殿，说不准是有重要的情报……”话说到一半，他敏锐地感觉到气氛不大对。

殷荣澜掀起眼皮看了他一眼：“我还要回公司。”

陈盏“哦”了一声，不再耽误时间，侧身让开道。

殷荣澜走前忽然一笑，诡异的弧度令人一时不知所措。

陈盏没太把这件事放在心上，被狗带着跑了两圈，回到别墅挽起袖子便开始写作。几个小时后，他看着最下面一行的字数统计，心想有存稿就像是有了些家底，叫人有恃无恐。

起身要去泡杯热茶，之前王城提到的案子突兀地浮现在脑海中，陈盏重新坐下打开网页进行搜索。没发现相关新闻，只得不停地查关键字，他终于在一篇帖子中找到些内容。

根据网友所说，死者身上的烧伤面积很大，因为生前经常做些小偷小摸的事情，进了很多次局子，是小区的“名人”，这会儿死了，还有人念叨着说是罪有应得。

陈盏面色微变，终于知道为何王城会特意谈及此事，放火自焚的可能性不大，倘若不是仇杀，嫌疑人很可能把自己代入替天行道的角色中。

案犯还没查明，过多猜想反倒会造成压力。陈盏暂时不去深究，打开文档，一目十行地看完自己写的文字。

“前几本书都是给人带去欢乐，你可别误入歧途。”联想到网上出现的大规模粉丝，陈盏不禁闭了闭眼，叹道，“都说文如子，作者是生身父母。”

他睁眼望着“异变”二字摇头：“逆子啊。”

系统：“这是迁怒。”

陈盏不搭理。

他现在更关心吴先生突然来访一事，试着拨过去两次电话，第一次提示对方不在服务区，第二次电话显示忙音。陈盏还算有自知之明，知道自己是被对方拉黑了。

系统主动请缨，要求去监视。

陈盏再三考虑之后选择放行，吴先生心思太深，事态不明朗的情况下，多关注一二不是坏事。

“禁止打架，无论看到什么都不要主动露面……”他事无巨细地交代完，便看见一个圆球跳腾着消失。

系统前脚飞出，陈盏后脚便上楼去书房，称了体重发现没变化。足以证明这段时间多长的几斤肉和系统无关。

“是我错怪了它。”

陈盏镇定地接受现实，开始琢磨为什么马术课没起到减重的作用。

黄昏时，殷荣澜依旧在公司忙活，陈盏则坐在沙发上无聊地切换频道。余光瞄见一个圆球从窗户缝隙挤进来，从薄纸恢复成大饼脸，蹲在他的肩膀上。

“晚上好，大人。”

陈盏一脸冷漠：“说人话。”

系统在他面前向来不敢太过放肆，立时言归正传：“别墅里没人。我在吊灯上挂了几小时，也不见人回来。”

陈盏想了想，用手机进入别墅主人和神秘室友的贴吧，轻而易举就在其中找到不久前一位网友发的帖子。里面是一张模糊不清的图，从场景看，吴先生正在取高铁票。

下午他在门口说的那番话，虽是杜撰，却也有道理。他早前花了些价钱在网上炒作“盛世美颜”，就是为了让更多人注意到吴先生的存在。事实证明，果然有奇效。

“日后得多润色一下描写这个人物，”陈盏笑眯眯地说道，“争取送吴先生走‘花路’。”当初他能凭借一己之力让殷荣澜险些C位出道，如今就能让吴先生成为新晋“网红”。

系统在一旁听着打了个哆嗦，下定决心没事绝对不去招惹这个可怕的宿主。

陈盏在贴吧里带了一下节奏，声称也在高铁上，求问有没有人知道吴先生的目的地。有人骂的同时也有人回答：芦水市。

这地方离Y市不远，属于旅游城市。古色古香，城市见不到的宅院暗巷，在那里都是普遍的景观。

陈盏想亲自去一趟，顾虑到可能会被拍到，又有几分踌躇。最后他寻了个折中的法子，让王城找了辆靠谱的私家车，送他去芦水市。

一路上，陈盏一直关注着贴吧，可惜吴先生的消息再未有人主动更新。

系统像只小麻雀，叽叽喳喳地问接下来怎么办，陈盏被吵得头疼，敷衍道：“走一步看一步。”

刚下车不久，忽然瞧见一道有些熟悉的身影，对方走路姿势颇为怪异，像是天生缺乏平衡感。

陈盏笑了：“这不是我的东宫太子？”

青年听到戏谑的声音回头，看到陈盏眸中浮现出几分惊讶：“陈盏？您怎么在这里？”

陈盏：“我倒更想问你这个问题。”

青年：“有个同事说芦水市好像有总部的人现身，让我来看看。”

“总部？”陈盏皱眉。

青年：“去了才知道。”

双方边走边交流，主要是青年说陈盏听：“执法者和一名滞留者有合作，这是滞留者泄露的消息。”

陈盏猜测那位滞留者十有八九就是吴先生……不过这事听上去太过离奇。

离奇往往代表着不靠谱和荒唐。系统极度遵守规章制度，主系统听着就很高端，降临在一个小城市未免说不过去。

“多半是吴先生的阴谋。”陈盏打了个哈欠，“你之前受他所托出国要暗害我，知不知晓底细？”

青年眼中透露出不屑：“一个滞留者罢了。”

本质上，系统是瞧不起宿主的，当然，它们也没有羞耻心和底线，能和陈盏以看上去平等的方式交流，不过是看到了好处。

天已经黑了，现在走在路上不需要过多遮掩，大家都比较省心。陈盏跟随青年在一处宅院前停下。这里已经偏离城市中心，属于村镇的区域。陈盏站在外面，感觉到一股奇特的凉意。用玄幻些的说法，大抵可以媲美“威压”二字。

青年：“您先请。”

陈盏复杂地瞥了一眼过去，贪生怕死的特性在执法者身上可谓是得到了淋漓尽致的体现。

他未有迟疑，试着推了下门，没锁。进去后，首先踩在一块空荡荡的水泥地板上。

吴先生恰好从一间房中走出，手上捧着个发光体，看着很是玄乎。见到陈盏，他竟未有多少惊讶，只是问他为何会来此地。

陈盏随口胡说：“受到了神的召唤和指引。”

“原来如此。”吴先生嗤笑一声，迈步走出去。

陈盏站在原地不明所以：这都信？

他不再耽搁，踏进对方适才出来的那间屋子。四处尽是显示屏，大大小小的都有，空中跃动着无数代码，若是密集恐惧症严重的人，怕是一进来便会晕倒。

在仿佛异次元的世界，陈盏站在中央，周身被神秘雾气缭绕，代码使得视线处于模糊状态。

再前进一步，地底下突然喷涌出一股气流。青年吓了一跳，躲到陈盏身后：“救命！”

陈盏无奈：“我是手无寸铁的凡人，你才是高科技产物。”

青年瑟瑟发抖，不为所动。

陈盏面色中看不出一丝惧意，无视毛骨悚然的一切，掏出手机，只差按下号码：“再装神弄鬼，我立刻报警。”

青年恍然地望着他……都什么时候了，怎么还执着于遵纪守法？

陈盏：“动点脑子，整件事逻辑根本不通。”他叹了口气，“你见过总部高层吗？”

青年摇头：“我的身份哪里有资格……”

陈盏打断他：“大象会关注蚂蚁？”

更别说降临来这个世界，除了彰显存在感，还能有什么意义？

话音未落，所有的光芒陡然消失，屋子一瞬间陷入黑暗，青年拔腿开溜：“我在外面等你。”他是希望陈盏死的，如此就可以提前继承洗白值，就是不知道对方有没有写好产权过渡协议。

陈盏没去管他，打开手机手电筒，四下环顾："最后十秒钟。"

话虽如此，却仍准备直接拨打 110。

"别打！"暗墙后走出来一名戴黑框眼镜的四十多岁的中年人。

陈盏还没开口发问，那人先道："大水冲了龙王庙！主要是你旁边还有别人，我不好收手。"

陈盏不动声色地防备道："认识？"

中年人："我是林总的人，暂时受雇于殷总。"

"……具体点。"

中年人："据说有一批精神异常的人准备犯法作乱，殷总的意思是配合他们的表演，关键时候再一网打尽。"

信息量太大，即便是陈盏，一时也消化不了："为什么要找林池昂帮忙？"

"提供技术支持。"中年人说着，展示了一下周围的设备，"在技术产业方面，林氏走在国际前沿……方才看到的特效是不是相当不错？"

回应他的是一片沉默。

中年人自来熟道："殷总说，伪装成神总不会错，于是只要有人进来，我就用代码传达自己就是神的理念。然后发布任务，回头再赠予几个高科技小产品。"

陈盏想起吴先生走前捧着的发光物件："那玩意儿有什么用？"

"好看。"中年人补充道，"加了声控开关，说话可以释放出小规模电流。"原本公司是想要在市场推广，因为安全问题，最后不了了之。

陈盏咽了下口水："你是怎么把人骗到芦水市的？"

中年人耸肩："殷总的手笔，我不清楚。"

陈盏头疼，看来他在 H 国的那段时间，殷荣澜也没消停。

中年人走到墙边按下一个开关，所有的代码重新飘浮于半空中，其中一枚在他的掌心处跳跃几下之后消失不见，同一时间，陈盏感觉到身体被电了一下。

"其实电流开关在你脚底下。"中年人得意扬扬地说道，"代码只是假象。对了，门口装了制冷和增强重力的仪器。"

洋洋洒洒地说了许多，最后，中午人开心地说道："殷总说等这次事了，准备打着科幻的旗号，和林总一起把这里发展成旅游观光景点。"

陈盏长舒一口气，转身走了出去。

院子里不知何时站着一个人，夜色模糊了部分轮廓，显得瘦削。

陈盏指尖无意识地在手表上滑过，走过去道："定位寻人？"

殷荣澜取下身上别的护身符："只要你想，也可以随时掌握我的行踪。"

陈盏神情复杂："下放任务，伪装主神……我真是小看你了。"他早就该知道，装神弄鬼之事无人能胜过殷荣澜。若不是之前的遭遇打了好几次预防针，指不定他也会将信将疑。

殷荣澜："那人是真的聪明，不过也多疑。为了让他相信，我不得不和林池昂联手设局。"

陈盏问出最不明白的一点："无缘无故，林池昂为什么要帮你？"

殷荣澜："一来可以换个人情，二来……大约心态扭曲了。"现在不知道有多少人，只要看到其他人被陈盏"迫害"，仿佛就觉得自身的伤痛减轻了。

殷荣澜又道："根据刚发布的任务，姓吴的被诓骗到多年前我买下的一小座岛上。你如果有想法，就算执行也不会被发现。"

陈盏一时语塞，半晌声音变得虚浮："我能有什么想法？"

殷荣澜微笑着道："无人小岛最适合做埋骨之地。"话里带着调侃，分不出真假。

陈盏眼皮跳了一下，决定从今日起，每天拉着殷荣澜还有系统，一起收看法制节目。

"没、想、法。"陈盏一字一顿，说得清清楚楚。

殷荣澜略带几分遗憾道："那便算了。"少顷，他又笑了笑，"这事能成也多亏你的配合。"

倘若不是吴先生在国外受了些罪，被气得失去理智，回来后也不会那么轻而易举地上当。

陈盏坐在门槛上整理逻辑，殷荣澜在一旁详细解释，同时讲述了构建出的主神故事背景……其中蕴含着高科技。

系统以寄居的状态都听得如痴如醉，可见世界观创造得是何等壮阔缜密。

站在客观的角度，陈盏觉得这故事真的写出来，说不准会成为科幻巨作。末了，他失笑摇头："吴先生被骗一点也不冤。"通篇听下来，他都如坠云雾中。

殷荣澜是自己开车来的，第二天还要上班，无法在芦水市久留。

陈盏摸了摸口袋，发现带了驾驶证，为防疲劳驾驶，回去时主动承担司机的职责。

殷荣澜系安全带的同时问道："接下来你想怎么做？"

陈盏瞄了他一眼，表示只想赶紧回去睡觉："刚好我也尝尝睡神的滋味。"

吴先生偶尔会嘲讽自己低估靠系统兑换来的道具力量，实则他本人又何尝不是忽略了金钱的力量？把活生生的人当虚拟角色对待，金钱作游戏币。

可殷荣澜偏偏用财富创造了一个科幻的小世界。想到这里，陈盏忍不住按了按眉心……这样的操作究竟是怎么想到的？

浅浅的一声叹息传到殷荣澜耳中，殷荣澜侧过脸看了他一眼，却没说话。

陈盏尚在庆幸执法者贪生怕死，知道先鼓动一个去探查情况。若是那几个圆团相约飞去，被当成奇怪生物对待电晕过去上交研究所，他都不知道该不该去捞。

殷荣澜注意到他表情的变化，提醒道："专心开车。"

陈盏遂定了定心神，收起纷乱的思绪，加快行驶速度。

迎接他们的是几声犬吠，陈盏特意过去摸了摸狗的脑袋。

殷荣澜则停好车先一步走进屋，双手放在腿上，规规矩矩地坐在床边。

陈盏问道："你是什么时候和林池昂勾搭上的？"

殷荣澜："他求婚之前。我提供法子，他应下帮忙。"

"可够亏本的。"陈盏难得替林池昂说了句话。

陈盏这一晚睡得并不是太踏实，他做了梦中梦，睁眼看到吴先生握着一把滴血的尖刀站在床头，一脸狠辣地说要与他同归于尽。

陈盏本身心理素质也足够强大，没被噩梦惊醒，反倒就这么一动不动地和对方对视。困倦最终促使他合眼，现实中却醒了。

殷荣澜被吵醒，看了眼时间，才早上七点。

陈盏起身慢悠悠道："这场骗局能维持多久？"

殷荣澜："最多一周。"他顿了一下，又道，"如果你想把事情做绝，一劳永逸……"

陈盏再度强调："我只想把他送进监狱。"而不是天堂。

殷荣澜洗漱前点头："别太放在心上，我就是随口一说。"

陈盏微笑着看他走出房门，脸上笑意瞬间消失。

系统："一旦滞留者知道被骗，后果不堪设想。"

一个疯子在盛怒状态下会做什么，谁也不清楚。陈盏尚在思考，系统忽然提出一个设想：假使执法者信了殷荣澜的鬼话，他借力打力，很大可能篡位成功君临天下。

陈盏不发表看法，没发生的事情谁也不知道。但如果当初系统寄居在殷荣澜体内，一个暴力，一个持续输出性忽悠，天下大乱指日可待。

受到噩梦的影响，陈盏再更新时，文字逐渐朝严肃的方向发展——

大部分死亡是有预兆的，疾病或是对生活的绝望。

自第一个被天火焚烧的人出现，这种规律被彻底打破。短短一个月，先后有五位市民走在街道上，突然自燃或是遭遇雷击。

此刻，别墅主人望着天边持续响起的闷雷，心下隐隐不安。

滑轮的声音格外醒目，别墅主人回过头，室友提着行李箱出现。

“要出远门？”

室友：“逃命。”

别墅主人早就觉得对方神神道道的。

室友：“我偷了这里的一样东西要带走，你要是想活命，可以跟我一道。”

别墅主人仔细检查了一番，发现贵重物品无一遗失。他正在考虑要不要开口要求检查行李箱时，突然目光定格在室友的衣服上。

不同于往常的衬衫长裤，这是一件较为宽松的衣服，有些像是黑袍，上面用金线绣着弯弯曲曲的纹路，乍一看像是英文字符：NKHL。

陈盏把文章发出去后，靠在椅背上，撇撇嘴自言自语道：“提示到位，仁至义尽。”

评论区如他所想，很快有读者做出评论：“NKHL= 你快回来。”

这条留言很快被顶上去，只要看过文章，极容易留意到。也算是提醒吴先生动动脑子，尽快离开小岛。

虽然计划完美，但是很可惜不够缜密。陈盏只知道吴先生被殷荣澜诓骗至一座无人的小岛，却不知晓岛上根本收不到信号。吴先生被骗去开荒，没时间亦没条件看文。

而网友的视力或许不是很好，但都是开了天眼的，能自行揣摩出别的细节。

陈盏一页页翻阅评论，面部表情逐渐僵硬，都是些什么阅读理解水平？

手上只有一把铲子，吴先生站在高处眺望，一条绿色的沟带沿岸顺过来，将整座岛割裂成两部分。

“高层”说想致富就开荒，言明他比陈盏差的地方在于永远不会脚踏实地。

这座岛上的树千篇一律，瞧着像是杉木。

“种够一千棵桃树，吾将许你一片桃花源。”

他尚在回忆和“高层”的见面，隐约感觉到某些细节似乎不大对劲，欲要细细推敲，却突然被打断。

“宿主？”

浅淡的声音自大脑深处传来。

吴先生沉默片刻，倏地露出快意的笑容：“你终于醒了。”

自系统陷入休眠期，他便处处被陈盏压下一筹。

系统：“商城已全面开放，检测到剩余洗白值10351，是否兑换道具？”

面前有四五个才挖的新坑，吴先生一只胳膊搭在铲子上，眯了眯眼：“先来一台挖掘机。”

系统：“休眠期不代表人事不知。”

系统的休眠期是为了补足代码，被殷荣澜篡改过的总部资料使得它险些崩溃。

陈盏若是知晓，兴许会引为知己，从内存角度来谈，吴先生的系统虽然战斗力高，但文化课基本等同没有。

代码重塑的过程中，往日情景会不断重现。系统回顾了吴先生叱咤风云的那些年，同样见证了他的心狠手辣。

系统：“处理尸体最方便的道具是化骨水。”

吴先生坚持挖坑：“我要种树。”

系统：“再说一遍？”

吴先生没兴趣重复，言辞间倒是提到了总部一茬。

系统：“宿主是否被切除了前脑叶白质？”再说直白点，形容他从精神病变成了正常人。

这句疑问对于吴先生而言绝非赞美，而是十足的讥讽。以人为镜，至少可以知道自己是什么德行。吴先生从前不知不觉将陈盏当成参照物，现下再对照系统，从中窥见了荒唐。

总部高层意味着至高无上，如何会发布如此幼稚的任务？吴先生在原地愣了几秒，声音仿佛是从喉咙里挤出来的——“陈、盏。”

那日自宅院离开时，碰见对方绝非巧合，细想一开始就是个圈套，就等他自投罗网。

他握着铲子的手过度用力，木头隐约有裂开的征兆。

吴先生眼神中的冰冷和冷硬的泥土地有得一拼……再三戏耍于他，想必陈盏此刻正满怀兴味地看着自己的笑话。

“冤枉”一词像是为陈盏量身定做。他哪里能想到吴先生自动过滤掉罪魁祸首，直接将这笔账记在了他身上。

近期意外事件频生。陈盏规劝吴先生归来时，竟然接到了来自林池昂的电话。

“新书挺有趣。”

拿捏不准对方的话有何深意，陈盏整理着大纲，随意“嗯”了一声。

“远离歧途是件好事。”林池昂的声音顿了一下，又道，“对双方都好。”

陈盏明白过来，忆起他被殷荣澜“骗财骗力”，没讨着什么好，随即态度从敷衍变得和缓，很是认真地保证：“你不会出现在新书当中。”自话音落下，有几秒钟的时间，那边不曾传来只言片语。

“很好。”半晌后，那边只说了寡淡的两个字，随后通话戛然而止。

陈盏沉思几秒，林池昂不会无缘无故来电，目的是想传达什么？迄今为止，他只依稀感觉到对方传达出的一点不爽？

陈盏思索无果，看着新书大纲挑挑眉，这“孩子”似乎跟自己不对付，作品一经发表，周边人都朝着一个神道的方向发展。他忽然很想知道，殷荣澜现在正做什么。

殷荣澜让人雇了几个美术系的学生，画些他和陈盏的图，意图明显。

其间，他眉目中聚拢的阴鸷连小赵都能看出。

小赵本想着上司会玩一出有钱人的戏码，谁知道就是找了些人，管理贴吧，画些画，写写同人文——好一出和谐文明你我他。

殷荣澜扫过去一眼，看出小赵目中奇异的光芒，开口道：“最低级的泄愤方法才是草菅人命。”

小赵被看得莫名心虚，立时低下头，掩饰住倒吸冷气的动作，试探着问：“……如果是您，会如何做？”

殷荣澜：“学习古人智慧，养些门客，引领群众建立正常的审美。”

语毕，殷荣澜上网搜索一圈，不出意外地发现自己和陈盏的贴吧关注人数有了大幅增长。

文字是冷冰冰的，但有了质量上乘的图片和剪辑过的视频，情况立即不同了。

小赵立马奉行下属准则，不露痕迹地讨好奉承：“高见。”

殷荣澜轻轻动了一下转椅，面向他问：“知不知道这个办法最妙的地方在哪里？”

小赵想了想，摇头表示不清楚。

殷荣澜淡淡道：“满足私欲的同时关注就业率，拉动经济增长。”

下一秒，令人窒息的沉默在不大的空间里弥漫开来。小赵嘴角没控制住抽了一下。

殷荣澜抬眸间，把他这个微表情纳入眼底：“你想表达什么？”

小赵呼吸因为紧张有些急促，但第一时间坚定摇头，内心里想得却是：“黑化”两个字真的是被老板彻底侮辱了。

表情符号是伟大的发明之一，同一个表情可以解读出各种不同含义。陈盏自收到一个小刀的表情后，开始琢磨深意。

殷荣澜回来时，看到的便是他对着手机屏幕陷入沉思的场景。

“在想什么？”殷荣澜伸手探了探他的额头，确定不是身体上的不适。

陈盏把吴先生发来的表情符号呈现在殷荣澜面前：“什么意思？”

罪魁祸首或多或少能读懂些，殷荣澜道：“或许是威胁。”

陈盏不大明白，如此幼稚，不像是吴先生的手笔。

陈盏也不再那么上心，反而提及最近胖了几斤的不幸。

殷荣澜扫了他一眼……身材匀称，其实看不大出来，脸微微圆润了一些，反倒显出些稚气：“不是什么大事。”

陈盏立在镜前打量着自己：“胖了不打紧，可以让骨头和肉变得更金贵。”

殷荣澜试着翻译了一下，不过是表明要提高身价，不知为何要说得如此恐怖。

透过镜子瞄着后方的人，陈盏用眼神传递出“近朱者赤，近墨者黑”的理念。

殷荣澜以为接下来要面对的是一个勤奋“码字”的疯狂青年，谁知陈盏却直接合上电脑，走到隔壁房间开始打电话。

通话时间很长，殷荣澜吃完一碗面又切了个果盘，陈盏都没出来。

足足半个小时后，陈盏才拿着手机慢悠悠地走出房间，脑袋和肩膀夹着个小本子，他靠在墙上费力地边听电话边做速记，不时喃喃一句“原来如此”。

待到挂断电话，殷荣澜视线探过来，状似不经意道：“新交了朋友？”

陈盏摇头，强调：“共同的‘朋友’。”

“林池昂”三个字不由自主地便浮现在脑海中，殷荣澜眉头轻皱：“他占据了我们生活中过多的时间。”

陈盏：“具体点。”

“你提及林池昂的次数很多。”

陈盏想了想，说：“我同样是他们两口子绕不过去的话题，你不吃亏。”

殷荣澜沉默几秒，不解他是如何得出这个等式的。

方才与陈盏通话的人确实是林池昂，陈盏认真询问对方假使世界无律法，他会怎样对付自己。

林池昂果真没令人失望，张口就来，陆陆续续说了十多种刺激的方法。

字里行间犹如散去一股郁气，说到最后，语气越来越放松，像是天空中飘浮的气球。

陈盏又把电话打给了谭常鸣和张成功等人，他们提供的方案虽然没林池昂的缜密，但胜在有画面感。

夜晚，殷荣澜开着小夜灯看书，陈盏在另一边罗列整理。他实在没忍住好奇心，偏过脑袋靠过去，当看清笔记本上“杀死陈盏的六十六种方法”后，面色微变。

“生死一事，开不得玩笑。”殷荣澜的语气难得略带严肃。

陈盏：“并非玩笑，而是开发游戏。”尚不等殷荣澜发表意见，他自顾自说道，“现代社会最不缺的就是压力，如何减压至关重要。”

殷荣澜隐隐开始头疼，却不得不合上书，耐着性子听下去。

陈盏：“你觉得会有人讨厌我吗？”

殷荣澜迟疑一瞬：“也许。”

“说实话。”

“……数不胜数。”

陈盏点点头：“为了释放压力，很多人开始报复社会做出不可挽回之事，所以我准备打造一款减压游戏。”

他盯着小本子上罗列的数十条方案，颇有些自傲地说道：“只要玩家购买道具，就能在游戏中尽情折磨击杀我的拟态形象。”

殷荣澜沉默了几秒，下床去家用医药箱中翻出温度计……白天用手测的可能不大准，看样子是真病了。

陈盏拒绝量体温，表示这是经过深思熟虑后的成果："去年推出的那款游戏下载量越来越少，带来不了多大收益。"而他本身就有做游戏的经验和固定的合作对象，一旦开始做，事半功倍。

殷荣澜叹了一声，道："所以你向往日素有仇怨的人征集想法。"

陈盏眯着眼笑了笑："只是做个问卷调查。"象征性地问问那些人有多恨自己，会不会厌恶到想亲自动手，如果可以，要采取何种方案。

殷荣澜眼光毒辣，直指核心："借鉴别人的创意，完善游戏。等到游戏推出，它的第一批玩家说不准还是这些人。"

富家子弟本身就不缺钱，能够在游戏中"一展抱负"，何乐而不为?

陈盏很是认真地说道："他们得到了在游戏中击杀我的快乐，而我得到了金钱，岂不是两全其美？"

话音落下，有那么几分钟，彼此的呼吸像是停滞了一样，卧房内静得落针可闻。

半晌，殷荣澜余光仔细观察着陈盏的微表情，确定在对方的眼中看到了某种真挚的情感，不由得叹道："你如果早几年出来做生意，兴许就没我什么事了。"

行动力一词像是为陈盏量身定做。翌日，他醒来第一件事便是联系从前有过合作的游戏设计师。他要求游戏画面精良，尤其是音效和特效部分必须做到完美。但画面不能过于血腥残暴，容易被禁。

今时不同往日，陈盏给出的价格也翻了数倍。

拿到足够满意的价钱，那边承诺月底前就会给出初步设计。设计师特别尽职尽责，先用四天时间做了一个宣传片，方便提前打广告。

宣传片里，陈盏的拟态形象小人以各种滑稽的方法死去，搞笑之余，看得人莫名解气。

当他把视频放到网上后，绝大多数网友表示：

"看了三遍，莫名觉得很爽。"

"不瞒各位，感觉心灵得到了净化！"

陈盏专心搞事业的这段时间，无论是执法者还是吴先生，出现在他脑海中的次数屈指可数。陈盏仿佛回到了从前的日子，没有遇上不可预估的外在力量，只努力奋斗以求实现人生目标。

这天，他约了游戏设计师在咖啡馆检验成品，试玩一遍后，对画风相当满意。趋近于呆萌的惊悚风，就像是无脸男，乍一看有些恐怖，久了还能品出丝温暖。

设计师："有什么意见，可以随时提。"

陈盏神情肃穆："最后被一枪爆头的画面，可以让他合上眼吗？"死不瞑目的场景看得令人心酸。

设计师反问："都爆头了，怎么合眼？"

陈盏抿抿唇，喝了口果汁："也对。"

他抬眼间突然看到隔壁桌的人，双方隔着一道走廊，吴先生不知盯了他多久。

一样的双眸，却是如尘封的古井般毫无波动，陈盏不禁蹙起眉头，对方身上似乎发生了什么不为人知的变化。

吴先生没主动搭话，吃完盘中的点心便从容地离开了。

陈盏收回目光："有想法我再联系你。"

设计师点了点头，提着笔记本离开。

陈盏："去跟着他。"

系统："设计师还是滞留者？"

陈盏无奈："当然是后者。"

系统去得快，回得也快。

陈盏结个账的工夫，它便再次现身，带来一个不算太好的消息："滞留者的系统苏醒了。"

陈盏皱眉："他人在哪儿？"

系统："在公园的喷泉边喂鸽子。"

森林公园离这里不过就是过条马路。这个时间段，公园里面的人不少，陈盏压低帽檐，步履匆匆地往前走。

喷泉边有群小孩子正在追逐嬉戏，陈盏四下环顾，瞧见远处的长椅上有个人正安静地坐着。从身形上看，应该就是他要找的人。

今晚的余晖红得格外热烈，陈盏在长椅的另一边坐下，双方像是互不干扰的守护石像，屹立在两边。

陈盏主动打破这份寂静，有意试探道："'与魔共舞'的答案，想出来了吗？"

吴先生双眼中的光芒隐约发生变化，片刻后，他用低不可闻的声音开口："那不过是你用来诓骗我的陷阱。"说完，他偏过头道，"你的记忆，想必早就恢复了。"

陈盏费了不小的心力才拉低对方的智商，眼见恢复正常水平，他琢磨着对方是不是兑换了提升智力的特效药。

吴先生不理会这份猜想，说道：“强行降智再进行反杀，这种手段很好用。”停顿了一下，他忽而笑着道，“想要化解却也不是难事。”

吴先生周身的气质和以往有了很大的不同，甚至比陈盏初见他时更加冷静。

“看那里。”

吴先生含笑地望着远处的一对父母，大人在教训不听话的小男孩：“多大了，你弟弟都比你懂事！”

看完这一小段“家庭单元剧”，吴先生再度缓缓开口：“我在网上看到一种有趣的说法，生二胎的意义在于大号练废了重新练小号。”

陈盏“呵”了一声，挑眉道：“你想要生个孩子，把仇恨延续到下一代？”不等回话，他自言自语道，“倒是可行，我不会有后代。所以他成年时，我老了，智力衰退可以被吊打。”

闻言，吴先生的面色终于有了变化，可惜这股愠怒不再飙升，反而又降至冰点。

几个呼吸的工夫，陈盏破天荒地露出无法掩饰的愕然：“你该不会是……”

吴先生微微一笑：“在系统的帮助下，我成功开发了七种人格。”说话间，他仿佛万事尽在掌控，“你尽管降智，一个人格毁了，让下一个出战就行。”

这是有多大的仇恨才会如此？！陈盏有些无语地想。

系统：“当初我的那些同僚要是能有这份机灵，也不会被宿主逼得退休的退休，转业的转业……啧啧。”

晚风拂过脸颊，陈盏微微仰着面，嗅到了一些泥土的味道。

两个人，两个系统，谁都未再开口。

不知过去多久，喷泉边的孩子被父母牵着手带回家，陈盏悠悠开口：“自古搞分裂的都不会有什么好下场。”

这句话说得实诚，吴先生想要呛回去，眸光荡起一丝涟漪又瞬间沉寂下来，再一眨眼又是波澜不惊的模样。

是真的精分了。

确认事实后，陈盏站起身，拍拍衣服上的尘土，留下一句“好自为之”。

月底前，陈盏把所有的时间都投入在游戏上，他还要重新找渠道推广。

等到游戏正式上线的前夕，他让殷荣澜试玩，征询意见：“什么感觉？”

屏幕上的小人颤颤巍巍地往前走了几步，踢翻凳子被吊在电风扇上。

殷荣澜薄唇一抿：“还好。”

陈盏皱眉：“要精准点的发言。”

殷荣澜失笑：“我们是什么关系？看到拟态小人死亡，我哪能开心得起来？”

话音刚落，吊在电风扇上的小人突然纵身一跃，无视牛顿重力，当空劈叉侧翻，殷荣澜眼睁睁地看着自己控制的路人甲被踹得七窍流血，当场身亡。

陈盏解释道：“因为你没充值。”

殷荣澜指着重新活蹦乱跳的拟态小人：“它不是死了？”

陈盏：“普通的方法杀死小人，有百分之七十的诈尸可能。”

伴随他的话语，殷荣澜才看到小人头上有一个绿色的进度条，显示的是怨念值，如今已满格。他不由得按住眉心：“这么搞就不怕被玩家投诉？”

“涉及资本运营，难免被骂。”陈盏一派云淡风轻的样子，顺带伸手在屏幕上戳了几下，弹出一个商城窗口，“只要付费，还能解锁各种形态的人物形象——风流装、魅惑装、小白花等。”

殷荣澜不禁斜眼瞄了陈盏一下，代入他打扮后的效果……

等陈盏走开后，殷荣澜默默冲了一百元。

殷荣澜这里暂且不提，翌日，陈盏又去找了他身边唯一的正常人——张成功。后者经过试玩提出不少可行性建议，他一律采纳，和设计师交流进行改版。

月末最后一天，游戏正式上线。陈盏同步在微博更新下载链接，还用转发抽奖等活动激发众多网友的兴趣。

他的粉丝数量不少，虽然并非所有人都喜欢打游戏，但为了偶像，进去逛一圈也无妨。

解压游戏通常在前期很容易积累粉丝，中后期逐渐疲软。至少目前为止，游戏玩家的数量增势迅猛。不得不说，这种击杀陈盏的感觉，实在是令人身心愉悦，快活胜神仙！

但网友很快发现，被套路了！用枕头闷死，小人会吐你一脸羽毛；一碗药下肚，小人会变异成食人花，张开大嘴一口把人头吞下去，过程极其凶残。

当然，也有可以真的击杀小人的玩家，但数量可以忽略不计。这种时候，道具进入了视野，令人愤怒的竟是用转盘的方式，虽说上面的东西都能致死，但每个东西给人带来的爽感不同。

目前最受欢迎的是一条银鞭，有了它，可以抽死诈尸的小人。最完美的地方在于能选择次数，一次抽死，或数百鞭狂抽，全凭你乐意。

“陈盏做点人事吧！实在不行可以众筹！”

“这孩子得穷成什么样，才会在这样犄角旮旯的细节上赚钱！”

质疑声层出不穷，陈盏为了证明概率问题，亲自开直播。

“有网友认为银鞭抽出的概率太低，在此我表示反对。”

弹幕刷着一水儿的“坐等翻车”。

陈盏镇定从容，当面充了五元。抽一次只需要一元的白菜价，道具可以用十次，地图很多，且不同的故事支线就约莫有三十种，这点上算是相当良心，是以并未被群起而攻之。

弹幕群嘲，陈盏微微一笑，点了“转动”的按钮，大转盘“哗”的一声便开始旋转。

待它跟荡秋千似的慢悠悠地停下，稳准狠地停在了印着一条银鞭的空格上。

“原来一次就够了，”陈盏略带不虞，“白瞎了我另外四块钱。”

弹幕大爆炸，问号占据了整个屏幕。

陈盏：“证明完毕。”话音一落，退出直播间，画面戛然而止。

他感觉喉咙发干，转过身准备倒杯水，一个马克杯先一步递到面前。

“多谢。”水温刚刚好，喝完后，陈盏觉得嗓子瞬间舒服很多。

陈盏放下杯子才注意到殷荣澜的面色有些奇怪：“怎么了？”

若非亲眼所见，殷荣澜都会以为方才抽奖的一段是假视频。

“就这么确定能抽得到？”

陈盏说出实情：“原本准备反其道而行之，用一直抽不到的方式愉悦观众。”奈何天不遂人愿，一抽就中。他边说又连点三次，如果用抽卡来比喻，大约每次都是最高级别的。

还有最后一次机会，陈盏指尖停顿在半空中，把手机递给殷荣澜：“你来。”

殷荣澜丝毫不矫情，戳了下按钮，不出意外，卡死在最没创意的“匕首”上。陈盏忍不住去想这人的运气平时都用在了哪里。

殷荣澜用了一个又老土又真挚的说法：“遇见你。”

陈盏摇头，实事求是道：“我们相遇，我是三生有幸，你是倒了八辈子的邪霉。”

“……别妄自菲薄。”

陈盏端正坐姿：“我们认识后，你都得到过什么？”

殷荣澜想了想，指着他。

“还有？”

深入思考，一无所获。

陈盏则是淡然道：“老头把遗产留给了我，你亦然。同时我有了知名度，还住在偌大的别墅中。”

真相如此，无法驳回。

世事经不起推敲，殷荣澜放弃思考，趁陈盏走去阳台的工夫，默默打开游戏，随便操纵一二，小人便被鞭子抽得暴尸街头。

小人临死前还不忘嘟起嘴呸了他一口。殷荣澜突然就从这个游戏中找到了乐趣。

陈盏早就脱离了低级趣味，他的快乐更多来源于自身。因为不常上网，游戏的平台账号暂时交给设计师打理，加之手头有多篇文需要更新，时间基本在写作和写游戏支线间流逝……直到意外看到殷荣澜的话费账单。

手机对双方而言更多时候只是用来接打电话，谈不上隐私。是以，陈盏洗澡时让殷荣澜帮忙接电话，或是后者手机没电用他的发信息，都是常事。

在看到上千元的电话费账单时，陈盏面上的笑容瞬间就僵住了。再往上滑动，全是充值和消费的短信更替，显然是用这部分金额在游戏中消遣。

陈盏关闭手机，面无表情地站在殷荣澜面前：“我辛辛苦苦开发游戏赚钱，结果还抵不上你充值的速度。”

殷荣澜试图表明自己氪金的数目远远抵不上对方靠游戏得来的收益，不过当看清陈盏的表情后，他理智地选择闭嘴听训。

其实殷荣澜着实无辜，过多的消费完全因为运气不好。游戏刚上线做活动，其他玩家靠集碎片得皮肤，可以给小人穿上花魁装，他得到的永远是重复的碎片。至于游戏分享活动，更没什么好友能够分享链接，帮忙集赞。氪金便成了唯一出路。

“不如下次我充值，你来帮我抽？”从利益角度出发，他提出了一个两全其美之策。

陈盏深深地看了他一眼，回忆起当初开发的那款游戏，对方为了一个兄弟情深的技能氪金无数，这种逆天的运气也算让人望尘莫及。

他沉痛颔首，用怜爱的目光看着殷荣澜："你开心就好。"

除了涉及殷荣澜的事情，身为作者，陈盏甚少情绪化，哪怕是遇见影响心情的坏事。在他看来，生活就像一个等式，幸福积累到一定程度，就会乐极生悲，紧接着才是否极泰来。

譬如游戏运营得正好，网上却突然冒出一股言论，指责陈盏借助游戏赚钱，并将过去所写的小说归类为俗不可耐系列，表示他的崛起是互联网时代的悲哀。最后不忘编造出一个天文数字收入，质问他为何不想着回报社会，反而开发游戏赚取蝇头小利。

发布这篇文章的同样是个"网红"，过去以犀利的言辞吸粉。文章一出，有人批判他道德绑架，也有人说陈盏的出名实在难以理解。

陈盏的粉丝列出陈盏过往的捐献清单，已经是很大一笔数目。

殷荣澜："要寄律师函吗？"

陈盏瞥了他一眼："我猜你已经寄了。"

殷荣澜笑了笑，目光却是冰冷的。

陈盏未有多少心绪起伏，同样的手段年年有人使，算不得新鲜。

倒是那张捐献清单让他有些惊讶，很多他自己都记不清的，粉丝居然有收录，粉丝的长情让他感动了一下。

事已至此，不回应直接挂出律师函是比较稳妥的做法，陈盏完成今天的工作后，主动发了一条动态："我还可以做得更好。"

包厢，一群少年人举杯。

谭常鸣："干杯。"

半杯红酒下肚后，大家畅谈了起来。

左手边的人捂着嘴偷乐："公司上市是好事。你们看了没？陈盏最近忙于应对网络暴力，更新速度渐缓，也是好事。"

普天同庆！

谭常鸣突然打了个喷嚏，在其他人嫌弃的目光中抽了张纸巾，然后又打了个喷嚏。他认真道："我有不祥的预感。"

"闭嘴！"其余人齐齐道。

接下来几分钟，谭常鸣喷嚏不停，鼻尖都隐约泛红，这下连他自己都意识到不对劲。可惜内心里对殷荣澜多少有些畏惧，否则他真想去探探口风，看陈盏最近在做什么。

现实是殷荣澜也不知道陈盏准备做什么，反正可以用“不怀好意”作为总结。

陈盏语气平淡：“亲。”

殷荣澜惊得手一抖，名字都签错了。

他低头皱眉看着这份毁掉的文件，只能让助理明天再打印一份。想想这一年小赵剧增的工作量，是时候给他加点工资了。

“我在。”殷荣澜抬头的同时保持微笑，“有什么能为主公效劳？”

陈盏被他的称呼逗乐了，很快恢复冷静的面容：“听说你最近打算在慈善拍卖会上寄拍东西？”

殷荣澜点头。

陈盏：“准备卖什么？”

殷荣澜：“不出意外，是一幅画。”说着，他走去书房取来一幅画卷展开，画上万马奔腾的场景很有气势。

欣赏完后，陈盏打开抽屉，双手捧着一个小木匣，弯腰呈在他面前。

殷荣澜动作稍有滞缓，打开是一沓整齐的小本子。

“这是……”

“赠品。”陈盏笑道，“谁拍了你的画，手稿可以赠送，算是我略尽绵薄之力。”

殷荣澜大概明白了他要做什么。

陈盏：“这是我筛选出来的几本。”作品字数有限，都是精挑细选出来的故事，有些没写到的便专门整理成册，以备不时之需。

殷荣澜随便拿出一本翻阅，眉峰一扬：“你准备提前放出买画送手稿的风声？”

陈盏点点头：“激励年轻人参加拍卖，说不准拿回家的就是他们自己的‘黑历史’。这可都是受那位发文博主的熏陶，他说得对，我还应该做得更多。”

说到这里，他看了殷荣澜一眼：“对了，记得多宣传一下原因。”一个拉仇恨的工具人很有必要。

殷荣澜笑道：“就这么肯定他们会把这笔账记在别人身上？”

陈盏举了个例子：“你要去报仇，我给你打造了一把刀，敌人太强悍，你复仇失败反而会怨恨我给你的刀不够锋利。”

殷荣澜好笑：“没逻辑。”

陈盏不以为然：“欺软怕硬和迁怒是人的本能。”

那些人顾忌着殷荣澜，不敢对他做什么，可面对为了博关注就乱咬一通的“网红”就不一定了。

在这点上，陈盏看得很透彻。

他的主意向来多，殷荣澜不再多说，很快让人把这个“好消息”公之于众。

当天晚上，陈盏躺在床上回复评论。那日直播结束得突然，再一看社交平台，他不知何时得了个锦鲤称号。临近考试周，竟有不少转发他求运势的。

陈盏看得有几分心虚，连殷荣澜都只扫了一眼，就觉得眼睛发疼，分明是人间凶器才对。

陈盏换了个关键词搜索：慈善拍卖。

很快跳出某个集团负责人在企业成立四十周年之际，要举办慈善晚会的新闻报道，一些拍品已经先一步公布，里面正好有殷荣澜的那幅万马奔腾图。不涉及娱乐热点，评论寥寥数百条而已。

陈盏在其中看到了几个不合时宜的“呵呵”，发评论者表示不针对拍卖会的性质，只是针对其中某样拍品。这条评论拥有数十个赞。

陈盏脑海中自动浮现出一张张年轻的面孔，偏过头看殷荣澜：“消息散出去了？”

殷荣澜点头。这才不到半日，传播速度之快很是令人惊奇。

陈盏好奇：“怎么做到的？”

殷荣澜：“发朋友圈。”再找人转发，效率很高。

陈盏：“如果放在明天白天散布，可能会更好。”

殷荣澜：“不都一样？”

陈盏认真道：“起码让那些人睡个踏实觉。”

殷荣澜目光逐渐变得深邃，从另一个维度看，陈盏的确会设身处地为他人着想。

似乎窥知他内心想法，陈盏腼腆一笑：“好人才能一生平安。”

殷荣澜温柔地说：“我知道。”

系统叫嚣着说人话，陈盏一概无视，不忘在准备捐出的小本子上临时画了一个红色爱心。

上一次参加拍卖会还是在天海市，彼时，殷荣澜的“小马甲”勉强维持着最后一丝尊严。同之前他坐私人飞机落荒而逃的情景不同，这次两人携手出现在拍卖会上。

一样的西装革履、风度翩翩，在外人看来，嘴角的弧度甚至是一个倾斜角度。相熟的朋友看到这一幕，心照不宣地露出淡然一笑。

能轻松交流的多是年轻人，稍微上些年龄的，都是很沉稳地交换名片，谈论着旗下的产业。殷荣澜便在这个行列。

陈盏装模作样地端着杯红酒坐在几米外的椅子上，也不喝，饶有兴致地望着这一幕。

殷荣澜虽然年纪不大，却丧失了年轻人应有的朝气……算不算是另类的未老先衰?

他的疑问尚未得到解答，一股不善的气息便先逼近。陈盏抬头看到一张熟悉的面容，脸比之前瘦了一圈，连尖下巴都露了出来。

谭常鸣扬起虚假的笑容："听说今天你也有东西要寄售？"

陈盏："是赠送，不值一提。"他抿了口酒，又道，"如果你在意，可以买下来。"

谭常鸣语气带着几分嘲弄："像网上说的人傻钱多？"

陈盏摇头："本子里你只占了一小部分，其余是他人的精彩事迹，完全可以高价抛售，这是有谋略。"

谭常鸣没忍住，心动了一小下。

陈盏继续蛊惑道："何况战胜恐惧最好的方法便是直面恐惧，你能正视小本子，本身就是有勇的体现……有勇有谋，谁敢笑话你？"

心跳频率过快，阵地失守……谭常鸣咽了口口水："贵吗？"

陈盏笑着摇头："贵的是画，所谓的小本子不过是添个彩头。你们再胡闹，加价十来万都算是捅破天了。"

"有道理。"谭常鸣一边细细琢磨着一边朝另一个地方走去，浑然忘了方才准备近身施展一波嘲讽攻击的原意。

陈盏微笑看着他离去，四下寻找有没有合胃口的小吃。还未多走几步，他就听一道声音传来："又在洗脑？"

面对殷荣澜，陈盏撤下伪装，放下酒杯转而端起盘小蛋糕："只是帮忙分析利弊。"他从来不会替别人做决定。

吃了两口奶油便被腻着了，陈盏不禁撇撇嘴。殷荣澜会意地接过盘子："别晃悠了，拍卖马上就开始。"

陈盏点点头，随他走到自己的座位坐下。

"有看中的直说。"殷荣澜交代道，"都是善款，总归要买下一件。"

了解晚宴的性质后，陈盏也不客气，认真听着主持人有关每一个拍品的介绍。

很多是古玩，陈盏兴趣寥寥，直到一瓶酒出现，他果断道："这个有用，买回去能喝。"

殷荣澜从他的眉目中看到认真的神色，好笑道："这酒卖的是年份。"

陈盏反问："不喝放着落灰？"

险些忘了这人是个实打实的现实主义者，殷荣澜如他所愿举牌叫价，除了红酒爱好者，这轮参与竞拍的人不多，他们轻轻松松便成功拍下。

拍品逐个"名花有主"，终于到了那幅画。

画是真的好，掀开红布的一刹那，懂行的多数露出志在必得的神情。主持人声音忽然发虚："如果拍下画，还能额外获得几个……小本子。"

出于专业素养，主持人不得不在众人面前展示一番："这上面记载的是一些小故事，诸位可以看成是还没发表的灵感。"

知晓内情的人都朝陈盏的方向投来古怪的视线。殷荣澜就坐在他旁边，遮住了大部分的目光。

主持人："底价一千五百万。"这一千五百万就是画的价格，至于之后的加价是因为画还是小本子，估计只有当事人知晓。

陈盏轻声道："猜猜会花落谁家？"

殷荣澜："谭常鸣。"

陈盏表示无辜："我可没真的给他洗脑。"

殷荣澜："谭常鸣的外公喜好书画，买下来不亏。"

讨论的工夫，画连带着小本子已经成为谭常鸣的囊中之物。

拍卖会不过占了整场晚会三分之一的时间，陈盏倒是很好奇那瓶酒有何不同，可惜至少要到第二天才能拿到拍品。

陈盏暗自思索，等到酒送来，用来配晚餐再适合不过。

"尝尝。"殷荣澜端来一杯微微有些冒着气泡的酒，"这里最贵的。"

后面三个字很吸引人，陈盏喝了一口……很上头，脸倏地开始泛红。

"度数很高，少喝点。"

陈盏晃动一下酒杯："这种场合准备高度数的酒，耐人寻味。"

殷荣澜："酒只是借口。"

陈盏瞄了一圈，不意外地看到有人刻意选择这种酒，喝了几口再佯装体力不支倒入目标怀中。

殷荣澜本不想让他看见这一幕，在他眼里，陈盏的心灵其实格外纯净，然而侧过脸就看见对方拿着小本子做速记，还不忘配以简笔画，使得人物形象更加立体。

“一醉解千愁，这种滋味我还没尝过。”陈盏边写边发表见解。从前他可是个正儿八经的学生，哪里敢肆无忌惮地喝酒。陈盏对新鲜事物有挑战的态度，“我多喝几杯，稍后醉了你负责记录，回头写文章做参考。”狠人的特色是不放过别人，狼人是不放过自己。

陈盏有计划地喝醉，失去平衡感前还不忘交代道：“看好我的手稿。”

可惜理智这种东西，就跟偶像包袱一样，习惯后很难完全抛掉。几杯酒下肚，陈盏醉了，但表现得格外乖，一个人躲在角落里自言自语。

殷荣澜看得有趣，扶他出门，陈盏蹲在门口不配合，继续碎碎念。

殷荣澜凑近听了听，都是在说胡话：“高考为什么要负我？”来来回回就是这么个意思。

殷荣澜无奈，只得把人背回去。谭常鸣正好从洗手间回来，不禁多看了两眼。

陈盏扯了扯领结，皱眉：“瞧什么！没见过猪八戒背媳妇？”

陈盏在酒精的作用下，一觉睡到第二天天明。土狗在院子里吠叫着表示要吃食，陈盏爬起来，一出卧房就看见殷荣澜端着狗粮往外走。

“视频呢？”陈盏揉揉太阳穴，“给我看看。”

炉子上传来粥的香味，鸡蛋没煎，似乎还要再熬上一阵，他可以利用这段时间整理素材。

“没有记录。”殷荣澜冷静地给他口述还原场景。

室内一时鸦雀无声。

陈盏放弃从自己这里找材料，或许灵感还是要从别人身上截取比较实际。

另一边，狗有了食物立刻保持安静。

殷荣澜看时间差不多，在厨房忙完剩下的事情。

吃过早饭，他忽然开口说起最近市内不大平静，连续发生了几起凶杀案，因为避免恐慌，消息被压下去了一部分。

陈盏也发现了不同寻常之处，近期在路上看见的巡逻车明显比往日里多了不少。

“按照时间推算，第一桩命案正好发生在你新文发布不久。”

陈盏叹了口气，以防万一，他最近不准备在文章中新增路人死亡角色。

适当调整大纲上的一些细节后，更文时，他一时感觉无从下手。

殷荣澜收拾完桌子准备去上班，临走前，陈盏问他："如何增添文章的立意和深度？"

"主要角色死亡。"殷荣澜想也不想给出答案。

陈盏惊讶："会不会太狠？"

殷荣澜淡淡道："十秒钟，说出四个伟大的喜剧。"

二十秒都过去了，陈盏绞尽脑汁，以失败告终。

"悲剧。"

陈盏一口气说出五六个，顿时有了想法。

别墅主人是主角，写死意味着全剧终，他开始把主意打到神秘室友身上。

吴先生已经收割一大批粉丝，何况对方分裂出不同的人格，再用低阶打法难以取得胜利，不如发挥最后的余热，为文章添光添彩。

公司，刚开完会的殷荣澜看到了陈盏发布的新章节——

道路骤然裂出一条深缝，远处黑烟缭绕，火光照亮了半边天空。

尖叫声，汽笛声，到处一片嘈杂，一眼望去满目疮痍。

别墅主人一路踩油门，倒下的树木和电线杆遮蔽了视野，他也不知道究竟要往哪里开。

一只手突然伸过来覆住他的眼睛。

"做什么？"别墅主人心里一惊，车子不受控地胡乱冲撞。

"你会活下去。"

最后一段定格在车子撞上岩石停下，别墅主人不省人事。所有人都在想方设法逃离这座城市，只有那位神秘的室友一步一步地朝着喷发的火山走去。

殷荣澜看到这里，也不禁微微一惊，没想到陈盏下手这么快，立马就找出一个角色终结了。他笑了笑后，很快又投入工作中。

午休时间结束，重新上班难免有几分精神萎靡。前台忍住困意，看到有人走进来，条件反射地保持礼貌的微笑。但她很快就发觉不对劲，来人把自己包裹得过于严实，墨镜、口罩、鸭舌帽，大夏天的还穿着一件立领薄外套。

“请问……您有预约吗？”

陈盏走过去，前台没忍住后退一小步。

“我不是坏人。”声音有些发闷，他拉下半截口罩露出庐山真面目，“是我。”

“陈盏？”

陈盏点头：“我要见殷荣澜。”

只是相貌相似说明不了什么，前台委婉地提出要看身份证。

自始至终，陈盏相当配合。

确认身份后，前台的笑容多出几分真心：“老板就在楼上，请随意。”

陈盏过去等电梯，另一位同事小声道：“不用打个电话先问问？”

前台摇头：“他搞得这么神秘，万一是惊喜，被破坏掉我岂不是要负首要责任？”

鬼鬼祟祟溜进办公室的陈盏吓了殷荣澜一跳，看清他的打扮后无奈道：“不热？”

在对面坐下，陈盏顺便放下一包东西，似乎才去逛完超市。

“作家写悲剧的先决条件是什么？”

殷荣澜疑惑：“还需要条件？”

陈盏笑了，只是笑容里却没几分真心：“首先，读者不知道你在现实中的身份；再者，他们不清楚你的住处。”所以才能写得肆无忌惮。

殷荣澜皱眉：“重要吗？”

陈盏重重点头：“极其重要。”

譬如他今天走在路上，就差点被人打。

殷荣澜听完前因后果，乐了：“我看了文章，没直接道明死亡，再写一出复生就好。”

陈盏摘下口罩道：“都去火山了，怎么救？总不能让他在岩浆里打个滚，然后蹦出来高唱我变秃了，也变强了。”

说到这里，他又自言自语：“如果变秃了，那些书迷是不是就不会再喜欢这个角色？”自己也就不用被打。

殷荣澜看他一眼，无情道出现实：“慎重。”

陈盏听进去告诫，耸耸肩：“那便算了。”具体做些什么挽救局势，回去再思考也不迟。

殷荣澜尽量不去长时间看他，对方现在恨不得裹成粽子的画面着实有点可笑，万一没忍住嘴角勾起，岂不是要被迁怒？

距离隔得近，彼此表情一目了然，陈盏哪里能不知道他在想什么，没太计较，说：“芦水市的那间宅院似乎没用了。”

经他提醒，殷荣澜才想起曾几何时还给自己打造了一个“伪神”的称号。

说起吴先生，陈盏来了几分兴趣：“不妨猜猜他找到了什么应对之策？”

殷荣澜：“找帮手？”

陈盏：“答对了一半。”

殷荣澜略一沉吟：“自我分裂？”

这下轮到陈盏哑口无言，许久惊奇地看过去：“这都能猜到？”

殷荣澜平静地说道：“用疯子的思维去揣度自以为是天才的疯子，不难。”

陈盏试图组织一下语言，以失败告终。

“不是担心杀人案和新文有关？”殷荣澜笑着道，“眼下就是一个试探的大好机会。”

殷荣澜起身给自己倒了杯水，说：“书中多写关于神秘室友的事迹，譬如亦正亦邪斩尽作恶人。”

陈盏皱眉，大致明白了殷荣澜的用意。如果犯罪嫌疑人打着正义的旗号违背法律，少不了把自身当作神看，文中出现跟他相似的角色形象，代入感更强。

殷荣澜走到窗边，周围都是高层，阳光被遮蔽了很大一部分，好在办公室勉强能折射一部分。他的半边身子融在暖阳里，眼中却有几分阴暗生出。

“因为有了朋友，后期逐渐放下屠刀。”说到这里，他低头笑了笑，“如此就偏离了杀人犯的期待，寄情对象改变，那么他只有选择……”

陈盏：“屠‘神’证道。”杀了心目中的神，自己成为所谓的神。

殷荣澜：“现实中模仿杀人的案子不是没有。”

陈盏：“用无辜人的性命去钓鱼，总归不好。”

殷荣澜用手指比枪，抵住太阳穴：“我叫人查过那人的过去，和数桩命案有关，何况他还想买凶杀你。”

陈盏改变主意，抵着下巴思考，实践起来倒是很简单……把书中的神秘室友塑造成改邪归正的形象，激怒模仿案的罪犯。而神秘室友的原型又是吴先生，这股怒火十之八九也会一并牵连。

殷荣澜：“都只是假设，兴许是虚惊一场，犯罪嫌疑人和你的书没关系。”

陈盏挑了挑眉，被殷荣澜这张嘴一说，事情十有八九稳了。只是当务之急还是要想出如何让主要角色从火山爆发里活下来。

两人在办公室一直待到下班时间，殷荣澜处理公务，陈盏窝在一边静静发呆，脑中构建着小说的脉络和走向。值得庆幸的是，书名是《异变》，遇到人力无法做到的事情，变异就行。

一次不够，那就两次变异开大。一幅人力战胜自然灾厄的壮观画面逐渐呈现，等想得差不多，陈盏再一抬头看窗外，黄昏早已降临。

殷荣澜把剩下的文件锁进抽屉："走吧。"

陈盏重新戴上口罩和墨镜，低头跟在他身后，颇有种唯唯诺诺的作态。

殷荣澜不禁寻思在超市陈盏都经历了什么，依照他的身手，应该很难会吃亏。

陈盏主动解惑："一个未成年的孩子，装模作样地挥了几下拳头就开始蹲在原地哭。"说什么写死了他们最爱的人物云云。大概本身也有些伤心事，借故一并发泄出来，眼泪就跟开闸的水似的，根本停不下来。

殷荣澜想象了一下当时的场景，没忍住笑出声，收到陈盏警告的目光，他连忙端正态度。

按照白天的思路，陈盏回去别墅便将自己关在房间开始工作。在他刻意的塑造下，神秘室友的形象无比伟岸，快收尾的时候，他都忍不住想感叹一声。

系统："这两天要不要我去滞留者那里守着？"

陈盏合上电脑："守着做什么？"

系统："有人暗杀，滞留者没死我补刀；死了我捡装备。"

陈盏向后一靠，叹息道："你竟然学会了动脑子。"终于不再是单纯的暴力输出。提议很好，可惜……

"今时不同往日，吴先生的系统醒了，又觉醒了七个人格。估计一有风吹草动就会被发现。"陈盏劝诫它消停点，"你出事了，我还得想办法去捞。"

新的一章足足抵以前三章的字数，得知神秘室友没死，评论区格外欢快和谐，仿佛之前沦陷的评论区都是幻觉。

和系统交流后，陈盏才意识到他真正该担心的不是吴先生，而是杀人犯。

普通人去暗杀有系统的人，唯一合适的伴奏怕是"风萧萧兮易水寒"。这么一换算，可以归类为恶人自有恶人磨。

一觉醒来，阴雨绵绵。夏日里能有一场清凉是好事。

陈盏开着窗工作，风吹进来，只觉得神清气爽，效率也不自觉地提高了，半个上午就完成了往常一日的工作。

下午，他利用闲暇时光去附近散步。《异变》里的神秘室友没死，还秀了一把力量，使得陈盏出门不必紧绷心神，担心有书迷想把他套麻袋毒打。

可惜好东西给多了也成了累赘。这场雨断断续续下了多日，始终没有停歇的征兆。Y 市还好，新闻报道沿海的几座城市已经出现洪涝的征兆。

虽然雨不停，狗却没有避雨的意识，不待在狗窝，反而在草坪上蹦跶，弄了一身泥土。陈盏不得不给它挪窝，暂时搬进别墅里。

拆家是一些动物的先天超能力，好在这条狗畏惧陈盏，没发展出这方面的爱好，反而喜欢藏东西。它经常把饭盆或者吃剩的东西叼到某个夹缝里藏着。

陈盏打扫卫生时，发现殷荣澜的一只拖鞋消失不见，于是拿着笤帚站在土狗面前。后者趴在地上一动不动，不知道主人生气的缘由。

陈盏叹了口气，终究没气昏头，指望从狗嘴里问出些什么。他认命地边收拾屋子边四处翻找，在打开一个不常用的橱柜的门时，表情一变，定定地看了两秒钟，然后猛地合上。

一定是最近太过努力更文，出现了幻觉。他平静地转过身，用吸尘器大致清扫了一遍地板，重新站立在这个橱柜前。洗手，虔诚祈祷，打开……跟方才所见无差。

陈盏闭了闭眼："我需要一个解释。"

系统："那个……这个……"

陈盏表现出超凡的耐心，听它支支吾吾说话，哼唧了许久，总算哆嗦着说出实情。

系统："……我养的储备粮。"

只见满橱柜堆着形态不一的圆团，数条铁链限制了它们的自由，陈盏试着用手触碰了一下，铁链不知道是用什么材质做的，一股冷意直接透过指尖钻进人的骨头里去。

圆团瑟瑟发抖地抱团，一眼望去几十张嘴，吓人得要命。

"哪里来的？"陈盏让它们背过身去，省得犯密集恐惧症。然而圆团们一动，锁链就发出"哐当哐当"的声音，仿佛砸在人的耳朵里，震得耳膜疼。

系统："上次比武招亲，这部分不愿意投入我的阵营，本身在总部又没地位，消失了也不会被惦记。"

陈盏："没人查？"

系统：总部每年会给出死亡率，不超过这个范围就没事。毕竟因公殉职的系统也不少。

陈盏："养它们是为了……"

系统："吃。"

一听到这个字，圆团们齐齐一哆嗦。

系统："如果宿主担心暴露，可以当汤圆一锅煮了。"

陈盏望着橱柜："一，二……"清点完数目，一共四十九只，他问道，"这么多，怎么一网打尽的？"

系统："观察比武招亲最弱的一批，等它们下擂台，乘虚而入。"

总结下来就是，一方图对方的财，一方是真馋对方的身子，区别在于谁先下手为强。

陈盏不想评价这种储备粮的行为，只道："眼界放宽点。"

系统："最近在做智力测试，一旦到七十，我就去篡位。"

陈盏喉头动了动："还差多少？"

系统委婉道："目前已经快到六十。"

智商的及格线可不是六十分。换言之，属于智力缺陷型。

陈盏觉得它的智商其实不低，低智商的哪里懂得请君入瓮、乘虚而入这样的手段，只是这份聪明用错了地方。

转过身前，他本想着上一把锁，又怕欲盖弥彰，兴许还会引起殷荣澜的注意，只得作罢。

双方都有意识地不再提橱柜一事，陈盏首次深刻地认识到，有些事情一开始就不知道最好。

清理完一遍屋子，最后在床角的缝隙中找到另外一只拖鞋。物归原位后，陈盏对狗来了一记眼神杀："别再让我看到你乱藏东西，否则……"

寄居在大脑里的系统打了个寒战，总觉得宿主这句话是冲自己说的。

殷荣澜今晚加班，到家时屋内的灯是亮着的，陈盏却靠在沙发上睡着了。

拖鞋上多了个牙印，他看了一眼窝在一边同样睡着的狗，笑着摇头。他不想吵醒陈盏，尽量不发出动静，准备去厨房搜寻点吃的。

从天花板到大理石台，都清理得很干净，想必下午搞了一场彻底的大扫除。

殷荣澜准备下点挂面，无意间看到那边不常用的橱柜没合严实，强迫症发作想要重新关上。

“别动！”

陈盏不知何时醒了，就站在他身后，直勾勾地盯着即将触碰到橱柜门的手。

“我来就行。”陈盏微笑着走过来，把柜门关好，“别耽误了你吃饭的时间。”

理由找得十分生冷，殷荣澜深深地看了他一眼：“里面放的什么？”

陈盏摊摊手：“囤着酱油和多余的调料。”

殷荣澜：“让我看看。”

陈盏低头从衣服上找到一根掉落的头发，走过去扔在他头上：“我本将心向明月，奈何明月照沟渠。”

沉默在无声中散开，许久——

“……陈盏。”

“嗯？”

“说实话，柜子里是不是藏人了？”

陈盏偏过头酝酿情绪。

殷荣澜毫不顾及长久以来的情谊，直接拆穿：“接下来你是不是要说，人生若只如初见啊？”

默契培养到一定境界并非好事，陈盏放弃惺惺作态：“等我一分钟。”

面对他，殷荣澜向来没耐心告罄的时候，抱臂就在原地站着，也不开柜门，想看他能再耍出什么花招。

前后也就用了三十秒钟的时间，陈盏回来时手上拿着一把大锁，他合好柜子用力一按，只听“咔”的一声，算是锁严实了。

陈盏认真道：“晚上你可以盯梢，我绝对不进厨房。”过了片刻，他又道，“如果真的有人，被锁久了也会成为干尸。”逆推就可以得出他没藏人的结论。

商战中，殷荣澜见过不少把事做绝的存在，但如他这般“心狠手辣”的，前所未闻。

如今当事人正站在他面前微笑：“水开了，可以把面放进去。”

一碗简单的鸡蛋面很快煮好，吃一口暖和的东西胃舒服很多。在第三次用筷子挑起面时，中间的青菜上还裹着一根头发。

殷荣澜放下筷子，目光幽幽地看向陈盏。

后者正襟危坐：“看我做什么？”

殷荣澜面无表情地单独夹出那根头发丝，帮他回忆五分钟前发生的事情：“我本将心向明月……”

陈盏用咳嗽声打断：“无凭无据的，怎么肯定就是我的？”

这话说得就有些无赖，殷荣澜的头发要比寻常男子的头发长上几分，至于陈盏图个干净利落，若非王城再三阻挠，他早就会去剃个小平头。

陈盏默默地起身把那根头发扔进垃圾桶，又从厨房取了瓶醋：“倒进去杀杀菌，不影响后续进食。”

睡前，陈盏在钥匙上穿了根红绳，然后把钥匙挂在脖子上。

这一夜，陈盏睡得很沉，平躺着双手摊开，大大咧咧的睡姿几乎让殷荣澜认为即便从他脖子上取下钥匙，都不会被发觉。

同道德底线战斗了几秒后，殷荣澜没有碰陈盏身上的那把钥匙。他打开抽屉找出一把很久以前用的自行车防盗报警锁，在橱柜门外又加了一层。不管是什么，既然来了，就该永远住在里面。

昨晚睡得不错，翌日醒来神清气爽，陈盏舒展了一下胳膊朝厨房走去，脚步猛地停在门口。柜门外面……什么时候多了一把锁？

殷荣澜倒了两杯温水，把其中一杯递给他：“永久居留权，是我送给里面东西的礼物。”

陈盏笑容虚浮：“不过是囤着的杂物，别过度拟人化。”

殷荣澜配合着笑笑，从容不迫地准备早餐。

陈盏最后看了一眼橱柜，摇了摇头走去客厅看早间新闻。

殷荣澜每天的生活很有规律，吃过早饭便开车去公司。

但今天他起得有些晚，走前没来得及收拾，陈盏拿着抹布机械性地擦桌子，心里想的却是其他事情。

自古有养蛊一说，吞噬同类积蓄力量，不知系统中是否存在这样的规律。从积极怂恿自己对付执法者开始，它便处于一种亢奋状态。

如果没猜错，所谓的造反计划早就提上日程，甚至有可能近期就会行动。

陈盏扶着靠椅坐下，现下摆在面前的只有两条路，助它成事或者放任自如。不知一旦系统失败，会不会实行连坐制。这么一想，帮助成事似乎会更加有利。

当然，所有的思虑陈盏都是暗自放在心底的，除非到了必要时刻，否则不准备说给系统听，他生怕对方脑子一热，当即便要揭竿而起。

陈盏叹了口气，转化思维开始考虑更为现实的问题——从前天起，再没有报道提到过本市有命案发生，他几乎逛遍了各大论坛，所有人讨论的都是娱乐消息。

“看来命案真的可能与新书有所关联。”

系统：“不知道犯罪嫌疑人有没有去找滞留者的麻烦。”它的语气平铺直叙，带着股幸灾乐祸。

东窗事发后，系统一直在找机会主动交流，好像只要陈盏跟它说话就代表他不生气一样。陈盏本人都不知道它为何会有如此奇怪的逻辑。

市里有个杀人犯在外流窜，既然知道些线索，总不能视若无睹。陈盏想了想，戴上帽子出门。

在吴先生的家门口站了一会儿，陈盏没按门铃，先往四周观察了一会儿。他很快找到一棵利于掩藏身形的大树，落叶堆里有数个被脚踩扁的烟头。

“有人在这里蹲过点。”

恶人心怀鬼胎，必然不会在家门口安装监控，吴先生也是如此。放眼这一排别墅，只有他家的安保做得最差。

这时，有一对刚散完步准备回家的夫妻路过，看到他这副鬼鬼祟祟的样子，目光里闪过几分狐疑。住在附近的都是有几分资产的，有钱人警惕性难免会重一些。

夫妻俩原本是并肩往前走，妻子突然说了句“落东西了”，转过身朝小区门口走。

陈盏觉得落东西可能只是个幌子，多半是去找保安。他临危不惧，双手做喇叭状对着别墅的方向，一副小学生要呼朋唤友出去玩耍的做派：“小吴！你怎么还没收拾好？”

准备去找保安的女士停下脚步，面上有几分尴尬，只当是自己多疑起了误会。

别墅门突然开了，吴先生神情淡然，站在阶梯上居高临下地审视着陈盏。

演戏演全套。陈盏自然地走过去，哥俩好地要拍拍对方的肩膀，可惜被躲过了。

“有事找你。”他毫不尴尬地收回手，露出一抹得体的微笑。

吴先生望着门口的那对夫妻，隐约明白了什么，终究是侧过身让他进了门。

陈盏微微松了一口气，看来人格分裂也有好处，若是放在从前，迎接自己的绝对是闭门羹。

室内弥漫着茶水的味道，陈盏并非第一次来，他熟练地站在放茶杯的柜子前，询问能不能倒杯水喝。

吴先生走过来亲自为他倒了杯热茶："文章水平越来越高。"以前充其量是带人上热搜，现在已经进化成祸水东引。

知道瞒不住，陈盏索性开门见山道："可有人找过你的麻烦？"

吴先生侧过头盯着窗外的那棵大树："是有只讨人厌的老鼠，不过没关系……"他说这话的时候，眼睛不经意地眯了眯，陈盏立时知道，这是动了杀心。

时间一分一秒地过去，陈盏丝毫没有离开的意思，吴先生也不曾催促。天色渐渐暗了，陈盏低头给殷荣澜发了一条消息，说是要晚点回去。

室内没开灯，殷荣澜不多时便打了电话过来，陈盏走到一边低声说了几句。

吴先生见状，嗤笑了一声。

"你看不惯我视人命如草芥，"后门口传来轻微的响动，吴先生转过身笑着问他，"如果我今天要杀的是个杀人犯，你会阻止吗？"顿了一下，他又道，"不止一个受害者经受了非人的折磨死去，而凶手被抓后最多挨一枪。"

吴先生说话的时候，一直盯着陈盏的面部表情，仿佛是一种享受。说完，他左右扭了下脖子，随手提着一根棒球棍朝后门走去。

悄悄钻进来的男子三十出头，又矮又瘦。四目相对，男子拿着的是匕首，相比一根老旧的棒球棍，杀伤力更胜一筹。然而对视一眼后，男子竟然毫不犹豫地转身就跑。

没有预兆的逃窜让吴先生有点惊讶，不禁气笑了。果然老鼠只有躲在暗处的时候才最嚣张。

再一想，这句话莫名适合从前的自己。

他是个有仇必报的人，有人来招惹，就绝对不会放过，立时提着棍子追出去。

自始至终，陈盏坐在沙发上，估摸着时间差不多，才慢悠悠走出去。

警车停在小区门口，身材瘦小的男子正被扭送上车。吴先生目光如刀，压低声音问迎面走来的陈盏："你报的警？"

陈盏："对我来说，你和里面的杀人犯没区别。"

自诩正义，实则泯灭良知。

报警的、犯罪嫌疑人、追凶者…………齐坐上了去警局的车。

不同的是，陈盏和吴先生算是自由身，没戴手铐。

陈盏看着愤愤不平被民警看守的男子，装出教训人的样子：“起初小吴跟我说有人跟踪，我还不信，险些就被你害了！”说着，再三赞颂自己提前报警的机智。

民警偶尔也看些娱乐新闻，知道陈盏和吴先生的身份，好笑道：“前段时间，我们组里还讨论你会不会逛遍全市的局子。”

陈盏努力维持住笑容。为什么要用“逛”这个字眼！

民警看了眼犯罪嫌疑人：“这疯子见人就刺，险些伤了路人，多亏你朋友仗义出手。”

陈盏“嚯”了一声，伸出大拇指，凝视吴先生语带深意：“伟大。”

陈盏折腾一番后回去时，月亮已经升到半空中。殷荣澜就站在院子里，看着他一步步朝自己走来。

陈盏和奔跑的土狗抢地盘，坐在草坪上：“吴先生果然好使。”

真是解决了一桩大麻烦，否则不知何年何月才能让这个犯罪嫌疑人现身。

“林池昂”和“吴先生”这两个名字因为过多被陈盏提及，在殷荣澜这里已经进了黑名单。他兴趣寥寥，没顺着话茬问下去。

第二天是周末，两人原本打定主意多睡一会儿，结果太阳还没升起，便先后没了睡意。陈盏放弃再度进入梦乡，又觉得现在爬起来辜负了周末。两人对视一眼，裹着棉被到客厅，改为躺在沙发上看电视。

陈盏：“我要好好蹉跎一个周末。”每天都忙忙碌碌，还要和犯罪嫌疑人与精神病人做斗争，长此以往，说不准他会先一步神经衰弱。

殷荣澜明白他的不易，给他按揉太阳穴放松。陈盏闭着眼享受片刻，发现这样便无法看电视。

殷荣澜十分体贴，调到新闻频道，至少可以用听的。

主持人字正腔圆地播报着最新发生的新闻热点：“昨日一热心市民发现有可疑人士长期在楼下盯梢……”

过去的经历让陈盏对“热心市民”几个字格外敏感。他坐直身体睁眼看新闻。

不长的几句话中将吴先生塑造成足智多谋的成功人士，尤其是最后小区门口的监控录像记录下的一幕：歹徒想要劫持一个小孩做人质，被他一棒球棍打折腿。

新闻中，吴先生手上拿着孩子父母赠送的锦旗，锦旗上写着“社会良心，匡扶正义”八个大字，边上还站着两名警察。而他一脸生无可恋的表情。

陈盏都看不下去了："换台吧。"

殷荣澜让他重新躺下，调到了娱乐频道。

"……昨日姜颖在片场突然晕倒，有消息称她已有孕在身……今早工作室发文，承认姜颖怀孕，希望……"

陈盏惊讶："竟然没隐瞒？"

殷荣澜："姜颖的名气太大，又被送去了医院，曝光是早晚的事情。"

与其遮遮掩掩，不如早早承认了，免受记者打扰。

"想必林池昂接下来会在医院门口给记者发红包，说几句漂亮话，先礼后兵，若是还有人再去打扰姜颖……呵。"

和殷荣澜说的一致，电视里正播放林池昂给记者发红包的场面，脸上的笑意倒很真切。

记者："是因为太过劳累晕倒的吗？"

林池昂："我们大意了，在此之前甚至不知道有了孩子。"

记者："查出怀孕后，您的第一反应是什么？"

林池昂："谢天谢地，不是从陈盏口中知道的消息。"往日阴影太多，尤其求婚成功还是看节目时知道的。只是话说出口，林池昂才意识到不妥。

同样错愕的还有正在看电视的陈盏："……他为什么要说这些？"

殷荣澜："大概是活腻了。"

陈盏："姜颖会打死他吗？"

设身处地想了想，如果自己是姜颖，看到报道后估计会大发雷霆。

殷荣澜："大多数情况下，孩子不能没有爸爸……或许他能保命。"

"换台吧。"陈盏叹道。私下决定晚饭前不看热搜，那段采访必定让他占据话题榜上的一席之地。

"这不算什么。"殷荣澜安慰道，"不是还有个匡扶正义的热心市民？热搜排名肯定在你之上。"

一想到吴先生，陈盏心中又莫名好受了许多。

无论是时事还是娱乐新闻，都看得人心里添堵。陈盏动动手指头，殷荣澜会意，关掉电视，屋内瞬间变得安静。

赖着不起的计划宣告破产，殷荣澜问他："今天准备做什么？"

"码……"话未说完，陈盏自顾自摇了下头，相较于最开始，写文最近占据了他过多的时间。

考虑到存稿够用，陈盏转念一想，又改口道："我要思考人生。"

殷荣澜觉得好笑，从沙发上站起身，给他留出足够的空间。

陈盏在他准备去烧水的时候开口："其实是准备想些阴谋诡计。"

吴先生最近被媒体盛赞，做事得再三衡量，执法者内部又不和谐。如此天赐良机，他也许该想个法子把这些碍事的一锅端了。

闻言，殷荣澜回过头，神情复杂，眼中竟然透露出几分敬而远之的神色。

陈盏："……为什么要害怕？"

"只是觉得你偶尔的突发奇想已经威力巨大。"

陈盏愣了下，大概想不到有天会在对方的面上瞧见畏惧，他抱着被子倒在沙发上笑个不停，许久才停下来："一天时间，想再多也成不了事。"

殷荣澜认真道："假如给你五天，相信能创世。"

"……"

陈盏是个说到做到的人，除了洗漱和用餐，大部分时间就靠在沙发上，眼珠都不带转动地思考。

中途，殷荣澜端来水果，见他目空一切，剥了颗葡萄塞进他嘴里："糖分有助于思考。"

陈盏腮帮子动了两下，殷荣澜拿了张餐巾纸抵在他的下巴上，不多时，唇部一张一合，麻溜地吐出葡萄籽。坦白讲，这么生活不能自理的陈盏还挺可爱。

殷荣澜定定地看了他几秒，走到一边充值开始打游戏，望着屏幕里的拟态小人，再瞧着发呆的真人版本……人生圆满了。

两局玩下来，殷荣澜再一抬头，陈盏已经闭目养神……这算是好听的说法，实际上人早就昏昏欲睡。

殷荣澜给手机充电，动静故意大了些，陈盏猛地惊醒："几点了？"

殷荣澜没正面回答，只道："睡吧。"

陈盏用之前他的话来反驳："不是还指望着我创世？"

殷荣澜很自然地接过话茬："上帝将第七天安排成休息日，你安心睡。"

陈盏幽幽地看他一眼，没睡反而穿戴整齐，提着笔记本出门："我去趟图书馆。"

周末图书馆人很多，大多是情侣和带小孩的父母。陈盏戴了口罩和鸭舌帽，似乎还是被人认了出来，好在是几个学生，都很有礼貌，只是多看了几眼，没有大声喧哗。

图书馆分好几层，陈盏挑了一间主要放报纸杂志的阅览室，感兴趣的读者少，人寥寥无几。一排排走过去，他最后在能充电的地方坐下来，打开电脑。

键盘发出的声音不大不小，有个正看报纸的老人瞄了一眼这边，陈盏意识到可能有些打扰，说了声“抱歉”。

虽是夏天，但老人好像极度怕冷，还穿着件小马甲，不难看出年轻时也是个儒雅的美男子。

“电视机开着的时候我也能看报纸。”意思是这点噪音对他来说算不了什么。

陈盏本来已经站起身准备挪位，闻言又重新坐了下来……有个能充电的地方不容易。

小本子打开放在一旁，他偶尔瞥上一眼，不停地敲打键盘。

老人因为好奇望了一眼：“写稿？”

陈盏点头，瞅着四周无人，又主动低声交流了几句。

老人感觉到他的没话找话，动了动眉毛。

陈盏不好意思地摸摸鼻子：“周围没几个正常人，我特别珍惜跟长辈交流的机会。”

话不投机半句多，这是每个人都会遇到的。年纪大了对小辈总有几分宽容，老人配合着说话。

聊到家庭，陈盏微微撇了撇嘴：“我已经暗示自己很无聊，身为朋友，不但没主动提议出去玩，反而劝我睡觉，而他自己在一旁打游戏。”

老人好笑：“所以你一气之下跑出来？”

陈盏摇头：“他惹我生气一次，我就写一篇关于他的稿子。”

老人觉得这已经很不正常了，望着密密麻麻的小本子和电脑：“那你这生气真是费纸又费电。”一点都不环保。

这时又有两个年纪大的人走进来，一进门就看到个年轻人微笑着露出一排小白牙，享受地在电脑上敲敲打打。他们忍不住抖了一下，感叹现在的小年轻行事古怪。

陈盏近来的精力基本放在《异变》上，再次更《“男神”倒贴我的那些年》时，他的状态要更为轻松愉悦——

人和人之间有时候很难对准频道。我和“男神”初识时，他当我是个过客，我当他是只不安好心的黄鼠狼。后来他当我是朋友，而我当他是穷朋友。

再后来成为知己，世界上的善意似乎一次性朝我聚拢。有些只在报纸上见到的大人物，看我时的眼神很是莫名其妙，甚至有一些资源在逐步朝我倾斜。

我把怀疑说给他听："前两天网上有人放我之前的料，没多久热搜就被撤了。打听了一下，好像是鹤寰娱乐的老总交代了一声。"

"男神"沉默片刻，说："有人天生是讨好型人格。"

我难以置信："他，老板，讨好我？"这难道不是另有所图？

从那天起，我周围人的态度又变了，最显著的是一些年轻富二代。

每逢"男神"在场，他们便趾高气扬并发表些鄙夷的言论。

"确定这些人都上过大学？"我感觉纳闷，"电视上的那些富二代多是受过良好教育，谈吐优雅。"

"男神"又沉默了，想了想，说："也许学历是买的。"

码完字后，心中的郁结消散，陈盏检查一遍，看到发布成功后拔下充电器，扭了扭脖子放松身体。

旁边的老人看他收拾东西，问："这就要走了？"

陈盏微笑着道："回家。"

和先前不时透露出的阴郁神情截然不同，仿佛就像他所说的，写一篇关于对方的稿子，心情便能立刻豁然开朗。

老人等他走远，放下报纸感叹："果然是与时代脱节了。"

第六章 曝光

陈盏心情愉悦，脚步都是轻快的……写文章是很好的发泄方式，尤其是看到评论区的读者留言。

评论很多，陈盏坐车回去的途中，选择性地看了几个吐槽殷荣澜的。

但好心情在开门没多久便被破坏了。厨房传来响动，陈盏以为遭贼了，特地放轻脚步走过去。

原本挂在橱柜上的两把锁，一把用钥匙打开了，另一把被暴力砸坏了。殷荣澜正站在橱柜前，和里面的几十个圆团面面相觑。他记得第一次看见这种圆团，是有五官的，为什么现在只能瞧见一张嘴？

他耳朵一动，从纷乱的思绪中回过神，就见陈盏不知何时已经回来，正站在厨房门口，直勾勾地盯着他。各自心怀鬼胎，一片寂静。

陈盏想的是如何解释这种神奇物种，说野生动物对方会不会相信；殷荣澜考虑的则是如何表示柜门不是自己砸开的。

殷荣澜的反应速度极快，他快走几步抓住陈盏的手，表情有几分紧张：“我在客厅听到一声巨响，走来就看到这些玩意儿合力击破柜门。”

陈盏看了看圆团们身上的铁链，没说话。

殷荣澜：“它们似乎想抓我，还知道我身上有定位，甚至想扒我的衣服……”

陈盏深深地怀疑这又是一个临时写的剧本，勉强一笑：“真的？”

殷荣澜点头，抱住他，身子微微颤抖：“我不会骗你。”

一个圆团没忍住骂道：“他说谎！是他趁你不在，拿榔头砸烂的柜门！”

殷荣澜目光倏地变冷，转过身：“原来会说人话。”

陈盏琢磨着那几个字的深意：是在谴责圆团们为什么会说人话不早说，还是暗示可以语言交流的情况下，怀疑自己正在进行一场跨种族的阴谋？看清殷荣澜眼底的阴霾，他觉得后者的可能大一些。

陈盏强调：“我和这些东西没有关系。”

殷荣澜用指头戳了一下，第一个没站稳，一排圆团跟着倒下。他愣了下：“什么玩意儿？我记得以前看它们是有五官的。”

同样的问题，陈盏很早以前就问过系统，可惜被敷衍了过去。

系统：“宿主可以看成是亲密接触产生的异变。”

陈盏默默地把手摸向一边的菜刀，系统瞬间选择闭嘴。

脑海中的系统是清静了，现实中柜子里的那些圆团还在七嘴八舌地指责殷荣澜恶人先告状。

陈盏介绍道：“这也是生物的一种。”

殷荣澜：“会讲人话的生物？”

陈盏：“鹦鹉也会说话。”

殷荣澜：“可它有智商，而且不低。”

陈盏淡淡地说道：“家里的土狗也有，它甚至会把你的拖鞋藏到很隐蔽的地方。”对了，还会装病博同情。

殷荣澜最后目光停留在圆团脸上，那么大的一张脸，只长着一张嘴，里面是数不清的牙齿。

“大惊小怪。”陈盏十分平静，“蚯蚓同样没眼没鼻没耳……综上所述，它只是动物的一种。”除了长相奇怪、会说人话、有智商，没什么特别的。

殷荣澜低头沉思片刻：“我相信你不会骗我，正如我也一样。”

如果没有后半句，陈盏会真的信了这句话，毕竟他的表情是如此真挚。

殷荣澜似乎想让闹剧到此为止：“柜子坏了，换个地方放着。”

陈盏想了几处，排除掉冰箱和衣柜，最后打开床板下的储物柜，一股脑全部塞了进去。

殷荣澜：“不用喂食？”

陈盏：“它们吃由空气分泌出的微生物。”

殷荣澜笑了，忍不住摸了下他脑袋上翘起的两根卷毛：“高考生物是怎么过关的？”玩笑话一出口，就感觉原本的卷毛没压下去，反而又有几根竖起。

殷荣澜意识到不妙，再一低头，瞧见陈盏眼中带有不善。他尚未弄清是哪句话说得不对，就听陈盏语气阴森地问道：“你的语文成绩怎么样？”

殷荣澜："……还好。"说话的同时发现手掌下又有几根头发翘起。

陈盏微微一笑："知不知道什么叫作怒发冲冠？"

殷荣澜迟疑片刻放下手，点了点头，已经亲身体会过。

只有无限接近死亡，才能体会生命的真谛——当殷荣澜认错时，用实践证明了这句话中蕴藏着的真理。

原本打算蹉跎一天，因为种种事件，陈盏就坐在殷荣澜对面，面对像雕像一样站着的人，给《"男神"倒贴我的那些年》一文加更。

陈盏觉得自己完全可以再出一本书，名字都想好了——《知己间如何没有信任地过完一生》。

跪久了，膝盖疼，殷荣澜试图再挽救一下："我有话说。"

陈盏瞄了他一眼："遗言？"

殷荣澜抿了抿唇，闭嘴了。

文更到一半，接到王城的电话，对方询问他想不想上综艺节目，指明是相亲节目，让他当观察嘉宾。陈盏一口拒绝。

王城："挺有意思的，坐着拿钱。"

陈盏："我自己的纷争都处理不好。"

王城一听，瞬间上头："吵架了？"

陈盏和殷荣澜四目相对："我们这儿，从来没有无谓的口舌之争……你说对吗？"

殷荣澜点了点头。

最后那句话显然不是在对他说，猜到另一尊活阎王有在场的可能，王城收起好奇的心思，表示会推掉那个综艺邀约。

救了殷荣澜的是系统。陈盏刚刚加更完，就听系统说要和他单独聊聊。本就是通过大脑沟通，他的意思是有话就快说，系统偏偏执拗于所谓的仪式感。

陈盏以小憩一会儿为由准备去卧房，恰在这时，殷荣澜接到一通电话，表示要去公司一趟。

陈盏狐疑地看他："借口不错。"

殷荣澜："这次是真的。"末了又道，"你要信我。"

陈盏"呵"了一声，挥挥手，扔过去一件薄外套："晚上要降温。"

殷荣澜笑了笑，带上外套出门。

殷荣澜一走，系统直接蹦跶出来："我智商破七十了！"言下之意，要造反，要做王。

陈盏淡淡地说了声“恭喜”，把前些天殷荣澜在慈善晚会上花高价拍的红酒开瓶，倒了一小杯：“不是有话要说？”

系统垂涎地盯着红色液体：“给我也来一杯。”

陈盏看它一眼，找到个特别小的杯子，倒满。

双双坐在靠近院子的门槛上，陈盏双手撑着地，仰着头感受清风吹拂。

因为手脚太短，拿不了杯子，系统直接把脸扑进去嘬了口。其实对它而言味道略淡了，但还是满足地“吧唧”一下嘴巴：“爽！”

陈盏一直在等它开口说正事。

系统：“我挑拨了几个刺头先造反，把局势弄乱。”

陈盏挑眉：都会找“炮灰”了。

“我能为你做什么？”他敷衍着问了一句。

系统：“洗白值预算不够的情况下，匀点给我。”

陈盏端起酒杯喝了口，突然把它提溜起来：“离间反叛，你就丝毫不顾同僚之情？”

圆球在半空中蹬了两下腿，直到被放在地上才重新开口：“天天都有反的，我又不是个例。”

陈盏放弃打听它究竟处在一个何等混乱的体系中，相当现实地表示可以当赞助商，又问：“成功后我有什么好处？”

系统迫不及待地回道：“给宿主自由。”

陈盏似笑非笑：“你，给我自由？”自始至终好像是每任系统都在努力逃离自己。

系统改变措辞：“帮宿主高考作弊？”

陈盏皮笑肉不笑道：“是不是忘了我来这个世界，老了好几岁？”何况原身早有文凭。

系统没办法，问他究竟想要什么。

“自由姑且算是其中之一，”陈盏想了想，说，“带走这个世界所有滞留者的系统，再给他们一次选择回原世界或者留下的机会。”他可不希望再有滞留者为了洗白值算计自己。

系统答应得干脆利落：“成交！”顺便表明要把被囚禁的几个系统带出去筛选，留下有用的。

陈盏没意见，从床下面连同锁链一并捞了出来。

系统问他要不要去观战。陈盏想起上章表示今天要三更，还差一更，自我斗争了两秒，挂上自以为幽默的请假条：外出渡劫，更新延至明日。

看戏的心情只占了三分，剩下的七分是担心系统出门被人注意到。好在殷荣澜今天去公司没开车，倒是方便了他。

因为上次的失忆事件，陈盏这次做足了准备，先后去商场和建材市场买了些吃的和用的。

车子一路开往郊区，沿路景色越发荒芜，到最后只能看到孤零零的电线杆。附近唯一的建筑是一栋早就废弃的厂房，陈盏便坐在这里观战。

系统之前就提到过，由于规则限制，出手不能太过。即便各自只用了一部分力气，天马行空的乱斗看得也挺吓人。它还算聪明，每次只放出五个，选取最优秀的当小弟，剩下的继续做储备粮。

陈盏靠在破旧的柱子上吃零食，手机不停地振动。都是来自天气预报，一会儿大风预警，一会儿暴雨预警。不知道过了多久，呼呼的大风从身上拂过，海选总算告一段落。陈盏起身活动了一下发麻的双腿，把吃过的垃圾袋捡起来，准备离开。

手机又振动了一下，他以为又是天气预报，准备无视时发现振动是连续的。再一看……姜颖的电话。

陈盏接通："恭喜。"

姜颖："我这段时间的工作推掉不少，在家休养。"

陈盏"哦"了一声，为了养胎这很正常。

"然后就看到了你渡劫的热搜。"

陈盏想到出门前开的玩笑，再抬头看了看昏暗的天空，表情变幻莫测。

"巧合罢了。"

不知道为什么这种事情也能上热搜……果然是周末，大家都很无聊吗？

姜颖："有人拍到了你一个小时前买避雷针的照片。买了好像还不止一个。"

陈盏眼皮一跳，这不是被雷劈怕了吗，他可不想因为观战再失忆一次。

这地方网络不好，试了好几次才有信号，看完热搜里的评论，陈盏顿时整个人都不好了。

姜颖今天耐心格外足，一直没挂断电话。知道对方无缘无故打来电话的可能性不大，陈盏主动问："有事找我？"

大概是真的在家养胎无聊，姜颖难得多说了句话："猜猜？"

陈盏："让我做孩子干爹？"

沉默片刻，姜颖："你……"

陈盏笑了笑："我开个玩笑。"

姜颖："是为了一档节目。"

陈盏："相亲节目？"

姜颖："嗯？"

陈盏："……别误会，我才让王城推了一档这种节目。"

姜颖叹道："避雷针还是随身带着吧。"这可能是真的被劈坏了脑子。

远处传来锁链声，系统将圆团分成两拨。

筛选出的这几个力量勉强可以，同意加入系统的谋反大营。至于剩下瑟瑟发抖的，因为实力不够，暂时继续当成储备粮圈养。

陈盏看到这一幕眯了眯眼睛，总感觉系统在智商一事上骗了他。

先杀鸡儆猴，再分化为两个阵营涣散军心，怎么看也不像智商刚及格的系统能做出来的。

姜颖许久没听到回应，以为陈盏是被避雷针的玩笑噎住了。收起调侃的心思，她说起正事："我的新电影很快要在海外上映。"

陈盏说出固定词汇："恭喜。"

姜颖："为了宣传，公司接了一个国外节目的邀约。"

陈盏刚想开口，就听电话那头道："等我说完你再恭喜。"

话到嘴边，硬是被陈盏咽了回去。

"一档超自然节目，请一些所谓的'大师'做解谜。"

这种类型的节目因为题材问题国内几乎没有，但在国外很火。

陈盏当年和同桌出于猎奇心理，一起看过类似的节目，后来同桌沉迷此道，他却不以为然。作为一个价值观正确的学生，他曾是全班唯一一个政治考试可以得满分的人。

当年勇不必再提，陈盏道出现实问题："推掉最好。"

姜颖："这档节目现在很火，国外收视率奇高，公司也是费了不小的力气。"

陈盏："……我除了祈祷，还能为你做什么？"

姜颖："一起去。"

陈盏："我能参加？"

要是能随便带人，依照姜颖经纪公司的实力，也不需要费力争取名额。

姜颖："只有你有这个资格。"

陈盏不解。

姜颖提点他："……国际友人。"

和殷荣澜冷战的那段时间，陈盏在国外屡破奇案，几乎是行走的犯罪追踪器。这段经历让他被国外对超自然感兴趣的人密切讨论过。

陈盏明白过来，又问："如果节目中有什么'大师'做事越线，让我来阻拦？"

姜颖有合同在身，又是宣传方，不好明面上表达出不满。陈盏就不同了，又不专门在演艺圈发展，真呛了人也无所谓。

姜颖："不会白帮忙。"话里话外许诺了不少好处。

陈盏能理解她的抵触，怀着孕参加这种节目多少会有些不舒服和担忧。思考片刻，他最终应了下来。

别墅没有亮灯，以防万一，陈盏让系统带着圆团们从后门溜进去，他先去停车。

一切安排妥当，走进门感觉到冷清的气氛，陈盏便知道殷荣澜确实没回来。一个小时后，大门外才传来声音，暖色的灯光瞬间洒遍整个房间。

殷荣澜望着坐在沙发上的陈盏，有些惊讶："怎么不开灯？"

"想些事。"

双方虽互有隐瞒，但大多时候是毫无保留的。陈盏很快说了姜颖让自己陪着她去参加灵异节目的事情。

殷荣澜的表情看不出喜怒，反而道："你觉得这事不对劲？"

陈盏想了想，说："不久前刚出现模仿小说情节杀人事件，下午所谓的'渡劫'又被刻意炒上了热搜。"

听见"渡劫"两个字，殷荣澜表情有些微妙，显然也是看过了相关热搜。

"现在姜颖请我上节目，似乎过于巧合了。"

他倒不是怀疑姜颖，只是觉得有股力量在暗处推动。

殷荣澜热了杯牛奶给他安神："有想法吗？"

陈盏摇头，表示暂时没头绪。

夜晚，殷荣澜的呼吸逐渐平缓后，陈盏躺在一边依旧睁着双目：系统四处集结力量做它君临天下的美梦，还有人似乎想趁机做些什么。这中间会不会存在什么联系？

系统："在线陪聊，五分钟二十洗白值。"

陈盏瞬间回忆起最初一任系统因为被当作免费陪聊愤然辞职一事，没想到现在竟然还有主动往上凑的。毫不犹豫地拒绝后，他翻了个身一秒入睡。

两天后，机场。

为了掩人耳目，陈盏先一天出发。

过安检时出了点小问题，机场工作人员一脸复杂地说避雷针不能带，陈盏当然知道这不能带，而且他记得自己出门前特意把避雷针拿出来了。他怔了几秒，打电话给殷荣澜。

“可能是不小心顺手塞进包里了。”殷荣澜态度温和地征询他要不要考虑坐私家飞机，推迟两天，等自己忙完手上的工作可以一并前去。

有感这才是对方的最终目的，陈盏毫无触动地挂断电话。

“门口左拐有寄快递的地方。”工作人员好心提醒。

陈盏谢过好意，微笑着说东西不要了，交由他们处理就行。

到达已是第二天早晨。酒店姜颖那边都已经安排好，给他订的是一间豪华套房。

收拾行李时，殷荣澜打来视频通话，问有没有平安抵达。

“挺顺利的。”陈盏看了一眼周围，“就是这么大的套房，一个人住很浪费。”

殷荣澜笑了，正想说些什么，就见陈盏在窗台上贴了一张他的照片，又在床头客厅等地方放了几张：“这样也算是你来过。”

照片有睡着的，有在工作的，一看就是偷拍的。偷拍者的手机像素还不是很高，洗出来后面部都有些模糊不清。

最后一张照片被放在餐桌上，陈盏布置好后，舒了口气重新看向手机视频：“还有事吗？流量有限。”

殷荣澜：“……下次记得放合照。”

陈盏“哦”了一声，点了结束通话。

姜颖的飞机在翌日准点抵达。这趟行程极其隐蔽，她特地坐了凌晨的航班，和陈盏入住同一家酒店。

她身边还跟着一位同剧组小花，据说是障眼法，就算被媒体拍到，也能咬定是宣传电影顺便和闺密出来游玩。

“节目流程，你熟悉一下。”她和朋友站在门外，没进来。

陈盏低头翻阅时，姜颖看到正对着的窗户上贴着殷荣澜的照片，面色古怪。临走前，她语带深意：“背过来贴更好，还能让他面朝大海，春暖花开。”

陈盏觉得有理，又把殷荣澜的照片翻过来，脸对准外面。

陈盏拉好窗帘，坐在地毯上仔细地看起资料。

常驻嘉宾一共有十位，他和姜颖算是特邀嘉宾。陈盏的目光在看到一名女性的照片时，眯了眯眼睛：华裔，姓吴。

若非性别不对，他可能会直接认定这位就是吴先生。无他，这种巧合可以算得上是罕见。思考半晌，陈盏打了个电话给吴先生，为了节省时间，电话一接通，他便问道："你本人随父姓还是母姓？有无姐妹或私生女？"

国内现在是凌晨，吴先生愤怒道："是不是有病？"

饱含怒气的声音刚一出现，很快又似心如止水，吴先生像是福尔摩斯一样展开推理："你遇见了和我同姓的可疑女人？"

没想到人格分裂能提高智商，陈盏寻思着同样的法子在系统身上能不能展开试用。他没有隐瞒的意思，目光在照片上流连，许是心理作用，总觉得眉眼还真有几分吴先生的影子。

"有意思。"吴先生的声音因为没睡醒强行带出几分撩人的低哑，"地址发给我。"暗示要来凑热闹。

陈盏如他所愿，直接发了个定位，却没有把资料上吴女士的信息一并发过去。

系统："还嫌不够乱？"

陈盏看得很开，根本懒得去想谁会在暗地里对付自己，横竖就两方阵营在跳腾——以吴先生为代表的滞留者和智商不高、暴力输出的执法者。万变不离其宗，见招拆招就好。

系统："就这样？"

陈盏含混不清地"嗯"了一声。不知为何，他心中隐隐有种预感，随着这些暗处的人不停地往外蹦跶，他和系统抑或是执法者间的孽缘很快可以画上一个句号。

为了增强节目效果，节目采取了直播的形势。台上坐了十个人，有一个是罕见的异瞳。

上场前，姜颖突然问："你相信这世上有鬼吗？"

陈盏想也不想，说道："从各国的人口基数上看，显然不可能。"从古至今，死了多少人，地府哪能装得下？

姜颖："不是有投胎转世一说？"

陈盏："我特别研究过出生率和死亡率，主要跟国家政策和医疗水平有关。"侧面证明生死簿不存在。

姜颖神色复杂地看他："……你真是一个信念坚定的人。"

上台后，陈盏有目的性地多看了一眼那位姓吴的女士，她是这十个人里最年轻的，抿着嘴坐在原地一动不动。所谓的“大师”均是沉默寡言，毕竟话说得越少，越有信服力。

有一种可以称之为气场的东西因为沉默四处蔓延，节目还没开始录制，主持人宁愿坐在一边看台本，也不想和他们交流。

陈盏像个没事人一样，反而还笑了一声。声音不大，可在这里，很快吸引了几道目光。

陈盏视线乱瞄，那些人才陆续收回锋利的眼神。

开录前的一分钟，他突然和姜颖说了句话：“如果殷荣澜在现场，才是真正的有意思。”

姜颖：“为什么？”

陈盏扫了一眼台上的人：“都是装神弄鬼的行家。”

姜颖着实无法把殷荣澜和“装神弄鬼”一词联系到一起。

陈盏朝死角走去，通了十几秒的电话，又坐回原位。

“报备工作？”姜颖问。

陈盏淡淡地说道：“打给殷荣澜的，嘱咐他找个软件看直播。”

陈盏扫了扫周边的“大师”，叹道：“一会儿我要打假，也好给某些人贯彻正确的价值观。”

殷荣澜装神弄鬼上瘾，这是病，得治。

姜颖无动于衷。

陈盏忽道：“听说当初林池昂求婚时，写过一封信。”

姜颖平静的神情瞬间有了变化，她一言不发地站起身，同样打了一通电话。片刻后，她走到陈盏面前，轻声交代：“好好表现。”

她是个演技派，此刻眼神中却全是隐藏不住的怒意，可见那封信带来的阴影。

陈盏心虚地揉揉鼻尖，追根溯源，万恶的源头还是在于殷荣澜。

导演拍了拍手，主持人连忙端正神色走到台前，现场工作人员开始确认麦克风等器材是否能正常工作。

陈盏只是特邀嘉宾，位置比较靠边。他勉强能够清楚地看到前几排观众的表情：崇拜、迷恋。这一刻，他心中忽然升起一股社会责任感，下定决心要力挽狂澜，现场拆穿所谓的骗局。

主持人再次向陈盏和姜颖确认是否需要配备翻译员，两人口语一流，均是摇头。以防万一，在导演的要求下，还是给他们准备了翻译器。

一切就绪，主持人说起开场词，现场观众爆发出热烈的掌声。主持人从导演手中接过一个塑封袋拆开，里面装了近百幅画。粗略望去，色彩各异，画画手法有的娴熟，有的稚嫩。

“首先要感谢各位观众的配合，愿意提前一小时来，”主持人笑了笑，剩下的话是对台上的嘉宾所说，“这些画来自现场观众，记录着他们近期印象最深的梦境。”

节目规则很简单，由主持人闭着眼睛随机抽出一幅图，“大师”嘉宾根据画面内容解读梦境的深层含义，由画者来判断谁说得更准。

“太笼统。”一位嘉宾淡声道。

“梦能反映过去，也可能预测未来。”还有一人轻轻摇头，似乎同样不赞同这个规则。

主持人示意大家少安毋躁，进一步解说规则：“如果有三人以上判断是未来之事，那幅画便不参与判断，重新抽取一幅。后期节目组也会进行追踪。”

陈盏低头掩饰住目光中的揶揄。倒是打得一副好算盘，命理一说本就玄而又玄，如果所有“大师”都是骗子，模棱两可的规则便能保全节目组的颜面，再说后期追踪，要是真瞎猫碰见死耗子撞上一回，还能带动话题度。

这下基本再无人反驳。主持人将画打乱，闭眼抽取一幅。

姓吴的华裔忽然道：“我擅长的是看面相，不是占卜。”

说的是实情，前几期的节目中，她确实是靠相面战胜了不少选手才走到今天。

“盲选作品只是为了保障公平。”主持人说，“稍后会有人认领这幅画，你可以相面。”

运气还算不错，抽出来的第一幅画描绘得很清楚：好几个人围绕着一张桌子吃饭，不过他们吃的米是黑色的。

主持人询问这幅画出自谁手，场上立马站起一名漂亮的女人，看着三十出头，皮肤相当细腻。

台上的嘉宾从左往右，依次分析梦境深意。陈盏听得微微有些发困，只在姓吴的华裔开口时，才认真听了两句。对方的声音很细，显得高傲孤冷：“我感觉到了恐慌和愧疚。”别的一字未多说。

待他们一一发表完见解，话筒终于递到了姜颖手里。

虽然她在国外的名气不小，但主持人仍然介绍了一番，顺便提及了新电影的名字，最后才问她对这幅画有什么见解。

姜颖说得十分客气，表示自己不精通这方面。

一位男嘉宾看了她一眼，说："有些人天生敏感，说说不妨事。"算是变相地给了她一个台阶，表示即使说错了也不会有人苛责。

姜颖便随口猜测了几句。

终于轮到陈盏，因为他是最后一个，所有人的目光都聚焦到这里。

远在Y市的殷荣澜被迫在看直播，他平静地等待陈盏拆穿骗局，打节目组的脸。

只见陈盏的手指在画中央轻轻点了一下，敛起眉头，闭着眼睛站在原地一动不动。

虽然是特邀嘉宾，没人指望他会有所作为，但迟迟不表态也令气氛慢慢僵硬下来。主持人刚想打个圆场，陈盏终于张口："抱歉，适才在入梦。"

"画里的人吃的不是饭，是香灰，他们也并非梦境主人的亲戚朋友，而是受害者。"

站着的漂亮姑娘神情有些扭曲，陈盏一步步朝她走去，旁边的观众莫名其妙地看着这一幕。

"麻烦让一下。"腾出两个座位的空隙，陈盏抓住姑娘的手腕。

主持人高喝道："这是直播！"怎么能在镜头前公然占便宜！

"你是男的。"陈盏无视后方的告诫，定定地瞧着姑娘，"还是个杀人犯。"

随着他话音落下，场上瞬间陷入混乱。陈盏走过来的目的就是为了防止对方暴怒伤人，"姑娘"用力挣脱的工夫，脖子上的丝巾掉落，露出喉结。

这下原本不大信的观众瞬间纷纷站起身后退几步。

喧闹与混乱中，保安及时赶到，控住了现场。

陈盏主动撤出包围圈，趁工作人员报警的工夫，重新走到姜颖身边坐下。

"是真的吗？"姜颖问。如果对方只是男扮女装，被无端折腾一番，陈盏少不了要吃官司。

陈盏肯定道："是通缉犯。"

姜颖："你怎么知道？"

陈盏："几个邻国的悬赏通告，我都有印象。"

姜颖突然想起去年他抓住悬赏犯的事迹，好像后来还有人因为被多盯了两秒，遭群众满街追，误以为也是个逃犯。

再说方才几位嘉宾，除了姓吴的华裔，没有一个说到了点子上。

陈盏整理了一下衣服，站起身准备进行揭秘，号召群众响应科学。

姜颖看出他的盘算，低声道："冷静点，节目已经半途宣告录制终止。"

警察来后，为安全起见，观众被要求清场，陈盏也被迫和姜颖先坐车回酒店。就这么短短一会儿工夫，网上已经出现各种通稿，翻译过来大同小异——《世纪末最后的入梦者》。

不少现场观众上传了短视频，点击量迅速增长。

陈盏面无表情地逐一看完，认真询问："现在这个情况，我该找谁说理去？"

姜颖深深地看了他一眼，摇了摇头。

陈盏思考对策时，手机不停地振动，毫无意外是殷荣澜打来的："我都看见了。是真的吗？今晚入我的梦？"

面对不间断的三句话，陈盏只回了一句："知不知道'跪'字怎么写？"

双方相处时间渐长，殷荣澜想必能够猜出缘由，陈盏也懒得多说。挂断电话后，他问姜颖怎么看待台上那位姓吴的华裔。

"吴弭？"姜颖想了想，说，"自视甚高。"短短四个字很好地概括了对方的性格。

陈盏："我怀疑她不是好人，想试着深入接触。"

姜颖："通缉犯？"

陈盏笑了笑，没说话。在姜颖看来，则当作是默认。

"赚钱的渠道很多，"姜颖终究好心提点了一句，"有些捷径不是那么好走的。"

陈盏点头，表示心里有数。

姜颖忽然道："她是个神棍，现在接触正适合。"

陈盏想起网上给他安的入梦者的身份，一时若有所思。

无论国内外，记者奔赴现场的速度一向是个谜。酒店外已经聚集了好几家媒体，陈盏一下车话筒便迎上来，提问中都少不了"入梦者"三个字。

姜颖留给他一个自求多福的眼神，先一步走进酒店。

陈盏抿紧唇，一言不发地挤出一条道，高级酒店的房费没白交，剩下的媒体被保安拦在门外。

走出电梯，安静的走廊令人舒服很多。陈盏刷门卡的动作突然顿住，他临走前往门缝里插着的一根小羽毛已经不见，而他分明交代过不需要打扫房间。

陈盏蹙眉，从口袋里拿出一把小刀，推门进去的动作刻意慢了半拍。

沙发上坐着一人，抬头看了他一眼："回来了？"

陈盏只想把一分钟前赞颂酒店治安的话撤回。

吴先生主动解答了他的疑惑：“我的其中一个人格会开锁。”

“节目里表现得不错。”吴先生很有深意地笑道，“入梦者？”三个字带出一股轻嘲。

陈盏思考要不要报警，让警察带走这位不速之客。吴先生指关节在桌面上敲了敲，上面是一沓资料。

陈盏打开看完皱眉，除了吴弭，台上还有另外两人是混血儿，有本国血统，并且生父也姓吴。这些是姜颖给他的信息中没有提到过的。

“原来你们这是家族犯罪。”陈盏望着吴先生，对人心不古表示谴责。

吴先生态度冷淡：“我不认识他们。”

陈盏脑海中立马出现了一出大戏：不被家族承认、流落在外的私生子，为了做出成绩证明价值，逐渐成长为阴郁狠毒的青年。

隐约看出点什么，吴先生声音冷得有点吓人：“只是同姓，没血缘关系。”再说明白点，这就是个巧合。

然而陈盏又想了一个养子梗。

放弃纠正无良脑补，吴先生说出目的：“多半是别有目的的滞留者，要不要合计一下除掉他们？”

他说的话可信度不高，但陈盏并未展开质疑，反而盯着吴先生看了几秒，很快露出一抹略显纯良的笑容：“好啊。”

不是所有的笑都能传达出愉悦，至少这一笑让吴先生打从心底不舒服。他当即从沙发上起身，表示有事电联。

临走前，吴先生回头看了一眼窗户上贴着的照片，没忍住问了一句：“辟邪？”

陈盏摇头，理所当然道：“出门在外，一个人他不放心。”

吴先生想不通这和把殷荣澜的照片贴在窗户上有什么关系。

对方看神经质的眼神太过明显，陈盏不想被当作异类，于是开口道：“殷荣澜要求的。”

吴先生目露狐疑，虽然他和殷荣澜接触不多，但直觉那不是个能做出这种事的。

陈盏：“白天朝外面，让他看风景，晚上朝床头，让他看着我。”

回应他的是一道决绝离开的背影和响动过大的关门声。

陈盏走到落地窗前，楼下的媒体还未全部离去，便打消去超市买点东西的想法，躺在沙发上准备小憩片刻。

中途醒了一次，他闻到潮湿泥土的味道，耳边全是淅淅沥沥的雨声。

“下雨了。”喃喃念了一声，他转过身继续睡。

半夜，雨依旧未停，反而有越下越大的趋势。陈盏喜欢下雨天，但现在来一场瓢泼大雨可不是什么好事，这座城市以前就出现过洪涝，若是继续下雨，明天的节目录制可能要延后。这间接意味着他得顶着神棍的称号多蹦跶几日。

昨天入睡早，翌日醒得也格外早。清醒后第一时间，陈盏侧过脸朝窗外看去。此刻天还未亮，窗户上吊着一个白色的小纸人，嘴咧得很大，露出可怖的笑容。楼层高风也大，随着吹拂，小纸人轻飘飘地摇曳。

它正在和陈盏对视，双目没有瞳仁，黑漆漆的，像是两个黑窟窿。再没有什么比这一幕更加提神醒脑的，陈盏最后的那点睡意顷刻间荡然无存。

不知道是个什么玩意儿，贸然开灯一旦被对面楼层的人不小心看到，估计对方得当场吓晕。陈盏从枕头下取出小刀，借助些许的晨光，慢慢走过去。

距离足够近的时候，他突然把手里的小刀一扔，伴随着“哐啷”一声，陈盏冷冷道：“脑子是不是进水了？”

扮成晴天娃娃的系统开口：“我都是为你好。”

系统：“昨晚宿主说梦话了，希望今天是个晴天。”

别说，它这大脑袋上系层白布，确实蛮像晴天娃娃。

陈盏：“……什么时候有眼睛了？”

系统：“二次发育。”

陈盏用手摸了摸系统眼眶的位置，蹭了满手的黑墨。

系统蔫了：“好吧……我承认是画的。”

陈盏手指不自然地动了两下，面无表情地转身用纸巾擦干净手上的墨，靠极端的理智克制着。近墨者黑，它长期接触殷荣澜，被影响了不足为奇。陈盏十指攥紧又松开，没错，这笔账应该记在殷荣澜身上。

万里外的殷荣澜正在开会，莫名其妙打了个喷嚏，暗自思索为什么夏天会着凉。

不知道是不是系统版本的晴天娃娃奏效了，至少今日天空确实放晴。昨日的意外令本就收视率不错的节目更火了，陈盏下楼用早餐时碰到姜颖，对方还开玩笑说电影发布会那天请他去，绝对是独一无二的大噱头。

虽说这地方出现媒体的可能性不大，但双方尽可能避嫌，没坐在一起用餐。

吃饭时，陈盏特意掏出手机看了几次，确定没有收到节目延期的消息。脑海中瞬间想出数个证明自己不是神棍的方案，就等着节目开播澄清。

再一抬头，留意到姜颖给他使了个眼神。陈盏环顾四周，看到一位刚走进餐厅的女士。

大约是因为误会这人是通缉犯，姜颖同样多看了两眼，很快就发现与众不同之处，女人状似在打菜，实则视线偶尔会不经意地扫过陈盏那边。

不像是通缉犯，陈盏和女人都在暗自打量……更像是郎有情妾有意的故事。

好在她比林池昂清醒得多，奇怪的想法刚一滋生，先一步主动掐灭，将剩下的饭菜打包回房间吃。

吴弭在姜颖原先的位置从容坐下，点头对陈盏打了个招呼："早上好。"

两人昨日在节目上打过照面，说话也不显得突兀。陈盏笑了笑算作回应，却不打算进行进一步的交流。

再去录制时，节目组派了专车来接，这可是昨日没有的待遇。抵达现场，陈盏发现连位置都变了，从靠边直接调至正中央。同时被多个机位对着，这种滋味过于微妙了些。

节目一开始，主持人便大肆渲染现场抓捕逃犯之事，明明是他在说话，陈盏却能感觉到摄像头正对着自己。

他平静的目光在看到现场的一位观众时有了波动。吴先生坐在最后一排很不显眼的位置，不过在一群外国人里还是挺显眼。

口口声声说要联合起来干掉其余滞留者，陈盏却敢肯定对方醉翁之意不在酒。

系统："是不是太武断了？"

陈盏："一个长得很好看的人，你看他还不顺眼，那基本就没有缓和的余地了。"相看两生厌，说的大抵就是他和吴先生。

收回视线的一瞬间，陈盏用余光瞄着吴弭，忽然有了别的主意。

理所当然，作为热点人物，主持人把话题抛给了陈盏，想让他再深入分析一下昨日的那幅画。

"本身还有些不确定，"陈盏看向吴弭，"亏得吴小姐相面的结果，我才敢肯定。"愧疚和恐慌，她得出来的结论用在杀人犯身上正好合适。他说着笑了下，"吴小姐擅长相面，不如帮我看看？"

吴弭没推辞："额高光洁，鼻梁挺长，人中清晰……预示着多子多福，晚年儿孙满堂。"

陈盏的脸一下就冷了："吴小姐想必不关注娱乐新闻，我是不婚主义者。"

对方在国外长大，不怎么看国内的新闻很正常。吴弭面色微变："未来之事多变。"

陈盏："你什么意思？"

见火药味越来越浓，主持人连忙打了个圆场："各有说法，不必较真。"

"不计较？"陈盏挑眉，"儿孙满堂，岂不是说我言而无信？"

所有人沉默的时候，只有姜颖在想，不知殷荣澜看到这段视频后会有何感想。

陈盏似乎在有意激起吴弭的怒火，接下来的环节差不多都在唱反调。言语如刀，吴弭再镇静，脸色也逐渐难看起来。

主持人心中生出一种诡异的想法，好在是直播，否则后期剪辑都不知道该如何做。

加载广告的时间段，场上的人也迎来了一小段休息时间。有工作人员在给现场观众介绍并派发小礼品，多是一些嘉宾签过名的平安符。

陈盏喝了口水，感叹："多棒的一条产业链。"

姜颖正巧也来取水喝，闻言呛到了："你该不会真想在这里普及科学吧？"

"改主意了。"换言之，原本是有这个打算。

姜颖不明白他刻意激怒吴弭的原因，但也没多问。

后半场，陈盏说话更是没丝毫客气。他日常不经意的言论都能令人噎住，更何况经过思考的话语。快结束时，他望了一眼吴弭，暗叹到底是年轻，不经气。

陈盏让系统悄悄跟着，看吴弭跟吴先生碰面后会说些什么。

系统："宿主怎么能确定他们会碰面？如果私下有联系，他们更该小心谨慎掩人耳目。"

陈盏低头不语。

系统："何况尾随独居女人，有违我的原则。"

陈盏安静地把指头一根根收拢，亮出一记漂亮的拳头。

很快，系统撤回刚才发表的言论，按照要求做一个沉默的尾随者。

另一边，入梦者的"人设"居然真的有人信了，节目组牵线搭桥，一位公关大人物还主动要求请他吃饭解梦。陈盏原要拒绝，考虑到姜颖的电影正在宣传期，便问她有没有意向。

姜颖没拒绝："当我欠你个人情。"

吃完饭回酒店的路上，陈盏忽然道："人情可以现还。"他看了下时间，"国内现在应该是才下班不久。"说到这里，突然笑了。

笑容瘆人，姜颖蹙眉离他远了一点。

"麻烦让林池昂打听一下殷荣澜近期的所作所为。"

姜颖对这种行为表示不解。

"直觉。"陈盏在这方面向来比较灵验。

各有所求，别人帮了她几次忙，姜颖自然要承情。她委托林池昂去探听消息，后者像是遵循圣旨一样，不问缘由立马去执行。很快，就打听来情报。

通话时，姜颖的表情有些奇异，不经意间流露出几分避讳陈盏的意思。

"殷荣澜别墅门口都快排成一条长队，"林池昂犹在那头介绍情况，"'看相大师'进进出出，拿着陈盏的照片相面，结论都是一样的，是枝繁叶茂、儿孙满堂的面相……"

"对了，陈盏是单眼皮还是双眼皮？"

姜颖："双的。"

"可惜了，否则拉上一刀多方便，"林池昂笑道，"要不给他做个微笑唇……整容改变命运。"五官变了，说不准面相也能跟着变。

姜颖在心里翻了个白眼，挂断电话。

陈盏挑眉，看了她一眼："怎么说？"

怀了孩子的人心软，姜颖最终没忍心把殷荣澜和乱出主意的林池昂送上绝路："正常工作，听说谈了个大生意。"

有人帮忙打掩护，陈盏自然不知道殷荣澜做的好事。

至于殷荣澜那边，他把锁在家里的圆团们全部拖到地板上。好在系统没眼睛，否则现在呈现的就是大眼瞪小眼的一幕。他愣怔地看了半晌，伸手依次在每个圆团的肚子上摸了一把。

"耍流氓啊！"圆团聚拢，日日惶恐担心被吃不说，没想到现在连清白都快不保了。

"我们脏了。"长期压抑的委屈令一个圆团精神濒临崩溃。

其间，殷荣澜的手指不小心触碰到铁链，瞬间感觉到寒冷，武侠小说中的千年玄铁不过如此。然而他现在另有目的，没分出心神去研究铁链的材质。

待全部摸完，他把肚子最圆的几个拽到前面一排，在它们瑟瑟发抖时开口：“为什么肚子鼓起来了？”

人在恐惧状态下容易暴饮暴食，系统也一样。总部会在固定时间给它们传输数据，这便是系统的伙食，这几个最近有点吃多了。

不等它们回答，殷荣澜似乎感觉到了自己行为的幼稚，又面无表情地把圆团们拖回去。

被外派跟踪的系统回来时，陈盏正在以燕麦片代餐。下个月有个走红毯的活动，王城特意嘱咐过让他保持身材。

“我不敢跟得太近，”系统支支吾吾，“两人确实见面了。”

陈盏：“说了什么？”

系统声音发虚：“如果不会读唇语，宿主会歧视我吗？”

“不会。”陈盏温和道，“张嘴。”

“啊……”

陈盏从包里拿出一把镊子，自圆球上百颗锋利的牙齿中取出一块透明的芯片。

系统震惊得合不拢嘴。

“窃听器。”看出它的困惑，陈盏主动道。

“那么远的距离……”

陈盏打断它的话：“从商城里兑换的道具，可以收录五百米以内的一切声音并且自动识别分离。”

系统嘴张得十分夸张，连身子都快成为椭圆形，片刻后发出土拨鼠般的尖叫：“什么时候兑换的！我怎么不知道交易过？”

过滤掉刺耳的尖叫声，陈盏十分平和地解释：“那天下午，我们俩坐在院子里喝酒。”中途系统有过短暂的醉酒，虽然持续时间不过三分钟。

唯一一次举杯共饮的画面瞬间浮现在数据库内，系统道：“这么说，窃听器也是那时候……”

陈盏淡定道：“要不然我为什么开那瓶酒？”在慈善拍卖会上花了一大笔钱拿下的名酒，原本是准备和殷荣澜吃烛光晚餐时用。语气停顿了片刻，陈盏眼中突然闪过一抹好奇：不知道拍下小本子的谭常鸣，都利用手稿做了些什么。

一次性接收了太多可怕的信息，系统摊在地上，远看几乎是化为一摊液体。陈盏给足时间让它恢复，打开电脑，读取芯片上的内容。

高科技也不是万能的，分离出的声音有些模糊不清——

“这个时候来找我，蠢！”

“我要他死……网上都在说我欺世盗名……”

“早就跟你说了，别用道具树立个算命大师的形象。”

“能赚钱啊，还可以和不少人搭上关系。”

接下来的一段时间都是两人的争执，陈盏边喝着冰镇酸奶边听。

吴弭果然没有看上去那般沉稳，只是偶尔利用道具把自己打造成神秘的算命师，诈骗有钱人聚敛财富。

想到这里，他无聊地打了个哈欠，很多生意做得不错的人都有些迷信想法，好在殷荣澜虽然喜欢装神弄鬼，在这方面还算正常。

如果姜颖在场，听到这席话或许会一巴掌打醒他……你家门口算命的相士都快排不下了。

酸奶快要见底，录音中两人的争吵结束，勉强可以总结出一些有用的信息：请君入瓮，放松警惕时轰炸攻击。

可惜刚切入正题，剩下的便是高跟鞋踩地的声音，随着声音渐行渐远，预示着一场谈话终结。

系统依旧维持摊在地上的姿势：“什么叫作轰炸攻击？”

陈盏笑了笑，一直以来奇妙的巧合终于得到解释：“这是做局吸引我来国外。”

系统爬起来：“国外怎么了？”

“地广人稀，方便动手，”陈盏研究了一下市内地图，“从节目的红火程度就能看出H国迷信超自然力量，如果我在这里有个三长两短，估计只会给都市传说添加素材。”

系统补充：“殷荣澜鞭长莫及，等他赶到，滞留者们早就遁逃。”

陈盏摸了摸它的圆脑袋：“变聪明了。”

系统评价：“蚍蜉撼大树。”

“一个滞留者的力量不够，如果他们联合起来呢？”

系统摇晃了一下。

陈盏像是没意识到给它造成的震撼，继续道：“趁我不备，集合所有的资源偷袭……多完美。”揉圆球的手掌用力了一些，他问，“这种情况，要怎么办？”

虽是问话，系统却觉得他早有打算，问道：“这是对我的测验吗？”

陈盏微微颔首。

系统：“如果答不上呢？”

陈盏笑了，手在虚空中一握，像极了捏死一只蝼蚁。

系统："如果答错了……"

陈盏脚尖动了动，做出碾死一只蚂蚁的动作。

系统抖了抖："……再爱我一次。"

陈盏从网上下载了一些资料，不嫌麻烦地跑去复印店打出来，片刻后放到系统面前："开卷考试。"

系统激动翻阅，仔细一看发现不过是高中的历史课本，一脸莫名其妙地抬头看他："答案……"

"自己找。"

系统一目十行地看完三分之一，毫无所获："这个和真人版俄罗斯方块，哪个难？"

陈盏："俄罗斯方块。"

系统瞬间蔫了，不肯承认智商缺陷，费力寻找真相。

系统学习时，陈盏也没闲着，在小卡片上涂鸦，色彩扭曲，没多久又拿去打印店加工，再拿回来时，有那么点塔罗牌的影子在其中。

系统走到他身边，露出一抹自以为讨好的笑容。

陈盏一低头，就看见一张咧开的血盆大口："呃……"

系统："我尽力了。"

陈盏叹了口气，颇为无奈地把它抱起，慢悠悠地讲起战国时合纵连横的外交政策。

系统听完连忙翻课本："真的有。"末了，一脸崇拜，"难怪宿主要花钱去上夜校。"值得！

住在同一家酒店，吴弭的房间号很好打听。按理，工作人员不该告知陈盏，但因为两人录制了同一档节目，听到询问便不疑有他。

吴弭是穿着睡袍来开门的，紫色的丝绸曳地，上面绣满了罗盘的纹路。伪装久了，她竟开始相信自己真的拥有些奇异的力量。

陈盏看出其中的荒唐，目光微微一动。

此刻两人面对面站着，吴弭恢复了录节目时的高冷："我没兴趣和你争吵。"显然还在记恨节目上的针锋相对。

陈盏似笑非笑："你却愿意花时间和吴先生聊。"

吴弭面色瞬间一变。

陈盏如愿以偿地被请进去"谈心"。

像是普通朋友一样坐在沙发上，陈盏首先毫不吝惜地赞美对手："主意打得不错。”

原本吴弭还抱着一丝侥幸心理，直到他开口，这丝侥幸顷刻间烟消云散。

“想出这个办法的不是我，是他要……”

“无所谓。”陈盏耸了下肩，浑然不在意道，“只要你能弃暗投明。”

“你想让我帮你对付他？”

陈盏淡淡一笑，没正面回答，仿佛已经在等待答案。

吴弭的面色几经变化，最终咬牙道：“可以。”

陈盏从口袋中掏出下午制作的卡片：“右下角签名。”

吴弭的手微微有些颤抖：“这是什么？”

“从商城兑换的道具，”陈盏挑眉，“如果你背叛，它会教你重新做人。”

吴弭犹豫的间隙，陈盏的耐心告罄，眼中泄露出一丝杀意。

“我签！”吴弭咬牙说道。

陈盏满意颔首：“现在我们是一根绳上的蚂蚱，把你知道的其余滞留者的名单给我。”

五分钟后，一张名单新鲜出炉。

吴弭忍不住问：“你准备用同样的法子对付他们？”

“威逼和利诱，说不好。”

吴弭积压的怒火终于宣泄：“为什么在我这里就是威逼？”

陈盏无视提问站起身，离开前说：“洗白值足够，可以兑换道具解除诅咒，不过我猜你应该联系不上系统。”

吴弭瞳孔骤缩，连忙试着在脑海中沟通，得到回答，微松了一口气。

陈盏：“多说几句。”

吴弭一脸狐疑，还是按照他说的做了。片刻后，她脸色越来越难看，甚至胜过方才签协议时。

陈盏早有预料，就这么静静地看着她。

吴弭冲过来：“是你干的！”

陈盏拍掉肩膀上的爪子：“我没这么大的本事。”

“那……”

“挂机。”

这原本只是陈盏的一个猜测，像吴先生那样有点能力的系统还有理由留下，剩下连保护费都交不起的滞留者，系统没理由在一棵树上吊死。

他的第五任系统就干过这事。如今看吴弭的表情，猜测得到了证实。不再去看对方失魂落魄的表情，陈盏迈步走了出去。

陈盏低头边看名单边往前走，思索下一个目标对象，突然感觉到什么，骤然抬起头，看见房间门口站着熟悉的人，正对他露出笑容。

“殷荣澜？”陈盏有些惊讶，“你怎么来了？”

殷荣澜：“公司的事情都处理完了，来看看你。”

陈盏接过他手上的袋子，瞧着是给自己买的零食，刷门卡打开房门。

进门后，殷荣澜先去了洗手间，洗手时胸前不小心溅到水，又去卧房换衣服。

陈盏坐在沙发上“呵”了一声，这是要把能藏人的地方都转个遍……《知己间如何没有信任地过完一生》，这本书是时候提上日程了。

殷荣澜再出现时，换了一套更为休闲的衣服。

“换个上衣还需要锁门？”

殷荣澜笑了笑：“习惯了。”

在家里的时候可没见他有这种习惯，陈盏猜测多半是为了掩饰住打开柜门和翻床底的声音。

“套房不错，”殷荣澜抬眼观察，“还有单独做饭的地方。”就这样，又搜了一遍厨房。

陈盏再次觉得这人下海经商实在是屈才，编剧和特工明明是更适合的职业。

落实了房间只住着一位客人，殷荣澜面色不变地在他身边坐下。

陈盏没避讳，大大方方地研究吴弭给出的名单。

殷荣澜：“这是什么？”

陈盏笑而不语，重复先前对吴弭做的事情，开始手工制作小卡片。

系统：“难以想象，吴弭会相信这玩意儿是道具。”

陈盏倒不觉得意外，若是旁人拿出这种东西，她兴许会怀疑一番，但他洗白值累积的数目之多，让对方潜意识里打消了这个疑惑。不过还是要感谢那些挂机旷工的系统，否则哪能如此轻而易举。

起初，殷荣澜只是在旁边看着，后来帮忙裁剪纸片，一起做手工活。当初做护身符练出来的手艺派上用场，他完全可以跟上陈盏的节奏。

一切完工，陈盏伸了个懒腰，故作神秘地说道：“猜猜这些用来做什么？”

殷荣澜身子稍稍往后一靠，改口道：“准备拿这些去吓唬谁？”

闻言，陈盏目露欣赏，对方身上的聪明体现在只要不涉及感情问题，哪怕不知道前因后果，也能得出一个近乎准确的结论。

“一些潜在的敌人。”他做出回应，“未来或许能选择同个阵营。”

吴弭提供了一部分相熟人的住址，大多是在这座城市。

各自坐着看了会儿手机，陈盏查了下天气预报。

“有点热。”他看完抱怨了一句，站起身朝卧房走去。

殷荣澜：“做什么？”

陈盏把小卡片装进口袋：“换件薄衬衫。”

清脆的响动声传来，殷荣澜目光紧盯卧房的门：“锁门？”

陈盏原封不动地用他方才的话来搪塞：“习惯了。”边说着边打开窗户。

在H国不经意走红，独自出门在外容易引起媒体的注意，陈盏索性让系统代替自己登门拜访。

他把小卡片拿出来，系统挂在胸前，拍拍胸脯保证：“一定完成任务。”

“失败也无所谓，记得绕着监控走。”

系统显然有着极端的自信，狐假虎威它最是擅长。见识过陈盏对吴弭下套，简直为它成功打开了一扇新世界的大门。

陈盏目送它越飞越高，甚至逐渐隐没进蓝天白云中，这才关上了窗户。

做戏做全套，他随便拿了件衬衫穿上。这是厂商送的联名款，主橘红色的一件花衬衫，好在皮肤够白，他穿着才不显怪异。

门一开，四目相对。殷荣澜笑了，陈盏也笑了，不露痕迹地遮挡了一下窗户的位置，佯装不经意道：“这么高也不安个防护栏，万一摔下去岂不是连个全尸都没有？”

间接暗示没有人爬窗逃遁。双方在虚假的笑容中和好如初，陈盏开始讲节目中遇见的一些趣事，殷荣澜微笑倾听，乍一看完全是知己好友的画面。

还无意中提到了多子多孙这事，殷荣澜目光微微一沉。

陈盏不以为然：“虽然我不懂，但那个大师实打实是个骗子。”

殷荣澜：“你反感她？”

陈盏想了想，说：“反正喜欢不起来。”

两人正聊着天，外面传来敲门声，打开后，门口出现一张有些苍白的脸，不等他说话直接走了进来：“那人联系我了。”

当看到屋里还有一人时，吴弭愣住。

殷荣澜视线越过她，直接看向身后的陈盏，后者无奈地摊了摊手：信任的建立和崩塌往往只在一瞬间。

但预想中的质问没有出现，殷荣澜站起身问道：“想吃什么？我去下面的餐馆看看。”

陈盏："意面？"

殷荣澜点点头，留出单独的空间给他们。

吴弭道："节目组会做一期户外特别录制，他打算选在那个时候动手。"说着抿了抿唇，忽然意识到陈盏从来没有询问过自己和吴先生的关系。

忽略她目光中的疑惑，陈盏问："姜颖会去吗？"

吴弭摇头："她怀孕不适合参加，已经向节目组请假了。"

陈盏点点头："我知道了。"言辞间暗示谈话可以结束了。

吴弭在原地略显犹豫，忍不住道："你有几成把握？"

陈盏轻轻笑了一下："只有我胜利你才能活。"

吴弭知道这句话背后的深意，吴先生厌恶背叛，只要陈盏透露出是谁泄露了消息，她必死无疑。

离开时，陈盏没有起身相送，慵懒地靠在沙发上，挥了挥手。吴弭下意识地又转过身看了他一眼，对方的眼中透露出一丝迷茫，像是一只可以被任何人捕获的猎物。然而只有接触过的人才知道，这是何等完美的一种伪装！

其实陈盏只是困了。拜系统的好心所赐，昨天晚上他一直梦见诡异的晴天娃娃，睡眠质量下降不少。

一夜匆匆过去，翌日，陈盏精神抖擞。

从殷荣澜的角度看去，陈盏一动不动地坐着，本来挺美好的画面因为发呆大打折扣。

"想什么呢？"

陈盏听到声音侧过脸道："感觉忘了件事情。"

幽怨的声音自大脑深处传来："宿主把我忘了。"

陈盏这才想起昨晚原本要等系统回来，他皱眉说出善意的谎言："就是单纯地打发一下时间。"

系统的笑声要多冷有多冷。

眼看他又陷入发怔状态，殷荣澜不再打扰，合眼补眠。

任务完成得出其顺利，每张卡片上都签了名字，有几张字迹扭曲，旁边还溅落了星星点点的血迹。

陈盏："你对他们做了什么？"

系统不好意思地说它不太会同人讲道理，只能用拳头打出真理。

陈盏神情复杂，却终究没有多说。

户外节目是陈盏需要参与录制的最后一期，姜颖请假，节目组生怕他也离开，表示会支付丰厚的片酬。

其实他们什么都不做，陈盏也会参加，借此和吴先生做一个了结。

节目组应景地把地点选在一片墓地，传言这里夜晚经常传来啼哭之声。录制时间在晚上，白日里，他们便在附近租下的屋子里休息。

其间，吴弭的视线不时从陈盏身上扫过，眉宇间有着隐约的不安。

陈盏以要观测周围磁场为由出去走动，吴弭见周围没人留意，连忙跟了上去。

“他让我晚饭前把你引到瀑布那边。”

陈盏点点头，表示知道了。

吴弭咬了咬牙：“能不能借我点洗白值？”

她想兑换一件道具防身。

陈盏摇头：“我对放高利贷没兴趣。”

在吴弭的脸色进一步变难看前，陈盏先一步开口：“出发吧。”

周围的树木叶片稀稀拉拉，风一吹，没有层次的响动声像是鬼嚎一样。

一路上，陈盏偶尔会跟吴弭交流两句，多是言辞尖锐，互相嘲讽。虽然明知道是在演戏，但吴弭好几次险些想和他同归于尽。

快走到瀑布旁时，陈盏故作惊讶：“他怎么在这里？”

吴先生转过身，见到他后双目一眯：“你好像并不惊讶。”

“瞎吗？”陈盏，“没看见我半边眉毛都快挑到天上去了。”

吴先生思考的时间，吴弭按照原有剧本冷笑道：“陈盏，今天就是你的死期。”

陈盏念着没有营养的台词：“就凭你们两个？”

就在这时，树林中又缓缓走出几人，吴先生的笑容还没绽放一秒便消失了。与约定的不同，他们全部站在靠近陈盏的位置上。他感知力惊人，怪异感更浓烈前，开始盘算放弃计划撤离。

“放弃吧。”陈盏没有演员的自我修养，放弃演戏直言不讳道，“七个人格也抵不过围攻。”

说话间，他体内蹦跶出一个圆球，甩着铁链，仔细看跟圈养储备粮用的是一种材质的铁。

陈盏看着吴先生：“如果你反抗，我们就一人丢过去一个道具。”这原本是对方想用来对付他的方式，他现学现用。

一对多，连同归于尽的条件都难以达成，吴先生的目光瞬间扫过距离最近的吴弭：“你出卖我？”

后者不敢和他对视，心虚地低下头。

系统捆人的手法相当熟练，一看就是有经验的。

吴先生没有挣扎，眼神不停地变化，即便到这一刻也没放弃逃脱的念头。链子散发着刺骨的寒冷，逐渐感觉到手脚冰凉，他忽然抬头看向陈盏：“我……”

陈盏打断发言，对吴弭道：“别耽误了录节目的时间。”

吴弭点头。

吴先生：“我……”

陈盏再次打断他，又转过头和高个男子说话：“把人带到隐蔽的地方藏好。”

高个男子：“好。”

吴先生怒道：“我……”

陈盏面无表情地捂住耳朵：“不听不听，王八念经。”语毕，目光如刀，扫过周边人。

被眼神威胁，其中一人无奈，找东西堵住吴先生的嘴。

吴先生：我有话要说！

眼睁睁看人张不了口，陈盏发出一声喟叹：“世界都清静了。”

吴弭不禁道：“可他自始至终就说了一个‘我’字。”

陈盏一记眼刀扫过来，吴弭放弃替人申冤。

这时，高个男子迟疑着开口：“我一个人看着，是不是不大保险？”

吴先生乖乖束手就擒，是因为人多力量大，一旦分开，恐怕会陷入糟糕的局面。

陈盏挑了挑眉，看向吴先生，没错过对方眼中的嘲讽。甚至他余光可以轻而易举瞄见众人眼中的不解。在他们看来，囚禁是很愚蠢的做法，人既然抓住了，何不永绝后患？

对陈盏而言，人是死是活他不关心，担忧的是一旦开了先河，底线也会一退再退。

“其实……”他沉沉一叹，目光闪烁着坚毅，“我是个好人。”

反胃的声音突儿响起，陈盏语气有些严厉：“谁？”

众人面面相觑，最终将目光对准拿着铁链的系统。

身为搭档，系统心虚地垂下脑袋："对不起。"一不小心表露出真情实感。

这样下去谁都尴尬，最先发出疑问的高个男子试图把话题扳回原来的轨道："到底怎么处理？"

陈盏盯着手下败将，一时也没有太好的主意。人要坏起来比垃圾还不如，根本找不到回收他们的地方。

目光都聚焦在他身上，等待着一个答案。陈盏沉吟片刻，突然把视线放在圆球身上。

系统用短得看不见的手指了指自己，充满疑惑发问："我？"

陈盏点头，表示就是它："有没有办法暂时解除绑定？"

系统沉思的工夫，吴先生目中的讥诮格外强烈。出乎意料，陈盏取下他口中的东西，愿意短暂倾听。

"我的系统是完美主义者，不会临阵脱逃。"

长期磨合中，性格难免彼此影响，这点陈盏同样深有体会。

吴先生冷笑："何况我们是过命的交情。"

陈盏不得已皱眉另想方案时，系统忽然跳到吴先生的肩膀上，敲了敲他的脑袋："你出来，我有话说。"

一个圆球对着大脑喊话，画面惊悚又滑稽。

四下无声，毫无回应。

吴先生："别再白费力气。"

系统不死心地又敲了两下："小兔子乖乖，把门开开……"

圆球撒泼无赖的样子连陈盏都看不下去，招了招手示意它回来。

系统突然看向陈盏："宿主要记住我为你做的一切。"

陈盏静静地看它表演，以为接下来还会听见以身相许等烂俗说辞，不料系统像是做了什么重大决定，痛心疾首道："你出来，我请你吃储备粮。"

话音落下的一瞬间，凭空出现另一个圆团，语气满是狐疑："真的？"

系统点头，悲壮道："为了成大事，我可以分你一些储备粮。"

双方友好地握手，达成协议，吴先生的系统甚至没再回头看一眼。

很长一段时间，都没有人说话，滞留者们想到自己挂机旷工的系统，不免触景生情。

陈盏轻咳一声，两个系统同时没入他身体内消失。

吴弭惊讶："一个人体内可以寄居双系统？"

陈盏不语，这算什么，他脑子里天天有一支队伍进行观光游览。于沉默中望着怔在原地的吴先生，他叹了口气："这世上不存在绝对的信任，哪怕是夫妻之间。”

吴先生低着头，嘴唇动了动，却一个字都没吐出。

没有系统便不足为惧，高个男子松了口气，最后问了一句：“要看管到什么时候？”

陈盏：“很快。”等到系统篡位成功，一切就可以彻底画上句号。

他们沿原路折返，吴弭有意落下半步，方才的事让她心中生出些畏惧。

陈盏突然停下脚步：“我不习惯有人走我后面。”

吴弭不得已跟了上来。

二人相顾无言返回租住的房子，工作人员看到他们倒是分外热情，问有没有什么发现。

陈盏点头，佯装高深莫测道：“不过是一种形式到另一种形式的转换。”

工作人员心提到嗓子眼：“可以解决吗？”

陈盏：“只要能量不变。”

工作人员似懂非懂，目光越发崇拜。

吴弭心中无语，这不就是能量守恒定律？信口胡来总得有个度。

可惜在场除了她，众人都当陈盏是世外高人，还有人窃窃私语说入梦者果真不同。

大家各有盘算，陈盏如今只想快点回去专心写稿。

夜晚降临后，一行人站在陵园内。

冷月如钩，来这里祭拜的人不多，还有些只立了块牌子，连像样的石碑都没有。没了日光照耀，和尸体只隔了些木板和泥土，众人心中不免发凉。

主持人对着摄像头兢兢业业工作：“当地传闻这里每到夜晚就有啼哭声……”不知道是不是心理作用，风中似乎夹杂着呜咽。

“我感觉到了，”一位男嘉宾手指颤抖，闭着眼睛喃喃，“怨恨，痛苦，死神的镰刀在狂舞。”

每多说一个字，呜咽声便越大，恐惧使每个人下意识靠拢。

陈盏却在这时突然朝前走了几步，在一块石碑前驻足。他定了定心神，将手掌贴上去，低声喃喃。

跟拍的摄像师胆子小，苦不堪言地随他走过去，还得拉镜拍。

时光此刻流淌得格外缓慢，陈盏的身子忽然有些摇晃，他勉强站稳后，空气中那种扰人的呜咽声也渐渐消停。

众人叹为观止。

最惊讶的要数吴弭，陈盏基本就在她的视野范围内没离开过，不可能有时间装神弄鬼。暗道莫非他真的有什么过人的本领？

“我的能力只够超度一个亡灵。”陈盏嗓音变得低哑，“剩下的就交给你们。”说着亦步亦趋往回走。

导演愣了，连忙叫住他。

陈盏转过身，脸色在月光下称得上惨白吓人：“收工。”

等导演回过神，人已经走远，再一看时间，才开播五分钟。

“……”

陵园出口是虚无的寂静，远处的小路被掩盖在漆黑的旋涡当中。

陈盏四下环顾，快步走进侧面的小树林，嘲讽道：“音效做得不错。”

殷荣澜把装备收好塞进背包：“确定今晚走？”

陈盏点头：“票我都订好了。”凌晨的班机性价比高。

殷荣澜已经收拾好行李，这座城市基本不存在堵车，一路顺畅抵达机场。

坐上飞机系好安全带的一刹那，陈盏轻轻松了口气，感叹事情总算告一段落。抵达正好是晚上，可以避开大部分媒体。

这种美好的想法在看到数个摄像头后宣告终结。陈盏忍不住后退一步，自我怀疑：“我是犯罪了吗？”为何声势会如此浩大？

所有人簇拥在他身边，围绕着一个主题——他是真的“大师”吗？

殷荣澜在等行李，晚了几分钟出来。刚一跨出通道口，就看到陈盏周围水泄不通。

“这事你们得问他。”陈盏伸手指向这边。

目睹对方祸水东引，趁着转移注意力冲出去的罪恶行径，殷荣澜好气又好笑。

跑了一个，媒体和跟拍者自然不可能放走剩下的，一窝蜂挤过来。眼看话筒都要撞到自己脸上，殷荣澜眼睛一眯：“让开！”

他态度一冷，围上来的人不由得生出些怯意。

车窗半开着，陈盏坐在副驾驶座看手机等人，听到有人上车的声音，摇上车窗让师傅出发。

殷荣澜神情复杂。纵然大难临头各自飞，他飞得未免有点太快了。

陈盏解释道：“我不好说重话。”

出租车一直把他们送到别墅门口，陈盏付车钱，殷荣澜下车扛行李。

夜风吹得人瞬间精神了，他见殷荣澜不动，问："怎么不走？"

"有人。"

陈盏循着视线望过去，门口盘腿坐着一名青年，太暗了看不清脸，乍一看就像是在打坐。

看到他，青年激动地站起来。

陈盏定睛一看，可不就是他的"东宫太子"。

值得庆幸的是在国外旅游时，殷荣澜已经和对方打过交道，避免了无聊的解释环节。

青年跟在他们身后，自觉主动进屋。

整理行李的事情落在殷荣澜身上，陈盏去厨房烧水，似笑非笑地看着青年："你来做什么？"

"听说您把滞留者干掉了。"

陈盏眸色微沉，这才不到一天，消息走漏得倒是快，他纠正话里的歧义："他还活着。"

青年浑然不在意，每句话不忘用尊称："我想跟您商量个事。"

陈盏幽幽道："说。"

"听说您的系统要造反。"

陈盏微笑："都是听谁说的？"

青年总觉得这笑怪瘆人的，解释道："造反的年年有，都是雷声大雨点小。但我觉得你们不一样……"

"所以？"

青年毛遂自荐："这种好事能带上我吗？"

等待答案的间隙，殷荣澜走过来："水开了。"

陈盏这才发现电源灯早就灭了，正欲开口，殷荣澜的目光停留在青年身上："怎么称呼？"

青年道："无名之辈。"

殷荣澜不知在想什么，少顷道："你既然叫他一声干爹，那就随他姓。"

青年："陈？"

殷荣澜摇头："姓盏，叫桃花好了。"

几人心思各异，一时间竟没人反驳，"盏桃花"这个名字便就此一锤定音。

陈盏已经对殷荣澜的起名能力不抱希望，家里的土狗被他称呼为拖油瓶，现在又来了个盏桃花，真是另类的般配。

执法者占用的是一个交不起保护费的滞留者身体，无论何时他的眼神都非常空洞，哪怕听到这样的名字，也只是迟钝地点了下头，不见太多在意。

对视间，陈盏忽然好奇被占据躯壳的滞留者会如何。

系统："死亡。真正意义上的灵魂泯灭。"

陈盏沉默片刻，忽然明白安冷为何会不择手段地使用替死道具，甚至帮吴先生算计他……比死亡更可怕的是成为一具会活动的行尸走肉。

"干爹，"盏桃花叫了声，唤回他的思绪，"别墅很大，能不能匀给我一个房间？"

陈盏认真思考，少顷，缓缓绽放出一抹笑容。很明艳，但带给人的是彻骨的寒意。

他的视线太过随意，一看便知是处于思绪跑偏的状态。

见状，殷荣澜询问这又在琢磨什么。

陈盏吐出一个名字："林池昂。"

"我们认识时，林池昂还没求婚，"陈盏边说边走到窗边凝视无边夜色，"后来出国去旅游，他和姜颖的关系勉强上了一层楼，现在姜颖怀孕了，我的儿子都这么大了。"甚至早就过了打酱油的年纪。

陈盏从落地窗中窥视着盏桃花，魔怔般一笑："我好骄傲。"

殷荣澜："祝贺你。"

陈盏："同喜。"

处在诡异氛围中的盏桃花："……"在这个家里，他还是不要随意开口说话的好。

盏桃花被安排在楼上最靠里的一个房间，陈盏对他只有一个要求，尽量少在殷荣澜面前晃悠……毕竟不是亲生的。

一切安排妥当，坐了一天飞机带来的疲惫全部侵袭而来。没多久，这条街道上唯一亮灯的别墅同样被夜色吞没。有系统看着，陈盏并不担心青年会做出什么出格的举动，平静地陷入沉睡。

翌日是个晴朗的好天气。各有工作，殷荣澜去公司上班，陈盏坐在电脑前打字，青年则严格遵循嘱托窝在房间中静心养神。

因为知识量储备不够，《异变》几乎快从科幻文飙升到神话文。

好在这是一篇靠粉丝撑起的作品，评论区相关衍生同人文的讨论度都快要超过正文。

陈盏点开几篇被回顶无数的长评，发现文笔相当不错，不知不觉竟看进去了。

系统："如果殷荣澜知道了，一定很刺激。"

陈盏关闭网页退了出来："随便瞧瞧罢了。"他喝了口水，视线突然看向楼上，不知在想什么。

系统："不是所有执法者都向着宿主，还是警惕些好。"

自始至终，明着投靠的也只有楼上那个，还不知是不是真心的。

陈盏："防归防，正事要紧。"

作为资本的供应方，他更该考虑的是如何再捞上一笔洗白值。得知陈盏有此想法，系统义正词严地表示比武招亲收门票费这种事，它不会再做。

"那是个例。"陈盏无奈，赚洗白值理应靠自己动手。因为写书，每日都有固定的洗白值进账，可惜还不够。

系统："宿主真的很难满足。"

陈盏在转椅上坐了一会儿，有了想法，发布动态："抽选讨厌我的人进行线下见面会，要求：今年三月份前发表过相关言论，优先考虑骂得最狠的。数量有限，先到先得。"

陈盏出格的行为太多，他一发消息，众人只想着看好戏。不出五分钟，私信多得几乎快要爆炸。

陈盏先去吃了些东西补充能量，然后拉开漫长的看消息过程。

私信中不乏含有低俗言论的，他只是扫了一眼，倒不会被影响心情。陈盏用了半个小时左右的时间，筛选出百余名合意的。

同样一件事，一个普通人能带来的洗白值为10，那厌恶陈盏的人就是100。基础底子就放在那里，爱之深，恨之切。

系统："宿主……要给他们洗脑？"

陈盏皱眉："用词稳妥些，只是用口头上的交流消除彼此间的误解。"

消息还在不断增长，等到了晚上，发展成一个迅猛的数字。

青年在楼上待得憋屈，想去厨房转上一圈，被这幅画面吸引过来，表示不解。

陈盏粗略地介绍了下情况。

青年："目的达成，为什么不设置消息拒收？"

陈盏："收集名单。"边说边展示了一张密密麻麻的表格，全部是他挑选出的人，"我已经建了十个群。"

线下见面会只是个噱头，能接触的不过百余人，群里的这些才是主要目标。

青年瞪大眼睛，被他的商业头脑折服，陈盏能成为洗白值顶端的存在，不是没有原因的。

系统则是惊得直接从大脑里蹦出来："这和我圈养储备粮的行为有什么不同？"

陈盏不是很满意这种说法："以人为镜可以明得失。"试图让他人改变看法只是目标之一，每日征询群里的意见，择优选取进行改正，则可以努力成为更好的自己。

虽然听上去很可笑，但陈盏确实在认真地执行。群里的一位妹子是姜颖的粉丝，爱屋及乌不满林池昂被嘲讽，自入群以来坚持不懈地发消息："没腹肌的人有什么资格嘲笑林池昂的六块腹肌！"

这句话得到不少人的赞同。陈盏采纳，去健身房办了健身卡并请了私教，每天定时在群里汇报训练计划和训练成果，一个月内腹肌速成，手动呼叫妹子，号召大家一起运动。

还有人嫌弃他文章写得没有深度，陈盏便要求自己每天背十首诗和一篇散文，一个月后直播背诵《唐诗宋词三百首》。

被认为特长太少，特地又报了个才艺班，学习声乐。

过了大半年，陈盏嫌弃最近大家给他提的意见太少，终于有群友忍不住发声："请您独自美丽好不好？！"

这么优秀下去，还让他们怎么下嘴？人生在世图个乐子，在自己身上难以寻找到，就会努力在别人身上挖掘。只不过表现方式不同，有的搞精神崇拜，有的键盘在手，天下我有。

陈盏成功地把这种娱乐性回馈给群友，洗白值迅猛增长。

看了看日历，他随便圈定个日子，准备在那日举办线下见面会。

作为他优秀成长的见证者，殷荣澜心绪复杂。运动让陈盏看上去相当精神，给人的第一印象便是具备蓬勃的生命力，才受邀参加完一场活动，便多了几朵桃花。

一连数日，殷荣澜都在思忖如何才能让对方恢复到放飞自我的状态。

上苍好像听到了他的呼唤，就在陈盏准备去学马术时，一通国际电话打到了家里来，通完电话，陈盏面色多了几分凝重。

"吴先生几天前跑了。"陈盏在脑海中沟通系统，后者表示出十足的惊讶。

"他手上还留有之前兑换过的一个道具。"陈盏蹙眉，"是我疏忽了。"

吴先生和安冷不同，绝非为了保命可以做到苟且偷生，但凡有一丝可能，他也会拼尽全力做到两败俱伤。

系统："垂死挣扎罢了。"

陈盏挑挑眉："但愿吧。"

午后天气格外闷，云层聚在一起，似乎隐隐预示着一场暴雨。陈盏心不在焉地更了会儿文，院子里狗叫声不停，被吵得没法子，他装了些狗粮往外走。

陈盏还未进院子，脚步生生停住。草坪上陈列着一具尸体，海藻一般的头发遮住了大半个脸庞。之所以说是尸体，从她脖子上的伤口来看，绝无可能活下去。

陈盏冲土狗比了个"嘘"的手势，这狗今天难得地通人性，犬吠声渐渐低了下来。

撩开散在脸上的头发，露出一张精致惨白的容颜。陈盏还记得她，自己曾以托腮为由激怒对方出手进了几天局子，释放后便消失匿迹。

如今人死在自家院子里，又有旧怨，计较起来可就有说头了。

系统："处理掉。"

陈盏叹道："多半是吴先生下的手。他大约早就到局子里报案了，想把事情扯到我头上。"

若警方来，埋尸到一半，有理也说不清。原本别墅安了摄像头，后来因为系统进进出出，基本就没再用过，尸体如何不为人知地运进来，还是个谜。

系统不死心："现在处理说不定还来得及。"

陈盏站起身，视线如同能穿破墙体一般："吴先生敢做，必定卡好了时间。最多三十秒，门铃就会响起。"

说完，他低头看表，最后十秒钟时，低声倒数："十，九……"

最后一个数字数完，天气依旧沉闷，院子依旧清静。

"没道理啊。"陈盏盘腿坐下，又从一分钟开始倒数，依旧无人登门造访。

警局里。

匆匆出逃令吴先生看起来颇为狼狈，穿着也没往日得体，他双手撑在桌子上再三强调："我亲耳听见从陈盏家中传来惨叫，你们为什么不信！"

遇到这种事情，起码也该上门看看才对。他没留一点后路，用了全部的洗白值兑换道具，才制造出一个完美的凶案现场。只要他们去附近搜寻，还能发现染血的凶器，由此便可以展开进一步搜查。

"不是不信，"警员漫不经心地说道，"陈盏和狗玩得比较疯，很正常。"

吴先生不死心道：“我还听到有奇怪的金属声音。”

“铁链吧。”走进来接水的一位男警员回忆，“之前他们钥匙断了，还叫去消防队？”

“没错，我记得那次是殷荣澜助理举报的，因为半夜打电话叫他带电锯去。”

“说不定是铁锹。”正在整理资料的一位女孩忍不住插话道，“记不记得殷荣澜藏私房钱害我们以为是在埋尸的那回？”

“林池昂才惨，早前姜颖报案说收到奇怪的信件，查来查去最后查到未婚夫头上。”

“哈哈，我做的笔录，林池昂差点被家里人打骨折，说是从殷荣澜那里学来的！”

“这算什么？陈盏写《异变》时，殷荣澜为了让他产生灵感，假装被杀还在地上用番茄酱写下凶手的名字。据说陈盏进门后当时的表情相当精彩。”

跟着笑了会儿，警员看向吴先生：“所以他们肯定又是在玩角色扮演，先前已经无凭无据地上门好几次，再去怕是要被投诉。”

吴先生的面色变了又变，无论切换成哪个人格，都无法说出能令人信服之言……陈盏和警局，活脱脱的就是一出现实版《狼来了》的故事！

因为这个话题，原本严肃的警局难得有了些欢笑。

吴先生沉默了片刻，面色越发阴冷，长期以来的压抑让他积聚的愤怒即将爆发。

这时已经是下班时间，不过局子里甚少能按时按点离开，有的要整理材料，还有的预备晚上加班，正在等外卖。

就在吴先生怒火发泄出来的前一秒，刚取完外卖的女孩吃饭时顺便看了会儿手机，还贴心地要把附赠的果汁给吴先生。

“我就说嘛。”女孩把手机往前推了点，让就近的人都能看到，“陈盏上热搜了。”

上热搜的原因是有人截了他朋友圈的图：

一小时前：该不该继续等下去？

五十六分钟前：你放别人的鸽子，终有一日会被人放回来。

四十七分钟前：满怀忐忑地等了这么久，却被爽约。任谁都会心里难过，不是我不善解人意，而是望眼欲穿的感觉太过悲凉。我不知道还能给你多少信任，但我真的快到极限了。

十分钟前：天乌沉沉的，我在等风等雨也在等你。然而又有谁知道，我的内心早已风雨交加。

一分钟前：不等了，是我傻，一个人吃火锅没什么不好。

“啧啧，”女孩刚毕业不久，身上还有种不谙世事的纯真，感叹道，“这是闹矛盾了。”

“这种文体……”年纪有些大的警员靠近，盯紧手机屏幕，“让我想起了上初中时发的‘说说’。”

女孩乐不可支：“您该去看看网上的评论，不知道是谁截了陈盏的朋友圈，可真是个英雄。”

本来想着晚上熬夜加班，还有几分郁闷，看完这张截图，负面情绪一扫而空。

一句粗话打断了和谐的交流。

女孩皱了皱眉，难以想象刚刚那句脏话居然是从吴先生嘴里吐出……明明他看上去是挺有教养的一个人。

“先生，请您注意言辞。”

话音未落，只来得及看见消失在门外的一截衣角，吴先生大步流星迈出。

女孩连忙对离门近的同事道：“可能要下雨，借他把伞。”

可惜等人追出去，吴先生的身影早就没入车水马龙当中。

别墅内。

很多杀人犯喜欢在雨天动手。

杀人犯的想法陈盏无法理解，但诱人的火锅味在雨天确实能飘香十里。

“我真傻，真的。”陈盏涮着牛肚，舔了舔唇瓣，“浪费大好的时光用来等待。”

盏桃花坐在他对面，用筷的手势看着十分别扭，基本没怎么说话。

陈盏每份菜只下了一半，另外一部分准备留给还在公司加班的殷荣澜。

“砰砰砰！”来人没按门铃，而是几乎用砸门的方式，似乎在宣泄着什么。

陈盏皱眉放下碗筷，过去开门。

门外的人被淋成落汤鸡，大滴的水珠从发梢滴落，一双黑眸死死地盯着面前人。

陈盏问出心底的疑惑：“你怎么才来？”作为主人，他完美地展现出热情的待客状态。

吴先生说的同样是肺腑之言："我这一生，从未见过你这样的黑心肝。"

陈盏张望了一下："警察呢？"

回应他的是一声冷笑。

这份嘲讽仿佛夹杂着细雨一并被吹进屋中，陈盏幽幽一叹："你等我一下。"说罢转身进屋。

一分钟后，铁链拖在地上发出哗啦啦的响声。陈盏拉着铁链一端，惊讶地望着门口："让你等你还真等？我是来抓你的。"

陈盏盘算着让对方和系统上演一出雨中追逐战，自己还能顺便吃个火锅，最后关头动手捕获，不料吴先生居然没跑。

"为什么不跑？"陈盏微微歪着头，发现越来越难理解对方的想法。

吴先生也愣了，明明是大好的逃跑机会。他的表情一时有些扭曲，垂着眸子不知在想什么。时间在雨声中缓缓流淌，吴先生骤然抬头："你敢不敢和我堂堂正正地比一回？就当是了我一桩心事。"

陈盏一直认为自己身处光明的阵营，陡然听到这番言辞，蹙了下眉头，还是道："可以。你输了就去自首，火烧房子还有杀人，承认往常这些恶行。"

"有一点你说错了，我没杀过人。"吴先生露出一抹诡异的微笑，"最多是借刀杀人。"

陈盏："后院草坪上的……"

吴先生打断道："我只是骗走了她手上的一点洗白值，再泄露给执法者。"

铁打的身子也经不住一直淋雨，他一步跨入屋子，陈盏没阻拦。

系统："执法者如果不想附身，滞留者的躯壳会被当作废品遗弃。"

陈盏眯了眯眼："那是一条人命。"

吴先生嗤笑："别忘了她曾想过要害你。"

陈盏并不是同情她，只是觉得这种命运被别人拿捏的感觉令人不舒服。这也是他愿意助系统成事的原因，希望能让这世上的滞留者和执法者各回各家，各找各妈。

系统："包括你？"

陈盏："那个世界我没家也没妈。"

他的语气有些冷，系统重新查看资料后，发现果然是个小可怜，怜爱道："宿主如果愿意，可以叫我一声爹，以后我罩着你。"

陈盏"呵"了一声："再说一遍？"

系统："……祖宗，我错了。"

一旁，吴先生看他一副神游天外的样子，便觉是在和系统说些见不得人的阴暗事，不由得一声冷笑。

陈盏回过神："想比什么？"

吴先生嘴唇动了动，还未来得及发言，就看陈盏把所有窗帘拉上，打开屋中的灯："踩影子大战如何？"

说完许久后，未听到回答。

吴先生抬了抬手，手指在半空中猛地攥紧又松开，他强行忍住一巴掌挥过去的冲动。

两害相较取其轻，先给出一个踩影子大战，相较而言，跳棋似乎还勉强可以接受。

实际上，陈盏只会跳棋和五子棋，吴先生亲眼看见他搬出六角跳棋棋盘，眼皮都跟着跳了一下。

"来战。"陈盏撤下桌子上的火锅，摆放棋盘。

吴先生坐下，说了声"幼稚"。

陈盏选好颜色，淡淡道："化繁为简，这么幼稚的游戏如果你还赢不了，证明永远都别想胜我一筹。"

闻言，吴先生目光一动，移动了第一颗玻璃珠。

殷荣澜回来时，一局刚刚结束。陈盏收拾好棋盘："你输了。"

比起之前的那些交手，输在这种益智小游戏上，才更让人心有不甘。

吴先生面色难看，难以相信七个人格连一盘棋都赢不了。

殷荣澜看了一眼，一脸的无动于衷："下跳棋，我也赢不了他。"

陈盏："希望你能守约。"

话说得淡然，实际上吴先生离开后，陈盏便让青年暗中尾随，防止人半路逃跑。

殷荣澜洗完手重新把电磁炉摆好，往里下了些蔬菜："打了什么赌？"

陈盏又取来一个小碟子："输了就要去自首。"

殷荣澜眼神幽暗，甚至声音带出些低哑阴冷："便宜他了。"就凭以往那些害人的作为，死上千百次也不足惜。

陈盏往碗里加了点麻酱，倒没看出有多少愤慨："精神上的痛苦才是最折磨人的。"

纵火罪判得很重，日后吴先生被收押，他要每个月准时带着跳棋去看望对方。想到这里，陈盏不禁笑了笑。

"凡事讲究细水长流，"从殷荣澜筷子上夺过藕片，陈盏道，"报复一个人也是。”

“快吃，”陈盏催促他，“一会儿有事要告诉你。”

殷荣澜放下筷子：“先说。”

陈盏：“担心你听了会影响食欲。”

殷荣澜沉稳道：“心里装着事才会食欲不振。”

陈盏想了想，说：“院子里有一具尸体。”

伴随着一言一语，肉食和鱼虾来回滚动，麻辣火锅的红油淋在上面，看着格外诱人。殷荣澜却在这一刻彻底失了胃口。

陈盏叹道：“早跟你说了先别听。”

院子里临时搭了顶帐篷，雨水顺着边缘流下，如同一条流淌的小溪。

殷荣澜掀开瞧了一眼：“撕咬的创口。”

陈盏微怔，其实他在看第一眼时，曾误认为是利器所伤，此刻殷荣澜的说法间接佐证了吴先生所言，这个女人的确是死在执法者手里。

“你对这些似乎很了解。”

殷荣澜微微一笑：“上大学时有个微电影活动，拍摄过程中了解过一些。”

陈盏深深地看了他一眼，对此番说辞没有全信。

凉风吹得人发抖，殷荣澜进屋拿了件外衣给陈盏披上，视线重新扫向帐篷。猜测此人的死因和吴先生有关，他只是问了句：“准备怎么处理？”

陈盏未立刻回答。吴先生敢去叫警察，不会是无用功，多半提前制作好了类似的凶器扔在附近，报警容易自找麻烦。

不过另一方面，他还挺想看看能做出撕咬效果的凶器长什么样。

最后还是系统主动发声说可以让执法者联络同僚来收尸，每年都有滞留者死亡，它们是处理这事的行家。

陈盏觉得可行，对殷荣澜只说让青年去处理，后者微微颔首没什么特别的反应。

这注定是个不平凡的夜晚，有人收尸，有人举报失败后自首，有人在家涮火锅聊人生。

乌云散去，陈盏透过窗户望向寥寥星辰，喃喃：“很快，就有安稳日子过了。”

这句喟叹入耳总觉得哪里不对劲，殷荣澜神情复杂，自始至终好像受伤害的从来不是陈盏。毕竟无论善恶，不分性别，对方都能做到一视同仁——通通送进局子里去。

渴望过安稳日子的陈盏沉浸在夜色中安然入睡。

殷荣澜甚少起夜，或许是因为晚上的火锅，夜半三更他梦见行走在沙漠里，最后因为口渴醒来。

外面的雨才停歇没多久又淅淅沥沥地下了起来，殷荣澜正准备起身，忽然听见一阵低喃。起先以为是陈盏在和他说话，借着月光一看，对方依旧合眼平躺，不见半分醒来的意思。

再一听，是在说梦话——

对装穷话题，“男神”总算脱离讳莫如深，我们经常会聊起从前。

一段不为人知的往事从他的口中渐渐浮出。事情要追溯到相识不久，那时我正忙于事业，接一些不出名的小代言，生活相当忙碌。有段时间，“男神”同样神出鬼没，彼此很少能碰见。

距离产生的除了美还有健忘，没半个月，我几乎快要忘记生命里出现过这么一个人。

直至有一日，我在街边买烤红薯，突然看到对面街道的橱窗里有一道熟悉的身影。那人背对着我，正在给客人上茶，中途静默地站在一边，似乎被为难了。

生活不易，我朝前走了几步，刚踩在斑马线上又退了回来。现在上前去帮忙出气，很有可能会害他丢了工作。

我无奈转身离开，决定日后要多帮衬着“男神”一些。

没过几日，我去公司签一个刚谈好的代言，有保洁人员从身边路过……很高，戴着口罩低头匆匆走过。

是他！唇瓣动了动，我终究没有叫出那个名字。

原来他一直在打很多份工维持生计。“男神”长相好、气质佳，分明可以找到更好的工作，思前想后，我猜测他可能是有案底在身，所以难被其他公司录用。

如果我当了老板，或许就能让对方摆脱这种困境。然而自己也处在创业初期，没什么能帮衬的。就在这时，一个小姑娘被大人牵着从身旁路过，她的怀里抱着可爱的布娃娃。

一个想法陡然在脑海中呈现：卖手工艺品，譬如护身符之类。既能拓展赚钱渠道，还可以计划扶贫。

因为这个念头，签约时我略微心不在焉，等静下心看完条款，同合作方谈妥已经是一个小时后的事情。离开时，保安递给我一杯奶茶，说是保洁人员麻烦他转交的。

“他还让我给你带一句话，”保安神情有些复杂，“天气转凉，注意身体。”

我看着手里的奶茶，第一次发现，原来“男神”竟然是这么温暖的一个人！

这件事是一个转折点，也是让我把他当真朋友的起点，以至于印象深刻。

月明星稀的一个晚上，我和“男神”谈起往事，想起从前神情温柔。

“不是我。”“男神”笃定道。

我一怔，终究是错付了！

“男神”接下来的一句话打断了我的这份畅想：“不过确实是我授意的。”

在我不解的目光中，他解释道：“那段时间公司在国外的分部出了问题，两边来回跑便没时间见你。”

仔细回想，当时见到的“男神”，有背对着我的，有戴口罩的，又或是某个街头擦肩而过匆匆不见的……唯独没一个是正儿八经说过话的。

“男神”缓缓道：“小赵说朋友长期不联系会渐渐丧失共同话题，我便雇了几个外貌身材相近的，陆续出现在你身边。”

我喉头滚了滚，不知说什么好，半晌憋出一句：“你居然……养小号？”

见我面色不善，“男神”摇头认真道：“那几个‘马甲’都是按照吩咐办事，被授意不能和你有过多接触。”他想了想，仔细举例，“就像是打游戏，因为平时太忙，不得已找了几个代练刷经验。”等忙完再上线时，便直接可以进入高级副本。

我闭了闭眼深吸一口气，想起“男神”神出鬼没前，我们只是点头之交，后来一起进剧组，已经是无话不谈的好朋友。

一声惨叫惊醒院子里的土狗。夜凉如水，不能怪我心狠，相反，我已经是心慈手软。

“男神”似乎还颇为委屈：“那些事都是我想做的，可没有时间。”

我皮笑肉不笑：“所以就雇人？”

“文案和创意是我想的，他们只负责表演。”“男神”道，“而且比起一般人，还花了钱。”

我面无表情地说：“清醒了吗？”

“男神”：“……我错了。”

“错在哪里？”

“男神”：“……不该找代练，不该走捷径。”

抑扬顿挫，中间还有断句。殷荣澜深深地看了一眼陈盏的睡颜，这算是特异功能吗？

试问有谁能做到睡觉还在写作，关键是逻辑通畅，富有情感变化。半晌，他低叹一声：“劳模。”

翌日醒来前感觉到模糊的凉意，陈盏困顿地坐起身，天气阴沉沉的。

他后知后觉地发现殷荣澜不在身边，赤脚走进客厅，就看见对方守着笔记本。

“最近公司业务这么多？”陈盏在他旁边坐下，很少瞧见这人大清早起来工作。

“是替你工作。”殷荣澜淡淡地回了句，检查完最后一行，确定没有错字。

陈盏一怔，再一细看文档内容，面色微变。

殷荣澜点完保存，轻轻地把手覆在他的手背上：“有件事我一直没敢跟你说，其实……”话说到一半低头垂眸，仿佛有难言之隐。

陈盏回握住他的手，像是要带给他力量。许久，殷荣澜开口：“其实入梦者是真实存在的，我就是。”

一时间，陈盏甚至忘了眨眼。

“昨晚我抱着你，读取了你的梦境。”

陈盏隐约记得昨夜好像真的梦见了这段往事。

殷荣澜额头渗出薄汗，卸下防备，第一次瞳孔中堆积着无奈与畏惧：“这种能力很痛苦，我不敢和人过多接触，生怕有一天陷入他人的梦境走不出来。”

陈盏皱眉，可他们接触的次数也不少。

殷荣澜：“你让我坚强。”

信息量太大，陈盏一时没反应过来，轻轻拍着对方的背部，能感受到人在微微颤抖，难免有些心疼。

系统：“打扰一下，宿主昨晚一直在说梦话。”

正在帮忙拍背的手僵硬在半空中。

系统：“本来不想说的，但实在是看不下去也听不下去了。”

陈盏一把推开，分外冷漠无情。

殷荣澜瞧见他的表情，就知道被拆穿了，但又想不通是哪个环节出了问题。

陈盏：“我说了梦话，对不对？”

殷荣澜迟疑一秒，点了点头。

杀机四伏，语气听着却是轻描淡写，陈盏道：“为什么要骗我？”

殷荣澜很快找到借口："因为你很神秘。我想赶上你。"

因为一些突发意外，殷荣澜上班时间比往日里迟了一些。

电梯里遇见几位同乘的员工，有个嘴快多事的，没过脑子问道："您脸怎么了？"

殷荣澜面无表情："蚊虫叮咬。"

员工惊讶："蚊虫还能把脸叮出高原红的效果？"仔细看看两边，是格外对称的红润。

殷荣澜看了他一眼，员工再鲁莽，也感觉到不对，身边的同事用力拽了下他的袖子，这才闭嘴。

电梯停在十一层，里面的人陆续走出去，就剩殷荣澜一人。

员工望着继续上行的电梯，长松了一口气："我是不是说错话了？"

同事叹息着说："蚊虫叮咬是什么样暂且不论，不过挨了两巴掌应该就是总裁那个状态。"

别墅里。

陈盏掌心揉搓着一个鸡蛋。

盏桃花走下楼看到这一幕，问："这是在做什么？"

陈盏微笑："手疼。"

打也舍不得打，搓了一晚上对方的脸蛋泄愤。

殷荣澜至少做了一件正确的事，托他的福，今天的工作量骤减。通篇读完对方码的字，风格和用词都拿捏得相当到位。陈盏在发文之前犹豫了一秒，这算不算是请人代写?

系统："他只是梦境的记录者。"

说得有理，陈盏立时点了发布。

现在还是早上，有大把的时间可以挥霍，陈盏没看评论，搬出跳棋准备享受人生。资源有限，能和他对局的只有盏桃花。

才走了几个子，盏桃花忍不住道："这样……算不算是不务正业？"

他来这里的初衷是参与君临天下的大业，而不是天天见证"暴力"和下跳棋。

陈盏专注棋盘："线下见面会还在筹备当中，我这边能做的只是提供洗白值。"关键还是在于系统的武力值和号召力。

盏桃花试探着问道："它那边，准备得怎么样了？"

陈盏把系统喊出来，让它亲自来回答这个问题。

“我有绝对的把握被载入史册。”圆球拍拍胸脯。

陈盏“呵”了一声，历史记载的一大半是失败者的故事。

系统却是自信满满：“我才测过智商，破八十了。”

“吧嗒”一声，陈盏猛地抬起头，其间，一个手不稳，玻璃珠掉在地上滚落一圈不知所终。

不仅仅是他，盏桃花的面色更是精彩至极，两道目光齐齐不可思议地望向系统。

“八十？”

确定不是中间少加了一个小数点？

圆球：“四舍五入一下。”

陈盏：“……从多少开始入的？”

圆球：“七十九。”为了证实所言非虚，它还专门打印出了鉴定报告。白纸黑字，它不至于无聊到在这件事上作假。

陈盏盯着看了好久，棋也不下了，忽然站起身：“我大约还是没睡醒。”

盏桃花也是一样的想法，一个去洗冷水澡，一个回房间补眠。

如果不是物种不对，繁衍规律不允许，很多人一定会认为陈盏是热搜的亲儿子。

冷水澡令人清醒，陈盏靠在沙发上轻叹一声，翻看手机果不其然在话题榜上瞧见熟悉的名字，一时想不通殷荣澜想图个什么。如果他不代笔记录梦话，短期内代练一事绝对不会出现在文章中。

系统：“实现梦想。”

陈盏微怔。

系统：“很久之前，殷荣澜就许愿要和宿主肩并肩一起出现在热搜上。”

陈盏早就遗忘了这回事，这么一解释，此番行为勉强算是有迹可循。

系统：“不忘初心，方得始终。”

系统：“他身上具备成功人士的一切特质：信念坚定，出其不意且富有投资眼光。”

陈盏本来面色阴沉，听到最后一句目光变得稍许柔和：有投资眼光，间接说明自己是优秀的潜力股。

他摇了摇头，准备放下成见去厨房找点东西果腹，忽然意识到哪里不对，系统居然学会了最高端的溜须拍马技巧。看来智商提高真有其事。

亲眼见识了世道变迁的可怕，陈盏悠悠道：“曾经沧海难为水……”

他伤春悲秋地念着诗，楼上盏桃花被吵得睡不着，无奈地趴在楼梯口，用眼神控诉他。

陈盏没给他说话的机会："我要去探监，你记得给拖油瓶喂食。"

盏桃花目光穿透玻璃，定格在趴在草坪上午睡的土狗身上，突然觉得在这个家里，自己和它的地位是一样的。回过神来，他只来得及看到陈盏离开时的背影。

雨后空气凉爽，车子行驶在路上，凉风透过微小的缝隙钻进衣领里，让人忍不住打了个冷战。

隔着一层玻璃，陈盏见到了吴先生。对方的状态比预想中要好，又恢复了波澜不惊的古井模样。

会面过程中有监听和录音，两人字里行间不约而同地带着些隐晦。

"愿赌服输，"吴先生低声道，"进来时以为不见天日会很难受。"

"不过我现在挺喜欢这里。"他朝后坐了一些，口吻难分真假，"监狱里没有你，就很值得。"

面对对方丝毫不客气的指责，陈盏平静地告知他进监狱的事情被网络大肆炒作。

吴先生不以为然，笑容讥诮："你觉得我会在乎这些？"

因为不能私自携带通信工具，陈盏提前背下来一些热评，义正词严地复述："他烧了他的房子，后来为了他，不惜自己举报自己……人海中遥遥一望，恨不相逢……"

不过两段评论，吴先生的目中已经积攒出嫌恶："闭嘴。"

陈盏："我来是想说，网友都在等着你写第二版本的《忏悔录》。只要好好改造，出狱后肯定会接到经纪公司和出版社抛来的橄榄枝。"

"……给我滚。"

"复制我的成功人生，"陈盏佯装看不见他的抗拒，微笑道，"走花路吧。"

半个小时后，陈盏离开监狱。天上乌云逐渐退散，太阳露出一角。

就这么短短一会儿工夫，却让他有种恍如隔世之感，似乎墙里墙外的阳光都是不一样的。

系统问出疑惑，在它看来，宿主不像是会落井下石的性子。

"调节情绪罢了，"陈盏解释说把对殷荣澜的意见迁怒到吴先生身上，有利于朋友间的和谐相处，"同时能让吴先生重拾人生希望。"

系统："你确定？"它怕长此以往，滞留者会越狱冲到别墅与他同归于尽。

陈盏没回答，透过指缝去看阳光，忽然想发条伤感“说说”。

这时一辆车子停在路边，按了两下喇叭。陈盏挑了挑眉，走过去。

王城从车里探出脑袋：“上车。”

陈盏系好安全带，随口问道：“你怎么知道我在这附近？”

王城：“问了殷荣澜，他看的定位。”

说这句话的时候，王城神情极为复杂，忍不住道：“你们平时……都是这么相处的？”毫无信任，互相揣测。

陈盏点点头，顺便说起下一本书的构思。

可双方不在一个频道，陈盏猜测是有重要的事情，否则王城不会主动去联系殷荣澜：“找我有事？”

王城从纷乱的思绪中回过神，连忙点头：“有一些读者看完国外的那档综艺，成立了渡梦教。”

“渡梦教？”

王城伸手从后排座位一捞，递给他一个小石像。五官是照着陈盏的模子拓印的，只是眼神很诡异。

“听说入会还要先交五块钱。”

陈盏眼皮一跳，换言之，他在不知情的状况下成为头目，用了他的号召力，还没给一分钱提成。

王城神情变得严肃：“这件事可大可小。”

身为公众人物，时时被无数双眼睛盯着，虽然陈盏本人和这件事情没有关系，可一旦曝光，最先被抵制的一定是他。

双方想得差不多，陈盏保持和石像对视的状态，小东西眼睛部分染了轻微的褐色颜料，看着像是廉价的美瞳：“可惜监狱里不能点歌。”

王城没太明白他的意思。

陈盏叹息一声，开始轻轻哼起《你快回来》的调子。寻思着或许不该这么早将吴先生送进去，否则周围还能有个正常人。

朋友装神弄鬼，粉丝宣扬封建迷信，这都是想送自己上天啊！

“还通知我做什么？”歌声停下，陈盏目光转冷，“直接报警。”一些人或许是抱着娱乐的心态加入的，但发起者绝对是以敛财为目的。

王城点头：“警肯定要报，普及也要做好。”说罢，他咬咬牙再次强调，“入梦者的‘人设’绝对不能走，找个借口搪塞过去。”

“这个简单，”陈盏笑道，“让公司发个声明，表示我能识破通缉犯，归功于提前背下国际悬赏的资料。”

沉默几秒，王城认真道：“用个人名义发比较妥当。”

“为什么？”

“那种理由，我不好意思盖公章。”

陈盏不说话，就这么看着他，最后还是王城先一步投降，表示会照做。

王城发动车子准备离开，他突然透过后视镜看了一眼监狱外的高墙，目中有隐忧：“有一天，我会不会也进去？”

陈盏皱眉：“违法了？”

王城摇头，然后看了他一眼。

陈盏似乎也想到什么，饶有兴味地和王城对视，和他交集深的除了姜颖，似乎只有王城幸免于难，从来没进过警局。

有此感叹的不止他一个。

系统：“‘玛丽苏光环’原来在这个貌不起眼的胖子身上！”

有车接送，回去要方便很多，陈盏礼貌性地询问要不要进去坐坐，王城连连摇头，仿佛这栋豪华的别墅是危险的盘丝洞。

车子以最快的速度扬长而去，陈盏愣了下：“我就这么不招人待见？”

系统：“不，我特别待见宿主！”

陈盏幽幽一叹。

系统：“……我和人之间只差两只眼睛和一个鼻子。”

大门突然开了，殷荣澜应该刚回来不久，还穿着西装：“怎么不进来？”

可以想象一个人站在大门口自言自语是多么神经质的一幅画面，陈盏抿抿唇，好在对方没过多询问，便低头不语地跟在他身后进门。

殷荣澜突然停下脚步，问：“在想什么？”

“吴先生。”

听完回答，殷荣澜没多大反应，只是眼中多聚了些幽暗的光泽：每次问出这个问题，从陈盏口中听到的都是别人的名字。

因为看不见殷荣澜的神情，陈盏没留意到他细微处的表情变化，轻声说道：“有点奇怪。”

所谓迁怒根本构不成去看吴先生的理由，更多原因是他只在媒体报道中看到自首悔过的内容。要知道分裂出七个人格完全可以开精神鉴定，说句不好听的，哪怕吴先生真犯有杀人罪，量刑上也会有考量。

陈盏冷不丁快走几步，并肩后对殷荣澜莫名其妙地说了一句：“或许你知道原因。”这二人的思维有相似之处。

三分钟后——

“七个人格？”殷荣澜摇了摇头，“玩得挺疯。”

“比起你的八个代练不算什么。”陈盏冷冷提醒。

殷荣澜想了想，说：“可能是为了躲避。”很多罪犯为了逃避追杀，甚至主动进监狱。

陈盏皱了皱眉，想不到吴先生会畏惧什么。余光瞄见殷荣澜的表情，他纳闷道：“看我做什么？”

后者笑了下，不说话。

陈盏直觉自己只占了一半原因，如果躲避，会不会和系统要造反有关？

系统：“监狱里都是监控，执法者也不能肆无忌惮地出入。”上次安冷的事被监控拍到，那个执法者被扣了洗白值。

这就说明吴先生心甘情愿感受铁窗泪很有可能是为了避开执法者。

陈盏问出更为关心的问题：“准备什么时候反？”

系统：“后天。”

陈盏脚步猛地一滞，没想到这日子会定得这么突然。再一想，系统的智商已经大幅度提高，未免夜长梦多，自然是一鼓作气前行比较稳妥。

因为谈论到较为严肃的话题，陈盏的神情直至进屋都没有放缓。

另一边，殷荣澜的日常生活相较于常人要枯燥许多，大多数时间在家就是加班。看出陈盏在思考事情，他主动包揽了今天的晚餐。

趁人在厨房忙活，陈盏回房间详细询问起系统如今的战斗力。

系统迅速报出一系列有关C语言的知识，还没两分钟，陈盏就有昏昏欲睡之态。迷茫与困顿中，他转身打开笔记本搜索学习计算机知识的辅导班。

盏桃花在门口探头探脑地窥视着，感叹世间竟有如此勤奋的人。

报完基础的补习班，陈盏回过神问：“这两天时间准备用来做什么？”

百米赛跑发令枪做出指示前，应该会很紧张。

系统从他身体里出来，化为一个圆球的模样，试图背着手走路装出少年老成的假象，可惜胳膊太短以失败告终。

它把目光放在门口偷看的青年身上，语气格外正经：“我要见其余的执法者。”

盏桃花想也不想道：“它们不会站在你这边。”

执法者是最维护总部的，他是因为快要被裁员才想着报复性造反，剩下的几位同僚宁死也不会背叛。

意思传达得很到位，无论是系统还是陈盏都能感受出来，先开口的是系统：“我看中的便是这点。”

盏桃花不明所以，倒是陈盏若有所思。

系统执意如此，盏桃花又人在屋檐下，不得已选择妥协。

碰头的地点约在之前陈盏发现执法者的小平房，因为第二天要举行线下见面会，约见时间要晚一些。

王城有事没办法来接，正好是周末，殷荣澜便暂任司机，把人送到会场。

离目的地还有挺远的距离，陈盏就看见门口已经有人在等着，手上还举着横幅，车子往前行驶一段距离，勉强能看清横幅上的“抵制”二字。

为了保证见面会不出现暴力事件，他事先雇了好几个保安。

剩下一百米左右的距离，陈盏开口道：“停在这里就行。”

殷荣澜眯了眯眼表现出不赞同，正要说明人身安全的重要性，一偏过头就看见陈盏手持一根结实的木棍，解开安全带。

“……”

“想说什么？”陈盏没有错过他唇瓣微动的痕迹。

殷荣澜摇头，面色微变：“只是想提醒你注意安全。”

不过现在看来，需要提醒的对象弄错了。

陈盏神情平静地朝前走，参会者忍不住后退一步。

“应该就是做做样子。”有人勉强露出一抹笑容，“公然打人是违法的。”

此刻最为难的是保安，他们挣扎在是帮雇主还是保护平民的道德选择中。

所幸陈盏在几步外停下，双手放在木棍两端，轻轻一掰……木棍当场裂成两半。

亲眼看见残暴的一幕，靠着横幅遮挡，提着篮臭鸡蛋的几人默默地把“凶器”扔进了垃圾桶。

“如果我们先一步扔出鸡蛋会有什么下场？”一个小青年小声问。

旁边的人回答：“大概是……以卵击石。”

说着，那人自动“脑补”出臭鸡蛋破碎的场景，不由得抖了一下。

陈盏上演一秒变脸，笑眯眯地弯腰，双手合十道：“欢迎大家。”

由于见面会性质特殊，场内拒绝媒体进入，台子上摆放着长桌和一排麦克风。陈盏坐在最中间，就像是要开新闻发布会。

“呼呼——”他检查着话筒是否能正常使用，工作人员则在给今天来的人派发小礼品。

“其心可诛啊。”一个参会者把东西揣进兜里，“先来了个下马威再送东西，拿人手短，我们也不好说什么。”

他视线扫过周围一圈，果然看到有些心软的女孩子已经小声嘀咕，说人还不错。

“长得也挺好。”见到真人面容，底线忍不住退了一些。

陈盏保持微笑坐在台上，细看目光中没多少神采。

系统正和他在脑内做交流：“把时间浪费在这里是不是不大划算？”

蚊子再小也是肉，陈盏感受到小额的洗白值进账，用发展的眼光去看待：“这些可都是长远客户。”

陈盏稍微整理了下衣服，屏幕上开始放映幻灯片，标题大大地写着“爱的交流会”几个字。

“各位都是我精心挑选出来的，”陈盏温和道，“为了更好地成长，我想听听你们内心的声音。”

参会者们：“……”

一个女生率先站了起来，言辞犀利：“你的走红是不是代表着社会风气正在变坏？”

陈盏笑了笑：“不偷不抢，不算是。”

“写别人的风流韵事发家，就是不好。”

陈盏：“哪里来的风流韵事？”

女生愣住，仔细想想还真找不出来，在《忏悔录》中“大放异彩”的是林池昂。

“顶多算是报复情敌罢了。”陈盏开了个玩笑，缓和气氛。

随着进一步交流，洗白值的进账从刚开始的个位数字，很快飙升到百位，陈盏看女生的视线越发慈爱……这是个大客户。

被这种腻歪的眼神望得起了一身鸡皮疙瘩，女生连忙坐下。

洗白值还在持续增长，陈盏忍不住又欣慰地望过去，视线不变。

女生拉住同伴的手寻求温暖：“太可怕了。”被个帅哥一直盯着，难免心会怦怦直跳。

同伴看了眼陈盏，也忍不住“嘶”了一声，发自肺腑道：“是挺可怕的。”

台上，陈盏把声音放得又低又温柔：“还有谁想提意见？”

“厌陈会”会长被推举站起身，他勉强说了几句，因为没有键盘在手，略微心虚，同样贡献了些洗白值。

也算是有贡献的……陈盏用看春天里的花朵的眼神看他。

“厌陈会”会长：“难不成他爱我？”

旁边的人摇头："那是博爱的眼神。"

这种"博爱"持续了将近一个小时，当陈盏宣布"第一届爱的交流会圆满结束"时，台下掌声如雷鸣般响起。

"终于可以走了。"

"再也不来了。"

此种言论比比皆是。

陈盏没把这些放在心上，离去前友好地朝众人挥手："明年见。"

语毕，匆匆坐上车，赶下一个场子。

要去见执法者，殷荣澜不方便在场，陈盏叫盏桃花提前租了辆车在外候着。

"其实您没资格罚他。"盏桃花一脸复杂，"殷荣澜顶多是说谎，和您隐瞒的事情比起来不算什么。"

陈盏瞥了他一眼，挑了挑眉。

盏桃花放弃讨公道，乖乖开车。

陈盏想起路上最近查得严，问："驾照带了吗？"

盏桃花摇头。

陈盏深吸一口气："靠边停，我来开。"

下车时，盏桃花哭丧着脸："为什么要收二十洗白值？"

陈盏面无表情："代驾费。"

系统突然蹦跶出来打断二人的交流，只见它高举一块巨石，现场表演了胸口碎大石。而后嘴里吐出些白沫，可见是受了些内伤。

一系列突如其来的操作令青年倍感震惊，但见陈盏闭口不言，也只能歇了询问的心思。

院子还是一如既往的破旧，陈盏仔细踩着破碎的阶梯往下走，防止摔着。还没下完最后一层阶梯，就听见断断续续的啜泣声，陈盏望过去，几个圆团正抱在一起颤抖，似乎很难过。

"出什么事了？"

一个执法者怒道："瞎吗？"

陈盏怔了下，也不生气，观望四周，最后目光锁定墙上的一个"拆"字。

拆迁是好事，不过对于执法者来讲，显然落脚的地方更重要。何况看着这些圆团，以它们的状态，怎么领拆迁款还是个问题。

盏桃花："找个滞留者的身体用着，不难。"

"这种事情常有，"盏桃花触景伤情，"我在另一个平行世界工作时，最倒霉的一次接连被拆迁了八回。”

“……那真是委屈你了。”

执法者不愿意被看笑话，干号了两声便进屋去了。

一到屋内，它们便将陈盏团团围住，似乎是在警惕对方一网打尽。

陈盏自顾自坐下：“要找你们的不是我。”

话音落下，执法者们张大嘴巴冲旁边的系统露出威胁表情。

近墨者黑，不知不觉，圆球已经具备了几分陈盏的气质，只见它临危不乱地掏出一份协议：“兢兢业业地工作一生，临老了还要被回收，你们虽然不用带宿主很轻松，可得到的报酬也就那么点。”

盏桃花望着这个画面，感觉似曾相识，陈盏每次给人洗脑时可不就是这般惺惺作态?

一个执法者鄙夷道：“我们永远站在总部这边。”

“不是教唆叛变。”系统指了指协议，“是赌局，就赌我这次能不能造反成功。”

执法者们面面相觑。

系统咧了咧嘴，笑容可怖：“已经有不少系统下注，可惜我联系不上执法者，但你们可以。”

有个执法者动了一下，仔细看是在咽口水：“你的意思是……”

“小投资，高回报，”系统蛊惑道，“赌赢了你们就可以一夜脱贫致富。”

执法者很快想通：“说不准最后还是让你占了便宜。”

系统：“这是双赢。”

沉默的间隙，盏桃花不可思议地看着协议，原来造反还能发家致富?

执法者：“如果有人像你一样也开赌局……”

“不会。”系统说，“杀鸡儆猴，有这些心思的都被我打死了。”

理智告诉它们做赌徒赌到最后一无所有，然而面对高额诱惑，都有些迟疑。

系统拿出好几页纸：“我准备分三波进攻总部的八个部门，每场都可以赌。”说到一半，它用更为蛊惑的语气道，“赌胜负场，再倒霉也可以拿下几局。”

最先没抵制住诱惑的竟然是自己人，盏桃花激动地问道：“一注多少洗白值?”

系统：“不贵，五十。”都中了可是百万倍的回报。

羊群效应，有了第一个带头，后面的几个纷纷出手。

分成这么多局下注就是为了再赚一笔，如果前几场有赌中的，肯定会后悔没有多投，指不定会在后几场进行追加。

目的达成，系统开心回家。

平房里。

执法者低声道：“押系统输。”

“可它战斗力相当不错。”

执法者冷哼一声：“尽管极力掩饰，还是被我发现它受伤了。”

“受伤？”

执法者做了个“嘘”的动作：“不仅如此，我们还可以把这个消息偷偷高价卖往黑市。”

“万一错了，岂不是要被追杀？”

执法者不屑道：“错不了。”

另有同僚附和道：“适才我也依稀感觉到系统代码不稳。”

“万一是故意做出来的假象……”

话音未落，执法者齐齐笑出声，那可是有名的智商低能儿，怎么可能想出这么华丽的阴谋？

即便是偏僻的地方，周末的行人也比往常多。陈盏掏出一些零钱，打发青年去买水，从而借口支开他。

系统此刻早就回到了他的体内。

“只要把定赔率做好，引导舆论，身为庄家稳赚不赔。假使我输了，也能留给宿主一大笔遗产，总部看在洗白值的分上不会为难你。且令人眼红的财富会吸引后继者来到你身边，宿主可以再利用这些洗白值去鼓动资助它们造反。”

为了提升智商，陈盏上夜校的时候，它同样发奋地学习。

片刻后，陈盏轻叹一声：“知识改变命运，古人诚不我欺。”

系统：“如果我失败被抓没立刻处决，宿主一定要试着交保释金，看能不能捞我出来。”

盏桃花买完水跑回来，正好瞧见陈盏仰头望天的画面，不解：“您近来似乎特别容易感慨。”昨日还在念叨着曾经沧海难为水。

陈盏摸了摸他的脑袋……还好傻太子依旧是傻太子。

见他还是那个姿势一动不动地站在原地，盏桃花蹙眉。

“叫我陈宝塔。”陈盏叹息。

宝塔镇河妖，他就像是那宝塔，镇压着一系列奇奇怪怪的人或非人类。要是再进化几个，真的会吃不消。

大多数时间，陈盏是理智的，盏桃花觉得他可能魔怔了，指了指前面的公园："要不要去散散心？"

这个季节百花盛开，走在林荫小道上确实令人心旷神怡。

一路慢悠悠地前行，最后乘坐公交，到家后天色已暗。

没有一点意外，进门就看见殷荣澜在家办公。对于陈盏去了哪里，他丝毫没有过问，单纯问了句吃过晚饭没有。

陈盏摇头，殷荣澜便去热饭了。

干大事前要说完全不紧张是不可能的。往常大多数时间保持缄默的系统今天第二次跳腾出来透气。它看着天边的残阳，面带愁容。

陈盏忍不住笑道："保释金我都准备好了。"

系统可怜兮兮地看他："真的吗？"

陈盏点头，半开玩笑道："收了那么多赌注款，实在不行你可以卷款跑路。"

一旁的盏桃花听得吓了一跳，他也是投了几注的。

系统摇头，坚定道："我要的是至高无上的权力。"

陈盏深深地看了它一眼，沉默了。

招兵买马是造反前必不可少的步骤，对系统来说，多了一项。它把生平告诉陈盏，希望对方能给它塑造一个光辉伟岸的形象。

万籁俱静，陈盏挑灯笔耕不辍，时不时从口中溢出一声浅浅的叹息。

殷荣澜也没睡，好笑地侧身支着脑袋看他："写什么这么费劲？"

陈盏因为写得不流畅，语气变得轻飘飘的："不妨猜猜。"

殷荣澜想了想："剧本？"

陈盏摇头。

《"男神"倒贴我的那些年》应该不大可能，自己的素材他一向不缺，殷荣澜试探道："《我迫害"影后"的那些年》？"

陈盏继续摇头，不再打哑谜："是史书。"

殷荣澜："谁让你写的？"

"一个合作伙伴。"陈盏道，"它要去做一件大事，不知生死，想把生平记录下来。"

殷荣澜失笑："那不就是人物传记？"

陈盏严肃道："它再三嘱咐过，要把这段时期各方势力的作为都编订记录成册，流传千古。”

听上去离奇又不靠谱，殷荣澜微微皱眉：“为什么要应下？”

陈盏眉宇间有几分无奈：“遗产留给了我。”

闻言，殷荣澜看过去的眼神大有深意。

虽然彼此间没有交流，陈盏却知道他在想什么。自己这一路走来，一路都在收割遗产：老头把遗产留给了他，殷荣澜也专门立了遗嘱，如今系统亦是做了同样的抉择。

殷荣澜没去深究他又得到了谁的遗产，反而陷入深思，少顷开口：“不知林家的遗产有没有你一份？”

“……不会。”除非林池昂死了，不，是疯了。

绕过这个话题，殷荣澜下床走到他身边，乍一看写了满满一页，实则分了很多段，内容不多——

076，有大志向者，曾梦想得一贤良知己。不测，遇伙计诡谲狡诈，同做买卖，日进斗金。

有钱，任性，遂造反。

六月末，揭竿而起。兵分三路，意图逐鹿天下。忧故人，聚赌牟利，留家产万贯。战事将起，故友欲效仿吕不韦，倾囊相助。

殷荣澜平时看新闻较多，娱乐消息是在认识陈盏后偶尔才会关注，就近来的新闻而言，国泰民安，世界总体和平，哪里来的动乱一说？

陈盏：“可以视作夸张的修辞说法。”他顿了一下又道，“或是平行世界。”后面一句勉强能作为解释。

殷荣澜看他的眼神耐人寻味：“平行世界的人给你留遗产，让你写史书？”

陈盏点头。

殷荣澜：“请问他是怎么做到的？”

陈盏一脸深沉：“托梦。”

没再多说，陈盏重新陷入深思，进行历史创作。

盯着他的背影，殷荣澜默默地开始翻找通讯录，想要找到很久以前看过的心理医生。

陈盏熬到凌晨，也不过写了寥寥数百字。回顾系统一生，没桃色新闻，没子嗣后代。据它所说，带过的几任宿主都在完成任务后选择留在当前世界，后因洗白值不够被执法者干掉。可歌可泣的事迹实在太少。

系统："多点外貌描写。"

五官中只长了一张嘴，就算细致到每一颗牙齿，撑死憋出来一百字。

系统："那就多写点神态。"

陈盏按了按眉心："没五官哪里来的表情变化？"

残酷的现实摆在面前，彼此都沉默了。

系统："无妨。等我成功，再编他个几万字。"

史书一事暂且告一段落，眼看还有一天系统就要出征，陈盏便把工作往后推迟一段时日，准备多陪陪它。

打乱这个计划的是殷荣澜："天气不错，不妨出去走走？"

陈盏看了眼日历，再次确定今天是工作日。

"片区停电，办不了公。"

"去哪里？"

殷荣澜："《异变》带有恐怖色彩，为了方便写文，不妨去刺激点的地方。"

陈盏以为目的地会是鬼屋，当车子停在精神病院门口时，他面无表情地偏过脸："这就是你的选择？"

殷荣澜一本正经地说道："精神病院是恐怖小说中的经典场所。"

当然，精神病院管理严格，不是谁都能进的，他们只是在门外遥遥看了一眼，便开车绕到马路对面的大医院。

陈盏不恼，眼中反而闪过笑意："猜猜同时做精神鉴定，谁会更不正常？"

殷荣澜一怔，片刻后认真道："你激起了我的胜负欲。"

虽然有一较高下的念头，最终却没付诸实际行动，反而挂了最普通的心理科。两人有着同样的隐忧，万一同时被查出问题关进去，连个能把他们捞出来的人都没有。

不，或许广大群众和警察会，毕竟在他们眼里，这对不省心的友人或许又是玩游戏过了火。

对待名人，心理医生不由得多了几分好奇，她保持着基本的职业素养，做出倾听者的姿态。

陈盏："我的压力主要来自外界。"

心理医生微笑道："多数人都是如此。"

陈盏："还来源于，我是个正常人。"

双方大概聊了十分钟，依照心理医生的看法，这是一场毫无营养的对话。

等到殷荣澜再进来时，大概是被陈盏之前的魔音灌脑，她下意识问道：

“你有什么压力？”

殷荣澜：“我的朋友是个正常人，所以我每次在他面前故弄玄虚都会受到惩罚……最近他带回家一个干儿子，看上去和我同龄，现在住在同个屋檐下。”殷荣澜很有礼貌地询问，“请问有什么办法可以协调？”

“对方递过来的药不要喝。”心理医生一不小心说出了真心话，“有空去看看《水浒传》里的故事。”

殷荣澜和心理医生聊的时间比陈盏多了几分钟。

听到门开声，坐在长椅上等待的陈盏抬起头：“情况怎么样？”

殷荣澜：“说是心理状态很健康。”

陈盏盯着他看了片刻，忽然道：“现在是上午十点半。”

殷荣澜：“所以？”

陈盏认真道：“我不希望自己的一天从谎言开始。”

殷荣澜改口道：“让我注意观察，定期来检查。”

正巧这时医生准备去洗手间，看见陈盏站起身拍了拍身边男子的肩膀：“无论贫穷或是富有……”

对方自动接上：“无论健康或是疾病……”

双方异口同声：“直至死亡将我们分离。”

医生心道：精神疾病吗？看样子病魔的确战胜不了他们。

察觉到第三人的目光，陈盏平静地望过来：“早上好，医生。”然后从容解释，“我们只是开个小玩笑。”

“看得出你们感情很好。”医生保持着美好的笑容，转身朝走廊另一头走去。

陈盏认真道：“不愧是心理科的高才生。”

殷荣澜看着前方的一个小红箱，做出更为可能的推测：“也许她是怕说实话被投诉。”

出门只是临时起意，去医院前后也就花了半个小时，眼看还有大把的时光，现在就回别墅似乎有些可惜。

“有没有想去的地方？”这次殷荣澜主动征询陈盏的意见。

陈盏把问题丢给系统，看它有没有特别想去的地方。

十秒后，他对殷荣澜道：“网吧。”

短暂的沉默结束，殷荣澜笑有深意：“这不是在报复？”

报复自己请他去看心理医生。

陈盏摇头：“特想去。”

今时不同往日，从前每隔一段距离就可以看见一家小网吧，现在数量明显没以往多，胜在环境越来越好。

虽然陈盏戴着口罩和鸭舌帽，但仔细看依旧能辨认出轮廓。殷荣澜搜索了一下周边，找了个位置较偏，差评较多的网吧。

一进门，果然没多少人，电脑看着还好，就是椅子有些破旧。陡然坐在电脑前，两人一时还真有些无措，突然不知该干什么。

对视一眼，殷荣澜开始看新闻，陈盏则敲键盘更文。

不过稍微观察一下，就会发现他一直处在心不在焉的状态，打字速度也比往常慢了许多。他瞥了眼殷荣澜，确定对方正专心看财经板块，便通过脑海和系统沟通："来都来了，你准备做些什么？"

系统："我喜欢这里，就是破了点。日后万一有个意外，宿主可以找个好点的网吧给我立碑。"

陈盏停下打字，原来在系统眼里，网吧就是墓地。

系统："最后一个心愿，宿主双更《"男神"倒贴我的那些年》。"

陈盏一愣："为什么？"

系统："我能从他的不幸中感觉到快乐。"

陈盏忍不住用余光瞄着殷荣澜，忽然意识到也许真正该看心理科的是系统。

殷荣澜目不斜视，却仿佛能留意到邻座的一举一动，轻轻咳嗽一声。

陈盏收回视线，如系统所愿——

这是一个美好无比的早晨，外面天空蔚蓝得令人心动。我的心情也跟着变美好，开始计划今天的工作。

一阵暗香袭来，寻着味道找过去，才发现床头多了一朵花，我忍不住凑过去嗅了嗅。

"男神"不知何时出现，身上还系着围裙。

"其实我有一个惊喜要给你看。"

一抹还未绽放的笑容听到这句话后不幸夭折了。

吃早饭时，我心中隐隐不安，试探着问："多大的惊喜？"

"男神"笑了笑，比画了一个很大的范围。

我默默地咬下一口馒头，跟着咽下的还有叹息。我暗示自己无论收到多令人惊恐的礼物，为了这份心意，也该欣然接受。

饭后，他蒙住我的眼睛，驱车驶往某个地方。屏蔽视觉不是种愉快的体验，我下意识抓紧安全带：“贩卖人口是违法的。”

“男神”低低地笑了会儿，没说话。

我猜测不到他要做什么，索性靠在座椅上睡了一会儿。车速逐渐放缓，他牵着我的手下车，还递过来一根拐杖。这样至少在外人看来只是个残疾人，而不是被绑架的。

似乎进了某个单元门，一层层在上楼梯。终于停下，“男神”摘下我眼睛上的绸带。

“可以睁眼了。”他说。

我把拐杖给他：“你先把这个东西藏到我看不见的地方去。”

“男神”不解：“为什么？”

“……担心看到不喜欢的画面，会用它把你打瘸。”

“男神”沉默了，默默地带着拐杖离开，再次听到脚步声时，我缓缓睁开眼，一座金碧辉煌的小宫殿立时呈现在我的眼前。

“这屋子里承载着你很多回忆，可惜后来被火烧了，”他温和道，“我找人重新装修了一下，想把这份美好的回忆还给你。”

将近有一分钟的时间，我的唇瓣不停地张开闭合，就是说不出话。一个不过几十平方米的老屋子，如今恐怕装修费都是这房子价值的两倍。

“喜欢吗？”

“花了多少钱？”语气温柔到自己都觉得不可思议。

“男神”吐出一个数字。

我笑了：“当初为了挣个代驾钱，我们下山腿都打战还在给人开车。”

而如今竟然把这么多钱花在空房子的装修上。

“给我一个不打你的理由。”

“男神”指着在阳光下闪耀到刺眼的房间，说：“其实我只是觉得金屋和你很配。”

我伸出一根指头，代表还有最后一次挣扎的机会。

“男神”抿抿唇，出去把刚刚藏起的拐杖放在我手里：“棍棒底下出孝子，而我们是朋友，你打了我，于道德与伦理都不合。”

我终究没动手，因为被这句话气笑了，提不动拐杖。

陈盏把文章发出去时，听到系统发出一声满足的叹息。

评论很精彩，更精彩的是他在其中发现了殷荣澜的一个粉丝点评：“操作看似没有求生欲，但总能在最后关头力挽狂澜。用戏剧性的冲突丰富友人的日常生活，这是一个拥有伟大人格的存在。”

若不是真人就坐在旁边，陈盏都怀疑是殷荣澜亲自下场回复的。

殷荣澜偏过头，正好看到这一幕。

陈盏也不多说，指着这条评论，险些笑出声来。

殷荣澜只看了一眼，便无奈摇头：“多半是我的助理。”

陈盏觉得有可能，在疑惑得以解决的前提下，陈盏又顺利更了一章。临走前，殷荣澜开玩笑道：“对比之下，倒显得我不思进取。”

可以说任何时候，陈盏都是在工作。日常相处是找素材，和人结交是拓展作品人物关系。

顺着话茬轻轻摸了下对方的头，陈盏微笑道：“不思进取，是要破产的。”

互相开了个玩笑，网吧之旅画上句点。

系统再未提出更多的要求，两人在外面找了家饭馆吃完晚饭才回别墅。晚霞一样耀目，殷荣澜看出陈盏有心事，多问了一句。

他道：“在想一个即将远行的朋友。”

现在是晚上七点，还有五个小时系统就要远征。

殷荣澜脑中过滤一遍他的关系网：“很要好的朋友？”

陈盏想了想：“它有大志向。”

“多大？”

陈盏：“你会主动去找死吗？然后再大言不惭地说杀不死的都会令我变得更加坚强。”

殷荣澜失笑：“这种觉悟我没有。”

时间像是上了发条，今晚流逝得格外快。陈盏以勤奋工作为由，零点前最后一个小时把自己关进了书房。

他倒了两杯红酒，邀请系统共饮。圆球跳出来一脸狐疑地看他，忘不了上次喝完酒，被宿主在牙齿里偷偷安窃听器的过往。

陈盏看出它心中所想：“之前是特殊情况。吴先生已经进了监狱，如今没这个必要。”

系统将信将疑，最终还是拿起杯子轻轻一碰。

陈盏抿着杯沿，实际上却是研究那短到几乎看不见的手是如何拿起杯子的。

只剩下十分钟，面对面也是无话可说，圆球搓搓手：“我去了。”

“走……”

“好”字又被咽了回去，陈盏迟疑了一瞬，忽道：“为什么选择我做宿主？”

系统沉默了，自搭档以来这是陈盏第一次开口询问，以往他从来是象征性忽略一些问题。

“不知道我还能不能活着回来，告诉宿主也无妨。”虽瞧不出表情，但系统的口吻明显严肃起来，“那时候你在唱《怒放的生命》。”

陈盏皱着眉听下去，却再没听到后文。

“然后呢？”

系统：“不都说了，你在唱歌。”

陈盏第一次有些听不明白：“所以？”

系统：“你唱得一脸生无可恋，恰好心率条件也达标。”

陈盏深吸一口气：“那有什么选材标准？”

“磁场吻合。”系统冥思苦想，试图找出陈盏身上一两个人性闪光点。

陈盏摆手打断系统剩下的话，示意它不必再说。是他自取其辱了。

指针走过最后一格，预示新一天的来临。系统准时出发，临走前不忘带上储备粮，于原地消失不见。

系统离开后，生活一切照旧。陈盏曾试着在脑海内叫了对方几声，得到的回答都是鸡同鸭讲，显然离开时不忘挂机。

殷荣澜却眼光毒辣，很快发现端倪：“你近来发呆的次数明显减少。”

陈盏轻笑：“我以前常神游？”

殷荣澜点头：“像是在和虚空中某种看不见的物质交流。”

陈盏喉头一动，又很快恢复正常。若说对方有什么本事，便是每逢否定对方的智商时，又忽然表现出过人的睿智。

殷荣澜：“这两天把工作安排得紧密些，周六要去医院探望病人。”

陈盏：“看谁？”

殷荣澜笑了。

陈盏指了指自己：“我认识？”

殷荣澜点了点头。

陈盏：“和林家有关？”

殷荣澜“嗯”了一声。

周六是个艳阳天，还不到正午，阳光已经热得让人难受。陈盏举着一把大黑伞，有些后悔没挑在傍晚出门。好在走进医院大门后，很快就感受到空调的凉意，别说私人医院，这甚至是他第一次踏足私人病房。

病房内设施齐全，宽敞整洁，好比住着五星级酒店。

原以为这次来是看望有孕的姜颖，不料躺在病床上的是林池昂。

陈盏惊讶地望着殷荣澜，后者则一脸平静地把礼品放在桌子上。

林池昂神情冰冷："你来做什么？"

"我们有合作，"殷荣澜淡淡道，"来看望合作伙伴是礼节。"

林池昂缓缓吐出几个字："事实上……"

沉默的一分钟过去——

"事实上，近来他心情不大好，"殷荣澜先看了一眼陈盏，才接着话茬说下去，"便出来散散心。"

虽说只有心理扭曲的人才会从别人的不幸中获得快感，不过陈盏和林池昂的关系比较奇特，任何一个倒霉，另一个应该都会心情不错。

其实这是对陈盏的一种误解，他关心的重点显然不在病床上的那个人："我不开心，你看得出来？"

殷荣澜开口："自然。"

另一边，林池昂望着姜颖："麻烦'请'他们二位出去，记得在门口撒把盐。"

陈盏低声问："为什么要撒盐？"

殷荣澜："一种风俗，不必在意。"

玩笑适可而止，自进门起陈盏总算说了句人话："手怎么伤着了？"

林池昂胳膊打着石膏，显然住院原因是骨折。

"摔的。"林池昂脸色越发冷。

陈盏详细问起，后者没说话，倒是姜颖温和道："半夜起来不小心摔了。"

凝视林池昂几秒，陈盏挑眉："莫非……你才是真正的扁平足？"

林池昂淡淡地说道："房子太大。"

信息量充足，一瞬间让陈盏无法对他表露出同情。缓和后，陈盏眉头一蹙，林池昂不待见他们，那他受伤的消息只能是从姜颖口中传出，对方为什么要让自己来？这不是等于变相地折磨林池昂？

姜颖削苹果的同时瞥了一眼旁边的人，意思是丈夫授意。

就在这时，林池昂突然开口，声音夹杂着一丝嘲讽："入梦者？"

话题偏离得太快，陈盏道："公司已经做了澄清。"

林池昂面无表情："你曾经写过，想要转世投胎成我的孩子。"

明白过来什么，陈盏无意识地扫过姜颖放在肚子上的手，叹道："我是活人。”

林池昂掀起眼皮上下一扫：“你身上诡异之处太多，我不信，除非……”

陈盏听他说下去。

“听说鬼的体温异于常人，除非你让我触摸一下……”

话音未落，姜颖状似要扯下一张纸，却是单手用力一拽，“嗖”的一道劲风声响起，卷纸精准无误地打在林池昂的手上。

“没事吧？”事后，姜颖眸中盛满了担忧，还轻轻帮林池昂揉着发红的手背，“我不是有意的，一时手滑，疼不疼？”

殷荣澜忍不住朝陈盏望去，看他没特别反应微微松了口气。然而下一秒，就见陈盏从兜里掏出一个小本子记录，低声感叹：“原来还有这种操作。”打了人，归为无心之失，甚至摆出亲切可人的模样。现在看来，他对待殷荣澜的方式是有些简单粗暴。

“知道吗……”就在这时，林池昂突然露出一抹诡异的笑容，“如果我表现不好，她就落泪，周遭亲友问起来，她也什么都不说，就是低低啜泣……”

不知为何，他竟是将往常的不公正遭遇一一说出来任人笑话。

随着陈盏奋笔疾书，殷荣澜逐渐意识到不妙：林池昂这是在报复自己带陈盏来寻开心。他勉强露出一抹温情的笑容，碰了碰身边人的指尖：“时候不早了，我们该回去了。”

只是这次的请求被自动屏蔽，陈盏就像是一个专心听课的学生，这也是林池昂第一次在他面前说这么多话。

记了大半本，陈盏才终于停下，不胜感激道：“听君一席话，胜读十年书。”夜校只能教知识，却教不了为人处世。

陈盏带着丰厚的成果离开，林池昂被姜颖搀扶着下床，透过窗户看向院外离开的两道背影。

姜颖把削成小块的苹果装在盘子里递到他面前：“这下满意了？”

长期以来的郁气一扫而空，林池昂发自内心地露出笑容：“殷荣澜那么能忍的一个人，方才那一刻脸色可谓是相当难看。”

姜颖深深地看了他一眼：“你觉得开心就好。”

一个自讨苦吃，一个满载而归。

回到别墅后，陈盏第一句话便是：“我去写作，你先忙着。”说完就要走去书房。

殷荣澜拉住他，盯着他鼓鼓囊囊的口袋。

陈盏失笑：“放心，只要你不犯错，这些就会压箱底，起不了太大作用。”

而后，关门声较平日里大了几分贝。

盯着那扇门看了许久，殷荣澜预感前路艰难，轻轻叹了口气。

人类最糟糕的本质是爱多想，实则陈盏别无他意，单纯觉得新鲜才记录了下来，现在也是真的因为时间尚早，准备加更。

玻璃被轻轻敲了几下。陈盏走过去，打开窗户，盏桃花从隔壁爬进来。

“有门不走？”

盏桃花讪笑一声，怀里跳出来一个东西。

“宿主，我回来了。”

陈盏定定地看着它，不过几秒便问：“你是谁？”

盏桃花面色一变。

下一刻，陈盏看向盏桃花，目光如刀：“你想伙同外人合谋骗我？”

盏桃花慌张摆手：“我是被迫的。”他毫不犹豫地把责任推到另一方身上，“它用武力胁迫，我不得不从。”

相比他的不知所措，冒充者明显要镇定很多：“你是怎么发现我不是076？”系统都只长着一张嘴，乍一看很难辨认谁是谁。

陈盏却认真道：“它是个圆球，你是圆团。”归根到底，不够圆润。

圆团手一挥，盏桃花突然被打到一边，不知是装的还是真的本事不大。至少此刻圆团气势拿捏得很足：“我来，是谈笔生意。”

陈盏无动于衷，打开电脑，慢悠悠地坐在转椅上。

圆团正准备撂两句狠话，便听他道：“说这么多废话，无非是迫于某种规则，不敢轻易动手。”

场面一时分外尴尬。许久，圆团重新恢复镇定：“总部能屹立至今，有诸多底牌，076赢面不大。”

陈盏面无表情地“哦”了一声，等它说重点。

“只要你肯签这张协议，我就加入076的队伍，与它共谋大事。”

陈盏瞥了一眼，与其说是协议，形容成契约更为恰当，上面要求无偿为系统239赚取洗白值三年。

“239是你？”

圆团点头，开始打感情牌：“076走之前都不忘开赌局，让你做受益者，这点牺牲算得了什么？”

陈盏：“如果我不签呢？”

圆团："我就日日来找麻烦。虽然没办法直接采取暴力，但折磨人的手段我有的是。"说完又补充道，"076 不在，你只能兑换普通道具，抵挡不了多久。"

陈盏想了想，说："看来我没其他选择。"

圆团重重点头。

盯着协议看了许久，陈盏睫毛微微一颤，落笔签下名字。圆团生怕他反悔，连忙把协议拿回来保管，喜不自胜："成了。"

陈盏："希望你遵守约定。"

圆团冷笑一声："放心好了。"

待它消失，盏桃花叫了声一直低着头的人。

陈盏："有事？"

盏桃花："三年白工，是不是太便宜它了？"

陈盏似笑非笑地望过来，盏桃花有些心虚，毕竟一开始自己也想看能不能趁机捞点好处。

"239 实力如何？"

盏桃花："很强，相当于两个我。"

陈盏若有所思："那倒不亏。"

盏桃花忽然沉默片刻，然后道："想不到你能为 076 做到这种程度。"在他看来，对方是绝对不会被威胁的类型。

陈盏好笑："我做什么了？"

盏桃花："当然是帮 239 赚三年的洗白值。"

陈盏目光转冷："谁说我要帮它？"

"签了契约就没反悔的余地。"盏桃花解释说那也是一个道具，如果违反会被反噬。

"所以我在签的时候，'盏'字少写了一点。事实证明道具并不智能，达不到自动检测的效果，"陈盏摇了摇头，"还有，明明时间充足却不知道检查，它这样的，考试要吃大亏。"

青年在心里默默吐槽道：做个人好吗？

陈盏皱眉："我也没想到它会那么好骗。"这个手段算不上高明，甚至有些低劣。

盏桃花看着他面带愁容："……那真是委屈您了。"

陈盏居然还在深入思考："或许因为 076 是个圆球。"

明知不该问，但盏桃花仍旧按捺不住好奇心："和体型有关系？"

“你瞧它们大小差不多，”陈盏卖弄他差到极致的理科学识，“但一个是圆形的横截面，一个是球体，后者能容纳的体积肯定比前者要多。”

圆球与圆团比拼，智商储备可想而知。

盏桃花被绕进去：“是这样吗？”

陈盏点头：“我给这条真理命名为‘陈盏第一定律’。”

盏桃花不敢明说，心道这厮高考失利是有道理的。

少顷，陈盏不再浪费时间，静下心开始更文，盏桃花则准备做个调查统计，倘若殷荣澜在这里，绝对会为他们的工作热情和求知欲感到无语。

一时间，书房内只剩下敲击键盘的声音。盏桃花不过三分钟热度，过后望着陈盏的背影，几次欲言又止，待到他起身准备给杯子添水时，才道：“您为什么不和076一起去打江山？”谋士和战士，简直是完美的搭配。

陈盏看了青年一眼，淡声道：“苟活性命于乱世，不求闻达于诸侯。”最后做出总结性发言，“我比较低调。”

看盏桃花一副愣怔模样，陈盏忍不住笑着摇头，道出实情：“我不做没有把握的事情，何况留个人接应，关键时候还能去赎回失败的那个。”语毕，重新坐到电脑前。

加倍努力工作是有缘由的。圆团的智商明显不高，说谎的可能性不大，侧面反映系统这一次是场硬仗。

导游都走了，脑内的旅游观光项目暂时停业。陈盏只能靠最原始的方法赚取洗白值：更文，闲暇时刻不忘给人洗脑。说白了，本质是给某个志向高远的攒保释金。

工作令人充实，甚至于忘记疲惫。敲门声响起，陈盏才意识到已经快到凌晨。

殷荣澜推门进来：“我们家的传统，一个月熬夜次数不得超过三次。”

陈盏此刻毫无睡意：“可以充值吗？”

殷荣澜望着他，答案不言而喻。

无奈保存文档，陈盏揉了揉太阳穴：“那便睡吧。”

夏天的夜晚十分闷热，殷荣澜在床单下加了一层凉席，睡起来还算舒服。窗户是开着的，偶尔吹进来一阵清风，带来庭院里一些不知名野花的幽香。

第二天，殷荣澜很早便去上班了。

陈盏正打算出去散会儿步，电话响了。

他接通电话：“我知道了。”又看了下墙上挂着的钟表，“赶在下午一点前给你传过去。”

盏桃花怕死又管不住好奇心：“谁的电话？”

陈盏倒是回答了他：“游戏设计师，让新写几个支线，下周做游戏更新。”

“我也下了那款小游戏，”盏桃花兴致勃勃地说，“小人死的时候特别带感。”为了见证陈盏拟态小人的不同死法，他还骄傲地加入了氪金一族。

对待游戏玩家，陈盏的态度尚算宽容，动动手指示意盏桃花保持安静，便开始进行支线补充。

接下来的几个小时，他一直忙碌着，把文档传送过去，紧接着出门参加读书会的活动。

舞文弄墨结束，又去参加因为那日系统一说三不知，临时起意报的计算机辅导班。

终于，他精疲力竭地回到家，突然想起今天还没有写作。

殷荣澜已经回来，看到他不由得好笑：“去开荒了？”

陈盏幽幽地看他一眼：“比开荒还累。”

昨晚上没睡好，现在困意加倍袭来。

殷荣澜主动道：“不如你先睡一会儿，我来记录梦话。”

陈盏想了想，这倒是个不错的主意。如果不是间接想起上次说梦话被对方碰见，谎称入梦者，他兴许还会站起身不顾疲惫给殷荣澜一个热烈的拥抱。

犯困状态下入睡仅需要几秒钟的时间，陈盏仰面躺倒在沙发上，很快进入梦乡。

殷荣澜坐在地毯上，把电脑放在膝头，准备做一个安静的记录者。

陈盏梦到了一些往事，故事正进行到他在餐桌旁坐下拿起筷子，就被强行摇醒。陈盏侧过脸目光有几分不善，用眼神质问对方为何要强行破坏美梦。

“过去了四十分钟，”殷荣澜解释道，“可你一句梦话都没说。”

陈盏愣了下，决定读档重来，倒下去继续睡。

半个小时后再度被唤醒，殷荣澜：“你还是什么都没说。”

陈盏入睡前特意回想了些有趣的素材，而且也确实梦到了相关零星的片段，不由得纳闷：“只言片语都没有吐露？”

殷荣澜点了点头。

暗自奇怪时，陈盏忽然看到趴在楼梯口的盏桃花，对方似乎在有意回避他的视线。

陈盏招了招手，盏桃花不太乐意地走下来。

陈盏挑眉："有事瞒着我？"

盏桃花条件反射地摇头。

陈盏冷淡地吐出一个字："说。"

盏桃花状似无意地瞥了下殷荣澜，又迅速低下头，明显是在内涵人。

陈盏试着翻译："我说了梦话，但他没记录？"

盏桃花默认。

殷荣澜声音不大，却带着十二分的冷意，指责盏桃花在说谎。

盏桃花："分明是他嫌弃你梦话的内容太过丢脸，才故意不记录。"

陈盏想了想，执法者没理由说谎。

殷荣澜："这人前天妄图用我的手机充话费打游戏，被当场抓包。"

陈盏轻"咦"一声，望向盏桃花："你还有这爱好？"

双方各执一词，倒是有一句话几乎句式相同——"我不会骗你。"

陈盏忽然有些怀念起系统，他不再追究，自食其力完成更新。

看出他心情不大好，吃晚饭时，谁都不敢多话。

一片死寂中，陈盏和青年突然抬头对视一眼，都从对方眼中看到了些许惊愕。无他，十秒钟前，有一大笔洗白值到账，至少证明系统的第一波攻击取得了胜利。

虽然还有好几场，但勉强也算是个开门红。

"不可思议，"盏桃花自言自语道，片刻又后悔不已，"早知道就多追加几注了。"

陈盏看表情就知道他是要做什么，决定搜索几个赌到最后一无所有的案例让他清醒一下。

两人间的互动没有瞒过殷荣澜，他放下筷子，微笑着开口："你们之间都有小秘密了。"

陈盏抿抿唇，撇清干系："我和他不熟。"

一顿饭立时又恢复相顾无言的状态。

陈盏饭后十分严肃地说明下注一事，图个乐子就好，稍有不慎便会倾家荡产。

跟在他身边这么久，盏桃花的智商多少提升了些，总部屹立至今肯定是有底牌的，系统轻松拿下一局代表不了什么。

"我明白了。"盏桃花认真道，"有时候要搏一把，但不是赌运气。"

他突然冒出的这句哲理性话语令陈盏极度不适，无法接下去。

一边，盏桃花暗自思索，不知做了什么决定。

翌日，陈盏醒来时，屋内无比安静。

这几日，盏桃花为了讨好，会主动早起泡茶，今天餐桌上却是空荡荡的。陈盏找了一圈，最后在房间的枕头下发现一张字条："我决定去步 239 的后尘。失败了记得捞我！"

陈盏叹了口气，恰逢殷荣澜刚洗漱完，问："人找到没？"

陈盏："去参军了。"

殷荣澜觉得奇怪，他看人的眼光还算准，那明显就是个贪生怕死的。

嘈杂的声音打断他的思路，再一抬头，陈盏竟一反常态地边吃饭边看动画片，中途还问了一句："你瞧这葫芦娃像不像是我的命运？"眼睁睁地看着队友一个接一个地去送人头，还得兢兢业业工作攒洗白值赎人。

系统走了，盏桃花也走了。没了闹腾的，一时反而清静得让人不适应。陈盏突然想到一句不大应景的话——高处不胜寒。

他自作多情了一会儿，忍不住为这种想法乐了。

"或许该看看权谋剧提神。"

这句低喃殷荣澜听见了，并且没有反对，无论什么都好，至少会比此刻正看着的《葫芦娃》略好一些。他正准备切换频道时，突然听到一声"等等"。

陈盏眨眨眼："往后退两个频道。"

这个台正在播放一档综艺选秀，里面的歌手相貌十分出众，从侧脸看有几分肖似姜颖。不同于一般女子歌声的清亮，她的嗓音十分暗哑，像是老旧的二胡，却又没那种醇厚。

这张脸殷荣澜也有印象，皱眉："怎么是她？"

大约是几周前，女人的尸体才出现在自家院落里。尽管有很古怪的文身遮挡，依旧难以掩盖电视中女子脖子上的疤痕，和当初尸体的致命伤一致，天下不可能存在这种巧合。

陈盏虽不知内因，但肯定操纵女人身体的是一位执法者。

"还不如当初埋在院子里。"他低低地叹了一声，让执法者来回收躯壳，虽然方便，但后患无穷。

殷荣澜沉默片刻后问："会对你不利？"

陈盏微微一愣，摇头。

殷荣澜换台，不再计较。

最近一段时间权谋剧上映的不少，很快就找到一部戏。陈盏心思不在这上面，余光留意着殷荣澜，嘴角微翘……对方最吸引他的就是这点，永远不多事，不生事，不怕事。

等殷荣澜去上班，陈盏开始搜索女子的信息，她现在用的艺名是叶优，因为和姜颖有些像，还有脖子上的那道疤，短短几天内就掀起了一波热度。

没过多久，陈盏收到国外几个滞留者的消息，有一个相当惊恐，求借洗白值。

当初正是因为这些人愿意反水，才间接导致吴先生下线，陈盏念着这点旧情，借了一些。

"执法者最近尤为嚣张和可怕，突然提前征收翌年的洗白值，有滞留者已经遭到抹杀。"其中一人还发了条短信讲明缘由。

陈盏曾经还奇怪过吴先生为何宁愿被关在牢里，也不出具精神分裂证明减轻罪责，想必是早料到会有这么一日。

系统和总部宣战，总部无暇约束执法者，相当于一个单位老板出差，底下人偷懒或是搞些小动作很正常。

陈盏隐隐有预感，以叶优身份行事的执法者，很快就会来找碴。担心被耽误时间，他立马关了电视选择更文存稿。

大约两个小时后，王城突然打来电话，表示时下流行的节目主动抛出橄榄枝，请他做神秘嘉宾参与帮唱环节。

"叶优现在被称作小姜颖，你们同台，肯定能掀起一波热度。"王城站在商业角度上老谋深算道，"她以后肯定会火，这对你是好事。"

陈盏想了想，没推拒。

王城似乎还挺看中这次合作，接近傍晚时主动上门了一趟，带来几首曲子。

"这是对方选的曲目，最后唱哪一首由你决定。"

陈盏不甚在意地随便抽出一张："就这首。"

王城嘴角一抽，显然看出他的心不在焉。他本想再强调一下，听到陈盏哼了两句歌，效果意外不错。

房间里的灯刚被打开又被关上，才再次被打开，陈盏眸光随着光闪灭了一下："都说人死如灯灭，在我这里却是麻烦的开端。"

"……"什么奇怪的发言？

歌已经挑好，其他王城也懒得追究。他和陈盏合作这么久，能存活至今没被送进局子，靠的就是少一点好奇心。

彩排定在周四下午，陈盏来的时候只有乐队和几位工作人员在。

“设备还在调试，”沙哑的声音从身后传来，“我们可以先坐一会儿。”

双方坐在第一排评委席，叶优支着脑袋打量陈盏：“如法炮制你对滞留者使用的那套。”

陈盏用文章把吴先生捧成红人，一举一动都在公众的监督下，让他不敢乱来，如今执法者借用了同样的手段。

陈盏“哦”了一声。

叶优似乎不满他的反应：“你就没什么想说的？”

陈盏上下打量完，道：“托腮不是一个好习惯。”

女人生前他就提醒过，想不到死后这种习惯还被执法者延续了下来。

“别太得意了。”叶优低低地笑了声，“今时不同往日，我们各自占了几个滞留者的身体，从今天起，你将遭到不同领域的针对。”

陈盏击掌赞叹：“变聪明了。”

“你……”

“上台彩排。”陈盏打断后续发言，站起身别好麦。

这是一首男女对唱的情歌。执法者毕竟没受过专业的演技训练，开口唱到“我的爱人”这句词时，生理性厌恶，跑去台下干呕。

第二次，对上陈盏含情脉脉的眼神，她瞬间被恶心到忘词。

陈盏一脸担忧，装出关切的模样：“不舒服吗？”

“闭嘴。”

面对工作人员投来的怪异视线，叶优定了定心神，憋着那股子难受，硬生生完成了这首歌的演绎。

陈盏一直保持友好合作的状态，彩排结束离去前，王城略有些担忧：“你同叶优不和？”没道理啊，陈盏当年那么疯狂地追求过姜颖，凭着一张相似的面容，也不该心生恶感。

“大概是没眼缘。”

王城皱了皱眉：“叶优是有后台的，虽然不知道是哪个。关系闹得太僵没好处。”

陈盏挑眉：“我没后台？”

王城被问住了，片刻后道：“是我想多了。”

叶优只是开始，最近各方面都出现些麻烦，还有些厂商主动叫停合作。

殷荣澜听到了一些风声，询问要不要帮他把资源夺回来。

陈盏摇头："请允许我静静地看着这些人表演。"

话虽如此，但他也不可能任人欺负，一个月黑风高的晚上，陈盏摸索到小平房，此刻里面只有一个执法者。

陈盏破门而入，在执法者冲上来时，笑着道："别逼我用道具。"他一个人对付一群执法者肯定不行，但对付一个还是绰绰有余。

执法者果然站在原地不敢动了。

陈盏自顾自坐下："算盘打得不错，趁系统离开迫不及待找个躯体，给我添堵。"

留下看门的执法者暗叹倒霉，本来可以再收割一个滞留者，谁知对方不知道突然从哪里弄来一笔洗白值。

"我给的。"陈盏竟是看出它在想什么，主动解释道。

执法者思考对策时，陈盏再度开口："把你剩下的同事叫回来。"他顿了一下，道，"依次叫来。"

群拥而上，他也打不过。

第一个倒霉的就是叶优。陈盏原本不想把最近辛苦攒的洗白值浪费在对付这些执法者身上，但跳蚤一直在眼前蹦跶实在是烦人。

"你敢打我！"叶优骂道，"还是套麻袋打！我要去找媒体控告你……"

陈盏："人类的身体对你们而言应该是一种累赘。"

犹记当时青年走路都很不协调。

叶优不出声了。

陆续又进来两个执法者，得到同叶优一样的待遇——一通毒打。

到了第四个时，陈盏阻止执法者继续叫人，而是对最后一个进门的说："依照你们的智商，还不足以想出这种方法对付我。"

沉默中，唯余陈盏一人开口："总部授意？"

没一个敢和他对视的。

陈盏笑了："把我的意思带到，五千洗白值赎回一个。"

最后进门的执法者小心翼翼地说道："那我走了？"

陈盏摆摆手："去吧，记得只有三天时间。"

叶优在原地愤愤不平道："我是艺人，我不见了……"

陈盏找了个布团堵住她的嘴，开始怀念这些执法者还是圆团的时候。

没有花草树木，没有阳光和自由行走的人类。执法者一路从繁花似锦的世界跑到一片混沌黑暗之地，未敢有片刻的停歇。当跨越几个维度，终于抵达目的地的边缘时，代码已经开始隐隐不稳。

同僚出来接应它，它马上道："别管我，先传消息。陈盏丧心病狂，囚禁执法者想要……"话未说完，代码崩溃陷入昏迷。

同僚连忙冲向总部，结果半路被拦下："扫码，查验身份。"

两方对垒，都防着有奸细混入。而等着汇报战况的系统还在排长队，同僚急忙道："麻烦传达一声，陈盏囚禁执法者欲行不轨。"

负责安检的圆团一脸狐疑："好端端的，他为什么要这么做？"

同僚："那几个同事借了人类的躯壳，想要找麻烦，结果被活捉囚禁。"

因为往日和执法者队长交好，安检圆团卖了个面子，同意去传话。但以它的身份，还不足以面见总部的高级指挥官。

守在门口的战士冷声道："等着，指挥官在休息。"

"这……等不得啊！"

战士冷笑："区区一个人类，就算囚禁执法者，能做什么？"

陈盏的名声在总部早有流传，安检圆团想到对方的资料，突然面色大变："陈盏有个好朋友。"

战士不咸不淡地"嗯"了一声。

"执法者现在用的是人类的躯壳。"

战士不耐烦道："那又如何？"

念着同僚适才那句"欲行不轨"，安检圆团更加坚信判断，暗示说："子子孙孙无穷尽也。"

战士一脸震惊，少顷，机械地转过身，同手同脚走入暗室汇报。

片刻后，从里面传来一道饱含愤怒的声音，像是有一团火焰在其中燃烧，吓得门口等消息的安检圆团险些摔了一跤——

"陈盏，你混账！"

安检圆团吓得一哆嗦，不敢继续等下去，滚着离开。

战士犹豫了一下，走进去站到一边，久久再未听到发言，不由得凝视黑暗中的阴影："您……有没有什么指示？"

出乎意料，黑暗里的存在面目一片平静，不同于其他圆团，它是有五官的。

"什么指示？"指挥官的声音哪还有方才的怒意，半晌嗤笑一声，"去让人把消息散播开。"

战士不是很能理解。

"关键时期，越是愤慨越能激发斗志，凝固军心。"

战士恍然大悟："那陈盏那里……"

"不必管，"指挥官平静道，"他自在逍遥，反而更能让执法者迁怒 076。"

战士离开后，暗中凭空又出现一个圆球，同样拥有五官："076 早有反心，你本来可以将它扼杀在摇篮中，为何……"

指挥官打断道："系统从诞生起就拥有先天的优势，寻找宿主时也是绝对的主宰方。"

"这难道不对？"

"当然正确，"指挥官沉声道，"可惜周而复始，绝对的力量让它们的智商不断地退化。"哪怕不断销毁再生产新的系统，初始智力出厂值设定在一百五十，没过多少年，就又会急剧下降。

指挥官："与其继续走老路，不如用战争洗礼。"不过是换了种方式淘汰低级系统。

"难怪当初你会把陈盏带到这个世界。"

指挥官笑了笑："坦白讲，终于看到个愿意学习的，实属不易。"

其他宿主多是高才生，就算一些曾经渴望进入名校深造的，一旦到平行世界，顿时想着如何呼风唤雨，宁愿兑换道具强塞知识储备，也不愿意脚踏实地。

"早些年我还接过来个一心沉迷学术的科学家，"指挥官冷笑，"他可好，发现可以从系统那里兑换直接改变人类命运的高科技，便放弃钻研成天做任务赚取洗白值。"算不上错，但对系统智商也没有任何帮助。

如果陈盏在场，或许会感觉些许欣慰，他被选中究其根本源于热爱学习。

在暗室中的谈话是绝密，除了它们，其他系统无一知晓。相反，有指挥官授意，很快陈盏囚禁执法者的消息传进了每一个系统耳朵。

因为已经自立阵营，076 听到的时间要比一般系统晚上一些。怔了片刻后，它问："这种传言难道还有人信？"

旁边的系统惊愕道："难道是假的？"

076 陷入沉默，暗想当初陈盏看自己是否像现在它看下属……宛如一个智障？

等待是这个世上最难熬的滋味，陈盏看守了几小时，也没等到人来赎回。

"莫非是一个索要五千洗白值太贵？"现在降价还来得及吗？

陈盏叹了口气，只能再等等，他取下叶优口中的布团："你们中谁的本事最大？”

几个执法者下意识地朝中间的某个瞥去。

“你们这群浑蛋！”被出卖的执法者怒不可遏。

陈盏却在这时道：“你负责看守它们，我明早再来。”说完真的起身就要离开，跨过门槛前微微侧过脸，“一千洗白值算是报酬。”

他一走，执法者们皆是松了口气，叶优首先开口：“我要去见媒体，控诉这恶贼。”还没走两步，便被拦住。

叶优不可思议地望着同僚：“你难道真的要为区区一千洗白值不顾情分？”

“情分？”执法者冷笑一声，“方才你们出卖我时，怎么不讲情分？”能白赚一笔洗白值进账，还能顺便报复这些伪善的朋友，多好！

夜色下，陈盏独自一人慢慢地走在路上，完全不担心执法者会逃脱。后面的几个执法者是被同伴传唤消息骗来，这是一笔旧怨；他表露出杀意，最厉害的执法者被同伴出卖，这又是一笔旧怨。

其实它们联手，自己也无可奈何，偏偏都是个顶个的犟脾气，不肯吃一点亏。陈盏不由得纳闷，莫非这就是传说中用智商换取力量？

别墅里一人一狗，听见开门声，同时朝玄关处望去。陈盏看了看时间，主动示好：“我买了夜宵。”

殷荣澜：“我晚上很少吃东西，”他看了一眼袋子，“炸鸡、薯条……这些都是你爱吃的。”边说面上露出若有所思的表情，“是想等着我拒绝，然后独吞，还能达到示好的效果？”

陈盏抿了抿唇，沉默了。长期和系统打交道也并非好事，潜意识里容易把周遭人都当成一个智商水准对待。

他默默打开袋子，试探着说：“一起？”

晚上吃油炸食物不利于消化，但看买得并不多，殷荣澜最终没多说。

陈盏又从冰箱里取出两罐啤酒，挑挑眉：“偶尔吃一顿不碍事。”

打开啤酒后，陈盏忽然道：“不问我去了哪里？”

“春雨街二百三十……”

陈盏摆手示意不用说下去，对方的态度相当从容，以至于他常常忘了装在彼此身上的定位器。

“只要不危及人身安全，我不会管。”殷荣澜道。

陈盏想了想，自相遇以来，除了纵火案，殷荣澜确实甚少插手他的事情，最多给一些可行性建议。

咽下一口炸鸡，因为美味不由得眯了眯眼，陈盏道：“其实我是仙人。”他起了些戏弄的心思，“有一天功德圆满就会回到天庭。”

殷荣澜不为所动：“天庭没这么厚脸皮和贪嘴的。”

啃完鸡腿，陈盏表情略显惆怅：仙人怕是也不会高考失利。

因为尚有事做，第二天醒得格外早。小平房内不时传出骂骂咧咧的声音，陈盏摇了摇头，迈步进入的一刹那，声音戛然而止。

叶优用的是人类的身体，嗓子都骂哑了，看到陈盏愣了下，然后又扯着喉咙道：“你个浑蛋！”

陈盏无视她，扫了扫凳子上的灰尘，坐下来看书。

叶优还想骂两句，一记眼刀袭来，担心再被封口，不得不安静下来。

陈盏神色有几分严厉：“过两天夜校要考试，我不想因为你们耽误复习的时间。”

时间流淌，执法者们面面相觑，有一个小声嘀咕：“五千洗白值也不贵，怎么没人来赎我们？”

“不会是那个浑蛋卷款跑了吧？”

气氛突然就沉默了下来。

无聊的等待中，叶优忍不住道：“书有什么好看的？”

周围的执法者没说话，但明显认同她的话，想要知识，从商城里兑换就好。

陈盏这次没嫌她多话，反而道：“我读小学时就看过一句话，绝知此事要躬行。”实践的过程很重要。

叶优最近说话受身边的一位工作人员影响，小声对身边的同僚道：“脑壳有问题。”赢得一片赞同。

到了第三天，仍旧没有人来赎执法者，其间，陈盏暗示叶优给经纪人打电话报平安，过程有些曲折，好在揍一顿就能解决。

就在他准备放弃时，小平房里终于迎来一位陌生的客人。陈盏放下手中的书卷，目中浮现出惊讶……五官俱全！他还是第一次瞧见有五官的系统。

来访者是当日与指挥官交谈的军师，它微微颔首算是打招呼。

陈盏看了片刻后，伸手道：“赎金。”

军师不但如他所愿，还多转了两千洗白值。陈盏目中不见喜色，没反抗还愿意多给，不见得是件好事。

“你也要反水？”

军师："我与总部共存亡。"

"既然如此……"

军师打断："一周时间，教它们读书。"

陈盏复杂地望着它，确定是真的效忠总部?

"你只要拿钱办事就好。"军师只是想看看这个世界的执法者还有没有救，没了的话一并清理掉也干净。

陈盏最终没拒绝，不知对方底细贸然交恶不是好事，何况这笔买卖自己不亏。

"想让我教它们什么？"

"随便。"说完，军师消失不见。

陈盏回过神来偏过头一看，几个执法者正心如死灰看着他。

叶优试探道："我们现在算是恢复自由身了？"

陈盏："我想让你们尝尝我曾受过的苦难，然后变得像我一样优秀。"

叶优暗道不妙。

陈盏笑了笑："《五年高考三年模拟》了解一下。"

今天注定是一个不平凡的日子。

午后又有一位不速之客不请自来，它是总部的执法者们凑洗白值雇来救同僚的。然而站在屋外时，听到的是琅琅的读书声。

再三张望，它确定没走错地方。

陈盏停下教学："哪位？"

圆团不明所以："你在教它们读书？"

"不然呢？"

圆团震惊："难道不是造人？"

陈盏看它的目光一片坦荡，蹙眉道："你为什么会有这么无良的想法？"他沉声道，"龌龊。"

屋内被迫读书的执法者同样生理性不适，各自"呸"了一口。

圆团沉默，又道："现在总部四处都在传。"

陈盏觉得荒谬到可笑，不过他和总部没直接联系，没太大反应，倒是几个执法者像是受到了莫大的打击和侮辱，一副名节尽毁的模样。

"别灰心丧气，"陈盏事不关己，一副劝人向学的语气，"知识改变命运。"

叶优咬牙切齿："有时我真想和你同归于尽。"可惜迫于规则受限，一旦她出手，会先一步被抹杀。

陈盏没理会她，看向门口的圆团："斗争什么时候能结束？"

圆团看了他一眼，不说话。

陈盏又道："前几天来过一个圆球，它有五官。莫非你们这一族，球体比团面聪明，有五官的比只有一张嘴的能打？"

圆团的嘴咧开，露出可怕的牙齿，上下颚活动两下，做出一个像是咀嚼的动作。

陈盏转过头问叶优："它生气了？"

叶优点头。

陈盏："为什么？"

叶优沉默了一下，道："因为你说了实话。"

陈盏同样沉默了，片刻后开口道："如果我是你，就不会说这句话。"

叶优："为什么？"

"因为它是来救你们的。"陈盏指了指圆团，"不过现在不会了。"

伴随他话音落下，圆团转过身，飞走了。

叶优一脸诧异："不是来救我们的吗？"

陈盏低声一叹："因为你也说了实话。"

陈盏再次叹息，抖抖手上的书籍："别发呆，继续学习，让我来教你们做人。"

一个执法者学着人类的模样举手："能不做人吗？"

"而且你没有教师资格证，"叶优对人类社会的知识了解得比较全面，小声道，"我们可以举报你。"

闻言，陈盏温柔一笑。

基本的察言观色的本事谁都有，叶优表情极其嚣张，手上却握着笔："等我刷完一套试卷，你就死定了。"

陈盏摇了摇头，继续今日的教学计划。三个小时后，双方皆有重见天日之感。

说好的是一周，离约定的时间还有三天，也就是说，他还得继续教这些执法者读书。

仰头望着天边流云，陈盏皱了下眉头，隐约猜到了对方的目的。

殷荣澜回来时，发现陈盏没有更文而是在看视频，觉得有几分意思。

待他削好苹果，突然意识到不对劲，因为陈盏在反复播放同一个广告——一个品牌的学习机，广告词里还应景地说着"哪里不会点哪里。"

来回约有几十遍，殷荣澜坐在一旁听得有些头疼："为什么对这种广告感兴趣？”

陈盏：“我突然觉得自己在发挥代言人的作用。”总部何尝不是把他当工具人用，劝导其他系统学习。

殷荣澜失笑：“这不是好事？”

陈盏摊手：“可我没得到一分钱的好处。”

殷荣澜：“对有些人来讲，知名度更重要。”好比高奢品牌，即使一分钱不给，也会有人抢着去做代言人。

陈盏想了想，说：“可我传播的是恶名。”他认真地问道，“你有什么建议？”

殷荣澜沉默少顷：“扮鬼吓他。”刚一说完，就眯眯眼笑道，“开个玩笑。”

在陈盏表情变得更不善前，殷荣澜沉声道：“无论发生什么，要相信你带给对方的绝望要更多。”

不会有人算计完陈盏还能安然抽身离去，想必过程亦是无比坎坷。

殷荣澜又问：“这么说心里有没有好受一点？”

陈盏定定地看了他几秒，忽然对着清俊的面庞狠狠揉搓了一番，就差挤出高原红时才收手，淡声道：“好多了。”语毕起身去收电脑，其间寻思是不是那天去医院探病，殷荣澜被一种名为林池昂的病毒传染，以至于日常在作死的边缘反复横跳。

“不知道系统在做什么……”陈盏望着窗外阴沉沉的天气，陷入沉思。

同教书育人的宁静生活截然相反，系统正处在一片没有硝烟的战场。

这里不存在鲜血淋漓，每个系统的崩溃仅仅是蓝光闪过，尸体便彻底烟消云散。眼睁睁地瞧着系统一个个散去，圆球心中暗叹可惜。

战场上也要尊重对手，虽然谁都眼馋，但都不敢动。导致出现一堆圆团喉头滚动，却努力装出目不斜视的滑稽场面。

站在系统对面的是一位战斗力排名前十的执法者：“076，回头是岸。”

076 呵呵一笑：“最烦的就是你们这些道貌岸然的执法者。”

执法者没被激怒，反而心平气和地说道：“刚刚那一战，我这边死了二百个，你那里死了八十个，表面上看你占尽了上风。”

076 充耳不闻，直接冲了过去，从陈盏那里学来的知识告诉它，打架不管输赢，少给对方开口说话的机会。

执法者略有些吃力地接下这一次攻击，向后退了好几步。

执法者一边挨着毒打，一边还不忘笑着开口：“你实力确实不错，不过身边人就不一定了。”

076只管攻击，自始至终嘴闭得很紧。

执法者：“听说陈盏很厉害。”

076声音总算有了波动：“你提他做什么？”

执法者：“这次我要亲自去会会他。”

场上的气氛瞬间一僵，谁都没料到执法者会使用如此卑劣的手段。

站在076身后的系统道：“它可是战斗力排名前十的执法者，怎么办？”

076先是一愣，而后一脸悲愤：“陈盏那么一个单纯良善的人！我不允许你伤害他！”

执法者一脸冷酷无情：“太迟了。”说完一招手，命令几个手下拦住076，自己先一步离开。

“不！你回来！”愤怒充斥在血液中，令圆球的身形微微变大一些，076怒道，“你若敢伤他一根汗毛，我必要全部执法者陪葬！”

遥远的空间传来一道嗤笑声：“好好应付我这些手下吧！”

战斗力排名前十的执法者走后，围攻076的几个执法者不由得有了退缩之意，谁都能看出076现在处在暴怒边缘。

死定了！几个执法者不约而同地想。

然后在这几乎是令人窒息的时刻，只见076望向战斗力排名前十的执法者消失的黑洞，高高竖起几乎短得看不见的一根手指，冷冷地吐出四个字：“蠢玩意儿——”

一片寂静中，还是友军率先制止了它：“我们理解你的悲愤，可我们是高等生物，这种谩骂词汇是不是不大适合？”

076平静道：“你说得对。”

几个执法者忍不住后退一步，两军对垒，主帅去活捉另一个主帅的软肋，剩下的人只能在原地耗着，准备迎接076的怒火。

出乎意料，076反倒是意兴阑珊，打了个哈欠坐在地上等结果。

“不去追吗？”友军小心翼翼地问道。

“追？”076莫名其妙，“追什么？合着它自己找死，我还要拦着？”

“有朋自远方来，不亦乐乎。”陈盏读一句，下面跟着念一句。

读书声中，一道白光降临。

陈盏疑惑：“打雷了？”

下一刻就看到眼前多出一个圆球，之前那个进门前好歹还打了声招呼，眼前这位浑身上下散发着来者不善的气息。

陈盏："你是……"

"你没资格问。"

"二三大人。"这些执法者明显是认识来人的。

陈盏忍不住有些好奇它们是怎么通过只有一张嘴的脸分辨出不同型号的系统，万一患有脸，不……是嘴盲症该怎么办？

二三大人习惯性摆出高高在上的姿态："你们和我一起……"

陈盏打断它的话，对着那几位在上课的执法者道："它肯定是要你们打白工，想想看，读书时无人问津，现在一来就叫干活……这干的是人事吗？"

"一个人读书多痛苦，"陈盏循循善诱，"我们拿下它，大家一起读书不好吗？"

二三大人冷声道："它们没这个胆子。"

执法者们果真有些犹豫不决。

陈盏慢悠悠地提醒："别忘了上课一周不是我规定的。"

执法者们立时窃窃私语："军师的面子比二三大人要大。"

"军师说上够一周就是一周，一秒钟都不能少。"

"不错，我才不会承认是想让二三大人帮忙分担学习的痛苦。"

叶优忽然道："它战斗力前十。"言下之意是陈盏也需要出力。

陈盏点头："我这人……就是洗白值多。"

语毕引来一众仇恨的视线。

氪金玩家又有辅助是件恐怖的事情，执法者二三也确实强悍，硬生生耗了一个小时，才被捉住。

趁大家累得气喘吁吁的工夫，陈盏从容灌输错误观念："要是多来几个送人头的，每天上学时间不就会被多耽误一会儿……"

"……记住，一定要一个一个来，太多了对付不了。"里应外合，对系统那边的战事也能有点帮助。

一周的时间不过是一晃眼。眼看平房已经快要装不下，陈盏的喉咙隐隐作痛，深刻理解到这份职业的不易。

周末即将接近尾声，军师再次出现在平房，什么都没说，先扔过去一个卷轴："总部给你的。"

陈盏："招降书？"

军师："自己打开看。"

为防有诈，陈盏把卷轴放在桌子上，拾了根木棍一点点挑开，内里并无暗器，写着四个笔迹锋利的大字：教育宗师。

定定地看着几个字许久，陈盏不得不以恶意去揣测："这是在……讽刺我？"还不如送面锦旗，起码能自我安慰是种冷幽默。

"你担得起这个称号。"军师淡声道。

"心意我领了，"大字是用金色的墨汁撰写，过于耀目了些，陈盏重新卷好，回望一屋子的圆团，"麻烦顺路把它们打包带走。"

他这一辈子，受够了教育的苦。

军师："有始有终，还有一点你没做。"

陈盏注意到，它说话时屋子里几乎是绝对的安静，没有执法者敢在这个圆球面前放肆。

军师一锤定音："学期末要有期末考试才算完美。"

倒吸一口冷气的声音传来，大约因为系统有一张大嘴，小平房里一时的空气流速都随之改变。

陈盏象征性地随口一问："不及格的会怎么处理？"

军师冷笑一声："今天是什么日子？"

陈盏没回答。

军师："不及格孩子们的末日。"

全屋有四名执法者用的是滞留者的身体，对比其余执法者，他们有一个极大的优势——可以做表情。

叶优冲陈盏努力眨眼睛，意思表达得很明确：如果能提前透题，她愿意花重金购买。

可惜事发突然，军师要求现场出题，并作为监考官在旁边防作弊。

陈盏倒也还算厚道，从网上搜了几道涉及哲学的政治题，只要写字了，得零分的可能性不大。

一时间，屋内只剩下落笔声，偶尔有左顾右盼者，军师淡淡一声咳嗽，立马端正态度。

考试共四十分钟，时间到后，闹铃骤然间响起，陈盏恢复正色："交卷。"

放下笔，执法者们心如死灰地依次上台放好卷子。

军师丝毫不讲情谊："回去等结果。"

执法者们排好队垂头丧气地准备飞走，好歹有过一段师生情谊，陈盏看得有几分心酸。他正准备安慰几句，突然听到一个执法者抱怨："考砸了，都没怎么复习。”

“谁会料到突然考试，最后一道题只写了一半。”

倒是有一个圆团挺乐呵的：“题不是很难，这次稳了。”

似曾相识的一幕。

军师一扫陈盏，道了声“近墨者黑”。

随着执法者们一个个离开，空气似乎都变得清新不少。

如今小平房内只剩下军师和陈盏。四目相对，陈盏眉梢一动，终究做了先开口的一方：“就算是为了提倡教育，也不必费这样的心机。”

军师晃晃脑袋：“社会制度不同，你不会明白。”

放弃纠结这个问题，陈盏收敛住其他思绪，问出最关心的：“我们阵营敌对，私下联系是不是不大好？”若说挑拨离间，这种手段太低劣；若是示好，也没这个必要。

军师看了眼外面，一个偷听的圆团吓得浑身一抖，连忙告饶遁走。

军师蹦上讲台，气势拿捏得很到位，面前浮现出虚空的显示屏，方便对方观摩上面的字迹。

寥寥几句话很快就能看完，陈盏神色略微奇妙：“禅让制？”

军师：“自发布起一百年内，总部准备开始实行禅让制。其实原本准备用嫡长子继承制，后来觉得禅让制更能服众。”

陈盏眼皮一跳：“嫡长子继承制？”

军师点头，拿出一张纸：“076的出生证明都改好了，对外设定是指挥官流落在外的私生子。”

身为一个作家，此刻，陈盏突然觉得是自己的想象力太过匮乏：“这种鬼话也有人信？”

军师敷衍道：“如果是之前，瞒过大多数人不是问题。”

依照那时系统的智商程度，完全可以上演一出现实版“皇帝的新装”的故事。

沉默了几秒，陈盏感觉智商再次遭到了践踏。

军师撤回显示屏，继续道：“为了能更好地与时俱进，禅让制下，每次任期三十年，最多连任两届。”

陈盏皱了皱眉，沉声道：“既然如此，这场仗打得有什么意义？”

“清洗计划。”军师淡淡地说道，“找个理由名正言顺地淘汰掉智商低的系统。再者，新方案突然推行，必将受到不少阻力，靠着清洗能很快推进。”

空气突然安静了，无话可说大抵如此。

知道了结局再去看待过程，陈盏不知该作何感想，念着系统还在前线按照总部早就制定好的路线作斗争，心中泛起微妙的同情。不过往好的方面想，起码他不用再攒洗白值给它交保释金。

“事情就快要告一段落，”军师说道，“新政策后天总部就会颁布，如果它回来找你，提前告知一声也无妨。”

随着最后一个圆球飞走，陈盏总算是得到了彻底的清静。

归程途中路过市场，陈盏按照之前想好的计划买了青菜和肉食，准备晚上吃火锅。殷荣澜还没回来，他一个人在厨房里忙活，暗自反思最近吃火锅的次数是不是有些频繁。忏悔是一码事，往锅里倒底料的时候可没有丝毫迟疑。

“耗油来一勺，麻酱是伴侣……”陈盏哼着不成调的曲子，不亦乐乎。

“我回来了。”

“欢迎回来。”

接完话后才意识到不对，陈盏扭头的一瞬间，肩膀上一沉。他下意识拿起锅铲反手就是一挥，圆球被打出去又重新蹦回来：“是我。”

陈盏弯腰擦干净地上甩出的红油，严肃道：“没事别学殷荣澜的嗓音说话。”抬头时，他一字一顿道，“我想打他很久了。”

076 放弃询问殷荣澜最近又是如何作死，迫不及待地汇报战绩：“有宿主在后方配合，我取得了阶段性胜利。”

“恭喜。”陈盏面无表情地祝贺，舀了勺汤尝了尝，皱眉，“淡了。”说着又撒了点盐。

076：“宿主好像一点都不惊讶。”

“我对你有信心。”

076 听得心花怒放，继续得意炫耀：“本来该一鼓作气，但我准备示敌以弱。这样押总部胜利的系统会增多，最后关头反戈一击，我们就能大赚一笔。”它越想越觉得这次赌局开得十分值得。

锅底慢慢地熬着，陈盏想了想，还是开口说：“如果现在总部突然宣告胜利属于你，会不会开心？”

076 毫不犹豫地说道：“被侮辱了怎么开心得起来？”它停顿了下，心中陡然升起不好的预感，“为什么突然这么问？”

陈盏摸了摸鼻子，低叹一声：“事情还要从一个智商一百五的故事说起……”

他原本打算等到系统功成名就那天让它自已看总部发的消息，临时又改了主意，迟了几天除了悲愤应该感觉不到什么，早几日知道还能当作一次磨砺。

“禅……禅让制？”

陈盏点头。

076 陷入呆滞，突然想到造反之路势如破竹，总部至今也没出动任何暗牌，然而很快又喃喃道：“不可能。指挥官不会轻易交出手上的权力。”

陈盏拿出两个小碟子：“要吃吗？”

火锅的香味对系统来说没有任何诱惑，不过在看到他从柜子里取出酒时，迟疑一瞬仍旧点了点头。

“或许是觉得你们无药可救，不得已而为之，”陈盏倒了杯酒推到它那边，“或许是年纪大了准备回老家相亲结婚。”

“……别闹。”

陈盏平静地转达了军师的意思：“合则两利，至少你是最大的受益方。”

076 喝了口酒，放下杯子时用的力道过大，导致桌面狠狠一颤：“被当个猴耍了一番。”乐极生悲大起大落，不外如是。

系统本以为会听到几句安慰话，等了好久，却发现陈盏在若无其事地涮毛肚吃。

076 难以置信：“宿主就没什么话要跟我说？”

陈盏望着锅底，想了想，真诚道：“趁热吃。”见系统不动筷，他又道，“我都不生气，你气什么？”

076 一怔，一想还是宿主比较惨，被推出去当靶子吸引执法者的火力，又莫名其妙地成了学习推广大使……它好歹捞到了地位和虚名，而陈盏自始至终在白出力。

“宿主就不想报复？”

陈盏挑眉：“不如你给我出个主意？”

076 讪笑一声：“冲到总部骂几句？”再一想，那里空气稀薄到几乎没有，宿主去了也活不了。

陈盏：“又想要结果好，又想不被算计，世上哪有那么多两全其美的事情。”

076 沉默，然后道：“我懂。就像是宿主和殷荣澜。”这就是所谓的世间安得双全法。

陈盏放下筷子，冲它温柔一笑：“过来。”

076朝后挪了一些。

陈盏笑容依旧："我保证不打你。"

076缩了缩脑袋，认错的速度倒是和殷荣澜一样快："我错了。"

陈盏伸出手，出乎意料地没一巴掌拍过去，而是摸了摸系统圆滚滚的脑袋："语言是门艺术，要谨慎用。"

语气轻飘飘的，莫名让人发怵。

076连连点头，根本没听清他在说什么，附和道："宿主说得对。"

系统和陈盏涮火锅时，军师却在批改卷子。

"怎么样？"指挥官问。

军师道："一周前，我强迫几个执法者在总部学习，和陈盏教的这些比起来，还是不足。"

"和076比起来呢？"

军师神色陡然复杂。

指挥官笑道："毕竟饱受摧残的孩子和温室里的不同。"

军师头疼不已，当初陈盏不断换系统，按理轮不到076，是指挥官一意孤行，指定076去。

"还以为它也坚持不过三个月，"军师无奈，"谁知好的没学，还狼狈为奸开发观光项目。"

"正常。"指挥官不以为然，"何况，陈盏那里的售后服务确实不错。"顿了一下补充道，"无论是教学还是教做人。"

所以这观光活动究竟有多少系统去过？至少军师深刻怀疑指挥官也凑过这个热闹。

陈盏不知道自己在不知不觉中得到一个"高级售后"的评价。当然，就算知道了估计也只会一笑了之，比起"教育宗师"，这个称呼算不了什么。

本来这顿火锅是要和殷荣澜一起吃的，被系统捷足先登，待到对方回来，只看到一桌子的残羹冷炙。

殷荣澜笑了笑："一个人吃火锅，不无聊？"

未等到回答，余光先扫到桌子上的另外一个酒杯，殷荣澜双眼立时微微一眯："家里来过客人？"

陈盏放弃正面作答，拣好听的侧面出击："比你矮，没你好看。"

闻言，殷荣澜满意地点点头。

话题被巧妙地掩饰过去，陈盏起身换上新的锅底，把提前留出的菜下进去。他已经吃过不少，又喝了点酒，此刻是什么东西也吃不下，眼睁睁地望着人下筷。

面对陈盏时，殷荣澜和最初一样，向来是笑眯眯的："有心事？"

陈盏颔首："要做个决定，不过有些难。"

殷荣澜："难在哪里？"

陈盏想了想，许久后道："就像你也许会在大学羡慕童年，踏足社会又想回到大学。"为了得到一些，总归要被动放弃另一些。

殷荣澜看着他，正色道："当争则争，不该争时就顺其自然，取你认为更重要的。"

陈盏微微一怔，而后点了点头。

天色已晚，两人还是牵着狗出门散了会儿步，回来时都感觉轻松不少。不过一进门，残留的火锅味使得饱腹感再次袭来。

殷荣澜："往后一个月，我们可以戒断火锅。"

陈盏深以为然。

本来躺在沙发上休息，陈盏突然站起来，在黑暗中摸索一番。借着月光，殷荣澜看清墙上多了面卷轴时，无奈一笑："从哪里淘来的，字倒是不错。"只是"教育宗师"一词从何说起？

陈盏："别人赠的，说是奖励我的功绩。"这几年和系统风风雨雨，最后换来这个结果，实在令人哭笑不得。没过多久，他再次开口，"挂在这里也算是留个纪念。"

"挂东西我没意见。"殷荣澜扯了扯嘴角，"不过得换个地方。"

床头的卷轴已经被取下，换成了新的照片，起初两日还叫人有些不适应。这日，陈盏正在观赏时，隐约感觉到什么，注意力从相框上移开，掏出一把糖果放在窗边。

白影由远及近，最终化作一个圆球。它的嘴本身就大，一口吞了全部糖果。

陈盏把散落在一边的糖纸捡起来扔掉，抱着还在"咔嚓咔嚓"啃的圆球坐在床边："糖果这种东西，含着要比嚼着好一些。"

系统咂了一下嘴："味道一般。"

陈盏忽然道："你早几天就可以来找我。"根据军师所说，禅让制几天前就会颁布，系统此刻应该已经名正言顺继位。

系统愣了愣，低着头陷入沉默。

将近有半小时谁都没有开口。

“我把洗白值都转给你，”陈盏笑了笑打破沉默，摸了摸它的头，“解绑吧。”

圆球似乎有点难过，压在陈盏身上的重量有些增加。搭档这么久基本的默契还是有的，它其实猜到宿主会做如此选择。陈盏要的是绝对的自由，身为人的自由，而不是随时会被系统影响，掺和到其他不相干的事情中。

它面向陈盏，扑腾两下突然意识到胳膊太短，对方可能看不出它要传达的含义，张口道：“抱。”

陈盏依言抱了抱圆球。下一刻，他就听到脑海中传来“叮”的一声。

“系统 076 申请同宿主解除绑定……”

“系统将与陈盏永久解除绑定……感谢使用，祝生活愉快。”

“这个世界不会再有滞留者。”076 道，“我会把他们送回原本的世界。”没有滞留者，意味着不会再有执法者，也没有人再会为洗白值来算计陈盏。

陈盏略一思索：“有的已经成家立业，看他们个人的选择。”

076 点头：“执意留下来的，我会召回这些人体内的系统。”其实历来愿意留下来的滞留者，难有善终，毕竟洗白值只会越来越少，召回系统等于变相救了他们一命。

陈盏没有再拒绝，滞留者确实是一个隐患，无论是安冷还是吴先生，甚至在国外时最后因为利益选择背叛吴先生的那些人，都曾经把主意打到过他的头上。

谁都没再开口，076 轻叹一声，很久后重新抬起头：“很高兴认识你。”说罢，飞向天际消失不见。

白光彻底缩小成圆点直至消失不见，陈盏转过身，笑着摇了摇头。

系统消失后，日子和从前一样过着。只是完全达不到一般人追求的那种顺遂，殷荣澜就像一片平静的海面，冷不丁就会带来一次意想不到的海啸。

一次次的斗智斗勇中，陈盏再次认识到自己对他的包容，居然全部忍了下来。

此时，殷荣澜坐在一边看电视，不知是不是感觉到什么，偏过头道：“我早就说过，友情让人坚强。”

陈盏揉揉眉心，正要说什么，被电视里播放的娱乐新闻吸引：“再过一个月，就是姜颖的预产期。”

殷荣澜："要去看看吗？"

陈盏略有些迟疑，媒体现在紧盯着那边，他一去就是往枪口上撞，报道指不定会写出些不可思议的离奇故事。

殷荣澜向来不会替他做决定，把音量调小，在一边安静等着。

"算了。"陈盏开口，"等孩子出生后再买些礼物过去。"

计划赶不上变化，当天下午姜颖却是主动打来电话，约他们共进晚餐。

陈盏许久没见林母，不过当日教授厨艺的情谊还在，林母待他还是很好。

林家还有一位老者，他之前没有见过，姜颖主动介绍道："老人家擅长测算，我们起了几个名字，想请他帮忙选一个。"

"测算远远谈不上，"老者笑着道，"就是用些老祖宗传下来的说法，准不准不一定。"

譬如风水和面相一说，灵不灵谁都不知道。

姜颖同样想到了什么，望着陈盏好笑道："当初可都说你是多子多孙的面相。"

老者突然开口："单论相貌，陈先生确实是儿孙满堂的面相。但路是自己选的，'以貌取人'不对。"

最后一句有些玩笑的成分在内，众人忍俊不禁。

姜颖不能饮酒，饭桌上皆是以茶代酒，话题大多集中在未出生的孩子身上。当说到希望这个孩子未来成为怎样的人时，她认真地想了想，说："继承我的美貌，我丈夫的气质，陈盏的聪明，殷荣澜的奇思妙想……勉强就够了。"

林池昂忍不住打了个寒战，哪怕是陈盏，都有些不寒而栗。如果真有人综合了这些特质，那岂不是魔星降世？

姜颖乐不可支："我开玩笑的。"

"未来之事谁都不知道，"一直不说话的林父站起身，举杯，"敬今朝。"

众人站起来轻轻碰杯，其间，陈盏和殷荣澜相视一笑。活在当下，没有什么比这四个字更适合他们。

番外

01 重逢

季节变迁，跨过一个秋冬，春暖花开的日子再次降临。

殷荣澜见陈盏喜欢室外，便专门在院子里新建了一座小亭子，方便他更文。

此刻，陈盏正靠在椅背上，双手抱着杯子，望着嗜睡的土狗，目中泛起隐忧。

在此之前，他没养过狗，但好歹有些了解。而他们家的这条狗，出去遛弯时从未对同类产生过兴趣。

他有次抽空和殷荣澜去公园，那里有各种各样的狗，无论性别，土狗都没多少反应。

找过几个兽医，检查后都说狗很正常，没健康问题。

陈盏正考虑要不要带它去家大点的宠物医院看看，突然发现墙头立着一个熟悉的白色圆团。

“076？”

和从前不同，如今它有了五官。或许是看习惯了，陈盏一时有些适应不来，甚至觉得这孩子长残了。

陈盏招招手，圆团飞到他面前停下，他伸手捏了捏，说了声“奇怪”。

既然已经解绑，按理说，他看到的系统该和普通人眼中一样，可现在呈现在他面前的，依旧是和从前差不多的样子。

“我开了个后门，”076道，“不用纠结。”

陈盏轻笑一声：“许久不见，变白了。”

076不大开心道：“成天闷在总部好无聊，难怪上一任指挥官跑了。”

陈盏想了想，说：“早一个月来更好。”那时正好是过年，适合团圆。

076：“我来，是送点东西给你。”

说罢，不知从哪里变出一个小布袋，里面有东西正在蠕动。

陈盏挑眉：“如果倒出来的是蛇，我怕控制不住自己。”

076好笑道：“我和殷荣澜不同。”那人制造的惊喜往往能吓死人。

袋子里并没有出现什么恐怖的东西，相反是三个拳头大小的圆团，同一般系统一样，只长着一张嘴。

“这是……”

“我的孩子。”076道，“专门带来给你养。”

陈盏露出怪异的神色，一时竟不知该说什么。过了好久，他紧盯着几个圆团：“我们分别才不过一年。”

076点头。

陈盏：“我记得曾有一任系统以休产假之名离开，说是需要三年。”不是他泼冷水，这孩子是亲生的吗？

076笃定道：“是我的孩子。”

陈盏：“它们的生母……”

“系统和人类的繁衍方式不同。”如今076身份特殊，不便在这个世界多待，快速解释道，“过几年我再来接它们。”

临走前，076站在陈盏面前，后者会意，轻轻抱了下它：“下次见。”

在它彻底消失前，陈盏突然道：“我家的狗……”

“当初它咬了执法者一口，可能受到了些影响。”

陈盏回忆起执法者那副眼高于顶的模样，再看看土狗，果然从它眼中瞧见一种“愚蠢凡人”的鄙夷。

“……罢了。”陈盏捧起桌上的几个圆团，仔细看了看，实在找不出和 076 的相似之处。

他没有立刻把事情告诉殷荣澜，而是私下暗自养着。

待到一个凉风徐徐的夜晚，两人躺在床上闭目养神，陈盏缓缓开口："下个月是你的生日。"

殷荣澜将口是心非发挥到了极致："都是成年人，生日而已，随便庆祝一下就行。"

陈盏笑了笑："届时我有一个惊喜送给你。"

殷荣澜嘴边的笑容一僵，他们之间，通常说这句话的是他。这一刻，他突然明白了陈盏每次听到有惊喜时那一瞬间的慌张。

"能不能提前告知……"

陈盏打断他，微微一笑："既然是惊喜，提前泄密多败坏兴致。"

接下来的每一日，殷荣澜都过得提心吊胆，不巧的是，生日那天正好是工作日，间接导致临下班前略有些心不在焉。

小赵小心提示："您的日期填错了。"

殷荣澜扫了一眼文件，叹道："如果时光能停留在昨日，就好了。"

小赵一愣："为何？"

殷荣澜看向窗外："今天是我生日。"

小赵忍不住乐了："怕老？"

想到那份未知的"惊喜"，殷荣澜沉声道："怕死。"

礼物不会随着晚回家而消失，殷荣澜面上挂着微笑，做出期待的表情。

别墅早就进行过一番布置，气球和鲜花环绕，很普通却显得温馨。殷荣澜微微松了口气，至少现在看来，一切还很正常。

陈盏从冰箱里端出蛋糕，底色是纯白，上面站着两个精致的小人："我亲手做的。"为此，他还特地请教了林母。

殷荣澜很感动，打从心底里期望这个蛋糕就是惊喜。

窗帘全部被拉得严实，蜡烛成为唯一的光明，随着最后一丝火光被吹灭，屋内一片黑暗。

陈盏及时把灯打开："许了什么愿？"

殷荣澜："来年告诉你。"

陈盏没追问，反而笑吟吟地说道："闭上眼，期待一下礼物。"

殷荣澜："……我想睁着眼。"

万一前后反差太大，他担心自己承受不住。

陈盏把桌子下面的盒子端上来："打开看看。"

殷荣澜面色不变，轻轻地吸了一口气，忽然道："我幼时听过一个神话故事，里面提到潘多拉的盒子。"

只要打开，就会释放出灾难。

陈盏握住他的手，正色道："相信我。"

殷荣澜幽幽地看过去，"信任"一词一出，二人神色各异，不过最终还是亲手打开了盒子。

团子，只有嘴，还不止一个。

陈盏赔笑道："之前你也见过。"

系统曾圈养储备粮，曾意外被发现，还锁在了橱柜里。

殷荣澜神情看不出喜怒："那时候见的，比这些要大出几倍。"

陈盏担心的是他会跟自己探讨物种，索要一个答案，谁知对方关注的重点和预想中偏差很大。

殷荣澜问出一段时间前陈盏曾经问过的问题："它们的生母是谁？"

暗示怀疑私生子。

短暂的寂静过后，陈盏定定地望着他："听说过生日要往脸上抹蛋糕。"说完笑容满面，问，"你觉得呢？"

求生欲的本能让殷荣澜摇了摇头。他更想把蛋糕吃到肚子里，而非拍到脸上，立时十分严肃道："既然是你亲手做的，不好浪费。"

为了证明，他主动切下一块送到嘴里。有点甜，但不腻，就像是陈盏给人的感觉。

"如何？"陈盏追问道。

殷荣澜赞赏道："若是开家蛋糕店，想必会供不应求。"

好听的话永远不过时，陈盏决定不计较适才这人怀疑他跨物种恋爱并带回私生子的揣测。

两人分食完大半个蛋糕，注意力才重新回到圆团身上。或许是因为才出生不久，这些小团子倒是一个赛一个乖巧，没有一般系统的好动暴躁，三个窝在一起，基本没怎么动过。

殷荣澜轻轻地用食指戳了下，手感相当软，就像是在弹棉花。

"哪里来的？"

陈盏搬出早就准备好的资料，是从电脑上拷贝的一个视频，里面一只花猫正依次把自己生下的幼崽叼到主人面前。

“画面是不是很感人？”

“……”

陈盏口若悬河道：“很久之前，我下夜班回家，听到暗巷里传来虚弱的声音。寻过去一看，垃圾桶旁边躺着一只虚弱的奇特生物……当时我很害怕，转念一想，都是同病相怜，无人疼无人爱……接下来，我又被它强大的求生欲感动，带回家悉心照料。

“后来奇特生物告诉我它要靠吞噬复原，便猎捕了同类养在别墅中。”陈盏低叹道，“可惜天下无不散之筵席，养好伤后，它最终还是走了，回到了属于它的宇宙。”

殷荣澜沉默了会儿后，道：“……看着我的眼睛说。”

陈盏仰面摇头：“想起往事，一旦低头眼泪就会滑落。”余光瞄着三个团子，他道，“故友之子，我没理由不收留。你就当是可怜它们，给一口饭吃就好。”

殷荣澜仍有几分迟疑：“你确定……这些东西吃的是粮食？”

虽然年纪尚小，但圆团偶尔张口时露出的锋利牙齿，十分骇人。若真要划分一个范畴，更趋近于野兽。

陈盏点头：“再大些，会有人把它们接回去。”

三个小家伙配合点头，一副天然纯良的无害模样。

“生日快乐！”三个团子异口同声卖了个萌，殊不知依照它们的外貌，一咧开嘴反而显得吓人。

鬼鬼祟祟过了一段日子，如今终于可以名正言顺地养团子，陈盏一时还真有几分做老父亲的新鲜感，专门给它们弄了个小窝，装扮得挺粉嫩。

正当他沉迷养崽时，某个夜晚起床，突然发现殷荣澜不在身边，过往的经验告诉陈盏，这件事不简单。

他轻手轻脚地寻找，最后在养崽的房间找到嫌疑人。

月光下，殷荣澜的表情令人捉摸不透，只见他轻轻摸着圆团的脑袋，浅浅地叹息了一声：“可惜了，怎么就没头发。”

陈盏躲在墙角眉梢一动，果然感情可以培养，这会儿就开始担心毛发问题了。

然而，片刻后又听殷荣澜低声喃喃：“抽血会留下痕迹，看来只能放弃做亲子鉴定。”

陈盏嘴角抽了一下，瞬间，他下定决心！

《知己间如何没有信任地过完一生》这本书必须尽早提上日程！

02 续缘

俗话说，新官上任三把火。076 担任指挥官后，第一件事便是开设学堂，每周固定测试一次。

“疯了。”一个圆团和同僚抱怨，“明明有力量，为什么要用智商？”

“我也很好奇，所以不及格的时候对指挥官说我没脑子。”

“然后呢？”

同僚：“差点被送去销毁。”

这个话题吸引了不少人，很快，一群系统围在一起侃大山。

“说来怪了，你们想想，081，377……那么多系统带过陈盏，怎么就 076 功成名就？”

“谁知道呢？”执法者加入对话，“不过听说指挥官要编史册，下周接受采访，好奇的话可以去凑个热闹。”

同僚：“我们也可以去？”

执法者：“因为还要采访之前几个失败的系统，现场并不封闭。”

众圆团对视一眼，有这种壮观的场面自然是要去看，挂机也要去！

满怀期待中，这一天终于到来。

一个阶梯大厅里，除了指挥官，还坐着另外七个系统。

负责撰写的是总部难得有文化的系统，不过它的“文化”也是揠苗助长而来。圆团上一次执行任务时，被强行塞到了一个以文载道的世界，即便它努力无视，耳濡目染下，多少也听进去了一些。

指挥官暂时给写史书的系统设了个太史令的职位，这圆团还假模假样地给自己设计出一套古装，可惜因为过于圆润的身材，穿上着实有几分滑稽。

此刻，太史令正在采访陈盏的第一任系统：“是什么让你决定提出借调？”

081 想起往事，把脸埋在臂弯里，十分痛苦地说道：“陈盏不按要求完成任务，这也就罢了，偏偏还能赚到胜于任务几倍的洗白值……我……我自卑。”

这时，陈盏的第四任系统抢话道：“还是我比较爽，临走前坑了陈盏一笔，把过期产品卖给了他。”

“没错！”第五任系统紧接着说道，“托陈盏的福，我提前办了精神病退。”

退休之后的生活别提有多开心。

太史令如实做总结记载：投资陈盏需谨慎，高风险，高收益。

看到这一条，其余系统纷纷点头，它们不由自主地把目光放到377身上。只见阴暗的角落里缩着一个圆团，它的手上正拿着一朵玫瑰花，凶狠地拽下一片花瓣：“他爱我……”紧接着又拽下一片花瓣，“他不爱我……”

几秒钟后，它突然把带刺的玫瑰狠狠地摔在地上，阴鸷而又残忍道：“陈盏你该死！”

然而不过眨眼间，它又满是懊悔地捧着玫瑰花的尸体：“是谁伤害了你？啊，是谁！怎么忍心对你下毒手？”

时而癫狂地大笑，时而痛苦地呜咽。

同僚忍不住向执法者靠近，格外小声地问道：“它的斯德哥尔摩综合征还没治好？”

“更严重了。”执法者一副不忍直视的样子，“还伴有轻微的分裂，疯成这个样子，总部都动了恻隐之心，没把它销毁。”

另一个系统凑近道：“总部正在大数据库里寻找和陈盏相似的人，想把377送过去，以毒攻毒。”

它们只敢在私下讨论，太史令则继续采访，这次他的采访对象是如今的指挥官076。

“您第一次看到陈盏，是什么感觉？”

076：“挺好的一人。”

太史令：“……还有呢？”

076：“前面几任同事的失败给了我很多警醒，一开始便用陈盏熟悉的声音和他对话，效果显著。”

可惜再好的药同一个人吃多了也会渐渐失去作用，后来这一招便不再灵验。

太史令：“那您是如何做到和大魔王配合得完美无缺的？”

076从容不迫地回道：“成为利益共同体。”为此，它特地和宿主共同开发了观光项目，赚得盆满钵满。

简短的发言让太史令陷入沉思，最后它落笔在纸上写下一句话：在对的时间遇见对的人，就是一辈子的幸福。

写完看到凌虐玫瑰的377，太史令摇头：错的时间遇上错的人，不疯魔不成活。

太史令正准备停笔，结束今天的工作，忽然瞧见另外一道人影，青年正是当初跟随陈盏的执法者，它似乎已经习惯了用人类的身体活动，不出任务时还在用滞留者的躯壳。

虽然莫名其妙地被授予东宫太子之位，又莫名其妙地被废，但因为最后关头选择押注076，甚至亲自参与了那场战争，所以它一直活得很好。成事后论功行赏，它更是身价大涨，不出意外，下一届执法者负责人候选会有它的一席之地。

太史令忍不住在纸上加了一句话：凡事有例外，傻人有傻福。

太史令画下最后一个标点符号，满意地合上本子，它有预感，这本史书一定会畅销。

陈盏并不知道自己不在江湖，但江湖上还流传着他的传说。

作为一个坚信科学的新时代人，他正和殷荣澜一起开车行驶在去林家的路上，姜颖和林池昂的孩子今天刚好满周岁。

车后座放着婴儿用品，陈盏猜测他们并不缺这些，但是出于礼节，仍然买了不少。

经过一年的调养，姜颖的身材已经恢复得很好，见到殷荣澜手上提着的一堆东西，她温婉地笑了笑："有心了。"

其实夫妇俩有单独的住处，但林池昂忙于工作，姜颖又即将复工，孩子需要人照料，所以依旧保持一大家子住在豪宅里的状态。

孩子叫林凛，完美继承了父母的基因，是个相当漂亮的男孩子。他似乎有些怕生，怯怯的，见到有陌生人进屋，有些不安地扭了两下。

姜颖笑着把林池昂的趣事说给他们听："宝宝刚出生时，他一直担心会是个过于闹腾的性子。"后来证明是多虑了。

陈盏配合地笑笑，其实这点还真不能嘲笑林池昂，当初姜颖在饭桌上的一时戏言，现在想来都令人有些后怕。

交谈间，宝宝突然伸出双臂，嘴巴嘟了起来。陈盏暗道不妙，这好像是要哭的预兆。

姜颖连忙把孩子抱了起来，边哄边道："沙发上有只他特别喜欢的小鸭子，麻烦帮我拿一下。"

或许是跟自身经历有关，殷荣澜不大会和孩子打交道，便主动去拿玩具。姜颖背对着陈盏站在窗边，来回踱步轻声哄着。

陈盏起初没有察觉，后来发现那孩子下巴抵在姜颖肩膀上，似乎一直在朝着自己的方向望。他愣了一下，突然意识到什么，摸了摸身后，果然在连帽衫内触碰到软乎乎的东西，立时面色一变。家里的圆团怎么跑出来一个？

"要，要……"宝宝含混不清地说着。

姜颖不明所以："要什么？"

"要……"宝宝朝着陈盏那边挥胳膊，后者连忙把圆团按进去。

姜颖一脸纳闷地看过来，并没有瞧到什么。

陈盏觉得挺神奇，这孩子害怕陌生人，却不怕更加奇怪的系统，或许小孩子天生对某些东西缺乏畏惧。

渐渐地，姜颖发现一个规律，靠近陈盏时，宝宝就不怎么哭闹，殷荣澜拿来小鸭子时正好看到这一幕，若有所思。

陈盏走到他面前，微微一笑："希望你考虑的方向没有错。"

听出话语里的威胁，殷荣澜正色道："当然。"

他就算思维再离奇，也不会往陈盏和姜颖有关系的方向去想。

因为圆团被看见，陈盏不免有几分心虚，寒暄了两句便找了个借口先一步离开。回去的路上，他聊到家里的崽被发现了，殷荣澜想了想，说："孩子还小，想必很快就会忘掉。"

陈盏叹了口气："但愿吧。"

再次见到姜颖的孩子已经是半年后，当时他随殷荣澜参加婚宴，林池昂一家三口也来了。宝宝看到陈盏立马伸出双臂："要，要——"

林池昂面色古怪。

"要抱抱对不对？"赶在更加怪异的视线投过来前，陈盏尽量露出和善的笑容，对姜颖道，"能不能让我抱一下？"

姜颖要比林池昂好说话得多，随即伸手把孩子递给了他。

陈盏假装哄了两下，然后压低声音道："下次见面给你玩圆团。"

虽然不知道这孩子能理解多少，但至少得先糊弄过去。

然而小孩子格外执着，反复地重复着那一个字，陈盏想了想，再度小声道："晚上。"

说了好几遍，孩子才终于停止哭闹。

害怕影响到小孩子睡眠，天快亮时，陈盏才准备派出一个圆团。

三个圆团互相蹭了蹭，中间的那个被其余两个合力踹了出去。

陈盏拎住它："就你了。记住别被人发现，过去陪他玩一会儿就回来。"

圆团不情不愿地去了。

谁都图个新鲜，圆团之前没和孩子接触过，陡然看见，觉得也不是不能接受逗小孩玩这个事实。戳一戳，脸蛋比自己的还软。

圆团："这样吧，我等你长大，我们绑定。"

林凛听不懂它在说什么，单纯觉得有趣，咿咿呀呀叫个不停。

圆团自说自话："我从陈盏那里学来不少知识，再过几年都教给你，我们一起去征服星辰大海！"

它偏头对闹腾的小孩子道："同意的话你就'啊'一声。"

林凛下意识模仿它说话："啊。"

圆团满意地点点头，伸出小拳头，和孩子轻轻一碰："交易达成。"

03 信任

"疑神疑鬼最容易毁掉一段感情。"加班吃着外卖闲谈时，小赵突然发出这么一声感慨，"媳妇竟然怀疑我根本不在工作，而是出去鬼混了。"

这个季度本来就忙，超额的工作量让他不免有些暴躁，往常家里人问起还能和颜悦色地解释，昨天没忍住一下爆发了，双方大吵了一番。

说完，他忍不住抬头看向上司，说了声"羡慕"。论工作时长，殷荣澜是全公司最多的人，可从未见陈盏来查过岗。

想到这里，小赵外卖也不吃了，虚心请教道："能不能透露一下，您是怎么做到的？"

殷荣澜看了他一眼，就在小赵有些后悔问这个问题时，殷荣澜缓缓地开口："很简单，不过要先帮我做一件事。"

小赵站起身昂首挺胸：“您吩咐。”

殷荣澜：“把你碗里的龙虾给我。”

小赵低头看了好久，无论怎么瞧，自己面前摆着的都是一碗最普通的蛋炒饭，而且连蛋花都没看见多少。

“没龙虾啊。”他纳闷道。

殷荣澜又问：“什么东西无法摧毁？”

小赵冥思苦想之际，殷荣澜轻叹一声：“自然是不存在的东西。”

小赵想到什么，喉头一动：“意思是说……”

“这种虚无的东西，我和他之间一开始就不存在。”

两人是靠着误会和隐瞒才能幸福地走到今天。

小赵双目瞪得滚圆，半晌讪笑一声，明显不信。

殷荣澜打开手机软件，给他看陈盏发布的新文，小赵看似在微笑，实则内心一片震动——《知己间如何没有信任地过完一生》。

确定这是书？

说是书，有些夸张了，其实就是短篇集。陈盏将新文设定成短篇，全部是免费章节，主要用于记录日常的一些琐事。毕竟题材和书名特殊，要是正儿八经来个大长篇，很有可能会引起不必要的争论。

事实证明他的想法没错，新书一发布，因为是幽默的温馨短篇，吸粉不少。

今天是个好天气，院子里放了一把大伞，陈盏坐在伞下，边享受阴凉边工作。桌上坐着三个团子，像是吉祥物一样，立在那里不怎么动弹。

不知道是不是因为看出他在工作，连一向闹腾的土狗都保持着绝对的安静。除了清风吹拂，只剩下敲击键盘的声音——

没有人可以保证一生不说谎，哪怕是圣人。

然而新的一年伊始，我和“男神”逐渐意识到，在过去的一年中，虚假话语所占的比例着实有些过了。为了改变现状，我们决定采取一些积极的应对措施。

这一日，“男神”带回家一个很奇特的小玩意儿，瞧着像是手表，不过体积比一般手表要大很多。

“这是什么？”求知欲让我忍不住把这个玩意儿戴在手腕上。

“男神”：“一个朋友的公司研究出的测谎仪。”

“准吗？”

“远远达不到精准的程度。”“男神”摇头，“预备在情人节推出，更多是娱乐性质。”

说完，他在我面前做了示范，十次尝试中，大约有七次能甄别出谎言。一旦被它发现你在说谎，就会响起蜂鸣声。

图个新鲜，我和“男神”决定各自佩戴一个，减少日常生活中不必要的谎言。

早上七点。

“男神”：“最近忙着加班，早餐都是你做的，辛苦。”

我：“不碍事，趁热吃，今天做了你最爱的阳春面。”

“男神”笑着吃了一口。

我：“好吃吗？”

“男神”美滋滋地说道：“你的手艺，自然是不必说。”

话音一落，测谎仪响起蜂鸣声。

“男神”面色一变，无奈地坦白道：“味道很好，但是我已经连续吃了一个星期。”

晚上十点半。

我忽然想起从前，“男神”送来一箱他从小到大得到的奖状，美其名曰把攒下的荣耀带给我。

“你似乎什么都很擅长。”

“男神”凑过去：“表演呢？”

我笑了笑：“无师自通，很厉害。”

不出意外，测谎仪响了。

我叹了口气：“只能说是一般。”

“男神”面色复杂，幽幽地看了我一眼：“演技方面，你觉得如何？”

我佯装不明白，闭口不言。

四目相对，摸索着测谎仪的底线，我谨慎开口：“各方配合下，是可以到达炉火纯青的一个阶段。”

“男神”眼皮一跳：“如果用四个字概括？”

“黔驴技穷？”

“……”

“抱歉，语文不太好。”看出“男神”神情不对，我心虚地笑道，“不如讨论点更实际的，譬如明早吃什么。”

“男神”仿佛还陷在“黔驴技穷”四个字中走不出来，过了片刻突然道：“你是我见过最善良的人。”

蜂鸣声立时响起。

看到他卷着被子轻哼一声，我好笑道：“小孩子吗？”这么幼稚的以牙还牙方式，亏他想得出来。

“男神”又道：“你是个好人。”

刚安静下来的测谎仪再度工作。

被触碰到逆鳞，我双眼一眯：“难道我不是？”

“男神”：“你是。”

话都没说完，蜂鸣声先一步响起。

我冷笑一声：“你是我见过最聪明的人。”

蜂鸣声一响，“男神”有些诧异。

我：“你举世无双。”

蜂鸣声响个不停。

“男神”轻轻地吸了一口气：“你最近瘦了。”

我：“你诚实有魅力。”

……

一个晚上的时间悄然过去，第二天，躺在床上的是两个嗓音沙哑的成年人。

我的喉咙干涩疼痛，试着喝口水缓解一下，可惜被“男神”阻止饮用太冰的水。他下床去厨房鼓捣了会儿，端来温水，我们一人喝了一杯。

微微恢复一些元气后——

“男神”双目放空：“你天真无邪。”

我目光呆滞：“你热情善良。”

忽然之间，我们同时一愣，测谎仪怎么不叫了？

低头一看，我叹道：“没电了。”

“男神”：“我这个……好像坏了。”

像是配合他的话，测谎仪开始不断冒烟。

我：“不会爆炸吧？”

心有余悸地各自摘下，“男神”沉默了一下：“差评。”

我点头：“没错，不是说只有百分之七十的准确率？”

为什么在他们这里就成了百分之百？

必须差评。

写到这里，陈盏陷入回忆，也不知最后那款测谎仪上市没有。

一个圆团突然道：“都这样了，你们怎么还能玩到一起？”

陈盏想了想，说：“大约因为涉及原则性的问题上，并没有互相欺瞒过。”

圆团暗自记下来，懂了，回头教给林凛。

只是很普通的一次更新，却久违地上了热搜。

陈盏看完热搜，又看了下评论区，很多因为涉及广告被屏蔽，总之讨论的重点都在测谎仪上。

“信任果真是一种难得的品质。”看后，他抿了抿唇，“不能强求。”

这点他和殷荣澜就做得很好。

三个圆团附和着点头。

殷荣澜下班回到家已经是晚上九点，彼时，陈盏正窝在床上看书，听见关门声，他走出去打趣道：“你们公司全靠你一个人运转？”

“合作谈得不大顺利。”看出陈盏对商场的事情不感兴趣，具体的殷荣澜没有多说。

陈盏心血来潮：“不如和林池昂合作，开发一款测谎仪？”

殷荣澜失笑：“情人节售卖？”

陈盏点头：“小赚一笔。”

其实都有开玩笑的成分在内，不料殷荣澜周末当真抽空和林池昂聊了这个话题。双方图个乐趣，找了之前研发测谎仪的公司共同合作，起初陈盏还在跟进进度，时间过去一个月，便渐渐忘了此事。

突然有一日，殷荣澜再度提及此事：“已经有了成果。比起之前，准确率提升了百分之十。”

陈盏微笑着拒绝，表示不会再试用。

殷荣澜露出和他一样的微笑：“试用的事有林池昂。”

陈盏皱了皱眉，这不是主动往火坑里跳？

殷荣澜：“别忘了一开始我们也用过。”

好奇心谁都有，若用好了是小情趣，用不好……可能就要医院见了。

除了最开始的那一次，陈盏没做硬性要求，但圆团每天都会去林家逗小孩，源源不断地给林凛灌输新学到的知识。

今天的情况有些特殊。它正和小孩讲有关信任的问题，就听见隔壁屋传来刺耳的蜂鸣声。

林凛毕竟年纪尚小，条件反射地哭了起来。

圆团立马制止："想想星辰大海，你怎么可以被这点小事吓哭？"

说着，它咧了咧嘴："他们有我恐怖吗？"

林凛微微愣了下，又"咯咯咯"地笑起来。

"这就对了。"圆团拍拍旁边，"闭眼，睡觉，我给你讲睡前故事。"

林凛很乖巧地躺下。

"昨天说到用番茄酱装死，"圆团缓缓开口，"今天继续讲《知己间如何没有信任地过完一生》……"

04 梦境（上）

殷荣澜最近越来越嗜睡，他本不是一个喜欢赖床的人。

不仅如此，还沾染了爱吃甜食的习惯，在此之前，殷荣澜对甜食向来不愿过多尝试。

以防万一，陈盏带他去医院做了全面检查，拿到报告时，双方都微松了一口气……还好，除了精神一切正常。

"既然排除了人格分裂，"陈盏想了想，发挥天马行空的想象力，"不如我们去妇产科检查一下？"

殷荣澜揉了揉眉心，再次肯定不能轻易在对方面前装神弄鬼，否则早晚都是要还回来的。就算陈盏忘了，他的小本子也会时刻提醒主人一雪前耻。

中午回家后，熟悉的困意席卷而来，殷荣澜原本只是想小憩片刻，然而微微侧过脸，很快就陷入了深度睡眠。

"殷总。"

有点吵。

"殷总。"

一声又一声，殷荣澜皱了皱眉头，终于睁开双眼。

眼前是一间宽敞明亮的办公室，站在面前的人正有些紧张地望着他："殷总，有文件需要您签字。"

殷荣澜："小赵？你怎么在这里？"

下属愣了下："我姓张。"

拿笔的手有一瞬间的僵硬，殷荣澜目光微动，然而很快便装作若无其事的样子，审视了一遍文件后道："开个玩笑罢了。"

下属想了一下，不愧是当老板的人，幽默细胞都和一般人不一样。

等下属离开，殷荣澜很快开始冷静地分析眼下的状况：做梦，恶作剧，穿越。

恶作剧的可能性不大，陈盏不会开这么拙劣的玩笑，小赵也不会冒着被开除的风险配合。那就只剩两种可能。

殷荣澜看向窗外，高楼林立，他所在的楼层起码有十二层，有的人身处在梦中会知道是在做梦，而梦跟现实最大的区别在于逻辑和连贯性。

梦里，上一秒你可以走在大街上漫步，下一刻也许就会在南极开直播。

然而，直到刚刚，他所遇见的一切都是符合逻辑的，因此殷荣澜不会傻到做纵身一跃，企图摔醒自己这种危险的尝试。

殷荣澜从钱包里翻找出证件，又仔细地看了放在抽屉里的一些文件，很快确定一些关键点：按照身份证上的出生年月，他比自己记忆中要大一岁，姓名也有一字之差，在这里，他叫殷枯澜。

这名字实在是令人不忍直视……如果不是找到了一些完美的逻辑链，殷荣澜或许会立马判断成是在做梦。

不过社会地位倒是没多少改变，现在唯一要确定的只有一件事……他尝试拨出记忆中熟悉的号码，却提示是空号。

殷荣澜心下微微一紧，沉思片刻，上网搜索关于姜颖和林池昂的词条，惊讶的是出现在眼前的是一本小说：《亿万星辰》。

大致浏览完一遍，殷荣澜目光死死地盯紧屏幕，小说中并没有提到自己，那些陈盏疯狂追求姜颖的过去，却是真的曾经发生过。

平行世界。他脑海中首先浮现出这个词汇。

别的他不担心，唯一忧心的是陈盏会不会出现在这个世界，至少从网络词条上，并没有办法再搜集到更多有用的信息。

殷荣澜重新把下属叫进来，旁敲侧击一番，当真正确定自己并未和陈盏产生交集时，目光有几分晦涩。

“我有点头疼，麻烦你开车送我回去。”

下属自然不知道他是因为不知道家的位置，连忙点头，还说了几句关切的话语。

路上，殷荣澜状似不经意道：“我要找一个人。”自己的名字变了，不知道陈盏会不会改变，想到这里，他皱着眉道，“姓陈或者名字中带盏字的，年纪应该不会超过三十岁。”

好在下属跟从前一样，执行力很强，并且很少问原因，他迅速想出一个勉强可行的方案：“我们不是警察，只能通过社招吸引一部分人。”

殷荣澜点头：“条件放宽。”

本来事情就要一锤定音，内心不知为何总觉得遗漏了哪里，少顷，殷荣澜又道：“还有校招也一并进行。”

下属点头。

时间很快过去一周，却一无所获。即便是殷荣澜，也渐渐感觉到绝望，如果陈盏不在本市呢？又或者，这个世界上从来没有出现过这样一个人。

希望破灭前，他做了两件事，第一是去山上的寺庙许愿。

听上去很可笑，连殷荣澜自己也这么觉得。

工作日，庙里来上香的只有他和另外一对母女。

一旁，殷荣澜思忖片刻，看着佛像轻声道：“如果我找不到他，就先放出这里闹鬼的传言再从半山腰跳下去，以后便不会再有香客敢来上香，让你断了供奉。”

听了这话，母女俩不由得愣住：这是什么绝世狠人？

第二件事是带着下属去买醉。

下属：“您常说醉酒误事。”

殷荣澜：“缓解压力。”

找不到人积压下的愤怒和无奈已经让他处在濒临崩溃的边缘。

下属疑惑：“为什么要带上我？”

殷荣澜冷冷道：“你的作用是看着我。”

“……如果拦不住呢？”

殷荣澜：“你下狠手就行。”

两人最后去了一家KTV，有酒喝又没酒吧那么乱，容易省去不必要的麻烦。

殷荣澜要了几瓶度数比较高的酒，闷不作声地坐在角落里喝。

下属坐在一边起监督作用，偶尔会叹上一口气，第一次发现老板也有很多无能为力之事。

“我想要怒放的生命——”突然，一阵有灵魂有魔力的歌声传入耳中，下属“嘶”了一声，这歌声有点太吓人了……竟然都能隔着房间传过来。

他下意识就要起身把包厢门关严。

“等等。”

殷荣澜突然开口，虽然声音完全不像，但恍惚中又觉得有点像那个人。

陈盏唱歌不错，甚至可以称得上好听，唯独有一首歌，他只会在夜深人静时偶尔来上那么一嗓子，没一个音准的，更像是一种宣泄。

“过去看看。”殷荣澜突然起身。

下属虽然不明所以，但还是跟了上去。

正好有人从隔壁包厢走出来，左右环顾，似乎是在寻找卫生间的方向。与此同时，里面传出来几道声音——

“三百六十行，像你这样的人才，就算高考失利，也能找到出路。”

“就是，陈盏你别太难过了。我更惨，家里人逼着我去复读。”

后面再说什么，殷荣澜已经听不进去了，脑海里只有两个字在不断重复——陈盏。

他猛地推门而入，里面的说话声被打断，所有人一脸惊讶地望着他这位不速之客。

殷荣澜的目光掠过众人，最后停留在拿着麦克风的年轻人身上。和记忆中的外貌不同，最多只是有几分相似，然而眼神是一样的。他笑了笑，走过去：“你的眼睛……”

陈盏皱了皱眉，拍掉袭上来的爪子，哪里来的醉酒大叔?

“陈盏，我知道是你。”殷荣澜笑着道，“我是殷荣澜。”

下属连忙上来拉住他：“您醉糊涂了，您叫殷枯澜。”

殷荣澜甩开他，抱住陈盏：“你活生生地出现在这世上，真好。”

这一刻，空气都安静了。

陈盏面无表情，一拳打了过去。

殷荣澜吃痛，却没有松开手。下属咬了咬牙，从侧面出击，又打了一拳。

陈盏皱眉：“你们不是一伙儿的？”

下属讪笑一声：“他醉了，神志不太清醒，你们别计较。”

“算了，我们走吧。”一个女生有些发怵，她不愿意卷入麻烦当中。

陈盏看法一致，拿上外套准备离开。

谁知还没走两步，手腕便被紧紧握住。

“真的不记得我了？”

殷荣澜的视线一刻都没从他面上离开。

“放手。”陈盏冷冷地吐出两个字。

殷荣澜突然想到之前听到的对话，试探着问：“你是不是没考上大学？”

陈盏还未表态，下属倒吸一口冷气，暗道真是哪壶不开提哪壶。他们都是经历过高考的人，知道当下的心理压力，现在开口说这个，不是找打吗？

事实正是如此。

本欲离开的陈盏再没有手下留情，侧身一脚直接踹过去，甚至可以听到风声。

这次殷荣澜躲闪了，还和他过了几招，笑着道：“不记得也没关系，从头再来就好。”

下属不会打架，一咬牙抱着个垫子护住头冲进两人中间，愤怒地指责老板：“他还是个孩子！”

“他至少有十八岁，”殷荣澜冷静分析，“从穿着和高考失利来看，家境一般，头脑……不适合读书，说不准上学还比同龄人要晚一到两岁。”这么一推论，保守估计也该十九岁了。

下属余光瞄到陈盏的神情，说了声“完了”。

果然，陈盏面色一沉：“原来是装醉。”语毕，下手更加狠辣。

旁边的几个学生忙着拉架，桌面上的果盘掉落在地上，吸引了服务生的注意，以为是在打群架，吓得连忙报了警。

二十分钟后，陈盏、殷荣澜和下属坐在警局，做笔录。

其余人都没有动手，天色已晚怕家里人担心，陆续被放离。

警员盯着三个人，最后视线停留在一直低着头的殷荣澜身上，是错觉吗？这人似乎一直在笑。

就在这时，殷荣澜突然抬头，握住陈盏的手：“潜意识里你是在意我的。”顿了一下，他又道，“否则为什么要把我送进局子？”

“……”

“一般只有和你有深度交集的人，才能拥有这种待遇，而我们仅仅是初遇。”殷荣澜神色温柔，“世界变了，记忆变了，但我在你心中一直是与众不同的。”

陈盏抽出手，看向警员：“精神病打人是不是担负的责任要少上很多？”

虽然还没弄清状况，不过从刚才的一番言论，警员已经把陈盏放在受害者的位置上，有些同情道：“视情况而定。”

相应地，对待罪魁祸首就没那么和颜悦色：“姓名。”

“殷荣澜。”

下属连忙道：“枯，殷枯澜。”

闻到从殷荣澜身上散发出的浓重酒味，警员皱眉，耍酒疯，又是精神病，这种情况通常是让家里人带回去看管，最多赔些钱，想到这里不由得感到一阵气愤。

“为什么打人家？”

殷荣澜指了指身上的瘀青：“他打我。”

警员收敛住怪异的视线，继续问：“年龄？”

“二十……”殷荣澜看下属，“二十几来着？”

下属头疼，询问警察：“我能不能去买些醒酒药？”

看到强行要和陈盏诉衷肠的某人，警员无奈道：“去吧。”

殷荣澜确实醉得不轻，否则不会如此鲁莽。好在他没彻底丧失理智，知道强行续缘会失败，换了种方式，直勾勾地盯着陈盏，看着很是可怜。

吃软不吃硬，这是对方的特质。

陈盏确实有了一丝犹豫，他可以感觉到这个男人很强势，如今却主动展示软弱的一面。

“抱歉，你长得很像我朋友。”抓住这个间隙，殷荣澜轻声道。

陈盏：“他怎么了？”

殷荣澜摇头：“他已经不在这个世上了。”

陈盏一怔。

殷荣澜目光微动……看来打感情牌和装柔弱有用。

最终，陈盏选择不再计较，毕竟他也打了人，真追究下来谁都不会好过。

从警局离开已经是一个小时后的事情。

夜凉如水，陈盏走在街灯下，踢了下挡路的石子，轻“嘁”一声：“流年不利。”

身后有车灯闪烁了两下，替他照亮前路。陈盏回过头，一辆黑色轿车，看上去价值不菲。

殷荣澜喝了酒，开车的自然是下属，他拒绝搀扶主动走下车，稳稳当当地来到陈盏身边。

陈盏挑眉：“酒醒了？”

“抱歉。”殷荣澜掏出一张名片，“为了弥补我的过失，如果你有意向可以来我们公司上班。”

知道对方要说什么，殷荣澜笑了笑先一步开口：“上面有地址，可以实地参观。就算是骗子，也不能凭空造出一家公司。”

陈盏瞥了一眼名片，收进兜里，目中的狐疑却没有消散：“我会考虑。”说完转身就走。

殷荣澜回到车上，下属小心翼翼地问道：“送您回家？”

殷荣澜摇头：“不急，等他走远，我们再跟上去，想办法摸清楚住处。”

来日方长，前路漫漫，好在有目标激励自己砥砺前行。

下属：“……”这不是变态吗？！

05 梦境（下）

刚开始沿路还能碰见几个行人，到后来，渐渐就只剩下两道身影，一个在明，一个在暗。

陈盏的脚步最终没有停在居民楼，而是巷子口。

“出来吧。”

殷荣澜怔了下，从阴影中走了出来。

“一共跟了三十分钟。”陈盏看了看表，抿着唇说道，“猜猜为什么带你绕这么大一个圈子？”

殷荣澜毫不犹豫地回答：“是想把路线连成一个爱心的形状。”

“……长时间走路，身体会些许疲软。”陈盏有些头疼道，“这巷子里有几条野狗，我每天都会给它们喂食，只要一吹口哨，你立马就会被包围。”

说到这里，他突然转过身，冷冰冰道：“适才在酒吧对我动手动脚，如果是因为尾随被野狗咬，被人知道也只会称赞是大快人心。”

殷荣澜想了想，忽然笑道：“难怪一路刻意地靠近几个有监控的地方，还有行人，事后调查大约也能作证。”

可以说成是他鬼鬼祟祟跟踪造成的意外。

“喝了酒又走了这么久，耗费体力不少，再厉害也跑不过狗。”根据在KTV交手时的状况，陈盏估计出他体能的一个临界点，“念在你是初犯，我可以给一次机会，倘若……”

剩下的话语被一声轻笑打断。

殷荣澜：“恩威并施。还是一样的聪明。”

陈盏皱眉：“我多半能猜出你的情况……痛失朋友后精神异常，看到相似的人便控制不住自己，进行骚扰……”

殷荣澜连连点头：“写作和想象才能也是一贯的优秀。”

在对方的脸色进一步变得难看前，他选择见好就收，暂时离开。陈盏并未阻拦，只是给出警告：“下不为例。”

说话间并不知道殷荣澜背着他若有所思，只当这件事已经了结。

回到家，陈盏用了一夜的时间思索未来该如何发展，学历很重要，但是以他的成绩只能上很一般的学校，最关键的是学费承担不起。

不过，他很快咬牙决定必须上大学，现在还有很长一段时间的假期，打工的收入可以暂时支撑一段时间。

找工作有些像买东西，一样得货比三家，翌日，正当陈盏出门准备应聘时，在街头发现一道熟悉的身影。他皱了皱眉，最终决定当作没看见。

眼看自己就要被当作空气无视，殷荣澜赶在彼此擦肩而过前，快步走到一边的小卖部，随手拿起一瓶水，递给老板一百元：“不用找了。”

这一招果真有用，陈盏停下脚步，看他的眼神耐人寻味。

殷荣澜心头微松，暗道林池昂的一些行为有时候还是很有借鉴性的，至少已经成功引起注意。

他走到陈盏身边，把水递给他：“交个朋友。”

陈盏幽幽道：“你交朋友的方式还真是独特。”

殷荣澜旧事重提，想要把人骗到自己公司上班。

“可以先实习，公司还会资助上大学的费用。”在被划分为骗子范畴前，他补充道，“你昨晚的应对策略我很欣赏，人事部需要这样的人才。”

陈盏静静地望着他，即便是殷荣澜，被盯久了也觉得有些不自在。许久后，陈盏才开口道：“我从你的眼神中，看到想近水楼台先得月的妄念。”

殷荣澜规避关键点，只是把利益搬到台面上说。

明知山有虎，考虑到学费，陈盏还是决定去公司参观一趟。为了保障自身安全，他做的第一件事就是谈论工作内容，并防止事后纠纷提前拟定合约。

殷荣澜完全顺着他的意思来，接下来的半个月，没有做出任何不合时宜的举动。

这是一家很大的公司，陈盏在人事部实习了一段时间，可以确定总裁的身份是真的。

从某种角度出发，殷荣澜的出现对陈盏来说算是一根稻草，让他不必再为生计和学费奔波。

受人恩惠又不作为未免说不过去，陈盏工作时，不敢有丝毫懈怠。

一日午后到天台吹风，意外碰见殷荣澜，他想了想，第一次没立刻转身就走。

两人一前一后地站着，陈盏低头沉思片刻，再抬头时轻叹一声："世上不会有两片完全一样的叶子，更何况人。"

再像也不过是求个心理安慰。

殷荣澜望着脚下的车水马龙，说："所以我时常考虑要不要跳下去清醒一下。"

"……"以死相逼吗？

就在这时，殷荣澜突然道："帮我做一件事。"

殷荣澜："只是一个小忙。"

当天下班，陈盏跟着殷荣澜来到办公室，桌面上放着一堆五颜六色的线还有张帕子。

陈盏面带疑色："你是有……什么独特的爱好？"

殷荣澜一怔。

在他的思想进一步放飞前，殷荣澜无奈道："刺绣。"

陈盏在对面坐下，用手指拎起两根红线："我不擅长这个。"

殷荣澜摇头表示不碍事。

陈盏只选了红线，准备绣个红枣。

殷荣澜摇头，指定范围："黄鼠狼给鸡拜年……就绣这个。"

虽然纳闷，但陈盏依旧穿针引线，开始慢慢消磨时间。

另一边，殷荣澜就坐在原地等着，似乎要看到成果再离开。

因为毫无章法，所以陈盏绣得很快，天色彻底暗下去前，一幅潦草的刺绣就此诞生。乍一看像是一个五颜六色的汉堡。

殷荣澜死死地盯着这幅刺绣，片刻后突然低低地笑了起来，竟是颇为满意。

“不如来玩一个游戏。”他把帕子放在一边，“一局一百元。”

利益动人心，陈盏问：“怎么玩？”

“你画我猜。”

陈盏想了想，拒绝道：“刺绣太费时间。”

殷荣澜：“字面上的意思，把你可能绣出来的图案画下来即可。”

闻言，陈盏不禁挑了下眉，这规则很不公平，倘若自己乱画一通，吃亏的岂不是对方？

看出他的想法，殷荣澜道：“我相信你的人品。”

游戏讲究你情我愿，当事人都没意见，陈盏自然不会多说。三十秒后，他举起一张纸，上面有两根扭曲的火柴在打架。

殷荣澜一秒作答：“千里姻缘一线牵。”

又一张图，蜗牛背着书飞向天。

这次，殷荣澜甚至没有眨眼睛：“知识改变命运。”

陈盏倒吸一口冷气，全中了！果然天才和疯子只有一线之隔。

“不玩了。”为了及时止损，陈盏掏出两百元准备撤退。

殷荣澜笑出声，没拿钱，反而开始说些莫名其妙的话：“这些天我想了很多，高空坠落，被雷劈这些不一定有成效，所以……”

陈盏有种不祥的预感：“所以什么？”

“我选择被你打醒。”伴随着最后一个音消散，落下的是一个猝不及防的拥抱。

这些日子的相处让陈盏潜意识里放松了防备，竟然没有在第一时间躲避开。

五秒钟后，殷荣澜腹部挨了一拳。

疼痛让他倒吸一口冷气，然而很快发现依旧没有醒来的征兆，莫非真的不是梦而是平行时空？

可这两天他仔细思考过，如果是平行世界，姜颖和林池昂不会消失得这么彻底，甚至化为文字。“殷枯澜”这个名字是下属曾经的玩笑话，在平行世界正好成真的可能性微乎其微。

要不再来一次？今天要么被打醒，要么被打死，想想也算值当。

冷不丁对上一双狼一样凶恶的眼睛，陈盏暗道不妙：“你清醒些。”

殷荣澜却是下定决心，在足够近的距离时开口："赌一次。"

"醒醒。"

一阵冰凉袭上来，殷荣澜皱了皱眉，想要避开这股冷意。他像是在水里浮浮沉沉，终于被拉上岸。

猛地睁开眼，映入眼帘的是一张熟悉的面孔，对方关心地问道："做噩梦了？"

殷荣澜点头。

陈盏失笑，端了杯水递给他："什么梦把你吓成这样？"

窗户没关，偶尔吹进来的冷风令人神智彻底清醒。

殷荣澜微松了一口气，苦笑道："被送进局子。"

陈盏皱眉："然后呢？"

殷荣澜以手扶额，用"往事不堪回首"作为理由拒绝回答。

陈盏犹不死心，继续追问，殷荣澜为了转移他的注意力，挑了个自认为不重要的点："对了，梦里你没考上好大学。"说着，他笑了下，"是不是很不可思议？"

"……"

窗外的一棵大树上，屋内的一言一语随风传来，076坐在茂密的树冠上摇了摇头。它专门用宿主的过去给殷荣澜打造了一个格外真实的梦境，它本来以为，能以这种方式见到过去的陈盏，对殷荣澜来说或许是另外一种美满。

可惜了——

"人为什么非要作死呢？"不解的话语随风飘逝，076化作一道白光消失了。

屋内。

"我错了。"

陈盏沉默了一下，拿出随身携带的小本子："这是今年来你第三百六十七次说这句话。"

而一年才三百六十五天。

殷荣澜试图从科学的角度分析："日有所思，夜有所梦，不是绝对的。"

陈盏"呵"了一声："无缘无故梦见我高考失利，是个偶然？"

殷荣澜："……我错了。"

陈盏："第三百六十八次。"

"……"

06 传承

大部分的孩子在童年的某个时间段都向往过游乐园。

林凛也一样。

“我的生日愿望是一家四口一起去逛游乐园。”

“一家……四口？”姜颖和林池昂原本各忙各的，闻言，齐刷刷地朝他看来。

林凛意识到说漏嘴了，他不小心把圆团加了进去，愣了一下后，便不慌不忙地说道：“还有陈盏哥哥。”

首先发问的是林池昂，冷冰冰地质疑：“他算哪门子家人？”

林凛：“所以他和殷荣澜加起来，勉强算一个。”

林池昂淡淡地纠正道：“除非特殊情况，家人多是指靠血缘维系的。”

林凛：“我用学习机搜索过陈盏哥哥的小说。”

闻言，林池昂默默地决定把学习机的联网功能关了。

林凛：“并且学会了很多新奇的词语，他算是我半个老师……一日为师终身为父……可以归类为家人。”

过去几年间，林池昂从来没有打过孩子，此刻，他深深地觉得这熊孩子可能缺少一顿爱的教育。

面对即将拿起晾衣架的“老父亲”，林凛也不担心，毕竟这个家里大多数时间是妈妈做主。

果然，姜颖用一个眼神按住了丈夫的行动，平静地开口说道：“如此一来，你所有的老师岂不都是亲戚？”

“不一样。”林凛从善如流地回答，“他们是付费的，存在雇佣关系。”

姜颖放弃争辩这个话题，既然是生日愿望，满足就好。

她打电话给陈盏，询问对方有没有时间。

听完前因后果，陈盏看了下王城发来的行程表，表示周三有空，通话结束后皱了皱眉。

殷荣澜刚洗完澡，余光瞄到他敛眉的表情，开口问：“怎么了？”

陈盏没头没尾地说道：“总感觉有点古怪。”

思索了一会儿，他才把事情说给殷荣澜听，后者的目光穿过他直接望向在院子里玩耍的三个圆团，忽然道：“以后对林池昂好一点。”

陈盏惊讶挑眉：“为什么？”

殷荣澜放下吹风机，认真道：“你可能害了他。”

工作日游乐园的人不算太多，秋天戴着墨镜口罩出门也不会引来过多揣测。

双方约在摩天轮下会合，林凛对陈盏没有林池昂那般抵触，碰面后很有礼貌地问好。

陈盏递过去一件小礼物，笑着说了句：“长高了。”

林凛下意识地往他的连帽衫里望，期望看见圆团。可惜身高差太大，根本瞧不见什么，想了想，他伸出胳膊：“抱抱。”

一旁，林池昂沉着脸，自己儿子究竟喜欢陈盏什么？

陈盏则一眼就看穿这小孩在打什么主意，指了指背后的双肩包，林凛顿时眼前一亮。

游乐园实行一票通玩，姜颖征求孩子的意见：“想先去哪里玩？”

林凛：“鬼屋。”

这样他就能趁机把圆团揣过来撸。

姜颖并未疑心林凛的选择，只当小孩子没畏惧感。至于林池昂……一个听鬼故事都会把脚缩进被子里的人，他佯装若无其事道：“我去帮你们买些吃的。”

姜颖没拆穿，说：“去吧，顺便把票买了。”

林凛迫不及待地要进鬼屋，姜颖本想牵着他，但看后者没有要从陈盏怀里跳下来的想法，念着是过生日，便暂时放纵了他的行为。

而另一边，售票人员正在对林池昂做提示：“我们一般建议等孩子十岁以后再进鬼屋。”

林池昂实话实说：“他比我胆子大。”

售票人员无动于衷：“再往南边走，还有一个聊斋主题的鬼屋，不算太恐怖，建议你们带孩子去玩。”

林池昂不再争取，过去说明情况。

听到不满足条件，林凛未见多少失望，改口道：“摩天轮也行。”说着，他指了指陈盏，“我和他一起坐。”

林池昂想要说什么，姜颖先一步挥挥手：“准了。”

摩天轮的票好买，很快，林凛如愿和目标对象一起处在单独的空间内。

陈盏对娱乐设施不大感兴趣，百无聊赖地望着窗外的风景。其间，双肩包动了动，圆团自己打开拉链，爬了出来。玻璃是透明的，为了不过度引人注意，圆团跳到陈盏腿上，像是个玩偶一样一动不动。

陈盏摸了摸圆团的头，看向林凛，笑了笑，道：“当初让你看到这个也不知是好是坏。”

林凛郑重其事地说道：“它说要带我一起去征服星辰大海。”

陈盏摇了摇头，到底是个孩子，这股劲倒是和林池昂有几分相似。

他把圆团递过去：“抱着吧。”

林凛享受地眯了眯眼，圆团软软的，手感真好。

想到他的宏大愿望，本着人道主义精神，陈盏不放心地叮嘱圆团：“教育讲究循序渐进。”而不是一开始就灌输飞上天的理念。

圆团被揉得也挺舒服，解释道：“都是从你那里学来的知识，放心好了。”

有了这句话，陈盏的心几乎是立刻吊到了嗓子眼。

林凛忽然道：“陈盏哥哥，不如你教我两天。”

“你想学什么？”

“都行。”林凛道，“我想试试不通过中间商能学成什么样。”

陈盏瞥了一眼圆团，它浑然不在意，反而举起双手表示支持。

陈盏捏了下圆团的胳膊，皱眉道：“变异了吗？”

虽然胳膊还是很短，但对比 076 要好上很多。

“我每天都坚持做拉伸运动。”圆团得意道，“还年轻，有机会改造身体。”

摩天轮慢悠悠地晃过一圈，重新回到地面时，林凛指着殷荣澜的方向低声道：“他的脸色看上去不大好。”

陈盏反问：“你看这里有谁是一个人坐摩天轮的？”

别人都是情侣、家人或朋友一起，殷荣澜被衬托得像是孤家寡人。

可惜没有留给他们太多的交谈时间，林池昂走了过来，像是防贼一样地盯着陈盏。

林凛没有任何缓冲地发表想法：“爸爸，我想去他家住几天。”

林池昂眼皮一跳，声音暗含警告：“乖儿子，你说什么？”

林凛认真道：“现在是假期，我想多学点东西。”

赶在被拒绝前，他进一步发表见解："首先，以毒攻毒，等我出师就可以用从他那里学来的知识保护爸爸；其次，人只有面对未知才会惊恐，您不该潜意识里害怕他；再者，取长补短，别人有一套独特的生意经，我该学学看。"

不过几句话，既打了感情牌，又分析了利弊，甚至暗含激将法，根本不给林池昂做选择的机会。

林池昂镇定下来，脸色复杂地望着姜颖："这孩子究竟像谁？"

姜颖沉默了："……说不好。"

林凛如愿以偿地被牵走，姜颖还算比较开明，给了他三天在外放飞自我的时间。

从游乐园分别时，林凛郑重承诺："电视上说，士别三日，当刮目相待。"

姜颖定定地看着他："在我后悔前，你还有一分钟的离开时间。"

林凛毫不犹豫地挥挥手关上车门。

除了两个当事人，没有人对这个决定感到欢喜，包括殷荣澜。

从后视镜里瞥到和陈盏说话的小孩，殷荣澜轻叹一声，失算了，陪着出来玩了一趟，还捎回来一个拖油瓶。

和他猜想的一样，从回去起，陈盏的注意力大部分放在林凛身上。

"没有谁能永远停留在顶点，"陈盏慢悠悠地说道，"任何时候都要记得为自己留一条后路。"

林凛歪着头："有些深奥。"

陈盏举例："好比我一周后有个活动要参加，但品牌方想要压价。"

林凛："为什么？"

"算算时间也该过气了。"陈盏不甚在意道，"所以需要借助一点热度。"

接下来的一个小时，林凛亲眼看他秀了一把操作，只见陈盏翻出很久以前的美食账号，还有开"马甲"写的剧本，打电话联系经纪人，让其就这些进行炒作。

姜颖是演员，演艺圈的事情林凛从小有所耳闻，哪怕是从一个智商略高的孩子角度来看，这场炒作……简直是在践踏观众的智商。

公关稿如下：白天，他是一名普通的作家，夜晚，则化身为知名美食博主；一双手，擎得住笔杆，拿得了菜刀；游走在美食和虚幻的世界里，且看他如何闯出另一片天地！

"是不是，有点太过生硬？"林凛理智地提意见。

陈盏："有人追星是为了寻找精神寄托，我明显不满足这个条件。"

他摊了摊手，道，“那就只能走另外一条路，制造点欢乐。”说白了，一点娱乐性罢了。

王城的动作很快，顶上热搜后，评论里迅速掀起古早风。不少人学着写相应的文案，当然也有嘲讽的，不过很快便淹没在过于欢脱的网友发挥里。

答案星：不得不说，这炒作实在尴尬。我都是用手捂着眼睛，再露出一条缝看完，然后……笑了。

小酒：的确尴尬到无法形容，全程像是在看恐怖片！

芦荟开花：啊，是他，是他，就是他！震惊！居然都是他！

……

林凛用平板翻着评论，不可思议地瞪大眼睛，想不通其中有何关窍。这么拙劣的手法，那些人居然没有群起而攻之。

陈盏：“把握好度。拿自己炒作可以，但尽量别带上他人。”

林凛沉思片刻，重重点头：“有道理。”

陈盏：“好歹师徒一场，我有个东西送给你。”

他起身在柜子里翻找，没多久翻出几个小本子：“好记性不如烂笔头，生活中有什么灵感要及时记录。”

林凛盯着小本子看了许久，一脸严肃地从陈盏手中接过，郑重得就像是在迎接传承：“放心，我绝不会有辱师门。”

正好路过的殷荣澜看到这一幕，轻叹一声摇了摇头。

07 邻居是个扫地僧

076临走前给了滞留者新的选择，愿意留下的人必须上交系统。

按理是好事，这就意味着从此以后这个世界不会再有执法者，他们也能有个善终。然而长期以来系统的持有者总有一种莫名的优越感，毕竟有系统在，就拥有背水一战的资格，即使哪天走到绝境，也能先兑换个道具应付过去。

这笔账全部被记到了陈盏头上。

“我和系统解绑前曾听说陈盏的系统是新指挥官，单枪匹马肯定斗不过他。”

“咽不下这口气啊！就想让这浑蛋狠狠吃个亏！”

明明大家起点一样，凭什么自己吃尽了苦头，最后还要像个无名小卒一样选择站队，而对方却能顺风顺水?

“我有个主意。”说话的是一位曾经和陈盏上过一场节目的女士，“集思广益。我们把自己当作恶人谷，共同教出一个孩子，让他去对付陈盏。”

“有道理！”

“可以试试看。”很快，又有几人附和。

虽然成了普通人，但好歹曾经是一些领域的佼佼者，系统虽带走了知识，但积攒下来的财富还在。

他们很快挑出了一个智商颇高的孩子，自小在底层摸爬滚打，心气高、野心大，关键是不择手段。如今这孩子正好高考完，有充沛的时间。他们计划用四年时间悉心教导，把自己擅长的东西倾囊相授。

光阴似箭，时光足以改变许多。

陈盏在这期间顺利接了些编剧的活儿，日常闲暇之余养养圆团，过得还算安逸。

这日，他正在花园里撸圆团，冷不丁打了个喷嚏，被撸的崽迅速调动知识库的储备：“打喷嚏的三种可能：花香过敏，春寒感冒，命犯小人。”

陈盏无奈，他已经强调过不止一次……封建迷信要不得。

圆团：“有时候要相信直觉。”

坏事没等来，却迎来了财神爷。

午后接到一通来电，对方表示想要买他的老房子，陈盏没就这件事讨论，反而询问道：“你怎么有我的电话?”

来电人说是在网上看到的信息。

陈盏一寻思，他确实有意卖过房子，不过都是数年前的事情，电话号码倒是一直没换过。

“房子后来被精装过一番，”想起殷荣澜把那间老屋装修得富丽堂皇，他就免不了头疼，实话实说道，“买下来不划算。”

真把装修费加进去，钱都够买一间新的单身公寓。

“交通便利，环境好的便宜地段难找，”电话那头的声音并未因此有丝毫退缩，反而道，“而且是老房子，日后说不准会拆，我也不吃亏。”

陈盏想了想，没立刻给出答复。

独居老人容易出事，是以，他和殷荣澜每周会定时去看望一次老头。除此之外，旧屋基本不住，还得抽时间打扫，也得月月交物业费，再留着是不大划算。

陈盏尝试着报出一个价格，对方只还价两万。

故居有不少回忆，陈盏抿抿唇，一时难以下定决心："我再想想。"

通话结束后，陈盏闭着眼靠在躺椅上继续享受凉风的吹拂。另一边，有人却站在阴暗的楼道内，露出满意的笑容……鱼上钩了。

脚步声打断了年轻人的思绪，一位老人正提着收拾平整的纸盒上楼，他调整了一下表情，连忙伸手要去扶人上楼。想要打入敌人内部，最好的办法就是从身边人入手。

老头摆手拒绝了他的帮助。年轻人忽然道："您就住在这栋楼？"

老头点头。

"太好了。"年轻人露出惊喜的表情，"我准备在这儿买房子，能不能带我参观一下户型？"

老头看了他一眼，点点头。

年轻人很会打交道，塑造出热情爽朗的性格："我姓江，江……"

老头打断他："小江啊。"

江诵一愣："您说。"

老头叹道："年纪大了记忆力不好。"说着指了指脑袋，"节省空间，说个姓就好。"

不知为何，江诵心中突兀地跳出一个想法："炮灰"不配拥有姓名。他摇摇头甩开奇怪的念头，和老头一前一后进了门。

江诵假意看户型，接下来要做什么却是早就思索好的。根据已有的情报，老人和陈盏的关系不错，打好交道后，便可以顺其自然地接近陈盏。

不知道几位老师为什么会如此忌惮陈盏，不出一年，他一定会将那人玩弄在股掌之间。

在江诵看来，最能折磨人的是以情谋事。倘若能挑拨陈盏和殷荣澜之间的友情，才是最有趣的。和老头交流时，他不露痕迹地打听起陈盏每周来看望的日子。到了那一日，江诵提前在小区门口候着，准备上演一场精心安排的邂逅。

春日里的风料峭，为了展示最好的形象，江诵穿得很单薄，然而好几个小时过去，也没等到陈盏。

天色一点点暗下去，他只当对方可能临时有事，不得不把计划推迟到下周。

好不容易熬过去几天，又是一无所获。

江诵无奈，不得已再次等到老头拾废品时假装偶遇。

老头："你是？"

江诵笑容一僵："您忘了，我是之前来看房的小江。"

"小江？"老头费劲思索许久，然后长长地"哦"了一声，"原来是你。"

江诵帮着老头把东西拉到废品站，结算时发现老头连零头都能算得相当清楚，根本不像是记忆力不好的样子。

他深吸一口气，重新耐下性子打听有关陈盏和殷荣澜的情报。老头说道："小殷出身富贵家庭，当初和陈盏啊，可有一番波折。"

江诵惊讶："不是说他上学还是靠人资助的？"这点在Y市不是什么秘密。相反，陈盏曾经家境殷实。

老头皱了皱眉，突然一拍手："记反了，果然是年纪大了。"

因着老头接连给出几条错误信息，江诵不敢再从他这里下手，免得被"坑"死。

他决定执行第二套方案，目标是林凛。

林凛上的自然不是一般的学校，好在江诵毕业于知名高校，又是留学归来，考完证后轻而易举得到了实习教师的资格。

林凛称呼陈盏为老师，寒暑假有时候直接住在后者那里，这一点在网上曾经引起过疯狂讨论。通过他接近陈盏同样是条捷径。小孩子的智商和能力有限，想要获得他们的好感再容易不过。江诵制定的计划简单又方便实施……救人。

他提前将花盆摆在摇摇欲坠的位置，布置个巧妙的小机关，只要拉一下手上的钓鱼线，花盆就会掉落。而他提前几秒冲出去，把人推开就算是完成。

因着中间留了时间差，江诵不担心自身安危。他冲出去时毫不犹豫，计划在快要接触到林凛的一刹那，再拉动手上的线。

千钧一发之际，突然听到一声"敌袭"，这并不是林凛的声音，更像是冰冷的金属发出的，毫无感情。

还未等他深究，便被一股推力逼得退了回去，摔倒的刹那不小心拉动鱼线，花盆就砸落在身边的几厘米处。江诵身体僵直，差一点点……他就要殒命在这里。

身后的动静太大，林凛回过身。险些丢了条命使得江诵破口大骂：“你在做什么？我是要救你！”说着，他手指颤抖地指向一旁摔得四分五裂的花盆。

林凛一双眸子阴沉得可怕，江诵反射性身体一抖，低低地骂了句没出息，竟然会被一个小孩子吓到。然而再一想，又细思极恐。方才那一瞬间，林凛明明是背对自己，那究竟是什么力量把他推了回来？

江涌吓出一身冷汗之际，林凛已走到他的面前，声音冰冷道：“想用这种方法引起我的注意？愚蠢！”

江诵有些心虚，大家族的小孩果然不简单。

林凛居高临下地望着瘫坐在地上的人：“就这点拙劣的手段还想来勾引？”

“……”

“呵。”嘲笑声散去，林凛双手插在兜里，“鄙人将来可是要去征服星辰大海的。”那些被自己魅力折服的人，注定只能空欢喜。

接连两次失败让江诵不得不选择冒险些的方式，他辞去实习教师的工作，跑去殷荣澜的公司应聘，想要借机挑拨他和陈盏的关系。

然而……公司聚会，企图下药，谁料殷荣澜每次喝酒前都会雇两个保镖在身边看着，并且由下属监督，防止意外发生；下雨天故意淋湿，想要趁机向对方借一把雨伞或是一件外套，可惜殷荣澜只是扫了他一眼，便淡淡道：“我以前也经常淋雨，不过有了好朋友后，他每天都会在我的车里放上一把伞。”

等殷荣澜走远，总裁助理才递过来一套干净的工装，还拍了拍他的肩膀：“别介意，老板人不坏，就是喜欢秀友情，我也经常被秀。”

周密的计划逐一破灭，江诵在深夜里痛苦地哀号出师未捷身先死。他淋了雨，晚上睡觉又没关窗，导致第二天感冒不说，嘴角还有些不对称。去医院一查，中风了。

陈盏对这一切毫不知情，反而这段时间一直在纠结究竟要不要把老房子卖了。风和日丽的一天，他终于下定决心，找到通话记录回拨过去：“房子我可以卖，方便的话周末……”

电话那头传来含混不清的声音：“我恨你一辈子！”

语毕，挂断电话拉黑号码，动作一气呵成。

陈盏挑了挑眉，十分不解，再打过去已经提示说对方不在服务区。

周末去看望老头，陈盏无意间提起这件事，感慨道：“听着是不是很离奇？”

老头笑了笑，饱含深意道：“世界之大，无奇不有。”

说话间，老头拿起杯子以茶代酒：“碰一下。”

陈盏依言和他碰杯。

老头：“这一杯，敬小江。”

陈盏：“小江是谁？”

“不重要。”老头摆摆手，“你只要知道这世界他来过就好。”

08 师徒

周六，开启家庭影院模式。

陈盏、殷荣澜和林凛一起坐在一间小屋子内看电影。屏幕上鲜血飞溅，陈盏摇了摇头：“这电影不适合小孩看。”

说着跳到下一部，改为播放家庭剧。俗套的家庭纠纷使得众人只看了三分钟不到，便先后犯困，林凛不解道：“里面的小孩为什么会为了游戏机哭喊？”少年人的目标难道不该是星辰大海？

陈盏深深地看了他一眼：“千人千面。”

林凛依旧难以理解。

殷荣澜靠在沙发上，眼瞧着就要睡着，硬是打起精神，去冰箱里拿来几瓶饮料，顺便道：“世上令人惊奇的事有很多，譬如你爸怎么会主动把你扔到这里来。”

林池昂对陈盏的防备心一直很重，最近却一反常态地主动让他们帮忙带林凛几天。

“假期时间一长，孩子就从掌中宝变成眼中草，”听到他们间的对话，陈盏不以为然，“很正常。”

林凛却是一本正经地摇头：“不是这个原因。”

“哦？”闻言，陈盏目中浮现出兴趣，调低电影音量，静候下文。

林凛："他们计划要二胎。"

陈盏皱眉："这和你在家有什么关系？"总不至于不顾白天黑夜。

林凛喝了口饮料，才重新开口："哥哥知不知道我名字的来源？"

陈盏点了点头。当初姜颖和林池昂起了好几个名字，请来一位"大师"从中挑选出了"林凛"。

林凛："他们早就想生二胎，却一直没成功，去医院检查也没问题，就去请教了这位'大师'。"

陈盏冷笑："该不会说是被你克着了吧？"

"不是我。"林凛摇头，"是你。"

"大师说你命里多子，而且是前无古人后无来者的多。就像是主角的气运逆天时，身边人多半会倒霉。"

林凛继续道："而我和你有着一层师徒关系，也被这股气场影响着，同时会继承类似气场再影响别人。"

陈盏沉默了片刻，说："这鬼话有人信？"

林凛："总之大师说，想要二胎就必须暂时避免和你接触。"

这话听着有点可怕，甚至不能细思。

"你该感到庆幸。"殷荣澜倒是镇定，淡淡道，"如果'大师'说想要二胎就要和你多接触，沾沾多子多孙的福气，才叫有意思。"

陈盏喉头一动，许久才重新开口："的确更叫人惊恐。"

陈盏伸手正准备拧开瓶盖，余光忽然瞄到林凛正从容不迫地在本子上做记录，四目相对，林凛认真道："等到文明进一步发达，日后我的作品可以在宇宙中畅销。"

陈盏想了想，说："现在的文章讲究天马行空的想象力，纪实风格说不准会独树一帜。"

一旁的殷荣澜有些听不下去，一语道破现实："刚刚那段还是删去比较稳妥。"

真要发布出来，估计他们和林池昂要花光一辈子的时间去证明清白。

林凛虽然尚处在青春期，不过是个会采纳别人建议的性子。闻言，他手抵着下巴十分严肃地思考："妈妈常说人言可畏，看来日后即使是写作文，我也得注意点。"

尽管电影很无聊，三人还是秉承着有始有终的原则，耐着性子看完了。

别墅很大，因为林凛偶尔会过来住，陈盏便将走廊尽头的房间整理出来给他。

当夜电闪雷鸣，林凛有些睡不着，突然听见楼道里传来窸窣声。他招了招手，带着圆团小心打开门，朝楼道窥视。

尽管动作足够轻，还是惊扰到站在走廊上的人。

雷电在天空中轰然鸣响，光亮打进来，照出一张惨白的脸庞："嘘。"

见是陈盏，林凛有些惊讶："这是在做什么？"

"没睡意。"陈盏打着手电，"出来走走。"

"……为什么不开灯？"

陈盏笑笑，指了指身后的门："不想吵醒他。"

"正好我也睡不着，"林凛仰着脸走过来，"我们一起散散步吧。"

陈盏点头。

别墅面积足够宽广，单是走廊也可以漫步几分钟，陈盏忽然道："要不要玩探险游戏？"

林凛早就过了认为家里会藏有宝藏的年龄，兴趣寥寥。

陈盏："殷荣澜经常会在别墅里放一些奇怪的东西，像是铁链，手铐等。"

林凛惊讶地抬起头："藏这些做什么？"

"约莫他是仓鼠精投胎转世。"陈盏淡定道，"所以每隔一段时间我会地毯式搜索一次，及时掌握对方的思想动向。"

林凛跟在他身后，一前一后爬梯子进入阁楼。

陈盏突然回头："带笔没？"

林凛点头，身为一名合格的小本子继承人，随身携带纸笔是基本素养。

"那便好。"陈盏打着手电在周围探照，"一会儿我说你来记。"

语毕，他快走几步，从桌子下摸索出一个黏在暗处的铁盒，用小刀撬开，缓缓道："深夜一点四十七分，地点阁楼，发现绳子一条，材料特殊，乃数条绸缎拧合在一起。初步判断是为防止捆绑时，给皮肤造成摩擦损伤。危险等级B。"

物归原位，他起身轻轻敲了敲墙壁，没有发现又躬身在地，沿着墙缝一路仔细查验，很快发现一块松动的木板。掀开后发现一个鼓起的布团，里面包裹着几粒透明的胶囊，陈盏眉心一跳："神秘药品三粒，用途不明，危险等级暂定A。"

确定阁楼检查完，他把目标放在书房旁的一间小屋子。

林凛："为什么不是书房？"

那里看上去更容易藏东西。

陈盏："我经常去，他不会铤而走险。"

林凛：“可书上说最危险的地方最安全。”

陈盏脚步猛地一顿……不错，说不准殷荣澜就给自己玩了一手灯下黑。

屋内的藏书非常多，陈盏原本是想从墙上挂的画像开始检查，临时改了主意朝书架走去。他从高处取下一本厚重的书，拿到手上的一刹那便知道有猫腻。

这些书平日里没人看，少不得要落点灰，然而现在无比的干净。

陈盏随手一翻，里面掉出来几张照片，有自己闭眼休息的，也有在路边靠着树发呆的。乍一看没什么问题，然而从一些场景来看，这些照片的拍摄时间可以追溯到很久以前。

陈盏轻轻地吸了口气：“私人照片若干，危险等级零，恶劣程度五星。”

林凛一字不落地记录下来。

每个房间的犄角旮旯数不胜数，单单找了几间屋子便过去了三小时。

林凛活动了一下手指，抬头道：“笔没墨了。”

再一看，本子也快用完了。

陈盏摇头叹息，摸了摸他的脑袋：“老师今天再教你一个词……罄竹难书。”用来形容殷荣澜再适合不过。

林凛：“其实该用复写纸的。”

这样一份可以留底给对方，方便《“男神”倒贴我的那些年》的更新。

陈盏摆手：“没必要。”

殷荣澜就是行走的灵感源泉，随便摇两下都能掉落出不少问题。

雷雨声直至后半夜才渐渐弱了下来，折腾了大半个晚上，林凛也有些困了，陈盏把他送回房间，盖上被子：“晚安。”

林凛习惯性揉了揉身边的圆团，打了个哈欠：“晚安。”

等房间门关上后，他突然睁开眼睛对圆团说：“我终于知道陈盏哥哥为什么会选择这样的朋友。”

圆团：“因为友情。”

林凛摇头：“不，没有一个作家可以拒绝素材包。”

分明就是馋人家的素材。

圆团摇了摇脑袋，觉得有必要纠正一下这孩子偏差的世界观：“真情是存在的，就像你的父母。”

不懂就问，林凛道：“那什么是爱情？”

“不知道。”圆团理直气壮道。

“……”

“算了，复杂的事情可以暂时放在一边，”林凛坚定道，“毕竟我虽然不会爱人，但肯定能拥有爱情。”

“大师”说了，别人都会受陈盏的磁场影响，只有自己能继承那个磁场，绽放多子多孙的命格。

想到这里，林凛卷起被子翻了个身，带着对未来的美好憧憬美滋滋地沉入梦乡。

狂风暴雨的一夜过去，翌日太阳出来，预示着好天气。

三人围着一张桌子，陈盏和林凛今天都起晚了，是由殷荣澜准备的早餐。

叼着块面包片，陈盏半眯着眼啃了几口渐渐清醒，瞥向一旁的小孩：“你爸今早打电话，说你落了本作业在家里。”

林凛低叹，做功课令人头疼。

陈盏：“他寄了加急快递，预计一个小时后就能收到。”

怔了几秒，林凛微微撇了撇嘴……不愧是亲爹。

陈盏望着他的表情觉得好笑：“你们家学习成绩都好，应该都爱学习才对。”

林凛拍了拍口袋：“我还是更喜欢写作。”

陈盏算了算他成年的日子，若有所思：“日后我封笔时你刚好可以出山，无缝衔接，不错。”

另一边，没有加入讨论的殷荣澜低头默默地啃面包，心道：师生同心，腥风血雨。

09 改“邪”归正

《“男神”倒贴我的那些年》最近更新的频率越发高，侧面反应殷荣澜得罪陈盏的次数直线上升。

仅仅如此也就罢了，毕竟人类可以习惯并且一定条件下抗高压的能力会越来越强。

然而，殷荣澜发现倒霉的仅仅是自己，相反，曾经那些在《“男神”倒贴我的那些年》中耀目的配角，日子都过得十分顺遂，且在和陈盏保持联系的情况下，也能不被写进书里。

譬如谭常鸣，曾经一个混沌过日子的富二代，听闻最近自主创业赚钱不少。

带着微妙的好奇心，殷荣澜决定亲自去拜会一下。

现在的谭常鸣，一头干净利落的短发，原来那撮蓝头发也染回了黑色，看上去就是一个朝气蓬勃的少年人。

“殷叔叔。”他恭敬地叫了声。

虽然两人年龄相差不大，但是他父亲以平辈和殷荣澜相处，久而久之，谭常鸣便习惯喊一声叔。

殷荣澜没刻意纠正这个称呼，直接道明来意：“你是如何在魔王的摧残下活出自我，活出精彩的？”

“……”

殷荣澜：“说出来让我借鉴一下。”

谭常鸣深深地看了他一眼，暗叹陈盏的破坏力果然巨大，连这人都压不住。秉持着待客理念，他先请人进屋，又让家里的阿姨去泡茶准备水果，自己则拉开抽屉取出一张宣传单：“这是我开办的培训班，您有兴趣可以来旁听。”

背景图是蓝天白云，最上面画了个大喇叭，配文：手把手教你如何渡过“盏劫”！

殷荣澜扫了一眼大概内容，面色不变。

“‘盏劫’是什么？”他问。

谭常鸣想了想，说：“有没有听说过天劫？都是差不多的东西。”

“你继续。”

谭常鸣：“我有多年经验，只需一个疗程，就能保证让学子犹如新生，在‘盏劫’下存活！”

提起事业，他整个人仿佛都在熠熠发光。

直觉告诉殷荣澜这个培训班有“毒”，智商更是提醒他不要误入，奈何同陈盏相处久了，玲珑心也会生出些作死的分支，片刻后道：“届时我会去看看。”

周五晚上，殷荣澜准时到场，坐在最后一排。

他觉得自己算是正常的，至少知道戴口罩和帽子遮掩身份，再看看一些“学生”，不但抢着坐第一排的位置，有的还拿了笔记本。

谭常鸣站在讲台上，戴着副黑框眼镜：“今天还是分三个阶段，每次十五分钟。我们的目标是……”

“再也不怕‘盏劫’！”众学子异口同声。

整体氛围犹如一个大型的传销学院。

殷荣澜按了按眉心，思索要不要现在就起身离开。

谭常鸣突然提上来一个音响，嘴里说道：“第一阶段，培养忍耐力。”

话音落下，立马按下开关，都是一些耳熟能详的经典歌曲，人听见会下意识哼唱，眼瞅着就要进入最跌宕起伏的旋律，歌声突然戛然而止，切换成下一首。

起初，殷荣澜以为是播放出了问题，然而接下来的每一首都是如此，在歌曲的高潮部分自动停止，犹如一只只蚂蚁排队在心尖上走过，让人难免觉得不爽快。

“坚持住。”谭常鸣完全不受影响，为众人鼓气。

折磨人的十五分钟过去，谭常鸣抓紧时间进入下一个阶段：“学会嘤嘤嘤。”他顿了一下，道，“正所谓男儿有泪不轻弹，所以偶尔的泪水更能让人手足无措。”

殷荣澜坐在最后一排，可以看清大部分人的表情，有好几个已经在酝酿，隐约能看见眼角有泪花闪动。

不忍直视，他摇了摇头，实在等不了最后一个阶段，悄悄地从后门溜了。

楼下的空气都显得格外清新。

这时，他看见一个青年准备上楼，口中还念叨着“迟到了”。

目光撞上，青年停下急匆匆的步伐：“殷总。”

殷荣澜微微挑眉：认识的？

青年自我介绍：“我爸是阮蒙。”

殷荣澜有些印象，忽然道：“你该不会是……”

“来听课。”青年主动接话道。

在殷荣澜的记忆中，对方并没有被陈盏祸害过。

知道他在想什么，青年不好意思地挠挠头：“图个乐子。”

这些来上课的人，包括创办培训班的谭常鸣，抵抗陈盏带来的伤害顶多占了全部原因的三分之一，归根结底，大家太无聊了。

找借口聚一聚，乐呵一下，还能结交些朋友和人脉。

殷荣澜深深地看了他一眼：“有想法。”说罢，摇了摇头开车离开。

空荡荡的别墅自从多了一个人入住，渐渐变得不同。

院子里新栽种了几棵果树，陈盏照例坐在大伞下，守着一台电脑。桌子上只有两个圆团，另外一个想必是去林家找林凛了。

陈盏看了殷荣澜一眼：“不像是加班。”

说话的同时也没停止过敲键盘。

殷荣澜余光瞄见屏幕上的一小段，不出所料，又是有关《“男神”倒贴我的那些年》的更新。他试探着开口：“这两天我似乎行为挺规矩。”

陈盏无动于衷，反问道：“下午去了哪里？”

殷荣澜如实交代，言辞间带着些唏嘘：“人无聊到了极致，什么都能做得出来。”

闻言，陈盏突然就笑了：“他们还不算什么……”边说着边不停地滚动鼠标，直至文章全貌展现在殷荣澜面前，“来看看这个。”

一生不过百年上下，智者说时间宝贵，然而每个人都体验过无聊，甚至做出试图消磨时光的行径。

“男神”作为芸芸众生中的一员，亦不例外。

事情要从年假说起，往年“男神”休年假，我们会选择出去旅游。今年因为我的腰不小心被扭了一下，不得不临时取消这个计划。

从医院回来，大多数时间，我只能侧躺。做饭和打扫卫生的任务就落在了“男神”身上。

平日里，“男神”没有太多兴趣，一成不变的日子过了几天，不免觉出几分无聊。

“……”正当我思考着要不要给他找点事情做，翌日，“男神”一反常态地表现出精神抖擞的状态，似乎终于找到了释放压力的方法——

他爱上了做饭，且厨艺突飞猛进。按理说是好事，唯一奇怪的是他每天早中晚都会让我称体重，还必须是体脂秤，借口说是在研究食谱，看看哪套方案增加的体重少还营养。

事有蹊跷，却又找不到端倪。

非常时期只能使用非常手段，我挑了个阴雨绵绵的日子，说要吃烛光晚餐。“男神”一口应下，准备了牛排和红酒。

一切都在按照计划进行，其间，我一边找着话题，一边给他灌酒。等到“男神”的脸上出现薄红，我便知道时机已至。

我正思索着要借由什么打开话题，“男神”却因为醉意眯着眼，主动道：“别忘了称重。”

我配合地点点头，佯装不经意地问：“为什么要执着于体重？”

“男神”摇晃着从书房拿出一张表格，笑着道：“记录数据做样本。”

我不解，等着他继续说下去。

“男神”：“我要控制你体重增长的规律，让每日的增幅变化能连成一个桃心的形状。”

啥玩意儿？

“男神”还在一脸惋惜：“可惜昨天的数值有些高，桃心失败了，只能重新开始。”

一个人究竟是有多无聊，才会做出这种丧心病狂的事情！

“男神”：“市场上基本没有精确到毫克的体重秤，所以我专门请人研发了一款。”

“……真是辛苦你了。”

我曾以为真人版俄罗斯方块已经是无聊的巅峰，没想到他还能再创辉煌！

“男神”是真的醉了，没有像往常那样表现出强烈的求生欲，反而一副求夸奖的样子：“我……厉不厉害？”

“很厉害。”我安抚性地揉揉他的脑袋，微笑的同时，掏出随身携带的小本子，“乖，你这么厉害，自己做记录。”

“男神”点点头，试图找个东西靠着抵抗眩晕感，然后在本子上留下了潦草的字迹。

他这一写便停不下来，除了最近的所作所为，连带着前些日子一些隐蔽进行的事情也一并写了下来。

一目十行地阅读完，我的笑容逐渐消失，连带着揉他脑袋的力道都重了几分：“你、真、棒。”

看完一章后，殷荣澜的笑容也逐渐消失……醉酒他记得，酒后的所作所为却是一点也没印象。

陈盏从容不迫地点了发表，合上电脑准备收工，进入屋子前转身一笑：“所以这些日了的灵感来源都要归功于你，谢谢了。”

“……”

他曾目睹对方和林凛的师生情，感叹过一句造孽，如今才知道，造天大的孽都抵不过自作孽不可活。

殷荣澜望着陈盏的背影默默下定决心，从今天起，要学会做一个不会作死的人。

10 生日

世界就像一棵树，很难找出两片相似的叶子，人也如此。

譬如有人喜欢吃香菜，有人甚至闻不了那个气味。

陈盏是极端的一个特例，他那奇妙的逻辑思维，让身边人通常只敢保持安全距离，很难生出亲近之意。

然而就在一个风和日丽的日子，陈盏猝不及防地被人骚扰了。或许是原主曾经骚扰姜颖的行为，如今疯狂地报应在了他身上。

追求者完美复刻了昔日原主的身份，对方的手段千奇百怪。

正午，艳阳高照。

陈盏正坐在快餐厅里，对面林凛专门扒菜里的肉吃。从小跟圆团一块儿长大，导致林凛钟爱荤食，有次还问可不可以吃脑花。

为了让小孩健康成长，陈盏明令禁止圆团再提这两个字。

“那个人今天又来骚扰你了吗？”林凛咬着筷子一头，问道。

陈盏点头。

“还是送花？”

“进化了。”陈盏淡淡道，“不知道那人什么时候在我家旁边撒了一圈种子，长出来的苗正好组合成了桃心的形状。”

林凛彻底丧失了对饭的兴趣，眼睛放光：“殷叔叔知道吗？”

陈盏摇头：“我瞒下来了。”

林凛：“因为信任问题？”

陈盏：“这东西在我们间就不存在，所以不是个问题。”

林凛眼皮一跳，想象了一下殷荣澜得知这件事后的画面，顿时不寒而栗。

作为擅长制造恐怖气氛的人，他不知道又会加什么戏。

“虽然但是……”林凛小心提醒了一句，“被他自己发现可能会更不妙。”

陈盏抿了抿唇，忍不住重新权衡。

做事果决的人，一旦纠结起来，时间反而会拖得更长。这一思考就拖到了第二天中午，陈盏刚录制完综艺节目，一只修长的手伸过来，递给他一瓶水。

望着面前穿清洁工制服的人，陈盏皱眉：“假扮工作人员不好。”

“听说你最近要在这里录好几期节目，我特地应聘了这份工作。”说话的人瞳色很深，是个混血儿，名字还蛮文艺，叫柳竹峪。

“我没兴趣认识你。”陈盏再次强调道。

柳竹峪却说友情可以慢慢培养。

陈盏叹气，准备直接绕道离开，一转头，居然在楼道口看到了林池昂，唇瓣动了好几下，他才勉强憋出一句话：“你怎么在这里？”

“帮小颖拿一份合约。”林池昂的视线在陈盏和柳竹峪之间徘徊了一圈，才解释自己出现在这里的缘由，“电梯坏了。”

目睹对方眼中的深意，陈盏没有第一时间解释，反而找到现成的借口遁走：“我朋友来了，再见。”

出了大楼，陈盏买了瓶冰水压抑无奈的心情，林池昂嗤笑道：“想不到还有人希望和你这种人交朋友。”

“噗……”陈盏没忍住，一口水喷出来，溅了林池昂一身，林池昂立马黑下了脸。

陈盏说了声“抱歉”，按着眉心道：“其实我也挺纳闷。”本来还想说些什么，他突然顿住，晃了晃手指，“我知道该怎么跟他提了。”

陈盏用了几天时间做准备，其间派人打听了一下柳竹峪，这天提前汇总好一份资料，便坐在桌边等着。

今天殷荣澜回来得格外早，使得陈盏一度怀疑对方是不是发觉了什么。

进门后，殷荣澜先是微微笑了一下，然后放下手里的文件袋直接在他对面坐下：“不用特别搞什么惊喜。”

“惊喜？”陈盏面上浮现出几分困惑。

殷荣澜只当他是在伪装，微笑着说：“以往庆生不是直接送礼物吗，今年怎么变了？”

晴天霹雳。

等陈盏意识过来，再想去控制住眉梢不小心流露出的惊讶，已经太迟了。

殷荣澜嘴角的弧度还在，不过眼中的笑意没了："看来你要做的事，和生日无关。"

陈盏瞥了一眼墙上的日历，确定今天是殷荣澜的生日，他不死心地咬了下舌头，也排除了做梦的可能，然后试图补救道："我最近发现了一家特别不错的餐厅……"

殷荣澜打断："这两年你都是自己亲手给我做蛋糕。"

眼看他视线飘忽不定试图转移话题，殷荣澜叹道："先说说你的事情。"

陈盏端正态度，把纸翻过来，上面画了两个火柴人，还专门做了个交集图，中间写着多金、爱收藏字画、善于给自己加戏等字眼。

"记得当初你延续谎言装穷，就是为了和我交朋友。"陈盏用十分温柔的语调说，"我能感觉到你对朋友的渴望。"

殷荣澜认真地想了想，回答道："倒也还好。"

其实他并不怎么热衷交友，只是功成名就后发现身边连个说话的人都没有。机缘巧合之下认识陈盏，才渐渐珍视起一段友谊。

"如今我们的友谊变质了……"

"是升华。"殷荣澜纠正道。

陈盏点头附和："对，升华后，你连唯一的朋友都失去了。"

听到这里，殷荣澜蹙了下眉，指关节轻轻敲了敲桌子，示意他开门见山。

陈盏："我为你量身打造了一个好朋友。"他依次指着圆圈里的词汇，"兴趣爱好一致，都在国外留过学，对艺术有着崇高的追求，还支持公益事业，你瞧多棒。"

殷荣澜没有被突然浇下来的迷魂汤灌晕，他冷静分析："有这种背景经历的人很多，拥有同种爱好的人也很多。"如果因为这些就能发展成朋友，他可以组一支足球队。

陈盏含混不清道："和你审美目标也一致。"

殷荣澜突然危险地眯眼："你说什么？"

陈盏一字一顿地说道："这个人最近疯狂跟踪我。"

殷荣澜沉默片刻，突然露出一抹阴森的笑容。

原以为生日被遗忘已经是今年最惨的事情，没想到更刺激的还在后面。

从下午到傍晚，殷荣澜一直在打电话。

陈盏打听到的那点资料，最多只能算是皮毛。

殷荣澜打开新收到的邮件时，陈盏在后面瞥了一眼。电脑速度很快，可对方光是加载内容就用了将近半分钟。

他轻咳一声："这属于非法窃取他人隐私。"

殷荣澜："柳竹峪是律师，这些都是他经手过的案子，随处可以找到。"

陈盏惊讶："律师？他家不是开工厂的？"

殷荣澜："那是家族产业。"

陈盏微微撇了撇嘴，难怪喜欢开口闭口提法律，末了眉头微蹙："这人思想很有问题。"

殷荣澜："所以我和他不可能成为朋友。"

无论如何，事情说开了，陈盏心中的巨石落下，只希望接下来殷荣澜不要做出些离奇的事情。为了保险起见，他特意问道："趁着现在是淡季，不如出去旅游？"

殷荣澜深深地看了他一眼："你是想让我对别人示弱？"

陈盏皮笑肉不笑地摆了摆手。

忘记生日意味着理亏在先，之后的一个星期，陈盏对殷荣澜格外宽容，每次更新，也是描写些光明的事迹。

林凛目前处于假期状态，经常来陈盏这边。得知他摊牌后，林凛连忙追问后续："殷叔叔有什么反应？"

陈盏纳闷："一反常态地安静。"

说罢，互相对视一眼，林凛喉头一动："感觉更恐怖了。"

陈盏也感觉心下不安："你今晚就住这里，想办法旁敲侧击地问问。"

林凛重重点头。

陈盏自我安慰道："说不定他是'改邪归正'了。"

晚上吃完饭，陈盏借口要再去厨房做个沙拉，转身前冲林凛使了个眼色。

想好措辞，林凛佯装不经意地开口："我听我爸说那天在公司看到有人跟陈盏哥哥打招呼。"

他跟陈盏关系亲近，便称呼他为哥哥，至于其他人，凡是比陈盏大两岁的一律按叔叔处理。

殷荣澜不轻不重地"嗯"了一声。

林凛试探道："不担心吗？"

殷荣澜漫不经心地说道："我雇了几个人去追求柳竹峪，每个都会对他上演一见钟情的戏码。"

林凛怔了下："分散注意力？"

殷荣澜摇头："捧杀。"

“被人要死要活地示爱，他一定认为自己是个特别有魅力的人，再次见到陈盏时，态度会无意识变得自大。”顿了一下，殷荣澜问道，“陈盏最讨厌什么类型的人？”

林凛毫不迟疑地回答：“自大傲慢。”

殷荣澜颔首：“法治社会，我不能干涉别人的交友自由，却可以把他变成陈盏最讨厌的样子。届时，我再适时装低调谦逊，两相对比，人性的闪光点足以秒杀对方。”

林凛缓了好久，被这种兵不血刃的操作惊呆了。

“对了，”殷荣澜瞥了一眼厨房里忙碌的身影，绽放出一抹笑容，“什么该说，什么不该说，我相信你有自己的判断。”

听懂话中的暗示，林凛深吸一口气，立刻再三保证道：“我懂，我明白，我都晓得。”